KNAUR

Von Nancy Salchow ist bereits folgender Titel im Knaur Taschenbuch Verlag erschienen:
Kirschblütentage

Über die Autorin:
Nancy Salchow, 1981 geboren, arbeitet von Kindesbeinen an an eigenen Romanprojekten, wagte sich allerdings erst 2011 mit ihren Werken an die Öffentlichkeit und stellte Leseproben ihrer Manuskripte auf Neobooks ein, der Autorenplattform der Verlagsgruppe Droemer Knaur. Wenn sie nicht gerade an einem Manuskript arbeitet, ist sie als Sängerin sowie Songtexterin in eigenen musikalischen Projekten aktiv.
Mehr über die Autorin auf ihrer Website www.nancysalchow.de

Nancy Salchow

Das Sonnenblumenhaus

Roman

KNAUR

Besuchen Sie uns im Internet:
www.knaur.de

Wenn Ihnen dieser Roman gefallen hat und Sie auf der Suche sind nach ähnlichen Büchern, schreiben Sie uns unter Angabe des Titels »Das Sonnenblumenhaus« an: frauen@droemer-knaur.de

FSC
www.fsc.org
MIX
Papier aus verantwortungsvollen Quellen
FSC® C083411

Originalausgabe Juni 2016
Knaur Taschenbuch

Ein Imprint der Verlagsgruppe
Droemer Knaur GmbH & Co. KG, München

Redaktion: Dr. Heike Fischer
Umschlaggestaltung: ZERO Werbeagentur, München
Umschlagabbildung: © FinePic®, München
Illustration: Shutterstock / Ramona Kaulitzki
Satz: Wilhelm Vornehm, München
Druck und Bindung: CPI books GmbH, Leck
ISBN 978-3-426-51847-2

2 4 5 3 1

Prolog

Die Mohnblumen streiften ihre sonnengebräunten Hände. Ihre Wangen glühten, als sie mit ihren kurzen Beinen, so schnell sie nur konnte, die Schneise entlangrannte, die ein Traktor im Weizenfeld hinterlassen hatte. Hier und da wurde das leuchtende Rot der Mohnblüten vom Blau einer Kornblume und von den weißgelben Köpfen wilder Kamillen begleitet. Doch aus den Augenwinkeln heraus verwischten sich die klaren Farben im Laufen.

»Nicht so schnell!«, hörte sie ihren Vater rufen, hielt aber nicht an.

»Du kriegst mich nicht!«, rief sie zurück. Der schon hoch gewachsene Weizen und die Blumen reichten ihr bis zur Hüfte, und der Blick über das weite Feld vermittelte ihr wie immer das Gefühl unendlicher Freiheit. Einer Freiheit, die sie noch intensiver wahrnahm, wenn sie mit ihrem Vater unterwegs war. Niemand verstand ihre Sehnsucht nach Wiesen, Wald und Feldern, den Düften der Jahreszeiten und den Drang, jede Pflanze und jeden Grashalm zu erkunden, besser als er. Auch teilte niemand ihren unstillbaren Durst nach jedem noch so kleinen Detail in der Natur so sehr wie er.

»Wie ging noch mal die Geschichte von der singenden Birke?«, rief sie ihm atemlos zu. »Du hast sie mir noch nicht zu Ende erzählt.«

»Die erzähle ich dir nur, wenn du stehen bleibst.« An einer Biegung der Traktorspur holte Oskar seine Tochter endlich ein.

»Haaaab ich dich.« Lachend fasste er sie an beiden Händen und drehte sich so lange mit ihr im Kreis, bis ihnen schwindlig war und sie sich beide lachend zu Boden fallen ließen.

»Dafür krieg ich nachher deinen Himbeerpudding«, drohte er mit gespieltem Ernst, worauf sie nur noch lauter lachte.

»Ich wollte doch nur gucken, wo die Rehe hingelaufen sind«, verteidigte sie sich.

»Soso, und du glaubst deinem alten Vater also wieder mal nicht, wenn er dir sagt, dass sie schneller sind als du, was?«

»Hast du denn schon mal versucht, sie einzuholen?«

»Nein, natürlich nicht.«

»Dann weißt du auch nicht, ob sie schneller sind als du.«

»Na warte, dir werde ich deine Besserwisserei schon noch austreiben.« Oskar kitzelte sie, bis sie sich vor lauter Lachen den Bauch hielt.

Eine Schar von Wildenten, die schnatternd über sie hinwegflog, ließ ihn innehalten.

Erschrocken schaute er auf die Uhr.

»Oje, es ist schon fast zwölf. Wenn wir jetzt nicht losfahren, wird deine Mutter sauer. Du weißt, wie sehr sie es hasst, das Essen warmstellen zu müssen.«

»Jetzt schon? Wir fahren doch nur fünf Minuten bis nach Hause.«

»Eben, und in genau fünf Minuten sollen wir auch da sein.«

»Ach Mann.« Enttäuscht ließ sie die Schultern sinken.

»Sei nicht traurig.« Er legte den Arm um sie, zupfte sie auffordernd an ihrem geflochtenen Zopf und drückte ihr einen Kuss auf die Stirn. »Unser nächster Ausflug kommt schneller, als du denkst.«

Ihre Enttäuschung wich einem erwartungsvollen Lächeln. »Bauen wir dann die Baumhöhle?«

»Ja, das habe ich dir doch versprochen.«

»Morgen schon?«

»Mal sehen. Wenn du artig bist.«

»Und dann?« Ihre Augen leuchteten. »Unser nächstes Abenteuer?«

Er nickte. »Immerhin sind wir beide doch die zwei Abenteurer, richtig?«

»Ja, du und ich.« Sie strahlte bis über beide Ohren, während sie sich Erde vom Kleid klopfte. »Die zwei Abenteurer!«

Kapitel 1

Man konnte Mariella Paulus einiges nachsagen. Zum Beispiel eine gewisse Distanz ihren Mitmenschen gegenüber, die in so manchem Gespräch die Grenze zur Arroganz überschritt. Auch einen Hang zur Besserwisserei, dem sie nicht selten nachgab. Sowie eine diebische Freude an der Fähigkeit, ihre Gesprächspartner mit taktlosen Fragen aus der Reserve zu locken. Doch dass sie gut aussah, konnte ihr niemand absprechen. Und während Nora beobachtete, wie die Moderatorin ihre langen, schlanken Beine mit einem bedeutungsschweren Blick übereinanderschlug und sich dann für ihre nächste Frage zu ihr herüberbeugte, fühlte sie sich augenblicklich wieder in ihre Küche zurückversetzt. War der gestrige Karamelleisbecher mitten in der Nacht wirklich nötig gewesen, um ihre Schreibblockade zu vertreiben? Und sah sie neben der grazilen Mariella tatsächlich so kugelig aus, wie sie sich in ihrem etwas zu eng sitzenden Hosenanzug fühlte?

Mariella warf ihr volles, wasserstoffblond gefärbtes Haar zurück, während sich ein schwer zu deutendes Lächeln auf ihre Lippen schlich. Ein Umstand, der Nora noch nervöser machte, als sie es eh schon war. Was für eine unmögliche Frage hatte sich diese rücksichtslose Person nun wohl wieder einfallen lassen? Und wer in Gottes Namen hatte Nora überhaupt zur Teilnahme an dieser Talkshow überredet? Einer Live-Übertragung wohlbemerkt!

Mariella spitzte die Lippen, als suchte sie nach den richtigen Worten.

Nora schloss die Augen und zwang sich wieder ins Hier und Jetzt zurück.

Als sie sie wieder öffnete, hatte sie die stickige Luft des Studios und Mariellas gemeingefährliches Grinsen hinter sich gelassen. Drei Tage und fünfzehn Stunden war es nun genau her, dass sie dieses katastrophale Interview hinter sich gebracht hatte.

Vor ihr befand sich noch immer der gehässig blinkende Cursor auf weißem Untergrund, der sie wie nichts anderes zu quälen verstand. Und schon wieder war sie zu ihrem Ärger mit ihren Gedanken bei der Live-Show und der unsäglichen Mariella Paulus. War sie wegen ihrer Schreibblockade denn derart verzweifelt, dass sie sich sogar von der unliebsamen Erinnerung an den bisher schrecklichsten TV-Auftritt ihrer Karriere Ablenkung versprach? Das Exposé für ihren neuen Roman stand, selbst der Klappentextentwurf und das Buchcover waren bereits fertig. Warum um alles in der Welt wollte es ihr also nicht gelingen, das so vielversprechende Handlungsgerüst mit Leben zu erfüllen?

Sie schüttelte den Kopf, als könnte sie ihre Gedanken damit wieder an ihren richtigen Platz schieben und Ordnung schaffen. Doch ihr Kopf führte definitiv ein Eigenleben.

Frau Fendt, ist es richtig, dass Sie die Verlobung mit Frank Henrik gelöst haben?

Wir sind nicht verlobt, und wir waren nie verlobt. Demzufolge können wir auch keine Verlobung lösen.

Eine diplomatische Antwort, wie man es von einer Meisterin des Wortes nicht anders erwartet. Aber wollen Sie uns nicht wenigstens verraten, ob etwas an den Gerüchten dran ist, dass er eine – nun ja, nennen wir es einmal – Freundschaft mit dem jungen Model Amelie Fischer eingegangen ist?

Frau Fischer ist eine gute Bekannte von Herrn Henrik. Wie Sie wissen, hat er viele Kontakte in der Modeszene. Aber mal ehrlich, Frau Paulus, sind das wirklich die Fragen, die meine Leser interessieren?

Ich versichere Ihnen, Frau Fendt, nichts könnte Ihre Leser mehr interessieren als die Antwort auf diese *Frage.*

Wie hatte es nur so weit kommen können? Warum hatte sie sich nur derart vorführen lassen? Sie war gekommen, um über ihren Roman »Kornblumentage« zu sprechen, stattdessen hatte sie die Sendung als Gespött der Nation verlassen. Wir haben uns nicht getrennt, hätte Nora Mariella am liebsten vor laufender Kamera ins Gesicht geschrien. Ich gebe ihm nur zum tausendsten Mal die Chance, sich zu überlegen, ob ihm seine Karriere wirklich wichtiger ist als ich.

Und überhaupt, Amelie Fischer! Du meine Güte, würde sie jedes Model, das auf irgendeinem Event neben ihrem Freund posierte, als potenzielle Gefahr betrachten, hätte sie sich von Anfang an von Frank fernhalten müssen.

Frank.

Nein. Sie wollte jetzt nicht an ihn denken. Sie hatte zu schreiben und mochte nicht wieder darüber grübeln, dass er sie, unzuverlässig, wie er war, ein weiteres Mal wegen einer angeblich lebenswichtigen Party versetzt und wie so oft gedacht hatte, sie danach mit ein wenig Süßholzraspeln die ins Wasser gefallene Verabredung zum Abendessen vergessen machen zu können.

Nora schloss erneut die Augen, während sie versuchte, einen gelungenen Einstieg in ihr Manuskript zu finden. Die ersten Seiten des Prologs besaßen viel Potenzial. Doch noch immer wusste sie nicht, wie es danach weitergehen sollte. Noch immer fehlte ihr die zündende Idee, mit der sie dieses Potenzial in eine fesselnde Geschichte verwandeln konnte.

Wieder kamen ihr die Worte des Klappentextes in den Sinn.

Wäre die Liebe ein Mensch, dann vermutlich ein übergewichtiger kleiner Mann, der mit Pfeil und Bogen
auf die Herzen von Menschen schießt.
Wäre sie ein Ort, dann wahrscheinlich ein Haus.
Das Haus, in dem ich lebe.

Noch immer verstanden es die wenigen Zeilen, sie auf geheimnisvolle Weise zu verzaubern. Und dennoch herrschte nach den ersten optimistischen Gedanken wieder nichts als Leere in ihrem Kopf.

Was zum Teufel war nur mit ihr los? Warum fand sie keinen Einstieg ins erste und wichtigste Kapitel? In Luft aufgelöst hatte sich die Euphorie, mit der sie vier Jahre zuvor den Entschluss gefasst hatte, ihre Arbeit als Bankkauffrau aufzugeben, um sich ganz dem Schreiben zu widmen. Vergessen war die Leichtigkeit, mit der sie all ihre bisherigen Bücher geschrieben hatte. Eine Leichtigkeit, die ihr seltsamerweise oder eben gerade deswegen stets eine Plazierung in den Bestsellerlisten eingebracht hatte.

Aber wo war sie nun hin, diese Leichtigkeit? Das Gefühl, immer die richtigen Worte zu treffen und dank ihnen unverwundbar zu sein?

Das Vibrieren ihres Handys riss Nora aus ihren Überlegungen.

Sie schaute zur Uhr an der Wand. Kurz nach einundzwanzig Uhr. Wer rief um diese Zeit noch an?

Aber eigentlich wusste sie, auch ohne aufs Display zu sehen, wer anrief.

»Mama«, seufzte sie ins Telefon. »Du solltest um diese Zeit doch schon längst schlafen.«

»Seit unserem letzten Gespräch kommt es mir so vor, als hättest du die Rolle getauscht und noch immer nicht verinnerlicht, dass *du* die Tochter bist und ich die Mutter.«

»Tut mir leid«, gab Nora zu. »Aber ich dachte, ihr bekommt um zwanzig Uhr schon die Medikamente für die Nacht.«

»Was nicht heißt, dass die Nacht dann auch schon beginnt.«

»Ich weiß, ich weiß. Sorry, Mama. Du weißt, wie ich es meine.«

Im Grunde war ihre Antwort nichts anderes als der klägliche Versuch, ihrer Mutter durch die Blume zu verstehen zu geben, dass ihr momentan nicht nach Reden zumute war. Denn obwohl Nora wusste, dass ihre Mutter sich noch einmal mehr um sie sorgte, seitdem sie in die Klinik gekommen war, stand ihr heute Abend einfach nicht der Sinn danach, über ein weiteres Problem auf ihrer Liste sprechen zu müssen.

»Was gibt's denn?«, fragte Nora.

»Im Grunde nichts.«

Im Grunde nichts. Sie liebte Anrufe, die *im Grunde nichts* zu bedeuten hatten. Anrufe, wie sie nur von ihrer Mutter kommen konnten.

Nora seufzte. »Du bist doch nicht etwa böse, weil ich heute nicht gekommen bin, oder? Ich hatte dir ja gesagt, ich rufe an, wenn ich es wider Erwarten doch noch schaffen sollte vorbeizuschauen, aber dann …«

»Ich weiß, dein Manuskript«, unterbrach Miriam sie. »Wenn es denn nur endlich auch mal stimmen würde.«

»Was soll das heißen? Dass ich lüge?«

»Oh nein, Schätzchen.« Das war der Moment – das wusste Nora, auch ohne ihre Mutter zu sehen –, in dem Miriam den für sie so typischen, prüfenden Blick aufsetzte. »Ich will damit nur sagen, dass es schön wäre, wenn du zur Abwechslung wirklich mal schreiben und nicht nur blanke Seiten auf deinem Laptop anstarren würdest.«

Sie hatte recht. Oh, wie recht sie doch hatte! Aber war es wirklich nötig, die Dinge derart schonungslos beim Namen zu nennen?

»So wie du redest, könnte man glatt vermuten, dass du nicht als Patientin in der Klinik bist, sondern als Therapeutin dort arbeitest.«

»Manchmal kann man auch beides sein.« Miriam lachte. Es war dieses wehmütige Lachen, das Nora an ihrer Mutter so sehr liebte und gleichzeitig verfluchte. Gerade in letzter Zeit hatte sie öfter darüber nachgedacht, ob sie ihren Hang zur Melancholie womöglich von ihrer Mutter geerbt hatte. Ein Hang, den sie zu bekämpfen versuchte, der sich aber in regelmäßigen Abständen immer wieder zeigte.

»Also, nun sag schon, Mama«, sagte Nora. »Warum rufst du an?«

»Auch wenn wir beide wissen, dass eine Mutter keinen Grund braucht, um ihre Tochter anzurufen, wollte ich dich fragen, ob du es vielleicht morgen einrichten kannst, kurz bei mir in der Klinik vorbeizuschauen.«

»Morgen? Also um zehn habe ich ein Telefonmeeting mit dem Verlag, um halb zwölf treffe ich mich mit …«

»Ich will nicht wissen, was du morgen alles vorhast, sondern *wann* du Zeit hast, Liebes.«

»Sollte ich mir Sorgen machen? Du klingst irgendwie …«

»Ich möchte einfach nur gern mit dir reden.«

»Und das geht nicht am Telefon?«

»Sagen wir um drei?«

»Um …?«

»Drei.«

»Ja, Mama.« Nora verkniff sich jede weitere Frage oder gar einen Einwand. »Um drei, das passt prima.«

Nora war nicht zufrieden mit ihrem Spiegelbild. Aber für den Moment genügte es ihr schon, dass sie der Anblick der unscheinbaren Frau mit dem kinnlangen dunkelblonden Haar und den hellblauen Augen, die ihr aus dem Spiegel an der Klinikwand verstört entgegenblickten, nicht wütend machte. Für gewöhnlich verstand sie sich nämlich ausgesprochen gut darauf, ärgerlich auf sich selbst zu sein. Sei es, weil es ihr beim Kalorienzählen mal wieder an Disziplin fehlte, sei es, weil sie sich bei jeder noch so gelungenen Zeile aus ihrer Feder einer gnadenlosen Selbstkritik unterzog. Besonders wütend machte es sie jedoch, wenn sie wieder einmal nur die Hälfte ihrer täglichen To-do-Liste abgearbeitet hatte.

Aber um sich zu ärgern, fehlten ihr an diesem schönen Juninachmittag sowohl die Zeit als auch die Kraft – dafür war der Zustand, in dem sie sich nun schon seit Wochen befand, viel zu konfus. Oder waren es in Wahrheit bereits Monate? Ein Termin mit ihrer Lektorin Maria hier, ein Telefoninterview da, dann ein erneut nicht geglücktes erstes Kapitel – sie wusste schon gar nicht mehr, wie viele sie geschrieben und wieder gelöscht hatte. Alles wäre so viel leichter gewesen, wenn sie jemanden gehabt hätte, dem sie an alldem die Schuld hätte geben können.

Doch während sie auf einem der ledernen Besuchersessel darauf wartete, dass die Ergotherapiesitzung ihrer Mutter ein baldiges Ende fand, stellte sie fest, dass es damit wohl nicht getan wäre und dass das Schicksal scheinbar seinen ganz eigenen Plan mit ihr hatte. Wie sonst war es zu erklären, dass ihre Mutter vor vier Wochen nach einer schlimmen Panikattacke in die Klinik eingewiesen worden war? Und wem sonst außer sich selbst konnte sie es in die Schuhe schieben, dass keiner ihrer Tage die Anzahl an Stunden bereithielt, die sie für ihre Arbeit benötigte?

»Du hast zugenommen.«

Nora drehte den Kopf irritiert zur Tür des Sitzungszimmers, die sie gar nicht hatte aufgehen hören.

»Danke, Mama, es ist auch schön, dich zu sehen.«

»Die paar Kilos mehr stehen dir gut.« Miriam hauchte Nora einen Kuss auf die Wange, während die anderen Patienten in Zweiergrüppchen, als hätten sie es trainiert, hinter ihr auf den Flur traten und Richtung Station marschierten.

»Außerdem«, fuhr Miriam fort, »bist du mit Ende zwanzig sowieso langsam zu alt, um als verhungertes Etwas mit hervorstehenden Beckenknochen herumzulaufen, Liebes.«

»Ich hatte noch nie hervorstehende Beckenknochen, ich habe lediglich darauf geachtet, nicht so fett zu werden wie …«

»Wie ich?« Miriam lachte. Ein herzerfrischendes Lachen, wie Nora es lange nicht mehr von ihr gehört hatte. War das ein gutes Zeichen? Vielleicht sogar der erste gute Tag seit ihrer Einweisung?

»Nein«, nun lachte auch Nora, »das war es nicht, was ich sagen wollte.«

»Es spielt keine Rolle, was oder wen genau du damit gemeint hast. Wir zwei essen jetzt leckeren Käsekuchen.«

»Käsekuchen?«

»Ja, Jana sagt, sie hätten einen ganz leckeren in der Cafeteria.«

»Jana?« Nora hakte sich bei Miriam unter. »Ist das die Frau, die immer die Glühbirnen aus den Lampen dreht?«

»Nein, das ist Frauke. Ich meine die Rothaarige, die beim Essen immer neben mir sitzt.«

Nora überlegte einen Moment.

»Himmel Herrgott, du wirst dich doch wohl an Jana erinnern! Sie ist nur zwei Tage früher hierhergekommen als ich. Du hast sie schon am ersten Tag kennengelernt.«

Nora zuckte mit den Schultern, während sie den Flur entlang in Richtung Cafeteria spazierten. Die Leidenschaft, mit der sich Miriam über ihre Vergesslichkeit aufregte, stimmte Nora zuversichtlich. Seit ihrem letzten Besuch vor vier Tagen war ihre Mutter schon viel lebendiger und redseliger geworden – gar kein Vergleich mit der hilflos apathischen und schweigsamen Frau vor ihrer Einweisung in die Klinik.

Nora erinnerte sich an den schlimmen Zustand, in dem sie ihre Mutter vorgefunden hatte, kurz bevor sie sie hatte einweisen lassen. Das Zittern und die feste Überzeugung, jeden Moment zu sterben. Die Panikattacken, die sie nicht mehr vor die Haustür hatten treten lassen.

»Es scheint dir besser zu gehen«, stellte Nora fest, als sie die Glastür zur Cafeteria öffneten und sich nach einem Platz umschauten.

»Ja, das tut es.« Miriam deutete mit dem Kopf zu einem leeren Tisch am Fenster hinüber. »Oder sagen wir, zumindest besser als in den letzten Wochen.«

Nora lächelte. »Das ist schön zu hören.«

Und sie meinte, was sie sagte. Es war erstaunlich, wie sehr ihr eigenes Wohlbefinden von der jeweiligen emotionalen Verfassung ihrer Mutter abhing. Zwar versuchte Nora schon seit Jahren, sich unabhängig von den Stimmungslagen ihrer Mutter zu machen und sich selbst aufzubauen, um nicht bei jedem psychischen Rückschlag Miriams in Schwermut zu verfallen. Doch bisher hatte sie noch keine ultimative Vorgehensweise gefunden, sich davor zu schützen, gleichfalls in ein tiefes Loch zu fallen, wenn es wieder einmal so weit war. Miriams Rückschläge waren auch die ihren.

Deshalb war sie in diesem Moment einfach für jeden noch so kleinen Fortschritt ihrer Mutter dankbar. Während Nora ihrer Mutter dabei zuschaute, wie sie zum Tresen lief, um ein Tablett mit Kaffee und Kuchen zu holen, setzte sie sich in einen der Korbsessel am Fenster.

Sie hatte es mittlerweile aufgegeben, ihre Mutter zu begleiten, sie einzuladen oder ihr beim Tragen zu helfen. Viel zu oft hatte Miriam, seitdem sie in der Klinik war, darauf bestanden, alles alleine zu machen. Und auch darüber war Nora froh. »Du bist mein Gast«, hatte Miriam so oft betont, dass Nora irgendwann nachgegeben hatte.

Da war er wieder, der für ihre Mutter so typische Eigensinn. Wer Miriam nicht näher kannte, wunderte sich vermutlich darüber. Aber Nora, die alle Höhen und Tiefen Miriams gemeinsam mit ihr durchgestanden hatte, wusste nur zu gut, dass die Tatsache, ihren Mann an eine andere verloren zu haben, aus Miriam im Laufe der Jahre eine Frau gemacht hatte, die stets demonstrieren wollte, wie gut sie allein zurechtkam, obwohl zunehmend das Gegenteil der Fall war und sie immer stärker unter lähmenden Verlustängsten litt. Das war Nora aber erst mit zunehmendem Alter bewusst geworden. Rückblickend wusste sie auch, wie entscheidend sich diese Ängste auf die Mutter-Tochter-Beziehung und ihre eigene Entwicklung ausgewirkt hatten. Denn Nora litt gleichfalls unter diesen Verlustängsten, die die

Bindung zwischen den beiden Frauen nur umso tiefer hatte werden lassen. Ängste, die so gut wie sicher daher rührten, dass ihr Vater sie verlassen hatte, trotz der tiefen Liebe, die sie beide für ihn empfunden hatten. Einer Liebe, von der zumindest Nora einst geglaubt hatte, nichts und niemand könnte sie je zerstören.

War es die Angst, auch noch einander zu verlieren, die Mutter und Tochter im Laufe der Zeit eher zu engen Freundinnen hatte werden lassen?

Jedenfalls kam es ihr heute noch so vor, als hätte sie ihre Mutter erst gestern nach einem gescheiterten Date mit einem Nachbarn weinend in der Küche vorgefunden. Wie sehr Miriam noch an Oskar hing, war Nora damals schlagartig klargeworden. Und wie sehr hatte sie ihren Vater in diesem Moment doch für all das Leid, das er über die Familie brachte, gehasst.

Das hartnäckige Vibrieren des Handys in ihrer Handtasche brachte Nora in die Gegenwart zurück.

Nein, dieses Mal schaute sie nicht nach. Sie wusste ohnehin, wer es war.

Wieder ein Anruf von Frank. Wieder eine seiner ach so charmanten Versöhnungsattacken.

Und sie kannte sich. Sie wusste, dass sie viel zu harmoniesüchtig und viel zu inkonsequent war, um seinem Gesäusel und seinen Pseudoargumenten standzuhalten, wenn sie sich erst einmal auf ein Gespräch mit ihm eingelassen hatte. Ihre einzige Chance war, erst gar nicht ranzugehen.

Ihr Blick wanderte aus dem Fenster zu den Birken im Klinikpark, die die Kieselwege mit den mintgrünen Holzbänken säumten.

Es war ein Ort, der Ruhe ausstrahlte. Ein Ort, der den Patienten dabei helfen sollte, diese Ruhe auch in sich selbst zu finden. Noch immer hoffte sie, dass ihrer Mutter dies gelingen würde. Aber vielleicht war die Veränderung, die Nora an ihrer Mutter aufgefallen war, ja bereits darauf zurückzuführen? Auf die Ruhe, nach der sich nicht nur Miriam sehnte, sondern insgeheim auch sie selbst?

»Darf ich vorstellen?« Miriam schob einen Teller mit zwei Stückchen Käsekuchen vor Nora auf den Tisch. »Der leckerste Kuchen, den du je gegessen hast.«

»Na, dafür, dass du ihn noch nicht probiert hast, bist du aber mehr als zuversichtlich.«

»Ich weiß es einfach.« Miriam stellte die Kaffeetassen ab. »Heute ist ein guter Tag, du wirst sehen.«

Nora lächelte, während sie nach ihrer Tasse griff. »Dein Optimismus gefällt mir. Oder sollte er mir eher Angst machen?«

»Oskar war hier.«

»Wie bitte?« Nora setzte die Kaffeetasse ab. »Wann?«

»Gestern. Um genau zu sein, er war zusammen mit Alexa hier.«

»Er war mit *ihr* hier? Nach allem, was war, besitzt er die Dreistigkeit, mit ihr hier aufzutauchen?«

»Das ist fünfzehn Jahre her, Liebes. Warum sollte er mich nicht mit ihr besuchen kommen? Er ist jetzt mit ihr verheiratet. Ich fand es einfach eine sehr nette Geste.«

»Eine sehr nette Geste …« Nora konnte ein abfälliges Lachen nicht unterdrücken. »Woher wusste er überhaupt, dass du hier bist?«

»Er muss es von Lena erfahren haben.«

»Und von wem weiß es Lena?«

»Nora!« Miriams Tonfall wurde bestimmter. »Reg dich doch nicht so auf.« Miriam ließ ihren Blick über die anderen Patienten und Gäste im Raum schweifen, dann beugte sie sich ein Stück vor und senkte die Stimme. »Ich habe Lena neulich angerufen. Sie hatte Geburtstag. Wir gratulieren einander nach wie vor, du darfst nicht vergessen, dass sie viele Jahre lang meine Schwägerin war. Daran ändert auch die Tatsache nichts, dass ihr Bruder …« Sie verstummte abrupt.

»Siehst du?« Nora runzelte die Stirn. »Selbst nach all der Zeit fällt es dir noch immer schwer, darüber zu reden.«

»Herrgott noch mal, ich bin wegen einer Depression hier. Natürlich fällt es mir nicht leicht, mich auf die Suche nach deren Ursache zu begeben oder über die Trennung von Oskar zu sprechen! Aber du meine Güte, Nora, sei doch nicht so verbissen und hör mir wenigstens einen Moment lang zu.«

Nora seufzte, erwiderte aber nichts. War die böse Ahnung, die sie überkam, vielleicht nur der Tatsache geschuldet, dass sie überlastet war? Oder lag es schlichtweg daran, dass sie auf alles, was auch nur annähernd mit ihrem Vater zu tun hatte, überempfindlich reagierte?

»Schon gut, Mama. Es ist dein Leben. Du musst wissen, was du tust, und vor allem, wer dir guttut.«

»Und genau darum geht es.« Miriam umklammerte ihre Tasse, während sie Nora intensiv musterte. »Ich habe hier sehr viel Zeit zum Nachdenken. Und ich bin zu dem Schluss gekommen, dass wir all die Jahre viel zu viel Zeit mit Trauer, Wut und Schuldzuweisungen verbracht haben. Aber irgendwann kommt der Punkt, an dem man auch vergeben können muss.« Miriam schluckte. »Ich sage bewusst *vergeben*, Nora. Nicht vergessen.«

Was für eine abgedroschene Floskel. Und das ausgerechnet aus dem Mund ihrer Mutter.

»Vergeben«, wiederholte Nora ungläubig. »Und das ist dir jetzt auf einmal eingefallen? Einfach so?«

»Na ja, sagen wir mal, ich habe einen kleinen Anstoß bekommen.«

»Einen Anstoß.«

»Ja, einen Anstoß. Hast du etwa vor, heute ständig meine Worte zu wiederholen?«

»Nein, es ist nur …« Nora verstummte, in ihrem Kopf herrschte ein heilloses Durcheinander.

»Mach dir keine Sorgen, mein Kind.« Miriam legte ihre Hand auf die Noras. In diesem Moment war sie zum ersten Mal seit langem einfach nur Mutter. Kein Problemfall, keine Patientin, kein Sorgenkind. Einfach nur Mutter. Die Mutter, deren Meinung für Nora noch immer, ob es ihr nun gefiel oder nicht, mehr zählte als die irgendeines anderen Menschen.

»Ich mache mir keine Sorgen«, antwortete Nora. »Ich …«

»Du machst dir immer Sorgen. Um mich, um dein nächstes Buch, um misslungene Talkshowauftritte.«

»Du hast die Sendung also doch gesehen«, entfuhr es Nora entsetzt.

»Auf dem Laptop einer Patientin, ja. Eine Aufzeichnung. Aber darum geht es nicht. Mal abgesehen davon, dass diese Mariella Paulus ja wohl der Inbegriff der Penetranz ist! Diese Frau ist einfach nur peinlich, wenn du mich fragst.«

»Mama!« Gerade jetzt wollte Nora nicht an die Sendung erinnert werden.

»Schon gut, schon gut.« Miriam setzte ihre Tasse ab. »Zurück zu dem, was ich eigentlich sagen wollte. Nun, da die Tabletten langsam anschlagen und sich in meinem Kopf einiges wieder einrenkt, ist mir klargeworden, dass du ganz dringend eine Auszeit brauchst. Genau wie ich. Du musst dich von dem Druck lösen, wieder einen Bestseller liefern zu müssen. Einmal eine Zeitlang weg von deinem bescheuerten

Handy sein, das dich pausenlos an irgendwelche anstehenden Termine erinnert. Weg von deinem verrückten Designerfreund, dem die High Society wichtiger ist als du.«

»Das siehst du falsch. Frank ist einfach nur viel unterwegs. Er übt seine Arbeit mit Leidenschaft aus, da gibt es keine Halbheiten. Gerade deshalb habe ich mich ja in ihn verliebt. Und zu seiner Arbeit gehört eben nicht nur das Entwerfen der Kollektionen, sondern auch der ständige Kontakt mit Models, Agenturen und Promis.«

»Fragt sich nur, wie genau dieser sogenannte Kontakt mit den Models aussieht.«

»Wie oft soll ich dir noch sagen, dass Frank kein oberflächlicher, überkandidelter Mensch ist, Mama? Deshalb hat er mir damals ja auch so hartnäckig Avancen gemacht. Eben weil er privat lieber einen Menschen an seiner Seite hat, der nicht so banal und substanzlos ist wie der Großteil der Leute, für die er arbeitet. All die Events gehören aber nun einmal zu seinem Job. Genauso wie die Lesungen und Interviews zu meinem gehören.«

Miriam lächelte wissend. »Du würdest dir lieber die Zunge abbeißen, als zuzugeben, dass ich recht habe, was Frank betrifft, nicht wahr?«

»Mama!«

»Schon gut.« Miriam hob beschwichtigend die Hand. »Vergiss, was ich gerade gesagt habe. Tatsache ist jedenfalls, dass dein Vater einen Vorschlag gemacht hat, der mir seit gestern nicht mehr aus dem Kopf geht.«

»Fängst du schon wieder mit Oskar an?«

»Ja, weil er verdammt noch mal recht hat, Nora. Zumindest, was diesen Punkt angeht. Und dabei spielt es keine Rolle, was in der Vergangenheit war. Was allein zählt, ist das Hier und Jetzt, in dem wir uns auf das Wesentliche konzentrieren sollten. Deshalb finde ich seine Idee, dich in sein Hotel einzuladen, auch geradezu genial. Die Einladung gilt gleichfalls für mich, aber ich werde wohl noch eine Weile hierbleiben müssen. Aber wenn wir verhindern wollen, dass auch du noch in der Klinik landest – und du wirst dort landen, wenn du dich weiterhin so großem Stress aussetzt –, dann müssen wir den Vorschlag deines Vaters annehmen.«

»Das ist jetzt nicht dein Ernst, oder? Du erwartest doch nicht wirklich von mir, dass ich mich in ein Hotel voller Hunde begebe und einen auf idyllisch mit Oskar und seiner Baumrindenanbeterin mache, nur weil er *mal eben so* diesen Vorschlag gemacht hat? Vergiss es!«

»Er hat diesen Vorschlag nicht *mal eben so* gemacht, und das weißt du auch. Er hat den Kontakt zu dir über all die Jahre hinweg viele, viele Male gesucht. Und ich habe mir immer vorgeworfen, schuld daran zu sein, dass du den Kontakt zu ihm verloren hast.«

»Es war nicht deine Schuld, sondern seine, Mama. Er hat dich wegen einer Jüngeren verlassen. Er war derjenige, der ausgezogen ist und ohne uns leben wollte. Und abgesehen davon solltest du aufhören, mich ständig mit dir zu vergleichen. Du bist hier, weil dir der ewige Stress in der Schule einfach über den Kopf gewachsen ist. Früher bedeutete Lehrer zu sein eben etwas anderes als heute. Aber das kannst du nicht mit meinem Job vergleichen. Ich lebe meinen Traum, Mama. Ich lebe vom Schreiben. Stimmt schon, ich habe im Moment eine kleine Schreibblockade. Aber das geht vorbei, und abgesehen davon …«

»Abgesehen davon bist du meine Tochter. Und es ist meine Aufgabe als deine Mutter, auf dich aufzupassen, so gut ich kann. Egal, ob du nun achtundzwanzig, fünfundvierzig oder sechzig bist. Und nicht umgekehrt. Darüber solltest du einmal nachdenken.« Miriam suchte Noras Blick. »Und außerdem weiß ich selbst, was ich in meinem Leben ändern muss. Ich darf mich eben nicht mehr so sehr wie bisher für meine Schüler interessieren und engagieren.«

»Interessieren und engagieren ist gut. Du hast dich regelrecht von ihren Problemen auffressen lassen, Mama. Du hast dich mit einem prügelnden Familienvater angelegt und dich dabei selbst in Gefahr gebracht. Oder denk nur an die Sache mit den Klausens. Da ging es um Drogen, Mama. Um Drogen!«

»Lass uns nicht wieder davon anfangen.«

Nora stach mit der Gabel ein Stück Kuchen ab, ließ sie dann aber sinken, ohne sie zum Mund geführt zu haben. Der Appetit war ihr gründlich vergangen. Sie fühlte sich auf einmal wie gefangen und beobachtet von all den tuschelnden Menschen um sich herum. Ob sie ahnten, was in ihr vorging? Wobei – was ging denn eigentlich in ihr vor? Ihre Mutter war auf dem Weg der Besserung, sie selbst eine gefeierte Bestsellerautorin. Eigentlich lief doch alles bestens! Was waren da schon eine kleine Schreibflaute und ein nicht wirklich ernstzunehmendes momentanes Beziehungstief?

Aber sie wusste, dass das nicht stimmte, sondern weit mehr dahintersteckte. Und doch konnte sie es nicht greifen, das Problem, das ihr so schwer im Magen lag und dort wie ein Geschwür langsam, aber stetig heranwuchs. Sie erinnerte sich an den Abend nach der Scheidung ihrer Eltern. Sie hatte Miriam gefragt, ob sie bei einer Freundin übernachten dürfe, war später aber noch einmal spontan nach Hause gekommen, um ihren CD-Player zu holen.

»Mir ist nur ein Glas runtergefallen, Liebling.«

Nie mehr würde Nora diesen Satz ihrer Mutter vergessen, mit dem diese versuchte, sie zu beschwichtigen, als Nora die

Küche betreten und Miriam weinend der Länge nach zwischen den Scherben auf dem Boden hatte liegen sehen. Ein Bild, das sich ihr für immer ins Gedächtnis eingebrannt hatte. Nahezu symbolisch für viele Situationen, die sie mit ihrer Mutter danach noch erlebte.

Und nach all dem Kummer, den ihr Vater ihnen zugefügt hatte, sollte sie nun einfach so tun, als sei nichts gewesen?

Miriam suchte den Blick ihrer Tochter. »Versprichst du mir, dass du wenigstens über seine Einladung nachdenkst?«

»Ich will dich nicht anlügen«, antwortete Nora.

»Dann sag jetzt nichts, sondern denk erst in aller Ruhe darüber nach. Du musst dich ja nicht heute entscheiden.«

Nora schwieg. Sie war so weit davon entfernt, über Oskars Vorschlag nachzudenken, wie die Sonne vom Mond. Dennoch brachte sie es nicht übers Herz, ihre Mutter zu enttäuschen. Sie seit langem derart guter Stimmung und redselig zu erleben war ihr sogar eine kleine Lüge wert.

»Ich denke darüber nach, ich verspreche es«, meinte Nora schließlich.

Alexa spürte seine Hand sanft über ihren Rücken gleiten, während sie nebeneinander den schmalen Fußweg am Waldrand entlanggingen. Durch den dünnen Stoff ihrer Bluse hindurch spürte sie seine Körperwärme, genoss seine Berührung.

Sie liebte es, ihn in ihrer Nähe zu haben, selbst nach all den Jahren musste sie sich hin und wieder vergewissern, dass er wirklich da war. Neben ihr, bei ihr. Und nie wieder gehen würde.

Vor ihnen liefen zwei ihrer Hunde, beschnupperten neugierig Büsche und Zweige und setzten Markierungen, um zwischendurch immer wieder von Oskar und ihr zu ihnen zurückgepfiffen zu werden.

Alexa lehnte im Gehen kurz ihren Kopf an seine Schulter, während ihr ein leiser Seufzer entwich.

»Du machst dir Sorgen«, sagte Oskar leise.

»Um dich.« Sie streichelte über seinen Rücken.

»Warum denn?« Er lachte. »Biete ich etwa in irgendeiner Weise Anlass zur Sorge?«

»Ich bin mir nicht sicher, ob es wirklich eine gute Idee war, Miriam zu besuchen.«

»Ich hatte nicht den Eindruck, dass es dir nicht gefallen hat, sie wieder einmal zu sehen.«

»Das meine ich nicht.« Sie drehte sich um und stieß einen weiteren Pfiff nach den Hunden aus, die sofort aus dem Gebüsch gesprungen kamen.

»Dann klär mich auf, Liebes.«

»Weil du dir, glaube ich, falsche Hoffnungen machst«, entgegnete sie. »Warum sollte Nora deiner Einladung ausgerechnet dieses Mal folgen?«

»Falsche Hoffnungen? Ich?« Oskar hauchte ihr einen Kuss auf die Stirn. »Meine Tochter hat mich so oft abblitzen lassen, so viele meiner Briefe und Anrufe ignoriert – glaube mir, übertriebene Erwartungen habe ich schon lange keine mehr. Aber das heißt nicht, dass ich nicht trotzdem immer wieder einen Versuch machen sollte, oder etwa nicht? Was wäre ich für ein Vater, wenn ich das nicht täte?«

»Ich weiß auch nicht.« Alexa bückte sich nach einem Stein und warf ihn gedankenverloren aufs Feld.

»Wenn du es nicht weißt, warum machst du dir dann Sorgen?«

»Ich will einfach nicht, dass du dir falsche Hoffnungen machst und dann doch wieder nur enttäuscht wirst.«

»Deine Sorge in allen Ehren.« Er schob die Hände in seine Hosentaschen. »Aber es geht mir gut. Wirklich. Und wer weiß, vielleicht ist es dieses Mal tatsächlich anders als sonst. Selbst Miriam war anders als sonst.«

»Sie ist wegen ihrer Depression in einer Klinik, Oskar, und wird dort mit entsprechenden Medikamenten behandelt und therapiert.«

»Schon, aber ich fand sie dennoch positiv verändert. Diesmal steckt mehr dahinter. Irgendetwas hat sich verändert, sie hat sich verändert, das spüre ich ganz deutlich.«

»Siehst du? Du machst dir also doch Hoffnungen, was Miriam und Nora angeht.«

Oskar hob einen Stock vom Boden auf und warf ihn in hohem Bogen den Weg entlang. Die Hunde rannten sofort aufgeregt los, um ihn aufzusammeln. Laut bellend, stritten sie sich um seinen Besitz, nachdem sie ihn gefunden hatten.

»Nora ist meine Tochter.« Oskars Stimme wurde leiser. »Deshalb werde ich die Hoffnung, dass wir eines Tages wieder zueinanderfinden, wohl nie ganz aufgeben.«

Der an- und abschwellende Ton und das einmal heller, dann wieder dunkler werdende Licht, das durch den Türspalt ins Zimmer fiel, zeigte Miriam, dass sich die Mehrheit der Patienten wieder einmal für eine dieser lächerlichen Doku-Soaps entschieden hatte. Aber wenigstens nahm ihr das die Entscheidung ab, ob sie sich zu ihnen in den Gruppenraum gesellen oder lieber ihr Buch zu Ende lesen sollte.

Sie schloss die Tür und ging zum Fenster, um die Fensterläden zu schließen.

Doch anstatt sie zu schließen, blieb ihr Blick an den Rosensträuchern vor dem Klinikgebäude hängen. Gedankenverloren lehnte sie den Kopf gegen die Fensterscheibe und schaute hinaus.

Noch immer dachte sie über Noras Worte nach.

Du bist hier, weil dir der ewige Stress in der Schule einfach über den Kopf gewachsen ist.

Die Arbeit an der Schule war ihr wirklich über den Kopf gewachsen. Mehrfach hatte sie in den letzten Jahren mit dem Gedanken gespielt, wieder an eine Grundschule zu wechseln, um dadurch Problemen wie Drogenmissbrauch, Gewalt und Mobbing unter Jugendlichen aus dem Weg zu gehen. Stattdessen hatte sie sich stets dazu berufen gefühlt, ihren Schülern zu helfen und für sie da zu sein. Ein Umstand, der sie nicht selten in die tiefsten Abgründe wunder, kranker Seelen und zerrütteter Familienverhältnisse blicken ließ.

Kam es einem Eingeständnis des Scheiterns gleich, wenn sie sich nun intensiv nach beruflichen Alternativen umschaute? Wenn sie die für sie nicht lösbare Aufgabe, all ihren Schülern gerecht zu werden und helfen zu können, jemand anders überließ?

Sie schluckte schwer. In den letzten zwei Tagen hatte sie weniger oft geweint als in den Wochen zuvor. Die für sie unerklärlichen, ständig wiederkehrenden Weinkrämpfe hatte der Arzt ihr damit erklärt, dass sie sich in einer Art psychischem Erschöpfungszustand befinde, aus dem man sie nun behutsam herausführen müsse.

Sie wischte sich die Tränenspuren von den Wangen, während ihre Gedanken wieder zu Nora wanderten.

Ob sie wirklich ernsthaft darüber nachdachte, Oskars Vorschlag anzunehmen?

Miriam wünschte es sich von ganzem Herzen.

Oskars Auszug hatte Nora und sie noch enger zusammengeschweißt, Nora aber gleichzeitig ihrem Vater entfremdet. Gerade deshalb wünschte sich Miriam nichts sehnlicher, als dass ihm Nora nach all den Jahren und gescheiterten Versöhnungsversuchen seinerseits nun endlich eine Chance geben würde. Nicht zum ersten Mal ergriffen beinahe lähmende Schuldgefühle Besitz von ihr.

Aber traf sie wirklich die gleiche Schuld am Scheitern ihrer Ehe wie Oskar? Kam ihr vielleicht nicht sogar eine noch größere, schwerwiegendere Schuld zu als ihm? Auch sie hatte Fehler gemacht und mit Oskars Vertrauen gespielt – was sie Nora immer verschwiegen hatte. Vielleicht gründete sich ihr Drang, anderen Menschen mit fast schon krankhafter Besessenheit helfen zu wollen, ja sogar darauf, dass sie diese Schuld gegenüber Oskar und Nora wiedergutmachen wollte?

Aber unabhängig davon, von welcher Seite aus man es betrachtete: *Oskar* war derjenige gewesen, der gegangen war. *Er* hatte beschlossen, ihrer Ehe und dem Familienglück keine zweite Chance zu geben.

Erneut kamen Miriam Zweifel. Machte sie es sich mit dieser Art von Betrachtung nicht schon wieder zu leicht?

Sie schloss die Läden und wandte sich vom Fenster ab.

Routiniert zog sie die Bettdecke zurück und ließ sich auf die Matratze fallen.

Es war noch zu früh, um schlafen zu gehen; sie entschloss sich daher, noch eine Weile zu lesen. Aber noch während sie nach dem Buch auf ihrem Nachtschrank griff, verlor sie sich erneut in Gedanken an die Vergangenheit.

Sie sah Nora mit angewinkelten Knien vor sich auf dem Bett sitzen. Die Zahnspange, die jedes Mal aufblitzte, sobald sie die Lippen zu einem kindlichen, strahlenden Lächeln verzog. Die Neugierde und Spannung, die in ihren Augen standen, wenn sie den Geschichten lauschte, die ihr Miriam Abend für Abend aus unzähligen Märchen- und Abenteuerbüchern vorlas. Und wie viele Male hatte Nora sie nicht darum gebeten, das Buch zu schließen und sich gemeinsam zu überlegen, wie die Geschichte weitergehen würde, dürften sie selbst sie zu Ende schreiben?

Nora war gerade in den ersten Jahren ihrer Autorenkarriere nie müde geworden, in ihren Interviews zu versichern, dass diese Abende in ihr den Wunsch hatten wachsen lassen, eines Tages selbst Schriftstellerin zu werden.

Noch heute sah Miriam in ruhigen Momenten, in denen Nora sich unbeobachtet glaubte, das begeisterungsfähige kleine Mädchen von damals in ihr. Sie sah die Leidenschaft und den unstillbaren Durst nach allem, was ihr unbekannt und unerklärlich war.

Manchmal frage ich mich, ob ich auch Schriftstellerin geworden wäre, wenn Papa bei uns geblieben wäre und es diese vielen Mutter-Tochter-Abende nicht gegeben hätte.

Diesen Satz, den Nora vor einigen Jahren bei einer ihrer gemeinsamen Shoppingtouren äußerte, hatte Miriam bis heute nicht vergessen.

Das Buch lag noch immer aufgeschlagen auf Miriams Schoß, ohne dass sie bislang auch nur eine einzige Zeile weitergekommen war. Sie würde es heute wohl doch nicht mehr zu Ende lesen.

Ob Nora und Oskar sich überhaupt nach all den verlorenen Jahren einander wieder annähern könnten? Selbst wenn beide es wollten, bedeutete das noch lange nicht …

Ein Klopfen an der Tür ließ sie erschrocken zusammenfahren.

»Ja?«

»Wir haben uns gegen die Soap-Fraktion durchgesetzt«, sagte Jana, während sie ihren Kopf durch die Tür steckte. »Heute Abend ist nun doch ›Columbo‹ angesagt. Bist du dabei?«

Miriam senkte den Blick auf das Buch, dann klappte sie es nach kurzem Zögern zu.

»Warum nicht?« Miriam lächelte. »Lesen kann ich auch noch morgen.«

Der Weg durch das kleine Waldstück zwischen Parkplatz und Mietshaus erinnerte Nora, seitdem sie hier vor zwei Jahren eine kleine Wohnung bezogen hatte, jedes Mal aufs Neue an eine »Criminal Minds«-Episode. Wann immer sie abends noch unterwegs war und im Dunkeln nach Hause kam, lief ihr auf den letzten Metern bis zur Haustür ein Schauer über den Rücken, der sie hin und wieder die Frage aufwerfen ließ, ob sie vom Familien- und Schicksalsroman nicht zumindest zeitweise ins Thriller-Genre wechseln sollte. Aber weder ihre Lektorin Maria noch ihre breite Leserschaft waren begeistert von dieser Idee. Sie liebten Noras Bücher vor allem wegen der Emotionalität und Wärme ihrer Geschichten, mit denen sie treffsicher stets den Weg zum Herzen ihrer Leserinnen fand. Sich in einem neuen Genre zu versuchen war es daher nicht wert, deren Erwartungen zu enttäuschen.

»Nein, Maria, du brauchst wirklich nicht nervös zu werden.« Es war bereits die dritte Lüge während des gerade erst begonnenen Telefongesprächs mit ihrer Lektorin. »Du bekommst die ersten sechzig Seiten Ende Juli. Spätestens!«

Noch immer hatte sie keine Ahnung, wie sie aus den bisher gerade einmal fünf mageren Seiten des Prologs in nur fünf Wochen sechzig machen sollte. Ihre Schreibblockade hielt nach wie vor an. Trotzdem war sie zuversichtlich, einen Weg zu finden. Früher waren zwanzig bis dreißig Seiten pro Tag kein Problem für sie gewesen – folglich würde sie wohl auch dazu in der Lage sein, dieses weit geringere Pensum zu schaffen. Oder etwa nicht?

»Nein, nein, wirklich. Wenn ich es dir doch sage. Ich krieg das hin. Ich muss nur …«

Überrascht ließ sie den Arm mit dem Handy sinken.

»Du?«

Dass Franks unerwarteter Anblick sie derart irritierte, und vor allem, dass er es ihr wahrscheinlich ansah, ärgerte sie maßlos.

»Nora.« Er stand direkt neben der Haustür an die Briefkästen gelehnt.

Wie gut er doch aussah. Sie kannte keinen anderen Mann, der im simplen schwarzen T-Shirt und in verwaschenen Jeans so viel hermachte wie dieser verfluchte Mistkerl!

Und sein Haar. Hatte er es schneiden lassen? So kurz wirkte das dunkle Braun beinahe schwarz.

»Nora? Hallo, Nora?« Marias Stimme, die aus dem Handy schallte, riss sie aus ihrer Starre.

»Ähm, sorry, Maria. Ich habe …«, sie warf Frank einen kurzen Blick zu, »gerade Besuch bekommen. Kann ich dich später zurückrufen?«

Frank schien den Abbruch des Telefonats als Entgegenkommen zu verstehen. Mit siegessicherem Lächeln kam er ihr einige Schritte entgegen.

»Vergiss es!« Sie schob das Handy in ihre Jackentasche und stapfte an ihm vorbei. Gut so, da war sie wieder, ihre Selbstbeherrschung.

Während sie den Schlüssel ins Türschloss schob, spürte sie seine Hand auf ihrer Schulter.

»Das ist jetzt doch nicht dein Ernst, oder?«, protestierte er. »Bist du denn noch immer sauer, weil ich neulich etwas zu spät gekommen bin?«

»Ich sagte dir schon, vergiss es!«, beschied ihm Nora daraufhin knapp. *Etwas zu spät!*, das war nun wirklich der Gipfel der Unverfrorenheit.

Sie schob die Haustür auf, fest entschlossen, sie vor ihm und jeder seiner weiteren dünnen Entschuldigungen wieder zu schließen.

»Nun warte doch mal!« Geistesgegenwärtig stellte Frank seinen Fuß in den Türspalt und kam ihr nach.

Da standen sie nun, im Flur eines Hauses voller wissbegieriger Nachbarn, die geübt darin waren, ihre Ohren an Türrahmen und Wände zu legen, um nur ja nichts von dem zu verpassen, was im Haus vor sich ging.

Sollte sie ihm etwa hier eine Szene machen? Ihn einfach wortlos stehenlassen oder mit sich nach oben nehmen und ihm dort eine Szene machen? Oder gar ein weiteres Mal nachgeben, so wie sie es bislang immer getan hatte?

»Ich will doch einfach nur mit dir reden.« Er griff nach ihrer Hand, die sie ihm jedoch sofort entzog.

»Ich kann jetzt nicht, Frank«, antwortete Nora möglichst leise in neutralem Tonfall. »Ich muss noch dringend am Manuskript arbeiten. Das am Telefon gerade eben war Maria. Sie wartet auf meinen Rückruf. Darüber hinaus bin ich mit meinem Roman schwer im Zeitverzug. Lass uns einfach in den nächsten Tagen telefonieren.«

Sowohl ihm als auch ihr war klar, dass ihre letzten Worte nichts anderes als ein vages Versprechen waren, mit dem sie ihn loswerden wollte. Weshalb Frank auch gar nicht weiter darauf einging.

»Ich habe dich versetzt, das stimmt, und es tut mir leid. Aber es waren einfach zu viele wichtige Leute auf dieser Veranstaltung. Kontakte, die ich nicht aufs Spiel setzen durfte, indem ich diesen Leuten zu wenig Zeit schenke. Ich meine, du weißt doch selbst, wie das ist.«

»Nein, das weiß ich nicht!« Sie hatte sich auf der ersten Treppenstufe zu ihm umgedreht und holte nun tief Luft. »Und hast du wirklich gerade ›nicht aufs Spiel setzen‹ gesagt?«

»Ja, ich …« Er stockte. Ihr Gesichtsausdruck schien ihn zu verunsichern.

»Sag mal, merkst du eigentlich gar nicht, was du da sagst?« Ihr Vorsatz, nicht laut zu werden, löste sich zunehmend in Luft auf. »Genau darum geht es doch, Frank. Du willst immer auf Nummer sicher gehen, keinen deiner ach so wichtigen Kontakte gefährden – aber was ist mit mir? Den Kontakt zu mir kannst du anscheinend sehr wohl gefährden. Ist unsere Beziehung denn etwas so Selbstverständliches für dich, dass es nichts ausmacht, wenn ich hinter jedem deiner Events und Kontakte zurückstecken muss?«

»Es war doch nur ein Abend, Süße. Bewerte das doch bitte nicht über. Du weißt doch, dass ich dich brauche. Genauso sehr, wie du mich brauchst. Wenn du momentan nicht so gestresst wärst, würdest du das ganz gewiss auch so sehen. In den letzten Wochen ist bei dir einfach viel zu viel passiert. Zuerst ist deine Mutter zusammengeklappt, dann die ganzen Probleme mit deinem Manuskript. Da ist es nur verständlich, wenn du jetzt überreagierst. Aber ich bin sicher, wenn du dir ein, zwei Tage Ruhe gönnst, wirst du einsehen, dass du und ich …«

»Stress?«, fiel Nora ihm ins Wort. »Du meinst also, dass ich zu viel Stress habe, Frank? Nun, da liegst du nicht einmal falsch. Ich sehe das nämlich ganz ähnlich wie du. Nur mit dem einen Unterschied, dass *du* im Moment mein größter Stressfaktor bist.«

»Aber …«

»Ich sagte, vergiss es, okay? Du verstehst es anscheinend wirklich nicht. Ich will einfach keinen Mann, dem ich erklären muss, was ich ihm zu bedeuten habe.«

»Aha, du fühlst dich also hintangestellt, und deshalb lässt du jetzt die Diva raus.« Er grinste.

»Nenn und sieh das meinetwegen, wie du willst, wenn eine Frau gerne an erster Stelle bei ihrem Freund stehen will. Aber ich habe einfach nicht die Zeit und vor allem keine Lust mehr, ständig feste Verabredungen mit dir zu treffen, um dann kurz vorher eine Absage per SMS von dir zu bekommen oder gar keine. Die Party neulich war nur der Tropfen, der das Fass endgültig zum Überlaufen gebracht hat. Dabei ist es noch nicht mal so, dass ich wütend auf dich bin«, sie senkte die Stimme, »ich bin mir einfach nur zu schade für dieses ständige Hin und Her, verstehst du?«

»Hin und Her«, wiederholte er monoton, während er zu Boden starrte.

War er tatsächlich betroffen?

»Es tut mir leid«, sagte sie. »Aber ich muss jetzt wirklich nach oben. Ich habe noch eine Menge zu tun und du doch sicher ebenso. Lass es also gut sein! Wir können, wie gesagt, ein anderes Mal drüber reden. Aber jetzt brauche ich einfach ein bisschen Zeit für mich. Es war ein langer Tag.«

»Ich finde immer noch, dass du maßlos übertreibst, Baby. Du kennst meinen Job, und ich kenne deinen.«

»Darum geht es doch gar nicht. Außerdem habe ich immer sehr viel Verständnis für alles gezeigt, was mit deiner Arbeit zu tun hat. Es ging mir nur darum, dass ich gern mehr Bedeutung …«, sie verstummte.

Wortlos starrte er sie an, als wüsste er tatsächlich nicht, worauf sie hinauswollte.

»Weißt du was?« Nun war sie diejenige, die nach seiner Hand griff. »Du bedeutest mir noch immer viel. Daran hat sich über Nacht nichts geändert. Aber vielleicht passen wir einfach nicht zusammen. Vielleicht …«

»Alles Blödsinn«, unterbrach sie Frank. »Du und ich, wir hatten vom ersten Tag an den größten Spaß miteinander, den zwei Menschen nur haben können. Wir lachen über die gleichen Dinge, wir …«, er kam näher und flüsterte ihr ins Ohr, »haben miteinander den besten Sex, den man sich nur vorstellen kann.«

Das war es. Damit hatte er sie. Zumindest machte er ihr damit weiche Knie. Wenn sie jetzt nicht die Notbremse zog, würde sie die Wohnung nicht ohne ihn betreten.

Instinktiv wandte sie sich von ihm ab und lief die Treppenstufen nach oben.

»Es tut mir leid!«, rief sie, ohne sich noch einmal nach ihm umzudrehen. »Aber glaub mir, es ist besser so.«

Sie nahm die Stufen mit solcher Eile, als wäre sie auf der Flucht, was sie gewissermaßen ja auch war. Nur dass sie nicht zu sagen wusste, ob sie vor ihm oder nicht eher vor sich selbst auf der Flucht war. Erleichtert ließ sie die Wohnungstür hinter sich ins Schloss fallen. Für dieses Mal war sie gerettet.

»Besitzt man als Autorin eigentlich automatisch einen Freifahrtschein für einen breiten Hintern? Nur mal so am Rande gefragt …«

Nora saß mit offenem Mund vor dem Bildschirm und starrte auf den Kommentar einer gewissen »Libby276«.

Was im Grunde nichts weiter als ein normaler, wenn auch nicht wirklich lustiger Videokommentar zur letzten Sendung von Mariella Paulus war, wurde ungeplant zum Tropfen, der das Fass zum Überlaufen brachte und Nora eine Entscheidung treffen ließ.

Warum nur quälte sie sich selbst dermaßen? Reichte es denn nicht, dass die Sendung einen für sie demütigenden Verlauf genommen hatte, musste sie danach wirklich noch im Internet nach boshaften, kränkenden Statements über ihren Auftritt suchen?

Ihre Finger lagen bereits auf der Tastatur, um diese Libby per Mail zu fragen, ob sie sich von ebendiesem breiten Autorenhintern gern einmal plattwalzen lassen wolle. Dann aber siegte im letzten Moment ihre Vernunft.

Ohne einen Buchstaben getippt zu haben oder einen weiteren Kommentar zu lesen, klappte Nora den Laptop zu. Sie würde heute auch nicht mehr an ihrem Manuskript weiterarbeiten.

Missmutig stand sie auf und holte sich eine Flasche Wasser aus dem Kühlschrank.

Der Gedanke an Frank und die Reue, die sie in seinen Augen gesehen hatte, verfolgten sie noch immer. War es wirklich richtig von ihr gewesen, ihn einfach stehenzulassen? Und überhaupt, warum machte sie sich selbst das Leben nur so schwer?

Anstatt sich mit fiesen Videokommentaren und ihrem Manuskript zu quälen, sollte sie lieber rausgehen und das Leben genießen. Mit oder ohne Frank.

Was also hinderte sie daran?

Sie stellte die Flasche auf den Küchentisch und ließ sich auf den nächstbesten Stuhl fallen.

Ihr Blick wanderte zu den Fotos, die sie mit bunten Magneten in Form von Karotten an der Kühlschranktür fixiert hatte.

Eines zeigte sie als ungefähr Sechs- oder Siebenjährige auf einem Pony, ein anderes gemeinsam mit Miriam in einem als Baumstamm gestalteten Boot auf einer Wildwasserbahn.

Obwohl von ihrem Vater kein einziges Bild dabei war, musste sie unweigerlich an ihn denken.

Oskar.

Deine Mutter und ich, wir streiten uns einfach zu viel. Wir sind nicht mehr das Paar, das wir einmal waren.

Nora wollte an etwas anderes denken, doch die damaligen schalen Erklärungen ihrer Eltern drängten nun mit aller Macht in ihr Gedächtnis.

Dein Vater möchte ein anderes Leben führen, von nun an sind wir auf uns allein gestellt, Liebes.

Bis heute konnte sie nicht verstehen, wie es so weit hatte kommen können, ohne dass sie irgendetwas bemerkt hatte. Wie oft hatte ihr Vater ihr nach seinem Auszug nicht klarzumachen versucht, dass seine Beziehung mit Alexa nichts an seiner Liebe zu ihr änderte. Und doch hatte sie ihm – neben der Tatsache, dass er ausgezogen war – bis heute nicht verzeihen können, dass er vorher kein einziges Mal mit ihr gesprochen, sondern sie stattdessen vor vollendete Tatsachen gestellt hatte.

Die zwei Abenteurer.

Jeden Tag hatte er ihr aufs Neue die Welt in all ihren Facetten erklärt. All die Geschichten und Erklärungen, die er ihr bei ihren zahlreichen Ausflügen durch die Wälder und Felder erzählt und gegeben hatte. All die Fantasien, die in diesen ersten Jahren ihres Lebens entstanden waren. Und dann? Von einem Tag auf den anderen hatte er ihr mit kreidebleichem Gesicht und beängstigend ernster Stimme verkündet, dass er von nun an mit einer anderen Frau zusammenleben und sich auch beruflich verändern werde.

Einer anderen Frau als ihrer Mutter.

Es war immer mein Traum, mit Tieren zu arbeiten. Mit Alexa werde ich diesen Traum verwirklichen. Gleichzeitig wäre dieser Traum nicht perfekt, wenn meine kleine Abenteurerin nicht mit dabei wäre!

Ich bin nicht mehr deine kleine Abenteurerin.

Doch, Nora, das bist du, und du wirst es immer sein. Nichts an dem, was geschehen ist, ändert etwas an meiner Liebe zu dir. Dennoch ist es für jeden Menschen wichtig, dass er das Leben führt, das zu ihm passt, und dazu gehört nun einmal zu einem großen Teil auch die Arbeit, die man ausübt. Ich hoffe, dass du das verstehst und mir und meinem neuen Leben eine Chance gibst. Denn nur mit dir kann es ein wirklich lebenswertes Leben sein.

Und was ist mit Mama?

Auch Mama hat Entscheidungen getroffen, die nicht immer richtig waren. Das ist nur allzu menschlich. Menschen haben nun einmal das Recht, zu tun, was sie für das Beste halten, auch wenn sich das später als Irrtum oder Fehler erweisen sollte.

Die einzige falsche Entscheidung, die Mama getroffen hat, war die, dir nicht sofort den Hals umzudrehen!

War es kindisch, nach all der Zeit, die seitdem vergangen war, noch immer wütend auf ihren Vater zu sein? Vielleicht. Allerdings fühlte sie weniger Wut als vielmehr Enttäuschung darüber, dass er sie als seine engste Vertraute, für die sie sich immer gehalten hatte, nicht eher eingeweiht hatte. Dass sie erst von seiner Entscheidung erfahren hatte, als sie längst gefallen war!

Die zwei Abenteurer.

Sie schluckte.

Die Wut auf ihren Vater war nach all den Jahren noch immer lebendig, ebenso wie die Enttäuschung. Und doch war Nora seit dem letzten Gespräch mit ihrer Mutter hin- und hergerissen. Miriams Wunsch, dass Nora der Einladung ihres Vaters folgte, war offensichtlich größer, als Nora bislang angenommen hatte. Sie durfte diesen Wunsch daher nicht so einfach ignorieren.

Am meisten Angst bereitete ihr allerdings die Tatsache, dass sie mittlerweile von sich aus – völlig unabhängig von Miriam – ernsthaft in Erwägung zog, das Angebot ihres Vaters anzunehmen. Andererseits kam die Tatsache, dass sie zu ihrem Vater aufs Land fuhr, um dort auf andere Gedanken zu kommen und sich zu entspannen, noch lange keinem Zugeständnis gleich. Nur weil sie in seinem Hotel übernachtete, hieß das noch nicht, dass sie sich mit ihm versöhnen wollte. Außerdem stellte diese Auszeit gleichzeitig die beste Möglichkeit dar, Frank und der Versuchung, erneut auf ihn hereinzufallen, aus dem Weg zu gehen!

Sie schraubte die Flasche zu und stellte sie zurück in den Kühlschrank.

Wahrscheinlich musste sie einfach nur eine Nacht darüber schlafen. Morgen würde die Welt sicher schon ganz anders aussehen.

Kapitel 2

Oskar sah die dünnen Beinchen der Kinder im Minibus verschwinden. Fröhliches Winken, lebhaftes Gelächter, die liebevoll ermahnenden Worte der Betreuerin, dann schloss sich die Bustür hinter den Besuchern. Der Fahrer hupte noch einmal zum Abschied, dann fuhr der Bus davon.

Oskar lehnte sich gegen den Türrahmen des Hoteleingangs und schaute dem Fahrzeug noch so lange hinterher, bis es um die erste Kurve bog.

»Die letzten Gäste?«, fragte Yannik, der mit einer Schubkarre neben ihm stehen blieb.

Oskar nickte. »In den nächsten Wochen werden nur noch vereinzelte Tagesgäste hier sein.«

»Woher willst du das wissen?«, überlegte Yannik.

»Nun, wir haben nur zwei Buchungsanfragen für Gruppen absagen müssen«, antwortete Oskar. »Und ansonsten gab es nur ein paar Einzelanfragen.«

»Meinst du wirklich, dass sie kommt?«

»Ich habe zumindest ein gutes Gefühl«, antwortete Oskar. »Irgendetwas sagt mir, dass diesmal eine echte Chance besteht. Und außerdem …«

»Außerdem was?«, wiederholte Yannik, ohne irgendeine Regung zu zeigen.

So sehr Oskar Yannik auch mochte und die Tatsache zu schätzen wusste, sich jederzeit auf seinen Freund und Angestellten verlassen zu können, so sehr störte es ihn doch, dass ihn Yannik in Momenten wie diesen problemlos zu durchschauen schien.

»Ich glaube, die Kinder haben sehr viel aus den Hundetherapien mitgenommen«, wechselte Oskar deshalb abrupt das Thema. »Wenn ich allein daran denke, wie wortkarg der kleine Timmy war, als er mit den anderen vor einer Woche im Hotel angekommen ist. Und dann, die letzten zwei Tage, konnte er sich kaum noch von den Hunden losreißen, vor allem von Mary und Anton nicht.«

»Warum hast du ein gutes Gefühl?«, hakte Yannik unvermittelt nach.

»Ein gutes Gefühl?«

»Du sagtest, du hättest ein gutes Gefühl, was deine Tochter betrifft.«

»Du kannst wohl nie etwas auf sich beruhen lassen!«

Yannik zuckte mit den Achseln. »Ich will es einfach nur wissen.«

Oskar schob die Hände in die Taschen. Sein Blick war noch immer auf die Einfahrt und die Straße gerichtet, obwohl der Bus schon lange außer Sichtweite war.

»Miriam hat mich gestern angerufen«, sagte Oskar schließlich.

»Deine Ex?«

Oskar nickte. »Ich habe ihren Anruf nicht mitgekriegt. Als ich ihn dann später auf dem Display entdeckt habe, war es schon zu spät, um sie zurückzurufen. Heute Morgen habe ich es noch mal versucht, aber da war sie nicht mehr in ihrem Zimmer, sondern sicher schon in irgendeinem Arztgespräch.«

»Arztgespräch?«

»Was auch immer. Aber da wir so gut wie nie miteinander telefonieren, kann es nur einen Grund für ihren Anruf gegeben haben.«

Yannik hob fragend die Augenbrauen.

»Sie wollte mir sagen, dass Nora die Einladung annimmt.« Oskar lächelte.

»Glaubst du wirklich?«, entgegnete Yannik. »Und diese Ahnung hattest du schon die ganze Zeit über?«

»Irgendwie schon.«

Yannik stellte die Schubkarre ab und stemmte die Hände in die Hüften. »Deine Tochter kommt aus der Großstadt?«

»Ja, sie lebt seit einigen Jahren in der Stadt. Aber früher haben wir etwas außerhalb gewohnt und waren ständig gemeinsam in der Natur unterwegs. Sie wird die Gegend hier lieben und ihren Aufenthalt bei uns genießen.«

Yannik räusperte sich. »Und du meinst, dass das reicht?«

»Wofür?«

»Nun ja, für mehr als einfach nur ein oberflächliches Treffen.«

Oskars Blick wanderte ins Leere. »Ich hoffe es.«

Nora hatte nur anderthalb Autostunden hinter sich gebracht, doch als sie aus dem Wagen stieg, kam es ihr so vor, als hätte sie eine Weltreise gemacht. Denn zwischen dem Bild, das sich ihr nun bot, und dem, was sie tagtäglich in der Stadt sah, lagen Welten. Die Hektik, der Lärm und die von Autoabgasen und sonstigen Schmutzablagerungen eher matten Farben der Großstadt waren dem satten Grün einer Postkartenidylle gewichen. Das Hinweisschild mit dem Schriftzug »Sonnenblumenhaus« deutete allerdings in keiner Weise darauf hin, dass dieses Gebäude in erster Linie Vierbeinern und Patienten vorbehalten war. Das Haus sah wie ein ganz normales Hotel aus. Es war sonnengelb gestrichen, besaß weiße Fensterrahmen und hatte gelb-weiß gestreifte Markisen über den Fenstern. Nora musterte das zweigeschossige Hauptgebäude, an dessen linker und rechter Giebelwand nachträglich zwei einstöckige kleinere Häuser angebaut worden waren. Schon von weitem hatte sie zu beiden Seiten der Haustür breite Pflanzstreifen mit gelb leuchtenden Sonnenblumen gesehen. Kurz fragte sie sich, ob der Name des Hotels oder die Sonnenblumen zuerst da gewesen waren. Einem Zufall verdankten sich die Blumen jedenfalls ganz sicher nicht, da die Fassade im gleichen Gelb erstrahlte.

Das Haus sollte offensichtlich positive Energie ausstrahlen. Doch in Nora sträubte sich alles dagegen, ihren Vater und seine *neue Frau* mit so etwas wie Freude, Spaß und Wohlgefühl in Verbindung zu bringen. Dazu war in den letzten Jahren entschieden zu viel Negatives passiert, das sie mit den beiden verband. Doch dann riss sie sich zusammen, öffnete die Autotür und holte entschlossen ihren Rollkoffer aus dem Kofferraum.

Es würde sich schon weisen, was sie an diesem Ort erwartete.

Sie holte tief Luft, verriegelte per Knopfdruck die Wagentüren und ging langsam auf das Hotel zu.

Ihr Weg führte sie an einem weißgestrichenen Felsstein vorbei, auf dem die Zahl Siebzehn eingemeißelt war. In Kugelform geschnittene Koniferen erstreckten sich links und rechts des gepflasterten Hauptweges, auf den sie nun einbog, bis hin zur Haustür.

Ihr Atem ging schneller.

War sie etwa nervös?

Sie versuchte, sich zu erinnern, wann sie das letzte Mal mit ihrem Vater gesprochen hatte. Dreizehn Jahre lang hatte ihr Kontakt so gut wie auf Eis gelegen. Die ersten Jahre nach der Trennung war er noch oft in seinem alten Zuhause aufgetaucht, um das Gespräch mit ihr zu suchen, doch Nora hatte sich jedes Mal in ihrem Zimmer eingeschlossen. Irgendwann schien ihr Vater dann eingesehen zu haben, dass sie nichts mehr mit ihm zu tun haben wollte, zumindest war er nie mehr bei ihnen vorbeigekommen.

Stattdessen schickte er ab und an eine Mail. Postkartengrüße zu Weihnachten und jedes Jahr das obligatorische Geburtstagsbuch irgendeines Autors, den sie seiner Meinung nach unbedingt lesen sollte. Doch anstatt sich darüber zu freuen und sich zu bedanken, hatte sie die Geschenke stets nur als versteckten Hinweis empfunden, ebenso zu schreiben wie diese Autoren, sich an ihren Geschichten und ihrem Schreibstil ein Beispiel zu nehmen und es besser zu machen als bisher. Die Romane waren alles andere, nur kein Geburtstagsgeschenk.

Weil sie von *ihm* kamen? Weil er damals gegangen war?

Nora schluckte, während sie sich der Tür näherte.

Weißgestrichenes Holz. Links und rechts mehrere kleine in Holz gefasste Glasscheiben zum Türrahmen hin, die Licht ins Innere des Hauses ließen und den Eingangsbereich sicher freundlich und hell machten.

Hatte sie wirklich die richtige Entscheidung getroffen? Sich nicht vielleicht zu überstürzt dazu entschlossen, herzukommen?

Sie hatte sich von Miriam anmelden lassen. Ob ihre Mutter mit Oskar telefoniert oder ihm eine E-Mail geschrieben hatte? Vielleicht sogar an Alexa?

Nein. Sie wollte jetzt nicht an diese Frau denken. Vielleicht hätte sie ja Glück und käme um ein langes Begrüßungsgespräch herum.

Auf der Türschwelle atmete sie noch ein letztes Mal tief durch. Die Stille, die überall um sie herum herrschte, konnte jedenfalls schon allein aufgrund der Tatsache, dass es sich hier um eine Art Ausbildungs- und Heimstätte für Tiere handelte, nur trügerisch sein.

Sie öffnete die unverschlossene Tür. Ihr erster Blick fiel auf einen schön gearbeiteten Empfangstresen aus Kirschbaumholz. Sie stellte ihren Koffer davor ab und betrachtete dann das Schild, das auf ihm stand und dessen eingravierte Schriftzüge, umgeben von ebenfalls eingravierten Hundepfoten, sie mit einem »Willkommen im Sonnenblumenhaus« begrüßten.

Was für ein himmelschreiender Kitsch!, dachte sie und musste automatisch an Alexa denken, mit der sie diese Art von Geschmacksverirrung am ehesten verband.

Sie hatte Alexa nur ein einziges Mal gesehen. Damals, etwa ein halbes Jahr vor ihrem fünfzehnten Geburtstag. Sie erinnerte sich noch gut an ihr Lachen. Blassrosa geschminkte Lippen – und dieses grelle Lachen! Wie konnte eine Frau, die Nora den Vater weggenommen hatte, nur derart grell lachen? *Überhaupt* lachen?

Nora holte tief Luft und atmete aus. Ein. Aus. Und wieder: Ein. Aus.

Niemand schien in der Nähe zu sein. Die trügerische Stille hielt an.

Und wenn das ein Zeichen war? Das Zeichen, sich einfach umzudrehen und wieder zu verschwinden, als sei sie niemals hier gewesen?

Sie sah die Klingel auf dem Tresen, wollte sie aber nicht betätigen.

Ein Zeichen, umzudrehen. Ganz sicher. Hätte sie, anstatt hierherzufahren, nicht doch lieber das Gespräch mit Frank suchen sollen? Wahrscheinlich wäre das ihrem Seelenheil weit zuträglicher gewesen als … Sie hatte ihm nicht einmal auf seine letzte SMS geantwortet und auch nicht auf die vielen anderen, die er ihr davor geschickt hatte.

Sollte sie vielleicht jetzt …? Nein, sie würde direkt zu ihm fahren. Sie würde einfach wieder ins Auto steigen und …

»Nora!«

Erschrocken zuckte Nora zusammen.

Diese Stimme. Dieses Lachen.

»Nora!«, wiederholte Alexa, während sie auf Nora zukam, und meinte dann, als sie vor ihr stehen blieb und sie aufmerksam betrachtete: »Wie gut du aussiehst. Noch viel hübscher als auf den Fotos, die mir Miriam von dir geschickt hat!«

Miriam hatte Alexa Fotos von ihr geschickt? Du liebe Güte, sie war doch keine Zweijährige mehr, von der man ungefragt überall Bilder herumzeigen durfte!

Sie spürte Alexas Lippen auf ihren Wangen. Warm und flüchtig.

Ein Schauer überkam sie.

War das wirklich sie? In den Armen der *anderen* Frau, die sie gerade mit zwei Küsschen begrüßt hatte?

Miriams Worte kamen ihr wieder in den Sinn.

Es ist fünfzehn Jahre her, Nora. Fünfzehn Jahre! Du musst endlich lernen, einen Weg zu finden, damit umzugehen. Schließlich bist du mittlerweile eine erwachsene Frau.

Alexa langte nach dem Griff von Noras Koffer. »Den stellen wir erst mal hinter die Empfangstheke. Als Allererstes bringe ich dich zu deinem Vater. Er hat nicht vor heute Abend mit dir gerechnet und wird begeistert sein, dich jetzt schon zu sehen.«

Nora betrachtete Alexa mit einer Aufmerksamkeit, die ihr ganz und gar nicht gefiel. Das lange kupferrote, zu einem Zopf geflochtene Haar. Das ungeschminkte Gesicht, das dennoch Ausstrahlung besaß, und das unentwegt strahlende Lächeln. Die schmale Taille, die unter der weiten, leicht durchsichtigen Bluse gut zu sehen war.

Nora schwieg noch immer. Sie hatte ohnehin den Eindruck, dass es bei Alexa keiner Antwort bedurfte. Sie schien auch so aus allem, gerade aus dem, was ihr Gegenüber nicht aussprach, ihre Schlüsse zu ziehen.

»Du siehst müde aus.« Alexas Dauerlächeln hielt an. »Das Beste wird sein, ich zeige dir nachher gleich dein Zimmer, damit du dich ein wenig ausruhen kannst.«

Alexa hielt einen kurzen Moment inne. War ihr doch noch aufgefallen, dass sie seit Noras Ankunft einen Monolog führte?

»Ich würde mich gern umziehen«, antwortete Nora kühl. Es war ihr einfach unmöglich, Alexas Herzlichkeit zu erwidern.

»Ja, natürlich.« Das Leuchten in Alexas Augen ließ etwas nach. »Wenn du willst, dann können wir auch …«

»Ich würde mich gern *jetzt* umziehen«, fiel ihr Nora ins Wort.

Ihr Blick gab Alexa zu verstehen, dass das Wiedersehen mit ihrem Vater warten *musste*.

»Ähm.« Alexas Hand umklammerte den Koffergriff unweigerlich ein wenig fester. Sie machte ein paar Schritte in Richtung der Treppe. »Wenn du willst, bringe ich dich schnell nach oben in dein Zimmer, und Oskar kommt dann später zu dir rauf.«

Nora nickte und setzte gerade den Fuß auf die erste Treppenstufe, als sich eine Tür in der Wand hinter dem Tresen öffnete.

»Was hast du noch mal gesagt, welche Äpfel ich dir vom Markt mitbringen soll, Schneckchen?«

Nora zuckte erneut zusammen, als sie die ihr vertraute und doch so fremd gewordene Stimme hörte.

»Vergiss die Äpfel, Schatz.« Alexa lachte fröhlich und ging wieder Richtung Tresen zurück. »Schau mal, wer hier ist.«

Oskar schaute von der Schublade seitlich des Tresens auf, die er geöffnet hatte, ohne Nora zu registrieren, die noch immer auf der Treppe stand.

»Das …«, er stockte. »Nora! Du bist …«, wieder geriet er ins Stottern, »du bist wirklich gekommen.«

»Hat dir das Mama nicht gesagt?«, entgegnete Nora trocken.

»Doch, hat sie. Aber dass du jetzt wirklich hier bist …« Oskar schloss die Schublade, kam hinter dem Tresen hervor und zog sie etwas ungeschickt zu sich heran.

Sie spürte seinen Atem an ihrem Hals, fühlte seine Anspannung.

Er war zweifellos nervös.

Als er sich wieder von ihr löste, war Nora wie erstarrt. Sie hatte seine Umarmung zwar nicht erwidert, dennoch war es ihr unmöglich, ihm mit der gleichen Kälte zu begegnen wie Alexa.

»Es ist so schön, dass du unsere Einladung endlich angenommen hast«, sagte Oskar. »Ich habe dir so viel zu erzählen und zu zeigen.« Er schaute zu Alexa hinüber, die zustimmend nickte. »*Wir* haben dir so viel zu zeigen.«

Nora wusste nicht, was sie sagen sollte. Schweigend erwiderte sie seinen Blick.

Seine Augen. Wie viel hatte es ihr früher doch bedeutet, in diese warmen kaffeebraunen Augen zu schauen, die ihr, wann immer sie sich fürchtete oder ihr irgendetwas Schreckliches zugestoßen war, Zuspruch und Trost spendeten.

Sein dunkles Haar war mittlerweile fast komplett ergraut, doch seine Augen waren noch immer unverändert jung.

Ihre Kindheit, ihre Sehnsüchte, die Geborgenheit, die sie stets bei ihm gefunden hatte. All das lag in seinen Augen.

Auf einmal tauchte das Bild eines bunten Papierdrachens am Himmel vor ihr auf. Die Hände ihres Vaters waren um ihre gelegt, während sie die Schnur hielt.

Du musst die Schnur gerade halten. Gerade, Nora.

»Du wirst begeistert sein«, sagte Alexa und beendete damit unwissentlich Noras Blick in die Vergangenheit.

Und mit einem Schlag war sie wieder da, die wohlvertraute Wut auf ihren Vater – und auf die Frau, die ihn ihr geraubt und ihr damit auch das Glück der eigenen perfekten kleinen Familie, *ihrer* Familie, genommen hatte.

Schneckchen. Er hatte sie Schneckchen genannt!

»Ich habe schon zu Alexa gesagt, dass ich mich gern zuerst umziehen würde«, sagte Nora, um Fassung bemüht.

»Aber willst du dich zuvor denn nicht erst ein wenig umsehen?« Oskar schien enttäuscht. »Wenigstens einen kurzen Blick auf die Tiere, die Bereiche, unser Gehöft werfen?«

»Ich bin ja nicht aus der Welt«, antwortete sie. »Ich will mich nur schnell ein wenig frisch machen und in bequemere Kleider schlüpfen. Obwohl, wenn ich ehrlich bin, würde ich auch gerne ein, zwei Stunden schlafen, bevor ich irgendetwas unternehme. Ich bin müde von der Reise.«

Wieder fiel ihr auf, wie ruhig es hier war und dass sie noch kein einziges Tier gehört, geschweige denn gesehen hatte. Sie konnte sich nicht vorstellen, wo sich die Vierbeiner aufhielten und worin überhaupt der tiefere Sinn dieses Hotels bestand. Die Situation überforderte sie zunehmend.

»Bist du dir sicher, Nora?«, mischte sich nun auch Alexa ein, als wäre Nora eine Kleinkind, das noch nicht beurteilen konnte, was es will und was nicht.

Nora riss sich zusammen, um nicht zu explodieren. Wie kam diese Person dazu, so zu tun, als hätten sie sich bis auf den Austausch irgendwelcher Belanglosigkeiten, wie zum Beispiel das Wetter, auch nur irgendetwas zu sagen? Sie war eine Fremde. Eine vollkommen Fremde! Eine Frau, die ihr einst all das genommen hatte, was ihr wichtig war.

Nora winkte wortlos ab und griff nach ihrem Koffer. Sie verbot sich jedes weitere Wort, um nicht doch noch etwas zu sagen, was sie später bereute. Immerhin war sie gerade erst eingetroffen und wollte nicht gleich für Disharmonie sorgen.

»Was Alexa meint«, ergänzte Oskar diplomatisch, während er die Hand auf Noras Schulter legte, »ist, dass wir uns einfach unheimlich freuen, dass du endlich da bist.«

»Und dass du noch genug Zeit zum Ausruhen hast«, ließ Alexa sich nicht nehmen, mit einem Lachen hinzuzufügen, was Nora nur noch wütender machte.

Ihr Atem wurde schwer. Ihre Muskeln verkrampften sich beinahe schmerzhaft. Schlafen. Einfach nur schlafen. In einem Zimmer, das ihr die Ruhe bot, nach der sie sich sehnte.

»Und für das heutige Abendessen haben wir uns etwas ganz Besonderes überlegt«, fuhr Alexa fort.

»Lasagne«, sagte Oskar. »Die hast du doch früher immer so gern gemocht.«

Nora hatte das Gefühl, als würde sich ihr Herz überschlagen.

Es ist fünfzehn Jahre her, Nora. Fünfzehn Jahre! Du musst endlich lernen, einen Weg zu finden, damit umzugehen.

»Halt! Stopp!«, entfuhr es Nora schließlich. Hatte sie diese Worte wirklich gerade so laut und emotional herausgebrüllt oder es sich nur eingebildet?

Aus dem Augenwinkel heraus sah sie, dass sich eine Seitentür öffnete. Sie hörte die Stimmen von zwei Leuten, die miteinander sprachen.

»Aber Nora«, begann Oskar.

Doch sie hob abwehrend die Hand. »Ich will nichts mehr hören, okay?«

»Nichts mehr hören? Was ist los mit dir? Wir wollten dich doch nur ein bisschen rumführen. Ich verstehe nicht, warum du plötzlich so«, er schluckte, »so aufbrausend bist.«

»Aufbrausend?« Nora lachte beinahe hämisch. »Sag mal, meinst du das ernst?«

Oskar schaute sie fragend an.

»Ich hätte wissen müssen, dass es ein Fehler ist, herzukommen«, sagte Nora.

»Ein Fehler?«, fragte Oskar.

»Ja, ein Fehler. Ich bin nur hier, weil ich Mama eine Freude machen wollte. Denn aus mir unerklärlichen Gründen ist sie der Meinung, dass wir alle einen auf heile Welt machen sollten.« Ihre Stimme vibrierte. »Aber ich hätte wissen müssen, dass ich dieses Spiel nicht so einfach mitspielen kann. Auch Mama zuliebe nicht.«

»Ein Spiel? Wie kann es ein Spiel sein, dass du uns hier besuchen kommst? Unsere Einladung war ernst gemeint.«

»Es mag ja sein, dass es für dich leicht ist, so zu tun, als wäre nichts geschehen.« Sie umschiffte es bewusst, ihn mit seinem Vornamen oder gar mit Papa anzusprechen. »Aber ich kann eben nach all den Jahren nicht einfach so tun, als ob … diese Frau …«, sie deutete mit einer Kopfbewegung auf Alexa, vollendete den Satz aber nicht.

Schneckchen. Er hatte sie Schneckchen genannt!

»Nora!« Oskars Tonfall wurde schärfer. Wusste er, worauf sie hinauswollte?

»Sie hat mich um eine glückliche Kindheit gebracht!«, brach es nun anklagend aus Nora heraus. »Sie hat einem jungen Mädchen die Chance auf ein harmonisches Familienleben genommen. Ich habe ihr den Verlust einer unbeschwerten Kindheit zu verdanken, und jetzt erwartet ihr von mir, dass mit ein paar Wangenküsschen und einem Augenzwinkern alles vergessen ist? Was für ein Vater bist du denn, wenn du dir nicht einmal vorstellen kannst, dass es mir schwerfällt und ich es eben einfach nicht schaffe, so zu tun, als wäre ich über all das hinweg?« Ihr Herz raste. »Und weißt du was? Ich finde auch nicht, dass es mir leichtfallen muss, sondern dass ich das Recht habe, wütend zu sein. Auch nach fünfzehn Jahren noch. ICH DARF DAS!«

Schon in dem Moment, in dem Nora die letzten Worte ausgesprochen hatte, bereute sie sie. Nicht etwa, weil diese nicht der Wahrheit entsprachen oder weil sie Alexa nicht verletzen wollte, sondern weil sie ärgerlich auf sich selbst war. Weil sie sich die Blöße gegeben hatte, den beiden ihre Gefühle und ihre Verletzlichkeit zu offenbaren. Auch und gerade vor dieser Frau.

Während Noras emotionaler Ausbruch Alexa jedoch zunehmend ruhiger werden ließ, schien Oskar, sichtlich aufgewühlt, etwas entgegnen zu wollen. Aber Alexa legte ihre Hand auf seinen Arm und brachte ihn mit dieser Geste zum Innehalten.

»Es ist wohl wirklich das Beste, wenn du erst mal auf dein Zimmer gehst«, sagte sie nun vermittelnd.

Erst jetzt bemerkte Nora, dass ein Mann, kaum älter als sie selbst, im Rahmen der Seitentür stand, hinter der sie wenige Augenblicke zuvor die beiden Stimmen gehört hatte.

»Ich«, begann Nora, um schon im nächsten Moment wieder zu verstummen. War sie wirklich derart ausgerastet?

Es ist fünfzehn Jahre her, Nora. Fünfzehn Jahre!

»Du bist müde«, sagte Alexa leise. »Oskar zeigt dir jetzt dein Zimmer.«

Das Messer teilte die Tomate mit einer solchen Wucht, dass Alexa vor ihrer eigenen Heftigkeit erschrak.

Noch ein Schnitt und noch ein Tomatenstückchen, das sie zu den anderen in die Schüssel gab.

Für gewöhnlich entspannte sie das Schälen, Zerteilen und Kleinschnippeln der Zutaten, die sie für die Zubereitung des Abendessens brauchte, heute beschäftigte sie jedoch nur ein Gedanke: Würde das Abendessen genauso emotionsgeladen ausfallen wie das erste Zusammentreffen mit Nora? Und wenn ja, wie sollte sie reagieren? Wieder die eigenen Gefühle um des lieben Friedens willen hintanstellen?

Sie schnitt den Strunk aus einer Tomate, während ihre Gedanken zu Oskar wanderten.

Alexa wusste nur zu gut, wie sehr ihn das schlechte Verhältnis zu seiner Tochter mitnahm, trotzdem hatte er Haltung bewahrt.

Sie selbst hingegen war weder wütend auf Nora, noch hatte sie irgendwelche Vorbehalte gegen sie. Schließlich war Nora Oskars Tochter und somit ein nicht unwesentlicher Teil des Mannes, den sie seit fünfzehn Jahren liebte. Aber sie war beunruhigt. Und sie ärgerte sich darüber, dass Nora ganz offensichtlich der Meinung war, Oskar und sie hätten es sich damals leichtgemacht. Als hätte er einfach aus einer Laune heraus seine Familie verlassen, um sich in die Arme einer gewissenlosen Kollegin zu flüchten. In ihre Arme.

War Nora denn in all den Jahren nicht ein einziges Mal der Gedanke gekommen, dass er gute Gründe dafür gehabt hatte? Dass die Ehe zwischen Miriam und ihm schon lange zuvor am Ende gewesen war? Dass Miriam ihn verraten hatte? Und dass Oskar und sie den Traum, gemeinsam ihre Bürojobs zu kündigen und zukünftig mit Tieren zu arbeiten, von Anfang an miteinander geteilt und mit ihrer Hundetherapie für Behinderte und neurologisch Erkrankte auch erfolgreich realisiert hatten?

Aber wie es aussah, war es damals naiv, wenn nicht sogar reines Wunschdenken von ihr und Oskar gewesen, zu glauben, dass sich Nora mit ihren gerade einmal dreizehn Jahren nach einigen Monaten für das neue Leben ihres Vaters interessieren würde.

»Fängst du jetzt schon mit dem Kochen an?« Die Schwingtür bewegte sich noch, als Oskar längst neben ihr stand. »Essen wir heute denn etwas früher als sonst?«

»Nein.« Sie seufzte. »Ich glaube, ich wollte mich nur etwas ablenken.«

»Verstehe.« Er küsste sie auf die Nasenspitze.

»Ich wünschte, die Dinge wären einfacher«, sagte sie.

»War es denn jemals einfach für uns?«

»Nein, aber …«

Er legte einen Finger auf ihre Lippen. »Ich liebe dich, meine liebe Frau Fendt. Habe ich dir das heute eigentlich schon gesagt?«

»Nicht in den letzten zwei Stunden.« Sein unverwüstlicher Optimismus ließ sie unweigerlich lächeln. »Dich scheint das alles weit weniger mitzunehmen als mich.«

Oskar zuckte mit den Achseln. »Ich habe keine Ahnung, warum das so ist. Aber es ist so. Wahrscheinlich bin ich einfach nur froh, sie hier zu haben.«

Alexa nickte stumm.

»Und mich von ihr anbrüllen zu lassen«, fuhr er fort, »ist zumindest mal eine Abwechslung nach all den Jahren des Schweigens.«

»Jahre des Schweigens«, wiederholte Alexa leise und legte das Messer zur Seite.

»Alles ist besser als Schweigen«, antwortete er, und in seinen Augen sah sie, dass er meinte, was er sagte.

Sosehr sie sich auch das Gegenteil wünschte, das Blinken des Cursors auf dem weißen Bildschirm war hier ebenso deprimierend wie zu Hause.

Ihr Herz raste noch immer. Sie hatte den Laptop angemacht, um sich abzulenken. Um ihren Ärger über sich selbst in Kreativität umzuwandeln, nicht länger über ihr dummes Verhalten nachzudenken und sich nicht weiter aufzuregen. Doch sie konnte sich einfach nicht konzentrieren. Immer wieder wanderten ihre Gedanken zu der peinlichen Situation im Empfangsbereich des Hundehotels zurück.

Was hatte sich diese dauerlächelnde Person nur gedacht? Dass sie so etwas wie eine Familie waren?

Nora starrte auf den leeren Bildschirm und verinnerlichte immer wieder ihr Mantra: Diese Frau schafft es nicht, dich noch mehr aus dem Konzept zu bringen, als du es ohnehin schon bist. Diese Frau nicht.

Doch es gelang ihr einfach nicht, sich zu beruhigen.

Was war nur in sie gefahren, dass sie derart die Fassung verloren hatte? Wie hatte sie sich nur so sehr vergessen können, dass sie ausgerechnet Alexa einen Blick in ihr Innerstes gewährte? Und was war mit Oskar, der Alexa vor ihr verteidigte und in Schutz nahm? Verstand er sie denn wirklich kein kleines bisschen?

Im Grunde war es ja kein Wunder. Schließlich hatte er sich schon damals für Alexa entschieden und sie seiner Familie vorgezogen. Daran änderte auch die Tatsache nichts, dass er anschließend immer wieder versucht hatte, das Beste aus beiden Welten rauszuholen. Da die süße Freiheit an der Seite einer Jüngeren, dort der stetige Versuch, seine Tochter erneut für sich zu gewinnen.

Einmal mehr überlegte Nora, was sie eigentlich dazu bewogen hatte, hierherzukommen. In ein Tierhotel, das anscheinend so viel mit Tieren zu tun hatte wie ein VW-Käfer mit Insekten. Waren die Tiere vielleicht in abgetrennten Bereichen untergebracht? Hatte man ihr das bereits erklärt und sie nur nicht richtig zugehört?

Aber wen interessierte das jetzt noch? Sie hatte ihre Ankunft mit einem Wortgefecht begonnen, das sich so ohne weiteres nicht vergessen machen ließ.

Mit einem Seufzer senkte sie den Blick auf ihre Finger, die noch immer regungslos auf der Tastatur lagen. Da klopfte es plötzlich temperamentvoll an ihrer Tür.

»Ja?«, rief sie, ohne zu überlegen, und bereute es schon im nächsten Moment. So etwas wie einen Zimmerservice gab es hier sicher nicht, und die Beteuerungen oder gar Vorwürfe von Alexa und Oskar mochte sie jetzt ganz bestimmt nicht hören.

Die Tür öffnete sich, und der junge Mann, den sie vorher schon kurz im Empfangsbereich gesehen hatte, trat ein. Sein rotblondes Haar war raspelkurz geschnitten, der Gesichtsausdruck schwer zu deuten.

»Hallo«, stammelte sie, weil ihr nichts Besseres einfiel, während sie vom Fenstertisch aufstand und auf ihn zuging.

»Hallo«, antwortete er monoton.

In den Händen hielt er zwei sorgfältig gefaltete weiße Handtücher. Ein großes und ein kleines.

Sie schaute auf die Handtücher, dann hob sie den Blick und sah in zwei blaugraue Augen, die sie emotionslos musterten.

»Ich soll Ihnen die hier geben«, sagte er.

»Danke.«

Sie nahm ihm die Tücher ab. Regungslos stand er vor ihr und schwieg.

Sie hatte den Eindruck, irgendetwas sagen zu müssen.

»Ich habe vorhin wohl ordentlich Aufsehen da unten erregt?«, sie lächelte verlegen.

»Wieso?«, entgegnete er, ohne ihr Lächeln zu erwidern.

»Na ja, das waren doch Sie, der da im Türrahmen stand, als ich gerade etwas lauter wurde, oder?«

»War ich, ja.«

»Sehen Sie. Und es tut mir leid, sollte ich Sie damit in Verlegenheit gebracht haben.« Sie legte die Handtücher auf das Bett.

»Warum sollte es mir unangenehm sein?«, fragte er.

»Na ja, ich …«, seine wortkarge, nüchterne Art machte sie zunehmend nervös. »Einigen wir uns einfach darauf, dass es mir leidtut, so aufbrausend reagiert zu haben, noch dazu in Ihrer Gegenwart. Das war ganz sicher nicht meine Absicht.«

»Sie sind Oskars Tochter«, meinte er daraufhin. »Familie ist Familie. Und Streit ist Streit. Beides gehört zusammen.«

Diesmal imponierte ihr seine Nüchternheit, auch wenn sie sich nicht sicher war, ob sie seine Worte so verstanden hatte, wie sie gemeint waren.

»Brauchen Sie noch etwas?«, fragte er.

»Ähm, nein«, meinte sie und sah sich dabei im Zimmer um. »Ich glaube, ich habe alles.«

Er nickte schweigend.

»Arbeiten Sie hier?«, fragte sie und lachte gleich darauf verlegen. »Ich meine, natürlich arbeiten Sie hier, sonst würden Sie mir ja keine Handtücher bringen. Ich hatte nur nicht erwartet, dass es hier so etwas wie einen Zimmerservice gibt. Nachdem ich keine weiteren Autos auf dem Gästeparkplatz gesehen habe, bin ich davon ausgegangen, dass es keine oder zumindest nicht viele andere Gäste gibt.«

»Ich wohne hier«, antwortete er.

Nicht mehr und nicht weniger.

»Sie wohnen hier?«

Er nickte.

Diesmal ärgerte sie seine Nüchternheit, die ihr eben noch imponiert hatte.

»Ich geh jetzt mal wieder«, sagte er. »Oskar bat mich noch, Ihnen zu sagen, dass um sechs gegessen wird. Das Esszimmer liegt direkt neben dem Eingangsbereich, Sie werden es finden.«

Essen? Nach *dem* Wortgefecht?

Sie dachte an ihre Mutter und daran, wie viel sich diese von ihrem Aufenthalt hier erhoffte. Kurz flog sie der Wunsch an, Oskar von dem jungen Mann ausrichten zu lassen, dass sie müde sei und nicht zum Abendessen kommen werde. Dann sah sie jedoch davon ab. Sie konnte ihrem Vater und Alexa in ihrem eigenen Hotel schließlich nicht ewig aus dem Weg gehen.

»Danke für die Info«, sagte sie daher nur.

Der Mann nickte erneut, drehte sich ohne ein weiteres Wort um und verließ das Zimmer.

Nora blieb allein zurück und starrte auf die geschlossene Tür. Was für ein merkwürdiger Mensch, und was für eine noch seltsamere Unterhaltung! Dennoch oder gerade deshalb kam sie nicht umhin, über die wenigen Worte nachzudenken, die er gesagt hatte. Er wohnte also hier? War er ein Freund ihres Vaters? Ein Mitarbeiter, ein Therapeut oder Hundeführer? Oder gar ein Verwandter von Alexa?

Ausgeschlossen. Dann hätte er sicher Partei für Alexa ergriffen, als Nora sie derart angegriffen hatte. Andererseits schien ihm alles egal zu sein. Vielleicht betrachtete er die Dinge aber auch nur auf eine neutralere, abgeklärtere Weise als sie.

Familie ist Familie. Und Streit ist Streit. Beides gehört zusammen.

Vermutlich hatte er damit recht.

»Du bist wo?«

»Ich bin auf dem Weg ins Esszimmer«, wiederholte Nora. »In zehn Minuten soll es Abendessen geben.«

»Aber dann hättest du doch jetzt nicht mehr ans Telefon gehen müssen. Ich möchte dich keinesfalls stören.«

»Schon okay, Mama. Ich muss eh vom zweiten Stockwerk runter ins Erdgeschoss, und es gibt hier keinen Fahrstuhl. Ich habe also genügend Zeit für ein kurzes Telefonat.«

»Das ist schön.«

Die Zufriedenheit, die in Miriams Stimme mitschwang, war nicht zu überhören. Nora auf dem Weg zu einem Essen mit ihrem Vater! Ja, in der Tat – was für ein schöner Gedanke! Und Nora wollte ihn ihr – zumindest in diesem Moment – nicht zerstören.

»Nun sag schon«, wollte Miriam wissen, »wie ist es denn so in diesem Tierhotel? Hast du die Hunde schon gesehen? Du musst mir über alles ganz genau berichten.«

Ob sie bewusst nicht nach Alexa fragte?

»Ich habe noch kein einziges Tier gesehen«, antwortete Nora.

Miriam lachte. »Hast du dich denn noch gar nicht umgesehen?«

»Ich bin relativ schnell auf mein Zimmer gegangen. Ich war«, sie schluckte, »ziemlich müde.«

»Verstehe.«

Ob ihre Mutter ahnte, dass nach ihrem Eintreffen einiges schiefgelaufen war?

»Ich nehme an, dass Oskar mir das Hotel und die ganzen Einrichtungen hier nach dem Essen zeigen wird«, ergänzte Nora diplomatisch, »oder spätestens morgen.«

»Und wie sieht es dort aus? Wie sind die Zimmer? Bist du schon ein paar Patienten begegnet?«

»Das ist auch so eine Sache. Ich habe noch keinen einzigen anderen Gast gesehen. Auch der Parkplatz war leer, als ich ankam.«

»Na ja, so wie ich das verstehe, sind die Zimmer nie vollständig belegt. Je nachdem, ob jemand eine mehrtägige Therapie gebucht hat oder nur stundenweise ins Tierhotel kommt. Soweit ich weiß, veranstalten manche Schulen sogar Klassenfahrten dorthin.«

Nora schwieg. Sie hatte sich auf dem Weg ins Erdgeschoss von den weißgeblümten Tapeten und den schreiend altmodischen Landschaftsgemälden im Gang ablenken lassen.

»Nora? Bist du noch da?«

»Ja, natürlich. Ich habe dir zugehört. Therapien, Klassenfahrten.«

»Nun sag schon, wie sieht es dort aus?«

»Warum ist das so wichtig?«

»Es ist nicht wichtig. Es interessiert mich einfach.«

»Na ja«, Nora sah sich um, während sie nun die Treppe ins Erdgeschoss hinabstieg. »Es ist alles sehr kitschig eingerichtet, würde ich sagen. Da steckt bestimmt Alexa dahinter. Geblümte Tapeten, kleine weiße Kommoden mit Windlichtern und Rattansessel auf den Gängen.«

»Rattansessel?«

»Tut mir leid, Mama. Aber ich glaube, ich habe mein Ziel jetzt erreicht.«

Nora blieb im Foyer stehen und blickte zu der angelehnten Seitentür hinüber, in der sie wenige Stunden zuvor den wortkargen jungen Mann hatte stehen sehen.

»Das Esszimmer?«

»Ja.« Nora sprach unwillkürlich leiser. »Ich melde mich morgen wieder, okay?«

Nora beendete das Gespräch und schob das Handy in die Tasche ihrer Sweatjacke zurück. Dann blieb sie stehen und lauschte. Doch sie hörte nichts, rein gar nichts.

Kein Geräusch, kein Gespräch drang aus dem Esszimmer zu ihr auf den Flur. War sie hier wirklich richtig?

Sie schaute auf ihre Armbanduhr. Zwei Minuten vor halb sechs. Sie war also superpünktlich. Und der junge Mann hatte doch halb sechs gesagt, oder täuschte sie sich?

Unbehagen stieg in ihr auf, während sie die Tür zum Esszimmer aufschob, in dem nichts, aber auch gar nichts auf die Anwesenheit anderer Personen hindeutete. Keine aufgedeckten Teller, keine Mahlzeit, nur ein Raum mit unterschiedlich großen Tischen, die wie die Tapeten und Vorhänge mit weißgeblümten Deckchen dekoriert waren.

Sie kam sich verloren und völlig fehl am Platz vor und spielte erneut mit dem Gedanken, einfach ins Auto zu steigen und aus diesem seltsamen Wunderland zu verschwinden.

Aber woher kam eigentlich dieser Wunsch? Sie war doch sonst nicht so feige! Andererseits – wem wollte sie eigentlich etwas beweisen, indem sie hierblieb? Sich? Ihrer Mutter? Frank? Oskar und Alexa?

Am anderen Ende des Raums, neben einem offenen Kamin, entdeckte sie eine weitere Tür.

Nach einem kurzen Zögern ging sie darauf zu und öffnete sie.

Und da war es, das erste Indiz dafür, dass sich in diesem Haus nicht nur Zweibeiner aufhielten. Vor ihr erstreckte sich ein langer, breiter Flur mit weißen Bodenfliesen, an dessen Wänden in etwa zwanzig Zentimeter Höhe Futter- und Wassernäpfe angebracht waren.

Am Ende des Flurs befand sich eine Tür mit Glaseinsatz, die höchstwahrscheinlich nach draußen führte. Links und rechts des Gangs sah sie weitere Türen, die wohl entweder in andere Bereiche des Hauses oder zu den Hundezwingern gingen. Verlockender, als die Räume zu erkunden, war allerdings der Gedanke, ein wenig frische Luft zu schnappen.

Nora trat langsam auf die Glastür zu und öffnete sie – und bereute es sofort, denn ein ganzes Rudel von Hunden stürmte aufgeregt auf sie zu. Sie konnte auf die Schnelle nicht erkennen, wie viele es waren. Vier? Fünf? Schon schnupperte ein Labrador neugierig an ihrer Hand. Ein anderer Hund, den sie nur aus dem Augenwinkel wahrnahm, sprang aufgeregt um sie herum. War es ein Schäferhund? Nein, die Ohren hatten einen kleinen Knick.

»Hierher!«, hörte sie jemanden die Hunde zurückrufen.

Da war er wieder, der Mann mit den Handtüchern. Sein Ruf war nicht sonderlich laut, auch nicht besonders streng, dennoch gehorchten die Hunde sofort und machten kehrt.

»Suchen Sie Oskar?«, fragte er.

»Nein, ich«, sie schob die Hände nervös in ihre Hosentaschen, »es war nur niemand im Essensraum, und da bin ich raus, um …«

»Es ist gerade einmal halb sechs«, antwortete er, während er einem der Hunde eine Klette aus dem Nackenfell kratzte.

»Ja«, antwortete sie. »Halb sechs.«

»Ich sagte doch vorhin *um sechs*.«

»Oh.« Sie überlegte. »Um sechs? Dann habe ich das wohl falsch verstanden.«

»Sie waren abgelenkt«, stellte er unbeeindruckt fest und wandte sich wieder den Hunden zu.

Sein Shirt wies Dreckspuren auf, generell schien er hier wohl eher für die einfacheren, gröberen Arbeiten zuständig zu sein.

»Nora!«

Oskar. Wie lange stand er schon hier?

»Yannik, kannst du mal nach Ronja sehen? Sie hat vorhin nicht fressen wollen.«

Yannik hieß der junge Mann also.

Der nickte ihr kurz zu und verschwand dann hinter einer Art Scheune, gefolgt von der Meute vierbeiniger Mitbewohner.

»Ich bin hier, weil Yannik gesagt hat, dass ich zum Essen kommen soll«, beeilte sich Nora zu sagen.

»Alexa ist noch in der Küche«, antwortete ihr Vater in neutralem Tonfall.

Sie spürte den Hauch eines schlechten Gewissens in sich aufsteigen. Warum hatte sie nicht einfach den Mund gehalten? Warum hatte sie gleich nach ihrer Ankunft nur so die Nerven und jede Kontrolle über sich verloren? Andererseits war sie nicht gewillt, sich für ihr Verhalten zu entschuldigen. Weder bei Oskar noch bei Alexa.

»Ich hab da wohl was durcheinandergebracht«, sagte Nora. »Yannik sagte sechs Uhr, und ich habe halb sechs gehört.«

Oskar trug ein einfaches graues Sweatshirt über schwarzen Jeans. Er hatte ein leicht öliges Tuch dabei, an dem er sich die Hände abwischte.

»Hör mal, Nora. Ich kann verstehen, dass das alles nicht einfach für dich ist. Aber du musst Alexa erst einmal besser kennenlernen, um zu verstehen, wie sie tickt und wie sie es meint, wenn sie etwas sagt.«

»Aha, ich *muss* also.« Nora zog die Augenbrauen in die Höhe.

»Nora, bitte, du weißt genau, was ich damit sagen will. Nämlich, dass ihr euch immer noch so fremd seid, dass es zwangsläufig zu Missverständnissen kommen muss.«

»Also als Missverständnis würde ich das Ganze nicht bezeichnen. Ich war zwar laut und unhöflich, das mag schon sein, aber ehrlich. Für mich ist Alexa nun einmal die Frau, die unser Leben aus den Angeln gerissen hat.«

»Dazu gehören immer mindestens zwei, Nora. Es ist ja nun nicht so, dass Alexa mich gegen meinen Willen entführt hat. Dass immer zwei dazugehören, gilt übrigens auch für die Ehe mit deiner Mutter.«

Nora lachte. »Glaub mir, Oskar, es ist ja auch nicht so, dass ich nur auf Alexa wütend bin.«

»So wie du die Dinge betrachtest, sind sie schwarz und weiß, aber es gibt …«

»Weißt du was? Lass uns nicht schon wieder davon anfangen. Lass uns stattdessen einfach zusehen, wie sich die Dinge, wie du es nennst, entwickeln.«

Nora verschränkte die Arme vor der Brust.

»Miriam sagte mir, dass sie sich etwas Ruhe für dich erhofft, dass du hier auf andere Gedanken kommst und es dann vielleicht auch mit dem Schreiben wieder besser für dich läuft.«

»Mit dem Schreiben läuft es hervorragend, keine Sorge.«

Gab es eigentlich irgendetwas, was ihre Mutter nicht weitererzählt hatte?

»Na ja, Ruhe kann ja in vielerlei Hinsicht gut sein«, fuhr er fort. »In der heutigen Zeit erleben wir nur allzu häufig, was für Auswirkungen es hat, wenn Menschen zu lange dem Stress ausgesetzt waren.«

»Ich komme bestens zurecht«, antwortete Nora. »Ich bin, wie ich schon sagte, in erster Linie wegen Mama hier. Sie hat nun einmal die fixe Idee, dass wir drei …«

»Schon gut. Du musst nicht weiterreden. Niemand erwartet hier irgendetwas von dir. Aber Yannik und Fiona stellen dir gern die Hunde vor. Wenn du willst, zeigen sie dir auch die besten Spazierwege. Die Seen, die Felder, die Wälder. Glaub mir, nirgends kann man besser entspannen als bei einer Wanderung mit einem der Hunde.«

»Fiona?«

Oskar nickte. »Sie ist seit fast zwei Jahren bei uns, eine treue Seele und ein herzensguter Mensch.«

Als hätte er das Stichwort gegeben, hörte Nora nun eine Stimme hinter sich sagen:

»Ich werde verrückt, Sie sind da. Sie sind wirklich da!«

»Ich nehme an, *das* ist Fiona.« Nora konnte sich ein Lächeln nicht verkneifen, als ein etwa achtzehnjähriges Mädchen mit haselnussbraunem Pferdeschwanz, der fröhlich hin und her wippte, auf sie zugelaufen kam.

»Ich bin so froh, Sie kennenzulernen.« Fiona reichte ihr die Hand. »Ich hab alle Ihre Bücher gelesen. Jedes einzelne. Manche sogar zweimal. ›Kornblumentage‹ war der Hammer. Du meine Güte, ist das zu fassen?« Sie strich sich eine lose Haarsträhne hinters Ohr. »Sie sind wirklich hier. Ich hab so viele Fragen an Sie.«

»Ähm, freut mich auch.« Nora erwiderte ihren Händedruck leicht irritiert. Doch sie mochte das entwaffnend offene Mädchen vom ersten Moment an.

»Wenn du magst, kannst du Alexa in der Küche helfen«, sagte Oskar zu Fiona. »Es ist Noras erster Tag hier. Sie muss erst einmal ankommen, auch gedanklich.«

»Oh, ja klar.« Fiona nickte verlegen und meinte dann, an Nora gewandt: »Ich habe schon wieder einmal zu viel geredet. Ich kann mir das einfach nicht abgewöhnen. Auch wenn Alexa sagt, das sei allemal besser, als zu wenig zu reden.«

Sie zwinkerte Nora zu und schlüpfte dann an ihr vorbei ins Haus.

»Ein nettes Mädchen.« Nora schaute ihr nach.

»Ja, sie ist großartig.«

»Warum hast du mir nicht gesagt, dass bei euch jemand arbeitet, der meine Bücher kennt?«

»Wann hätte ich dir das erzählen sollen? Bei einem unserer vielen Treffen?« Nora erkannte erst jetzt, wie unpassend ihre Bemerkung gewesen war.

»Wie auch immer, denk über meinen gerade gemachten Vorschlag nach«, sagte Oskar. »Yannik weiß, dass du hier bist, um ein wenig abzuschalten. Also sei so frei und geh zu ihm, wann immer du Lust hast, einen Spaziergang mit einem der Hunde zu machen. Am Anfang wird es sicher besser sein, wenn er dich begleitet. Aber in ein paar Tagen kannst du sicher schon ohne ihn gehen. Er wird wissen, welcher Hund am besten für dich geeignet ist. Und er wird dir die schönsten Wege zeigen.«

Lag es an ihrem schwierigen Verhältnis, dass er ihr nicht anbot, sie selbst zu begleiten? Sollte er endlich begriffen haben, dass sie nicht hier war, um sich mit ihm auszusöhnen?

Es spielte keine Rolle. Sie hatte eh nicht vor, diesen wortkargen Hundeflüsterer irgendwohin zu begleiten.

Sowieso musste sie jetzt erst einmal das unmittelbar bevorstehende Abendessen mit Alexa hinter sich bringen, ohne den nächsten Fauxpas zu begehen. Danach würde sie weitersehen.

Oskars Hand lag auf der von Alexa, eine vertraute Geste, die nicht ungewöhnlich zwischen ihnen war. An diesem Abend trug sie jedoch noch eine andere Bedeutung in sich. Oskar spürte Alexas Unsicherheit, er merkte, wie sehr sie auf jede ihrer Äußerungen achtete.

Alexa fragte sich, warum sie so nervös war. Lag ihr etwa weit mehr daran, dass Nora sie mochte, als sie Oskar gegenüber zugegeben hatte?

»Du hast dich mal wieder selbst übertroffen«, lobte der das Essen, während er die Serviette neben den leeren Teller legte.

»Danke«, antwortete Alexa, ohne ihn dabei anzuschauen.

»Ja, Alexa«, Fiona strahlte. »Hat wieder mal klasse geschmeckt.«

»Das stimmt. Es war sehr lecker«, bestätigte auch Nora.

Dass ihr Lächeln dabei mehr der Höflichkeit geschuldet war, als aufrichtiger Herzlichkeit entsprang, war nur allzu deutlich, dennoch war Oskar ihr dafür dankbar.

»Und was ist nun genau der Sinn und Zweck dieses Hotels?«, fragte Nora völlig unvermittelt.

Alexa schaute Oskar fragend an. Sie wollte Nora antworten, war aber so verunsichert, dass sie das Reden lieber ihm überließ.

»Alexa und ich haben uns und unsere Hunde zum Therapiehunde-Team ausbilden lassen«, sagte Oskar schließlich, die Hand noch immer auf der Alexas. »Du musst wissen, dass vor allem bei Krankheitsbildern wie Sprachstörungen, Sprachbarrieren, Gehörlosigkeit oder Autismus, in denen keine oder nur minimale Verbalkommunikation möglich ist, die hundegestützte Psychodiagnostik besonders effektiv wirkt. Angefangen haben wir damals in einer gemieteten Haushälfte, das Hotel haben wir erst vor sieben Jahren eröffnet. Im Laufe der letzten Jahre ist es vor allem eine Anlaufstelle für behinderte Kinder und Jugendliche geworden, die hier lernen sollen, Vertrauen zu sich und anderen zu fassen und mehr aus sich herauszugehen. Gerade verschlossene oder ängstliche Kinder reagieren rascher, wenn bei den Sitzungen ein Hund mit dabei ist. Sie bauen sofort eine Beziehung zu dem Tier auf, weil die Beziehung zwischen Hund und Mensch einfach eine andere ist als zwischen Mensch und Mensch. Unkomplizierter, unmittelbarer, auch vertrauensvoller, würde ich mal sagen. Auf diese Weise lassen sich viel schneller Verbesserungen erreichen.«

»Aus unserer Anfangszeit ist nur noch unsere Hündin Mary mit dabei«, sagte Alexa. »Sie ist die Älteste.«

»Man nennt unsere Schatzis auch Therapie- und Behindertenbegleithunde«, erklärte Fiona stolz. »Yannik und ich leisten da auch viel Unterstützungsarbeit. Wir gehen sogar in Seniorenheime mit den Hunden.«

»Schatzis?« Nora musste lächeln.

»Für Fiona ist nun einmal jeder Vierbeiner automatisch ein Schatzi«, erklärte Alexa.

»Das sind Hunde, keine Schatzis«, sagte Yannik in nüchternem Tonfall, während er ein Stück Weißbrot kaute.

Fiona, die direkt neben ihm saß, puffte ihn in die Seite. »Für mich sind es aber Schatzis. Aus. Ende. Hast du das immer noch nicht begriffen?«

Oskar ließ den Blick von Nora, die ihm gegenübersaß und ihr Wasserglas umklammerte, als wäre es ein Rettungsanker, zu Alexa gleiten, deren Hand er nach wie vor in der seinen hielt.

Er fühlte noch immer die Euphorie, die seit Miriams Anruf in ihm aufgekommen war. Was war denn Noras Aufenthalt im »Sonnenblumenhaus«, wenn nicht ein Zugeständnis und eine erste Annäherung? Ihr reserviertes Verhalten sprach zwar eine andere Sprache, aber wer wollte schon am ersten Abend ein Wunder erwarten?

»Vom muffigen Bürojob ins Tierhotel«, sagte Nora, während sie Oskar unverwandt anschaute. Es fiel ihm schwer, ihre Worte und ihren Blick zu deuten.

»Wir haben unseren Traum verwirklicht«, sagte Oskar, »und du den deinen.«

»Das Bücherschreiben«, erklärte er, als er merkte, dass sie ihn erstaunt ansah. »Nachdem du deinen Job in der Bank aufgegeben hast.«

»Die Bank, ja.« Sie nahm einen Schluck Wasser.

»Unsere Therapien haben eine hohe Erfolgsquote«, fuhr Fiona fort. »Die Kinder freuen sich jedes Mal wie verrückt, wenn sie wieder herdürfen, man kann direkt sehen, wie sie von Sitzung zu Sitzung selbstbewusster und mutiger werden. Auch Menschen gegenüber.«

Nora nickte. »Das freut mich.«

»Behinderte Menschen, vor allem Kinder, auf die wir uns spezialisiert haben, sind danach viel offener, sie reden und trauen sich viel mehr zu als zuvor.«

»Und wie funktioniert das Ganze praktisch?«, wollte Nora von Fiona wissen. »Nach welchen Kriterien sucht und bildet ihr die Hunde aus?«

»Nun, das ist unterschiedlich. Max haben wir zum Beispiel als Welpen von einem Nachbarn geschenkt bekommen«, erklärte Fiona, »das war aber vor meiner Zeit.«

»Ronja haben wir dagegen aus dem Tierheim geholt«, warf Yannik ein.

»Und Anton ist der einzige Welpe von Mary und Max, den wir behalten haben«, sagte Alexa. »Alle anderen haben neue Besitzer gefunden.«

»Aber es eignet sich doch sicher nicht jeder Hund für eine Ausbildung zum Therapiehund?«, hakte Nora nach.

»Das stimmt«, antwortete Fiona. »Die meisten werden heutzutage gezielt gezüchtet und aufgrund ihrer jeweiligen Eigenschaften ausgesucht. Aber wir hatten Glück. Alle unsere *Schatzis*«, sie warf Yannik einen herausfordernden Blick zu, »haben die Ausbildung zum Therapie- und Behindertenbegleithund geschafft.«

»Man kann mit ganz wenigen Gesten und Spielen zwischen Hund und Mensch sehr viel erreichen«, sagte Oskar. »Entscheidend ist allein das Vertrauen. Und Geduld. Hund

und Menschen agieren einfach verletzungsfreier und offener miteinander als Menschen. Wenn wir zum Beispiel in Pflege- oder Seniorenheimen sind, unterstützen die Hunde die Patienten unter anderem bei der bewussteren Sinneswahrnehmung. Allein die Berührung ihres Fells oder der feuchten Nase führt zu einer Stärkung der eigenen Wahrnehmung.«

»Oder wenn die Hunde ihre Hände ablecken.« Fiona lachte.

»Zum Beispiel.« Oskar nickte. »Hunden gelingt es außerdem, Menschen, die schon regelrecht apathisch und empfindungslos sind, durch gemeinsames Spielen wieder ins aktive Leben zurückzuholen. Solche einfachen Maßnahmen wie Ballspiele oder das Zerren und Kräftemessen an Stricken können Wunder bewirken.«

»Und dann gibt es auch noch Kinder«, ergänzte Alexa, »deren Psychomotorik dadurch verbessert wird, dass die Hunde gezielt deren Aufmerksamkeit auf sich lenken. So vergessen diese Kinder zum Beispiel bei unseren Außeneinsätzen ihre Angst vor wackeligen Untergründen wie Holzplanken über einem Bach, Leitern oder grobsteinigen Wegen am Feldrand, weil sie nur zum Hund wollen.«

Oskars Blick ruhte auf dem Gesicht seiner Tochter. Alexa musste ihm erst über die Wange streichen, damit er bemerkte, dass er Nora geradezu anstarrte.

Er schaute zu Alexa, die ihn liebevoll anlächelte. Instinktiv beugte er sich zu ihr hinüber und küsste sie. Jede noch so kleine intime Geste, die er mit ihr austauschte, vermochte ihm ein solches Gefühl der Geborgenheit zu geben, dass er für einen Moment alles andere ausblenden konnte.

Als er sich von ihr löste, waren Nora und Fiona in ein lebhaftes Gespräch vertieft, von dem er nicht jedes Wort mitbekam. Aber das musste er auch nicht, allein die Tatsache, dass sich Nora anscheinend nicht mehr ganz so unwohl wie bei ihrer Ankunft fühlte, genügte, dass auch er sich viel entspannter fühlte als vor dem Abendessen.

Sie war hier. Nach all den Jahren war sie wirklich hier.

Kapitel 3

Am nächsten Tag wurde Nora von Hundegebell geweckt. Dann ertönte ein Kommandoruf, der den Hund augenblicklich verstummen ließ.

Sie sah zum gekippten Fenster hinüber und griff dann nach ihrem Handy, das auf dem Nachtschrank neben ihrem Bett lag.

Kurz nach neun.

Ob es noch Frühstück gab? Und frischen Kaffee?

Sie stand auf, schlüpfte rasch in ihren Bademantel und ging dann zum Fenster. Der milde Sommerwind, der die Vorhänge sanft umspielte, und die Sonnenstrahlen, die an diesem unschuldigen Morgen auf ihrer Haut kitzelten, weckten ihre Lebensgeister.

Sie schob die Gardinen zur Seite und blickte auf den Hof hinter dem Haus mit dem kleinen Teich, der von einem kniehohen Holzzaun umgeben war, sowie auf Bänke, die im Kreis um den Stamm zweier alter Eichen aufgestellt waren. Und auf die Sonnenblumen, die nicht nur vor dem Haus, sondern auch auf dem Hinterhof in Mengen angepflanzt worden waren.

Wohin ihr Auge auch fiel, entdeckte sie jedoch keinen Zwinger. Was hatte Alexa beim gestrigen Abendessen noch einmal gesagt?

Die Hunde sind nicht hier, um hinter Gittern zusammengepfercht zu werden. Das »Sonnenblumenhaus« ist ihr Haus, ihr Heim. Ihr Heim sogar noch mehr als das unsere. Das »Sonnenblumenhaus« ist ein Symbol für Wärme, Hoffnung, Heimat.

Dass Alexa ihre ganz eigene Sicht der Dinge hatte, war Nora inzwischen klargeworden. Umso stolzer war sie auch, dass ihr gestern kein einziges böses Wort mehr über die Lippen gekommen war.

Ihre Gedanken wanderten zu Oskar und seinem schweigsamen Verhalten am Essenstisch. Seine Hand auf Alexas, wann immer er ihre Unsicherheit spürte. Das Unbehagen, das sich in Nora allein bei dem Gedanken ausbreitete, dass Alexa sich als eine Art Opfer fühlte. Oder noch schlimmer, dass Oskar Alexa als ihr Opfer betrachtete. Fühlte er sich tatsächlich dazu berufen, sie vor Noras Temperament zu schützen, während er ihre Gefühle nach wie vor nicht verstehen konnte?

Sie schüttelte den Kopf, als könnte sie die unliebsamen Gedanken damit vertreiben. Nein, sie wollte nicht schon wieder die Schuldfrage aufwerfen. Sie war hier, um sich zu erholen und endlich zur Ruhe zu kommen.

Ihr Blick fiel auf Fiona, die auf einer der Bänke vor der Eiche saß und das Fell eines Mischlings durchkämmte.

Ein Lächeln schlich sich auf Noras Lippen. Das Mädchen zu sehen genügte, um sich an dessen Redseligkeit und den kurzen Moment der Unbeschwertheit während des gestrigen Essens zu erinnern.

Ich kann nicht glauben, dass ich Sie endlich kennenlerne. Zu Abend mit Ihnen esse! Der absolute Wahnsinn.

Ich hab doch schon gesagt, dass du mich Nora nennen sollst. Ich komme mir sonst so alt vor.

Weißt du, dass ich auch schon öfter versucht habe, etwas zu schreiben? Frag Oskar! Zwar nur Gedichte, aber ich übe ja noch.

Das klingt toll. Es ist wichtig, ein Gefühl für die Worte zu entwickeln, bevor man sich an etwas Größeres heranwagt. Ich kann gar nicht sagen, wann ich das letzte Mal ein Gedicht geschrieben habe, es ist schon so lange her.

Du hast auch mit Gedichten angefangen?

Ja. Ich habe mich sehr oft an ihnen versucht.

Oh Mann, ich kann es immer noch nicht fassen. Es ist so aufregend. Nora Fendt sitzt mit mir an einem Tisch.

Nora beobachtete den Hund, der nun zwischen Fionas Beinen saß und immer wieder aufsprang, um ihr die Hände zu lecken. Fasziniert verfolgte sie, wie das sonst so unbekümmerte Mädchen von einem Moment auf den anderen eine Bestimmtheit an den Tag legte, die den Hund dazu brachte, immer wieder stillzuhalten. Wenn auch nur für kurze Zeit.

»Sitz, Max, sitz!«, befahl ihm Fiona immer wieder.

Max hatte für Nora ein bisschen was von einem riesigen Teddybären. Er war augenscheinlich ein großer, äußerst liebesbedürftiger Kandidat mit einem besonders pflegeintensiven Fell.

Hinter dem Baum nahm sie auf einmal noch eine andere Person wahr.

Yannik.

In der Hand hielt er eine Kabeltrommel, deren Kabel er gerade aufrollte.

Sie staunte darüber, wie lebendig es hier an einem ganz normalen Morgen zuging. Und wie wenig das Leben im »Sonnenblumenhaus« mit dem ihren gemeinsam hatte.

Wann war sie überhaupt das letzte Mal um neun Uhr wach gewesen? Für gewöhnlich schlief sie bis Mittag, um dann zu telefonieren und Interviews zu geben. Erst ab dem späten Nachmittag begann sie, bis in die Nacht hinein zu schreiben.

Wurde man auf dem Land denn automatisch früher wach?

Im Haus vernahm sie dumpfes Stimmengewirr. Waren da etwa auch Kinderstimmen darunter?

Unweigerlich schreckte sie zusammen. Wenn es etwas gab, das ihr mit Sicherheit den letzten Nerv raubte, dann war das die Begegnung mit lärmenden Kindern.

Als sie erneut aus dem Fenster schaute, war Fiona verschwunden, auch von Yannik fehlte jede Spur.

Seufzend schloss sie das Fenster und zog die Vorhänge wieder zu.

Eine Stunde, höchstens zwei würde sie noch schlafen. Der Tag würde noch früh genug für sie beginnen.

Auch nach anderthalb zusätzlichen Stunden Schlaf, die sich Nora gegönnt hatte, fühlte sie sich kein bisschen entspannt.

Sie musste raus.

Raus aus den fremden Wänden. Am liebsten raus aus der eigenen Haut.

Sie machte sich nicht die Mühe, nach Alexa oder Oskar zu suchen, um ihnen zu sagen, dass sie zu einem längeren Spaziergang aufbrechen würde, obwohl sie auf dem Weg ins Erdgeschoss in einem der Räume Stimmen wahrgenommen hatte. Als sie die Hintertür zum Hof öffnete und den Fuß ins Freie setzte, war es bereits früher Nachmittag.

Wie spät es ganz genau war, wusste sie nicht. Sie hatte vergessen, auf die Uhr zu schauen. Aber auch das war etwas, was sie, zumindest solange sie hier war, anstrebte: Zeitlosigkeit. Zumal es im »Sonnenblumenhaus« niemanden gab, dem gegenüber sie sich verantworten musste. Und Maria hatte sie ein weiteres Mal erfolgreich abwimmeln und davon überzeugen können, dass sie den Abgabetermin einhalten würde. Und Frank? Der stand ohnehin auf einem völlig anderen Blatt. Auch ihre Sorge um Miriam ließ etwas nach, seitdem sie wusste, dass ihre Mutter entspannt und guter Dinge war – einer der wenigen angenehmen Nebeneffekte ihres Aufenthalts im »Sonnenblumenhaus«. Denn so genervt Nora auch von Alexa und Oskar war, so zufrieden hatte Miriam sich doch darüber gezeigt, dass Nora, so glaubte sie, einen Schritt auf ihren Vater zugegangen war.

Nora schloss die Augen und hob den Kopf Richtung Himmel.

Kein Termin. Kein Handy.

Süße Sorglosigkeit. Was für ein wunderbares Gefühl!

Und wenn sie sich ganz besonders anstrengte, würde diese Unbefangenheit, die Freiheit, nach der sie sich sehnte, vielleicht sogar bei ihr bleiben. Für eine Stunde oder zwei. Mit etwas Glück sogar für mehrere Tage.

Sie öffnete die Augen wieder und hob den Blick zu den Eichen, deren Kronen weit in den pastellblauen Himmel ragten.

Für einen Moment herrschte absolute Stille.

»Sie sind wach.«

Sie nickte und drehte sich in Richtung der Stimme.

»Oskar hat gesagt, ich soll Sie mitnehmen«, sagte Yannik.

»Mitnehmen? Wohin denn mitnehmen?«

»Natürlich nur, wenn Sie wollen«, meinte er, während er die Scheunentür schloss.

Neben ihm saß derselbe Hund, den Fiona am Morgen gekämmt hatte.

»Das ist Max, oder?« Sie staunte über ihr eigenes Erinnerungsvermögen.

Yannik nickte.

»Er hat ein bisschen was von einem Teddybär.« Nora lächelte.

»Er ist ein Hovawart-Schäferhund-Mischling«, erklärte er ihr.

»Wohin sollen Sie mich mitnehmen?«, kam Nora nach einem Moment des Zögerns auf ihre Frage zurück, auf die er ihr noch immer keine Antwort gegeben hatte.

»Max und Mary sind die einzigen Hunde, die heute Nachmittag an keiner Therapiestunde teilnehmen – sozusagen freihaben. Deshalb gehe ich mit ihnen spazieren.«

Wie aufs Stichwort kam ein Hund mit kurzem schwarzem Fell hinter einer der Eichen auf sie zugerannt und beschnupperte vorsichtig ihre rechte Hand.

Sie lächelte gerührt. »Das ist Mary?«

»Ja. Sie hat Husky-, Schäferhund- und Labrador-Gene.«

»Sie ist wunderschön.«

Mary schenkte Nora jedoch, abgesehen vom ersten Beschnuppern, keine weitere Aufmerksamkeit. Sie schien ihre ganz eigenen Bedingungen zu stellen. Während sie sich einem Stöckchen auf dem Weg widmete, ließ sich Max mit zufriedenem Grunzen den Nacken von Nora kraulen.

»Sagten Sie nicht gerade etwas von einer Therapie?«, fragte Nora nach einer Weile. »Was hat es damit auf sich?«

»Nun, heute sind ziemlich viele Kinder da«, antwortete er.

Sie schaute ihn fragend an.

»Alexa, Fiona und Oskar haben heute viel zu tun«, war alles, was er ergänzte.

Sie nickte.

»Und wohin gehen Sie spazieren?«, fragte sie.

Er schaute kurz zum Himmel hinauf. »Nun, das Wetter ist gut. Es ist kein Regen in Sicht.«

Nora war etwas missgestimmt. Warum nur konnte oder wollte Yannik ihr auf die einfachsten Fragen keine konkrete Antwort geben? Doch diesmal täuschte sie sich.

»In diesem Fall werde ich bis zum See gehen«, fuhr er fort.

»Und ich soll mitkommen?«

Langsam kam sie sich ziemlich dämlich dabei vor, immer wieder nachhaken und ihm jedes Wort aus der Nase ziehen zu müssen. Außerdem verunsicherten sie seine wortkargen Reaktionen. Hatte er überhaupt schon einmal gelächelt? Selbst beim Essen am Abend zuvor hatte er so gut wie kein Wort gesagt.

»Es war Oskars Idee. Und Sie sollen gar nichts«, sagte er. »Sie können aber.«

Nora überlegte kurz. Warum sollte sie sich ihm auf seinem Spaziergang mit den Hunden nicht anschließen? Hatte sie nicht eh nach draußen und sich in der näheren Umgebung umschauen wollen? Und so wortkarg, wie er war, würde sie sich wenigstens nicht andauernd mit ihm unterhalten müssen.

»Welchen der beiden soll ich denn nehmen?«, fragte sie schließlich.

Er nahm zwei Leinen von den Haken, die an einer Leiste am Schuppen angebracht waren, und befestigte sie an den Halsbändern der Hunde.

»Sie werden Mary nehmen«, sagte er. »Solange ich dabei bin, wird sie kein Problem damit haben.«

»Kein Problem damit haben? Das klingt ja …« Sie wollte schon »beängstigend« sagen, biss sich dann aber auf die Lippe.

»Sie ist sehr eigensinnig und sparsam mit ihren Liebesbekundungen.«

»Solange sie mir nichts tut, kann ich damit leben.« Nora lächelte und war kein bisschen verwundert, dass er ihr Lächeln auch diesmal nicht erwiderte.

Er reichte ihr die Leine. Sie schaute zu Mary hinunter. »Gehen wir«, sagte er. Wieder war es keine Frage, sondern eine Feststellung.

»Alexa, gucken! Alexa, gucken!«

Die Stimme des kleinen Jungen zitterte vor Aufregung, während er den blau-weißen Gummiball aufhob, was den Hund dazu brachte, sich unweigerlich hinzusetzen und die nächste Reaktion des Jungen abzuwarten.

»Ja, Hugo«, Alexa saß in der Hocke neben den beiden im Rasen, »das machst du ganz prima. Und jetzt«, sie machte eine Handbewegung, »wirf den Ball so, wie ich es dir gezeigt habe.«

Hugo betrachtete sie eine Weile verunsichert, dann überwand er sich jedoch und warf den Ball etwas ungeschickt schräg neben Anton zu Boden.

Der Hund fing den Ball nicht direkt mit dem Maul auf, dafür hatte ihn der Kleine zu weit danebengeworfen, sondern hob ihn nun mit den Zähnen vom Rasen auf und trug ihn direkt zu Hugos Füßen, wo er ihn fallen ließ.

»Alexa, gucken!«, jubelte Hugo, während er den Ball packte und mit seinen kleinen Fingern durch Antons Nackenfell strich.

Alexa betrachtete das Geschehen mit zunehmender Begeisterung, vor allem aber mit heimlicher Rührung. Eine solch rasante Entwicklung, wie sie bei dem erst sechsjährigen Hugo binnen weniger Wochen vonstattengegangen war, traf Alexa immer wieder aufs Neue mitten ins Herz. Sie erinnerte sich nur zu gut an ihre ersten Unterhaltungen mit dem kleinen Jungen, die eher Monologe gewesen waren. Mittlerweile entlockte es Hugo aber schon einen oder gar zwei Sätze, wenn er Anton nur im Therapieraum oder Garten sah.

Zugegeben, »Alexa gucken« war sein häufigster Ausruf, aber selbst dies war mehr, als Hugos verzweifelte Eltern zu hoffen gewagt hatten. Schon jetzt freute sich Alexa darauf, den beiden in einer Stunde, wenn sie den Kleinen abholen würden, von seinen neuesten Erfolgen zu erzählen. Denn heute hatte Hugo zum ersten Mal von sich aus zu reden angefangen und nicht erst, nachdem sie ihn angesprochen hatte.

»Schau mal«, rief ihm Alexa zu, »Anton wartet schon auf deinen nächsten Wurf! Ich wette, dieses Mal fängt er den Ball sofort. Was meinst du?«

Hugo strahlte bis über beide Ohren.

»Ich probieren«, antwortete er hastig.

»Na dann los, mein Großer!« Alexa schlug die Hände zusammen, während sie ihm beim nächsten Versuch zuschaute.

Wieder ging der Ball daneben, doch Alexa war geübt darin, jeden noch so kleinen Fortschritt zu loben.

»Super, Hugo, diesmal ist er noch näher bei Anton gelandet.«

Anton hob den Ball erneut auf und brachte ihn zu Hugo.

Kichernd nahm der den Ball entgegen und schaute zu Alexa, als hätte er soeben einen Preis gewonnen.

Und tatsächlich musste dem Jungen ein Fortschritt wie dieser einem Preis gleichkommen. Ein wahrer Triumph!

Alexa verlor sich eine Weile in dankbarer Beobachtung. In Momenten wie diesen, die scheinbar unspektakulär und doch so elementar waren, fand sie immer wieder die Antwort auf die Frage, warum sie den Beruf gewechselt hatte. Warum Oskar und sie taten, was sie taten, und nichts anderes mehr tun wollten.

Die Erinnerung an ihren früheren achtstündigen Alltagstrott zwischen Papierstapeln im Büro verblasste immer mehr. Manchmal kam es ihr sogar so vor, als hätte es diese Zeit nie gegeben. Als hätte sie nur jemand erfunden, der neidisch auf das Glück war, das sie mit Oskar, aber auch mit Yannik und Fiona teilte.

»Und jetzt noch mal werfen!«, sagte Alexa. Eine Aufforderung, der der Kleine nur zu gerne nachkam.

Den Blick unverwandt auf Hugo gerichtet, versicherte sie ihm, dass er ihre ganze Aufmerksamkeit besaß und sie jede Reaktion und Bewegung von ihm registrierte.

Gedankenverloren merkte sie daher gar nicht, dass sich jemand zu ihnen gesellt hatte.

»Yannik und ich wollen einen Spaziergang mit Max und Mary unternehmen«, sagte Nora, die mit vor der Brust verschränkten Armen hinter ihr stand.

Wie lange stand sie schon hier? Hatte sie sie etwa beobachtet? Oder war sie gerade erst gekommen?

»Eine gute Idee«, antwortete Alexa irritiert und erhob sich langsam.

»Yannik hat mich gebeten, dir das Handy zu geben, bevor wir losgehen. Er hat Angst, es wieder zu verlieren, er meinte, du wüsstest dann schon Bescheid.«

Alexa nahm das Telefon entgegen. »Aber er weiß doch, dass ich in einer Therapie bin.«

Nora zuckte wortlos mit den Schultern.

Alexa schaute auf das Telefon in ihren Händen, ahnte dann aber, was es damit auf sich hatte. Die Übergabe des Handys durch Nora war Yanniks ungeschickter Versuch, Nora einen zaghaften Einblick in ihre Arbeit zu geben, sie zumindest im Ansatz zu verstehen und vor allem zu schätzen!

Erst jetzt fiel ihr auf, dass Hugo schweigend mit dem Ball in den Händen hinter ihnen stand. Noras Anwesenheit irritierte ihn sichtlich.

»Das ist übrigens Hugo«, sagte Alexa, während sie das Handy in die Tasche ihrer Strickjacke schob.

»Hallo, Hugo«, Nora lächelte, »schön, dich kennenzulernen.«

Die Art, wie Nora ihm die Hand reichte und mit verständnisvollem Lächeln hinnahm, dass er ihr wiederum seine Hand nicht anbot, ließ Alexa für einen Augenblick innehalten. In diesem Moment hatte Nora nichts mehr mit der Frau gemeinsam, die sich in ihrer Gegenwart bislang wie ein beleidigter Teenager benommen hatte.

»Hugo macht große Fortschritte«, sagte Alexa stolz.

Nora nickte, noch immer lächelnd. Sie fragte nicht nach, um was für Fortschritte es sich handelte. Doch das spielte keine Rolle.

Was in diesem Moment zählte, war allein ihr Lächeln.

Sie ließen die Häuser der Wohnsiedlung und das Gebäude der freiwilligen Feuerwehr hinter sich, wechselten auf die andere Seite der kaum befahrenen Straße und passierten einige wenige Häuser, die sich ein Stück abseits der Siedlung befanden.

Hier und da eine Eiche oder Kastanie am Straßenrand, ein altes Soldatendenkmal an einer Abbiegung. Ansonsten gab es nichts Besonderes zu sehen, auch deutete keinerlei Senke darauf hin, dass sich ein See in unmittelbarer Nähe befand.

Aber Yannik hatte ja auch nicht erwähnt, wie lange sie bis dorthin unterwegs sein würden.

Er lief mit Max an der Leine vor Nora, die etwas schräg versetzt mit Mary hinter ihm herging.

Zwischen zwei abgelegenen Häusern blieben sie schließlich stehen.

Einen Moment wunderte sie sich, dann entdeckte sie den schmalen Weg, der von hier aus mitten durch ein Weizenfeld in eine unendlich scheinende Ferne führte.

Er nickte ihr wortlos zu, dann betraten sie den Pfad.

Sie schaute zu Mary hinab, die ab und zu an einem Stein oder Zaunpfahl schnupperte, ansonsten aber eher unbeeindruckt neben ihr hertrottete.

Nach einigen weiteren, schweigsamen Metern, sie waren mittlerweile an einem riesigen umgepflügten Ackerfeld mit angrenzenden Wiesen angelangt, bückte Yannik sich zu Max hinunter und leinte ihn ab.

Aufgeregt begann der Hund, auf und ab zu springen, um schließlich zu Mary zu laufen und sie auffordernd mit der Schnauze anzustoßen.

»Sie können sie beruhigt ableinen«, sagte Yannik.

Sie zögerte.

»Keine Angst. Die beiden kennen den Weg wie ihre Westentasche. Und sie gehorchen aufs Wort, wenn ich sie rufe.«

Sie folgte seiner Aufforderung und machte Mary los, die sofort zu Max lief und mit ihm umherzutoben begann.

»Sie gehen diesen Pfad sehr gerne.« Er schob die Hände in seine Hosentaschen.

»Das sieht man«, antwortete Nora.

Für einen Augenblick beneidete sie die Vierbeiner um die Unbefangenheit und die Freiheit, mit der sie über die Felder tollten. Wie einfach musste das Leben aus der Hundeperspektive heraus betrachtet doch sein.

»Es tut mir leid, wenn ich irgendeinen Ihrer Pläne durcheinandergebracht habe.« Nora hatte Yannik eingeholt und ging nun neben ihm her, während sie ihn von der Seite anschaute.

»Was denn für Pläne?«, fragte er.

»Na ja. Sie wären doch sicher lieber alleine mit den Hunden losgezogen, anstatt auch noch mit der Tochter Ihres Chefs Gassi zu gehen.«

»Oskar ist nicht einfach nur mein Chef.«

»Sie arbeiten nicht nur hier, Sie wohnen auch im Hotel, ja, ich weiß.«

»Das ›Sonnenblumenhaus‹ ist kein wirkliches Hotel«, sagte er.

»Meine Güte, ich formuliere wohl alles falsch, was?« Sie lächelte, konnte sich ein leichtes Seufzen aber dennoch nicht verkneifen.

»Warum sollte ich etwas dagegen haben, dass Sie mich begleiten?«, entgegnete er ruhig.

»Ich weiß nicht.« Sie schob die Hände in die Känguru-Taschen ihres Sweatshirts. »Sie scheinen mir eher ein Eigenbrötler zu sein. Jemand, der nicht gern in Gesellschaft ist.«

Er schaute sie für den Bruchteil einer Sekunde mit einer Intensität an, die weder zu seiner wortkargen Art noch zu seinem emotionslosen Auftreten passte. Doch noch ehe sie ihn fragen konnte, ob sie womöglich einen wunden Punkt getroffen hatte, wandte er den Blick auch schon wieder von ihr ab und stieß einen kräftigen Pfiff aus.

Die Hunde folgten sofort.

Kaum waren sie zu ihm herangekommen, deutete er mit dem Finger in die Ferne und rief: »Ab!«, woraufhin sie erneut in die Felder verschwanden.

»Da ist noch so eine Sache, die ich nicht verstehe«, begann Nora.

»Was für eine Sache?«

»Na ja, Sie pfeifen die Hunde in einer Schärfe herbei, als wollten Sie sie gleich bestrafen, und schon im nächsten Moment geben Sie ihnen zu verstehen, dass sie wieder weglaufen sollen. Oder dürfen. Oder haben Sie das gerade eben nur getan, weil ich Sie mit meiner Frage in Verlegenheit gebracht habe?«

»Das verstehen Sie nicht.«

»Dann helfen Sie mir doch dabei.«

Irrte sie sich, oder befanden sie sich tatsächlich auf dem Weg zu einem belebenden kleinen, wenn auch eher harmlosen Wortgefecht?

»Es ist nie verkehrt«, sagte er schließlich, »den Tieren ab und zu in Erinnerung zu rufen, wer der Chef ist. Egal ob nun Oskar, Alexa, Fiona oder ich mit den Hunden unterwegs sind. Sie sollten nie zu lange zu ausgelassen toben. Wichtig ist, dass sie im entscheidenden Moment auf einen Befehl hören, gerade wenn sie mit etwas anderem beschäftigt sind.«

»Ich denke, sie gehorchen Ihnen aufs Wort.«

»Tun sie auch. Aber nur, weil wir sie schon seit Jahren auf genau diese Weise trainieren.«

»Sie trainieren sie?«

»Ja, Oskar und ich hauptsächlich. Die Mädels sind eher die … na ja … sie sind ein bisschen weniger streng.«

»Verstehe.« Nora hielt kurz inne. »Und wie muss ich mir dieses Training vorstellen?«

»Nun, wir nehmen uns eben viel Zeit für sie, nicht nur im ›Sonnenblumenhaus‹, sondern auch in der freien Natur. Das Training besteht aus einer Mischung aus Spiel und Befehlen, die die Tiere miteinander zu verbinden lernen.«

»Es scheint nicht viel zu geben, was sie noch nicht gelernt haben«, antwortete Nora.

»Da ist was Wahres dran, trotzdem hören wir nie mit dem Trainieren auf. Wenn die Tiere jung sind, nehmen wir jeden Hund einzeln mit nach draußen, um ihm in erster Linie Gehorsam beizubringen oder das Apportieren von Gummienten und Ähnlichem. Oskar hat dabei den Hut auf und nimmt sich besonders viel Zeit für jeden Hund. Aber in den letzten zwei Jahren hat er immer mehr Verantwortung an mich abgegeben.« Yannik zog die Mundwinkel nach oben. »Wahrscheinlich seine Art, mir sein Vertrauen zu demonstrieren.«

»Vielleicht weil er weiß, wie wichtig es für Sie ist, eine solche Aufgabe zu haben.«

Yannik zuckte mit den Achseln.

Wieder breitete sich Schweigen zwischen ihnen aus. Ein Schweigen, das sie mehr zu stören schien als ihn.

Erstaunlicherweise war trotzdem er derjenige, der das Wort erneut ergriff.

»Und es gefällt Ihnen, das mit dem Schreiben?«

Seine Formulierung brachte sie unweigerlich zum Lächeln. »Ja, das mit dem Schreiben gefällt mir.«

»Wobei ich sagen muss«, fuhr sie nach einer Weile fort, »dass es derzeit mehr so eine Art Hassliebe ist.«

»Eine Hassliebe? Die gibt es meiner Meinung nach nicht.«

»Glauben Sie, ja?«

»Entweder man hasst etwas, oder man liebt es.« Er ging in die Hocke und streichelte Mary durchs Nackenfell. »Die Hunde zum Beispiel, die liebe ich wie mein eigen Fleisch und

Blut. Und keinen einzigen Moment, keine einzige Sekunde, könnte diese Liebe in Hass umschlagen.«

Nora bückte sich ebenfalls, um Mary zu streicheln, doch die wandte sich im selben Moment ab und lief eigensinnig zu Max zurück.

»Das kann man aber nicht mit dem vergleichen, was ich meine«, sagte sie. »Das Schreiben gehört schon so lange zu mir, wie ich denken kann. Und ich habe es immer geliebt, es war mein Traum, meine Leidenschaft.« Sie erhob sich wieder, er tat es ihr gleich.

»Aber seitdem sich meine Bücher so gut verkaufen«, fuhr sie fort, »und so viele Leute darauf warten, dass ein neuer Roman von mir erscheint, ein noch besserer, noch überzeugenderer, fühle ich mich mehr und mehr unter Druck gesetzt, natürlich auch, weil ich mir selbst Druck mache. Und glauben Sie mir, dieser Druck kann sehr schnell bewirken, dass die Liebe zum Schreiben in Hass umschlägt.«

»Kann ja sein, dass Sie das Schreiben momentan hassen«, erwiderte er mit unverwandtem Blick. »Aber dann sollten Sie es auch Hass nennen und nicht Hassliebe.«

»Aber das wäre falsch, denn ich hasse es ja nur, weil ich es liebe und mir genau deshalb so viel Druck mache. Ich brauche das Schreiben wie die Luft zum Atmen. Außerdem verdiene ich meinen Lebensunterhalt damit.«

»Sie verdienen Ihr Geld damit, das ist richtig. Aber haben Sie sich noch nie überlegt, ob das nicht vielleicht gerade der Grund dafür ist, warum Sie das Schreiben jetzt hassen? Vielleicht lieben Sie das Schreiben auch gar nicht mehr und reden sich das Ganze nur schön, jedenfalls sieht Liebe für mich anders aus.«

Sie machen auf mich nicht gerade den Eindruck, als würden Sie allzu viel von Emotionen, geschweige denn von Liebe verstehen, hätte Nora ihm am liebsten geantwortet, verkniff sich dann allerdings, zu sagen, was sie dachte. Sie hatte sich während ihres kurzen Aufenthalts im »Sonnenblumenhaus« schon zu viele Blößen gegeben.

Und wieso machten seine Äußerungen sie überhaupt derart wütend? Er war ein Fremder, sie kannte ihn gerade einmal ein paar Stunden. Was interessierte sie da seine Meinung? Oder lag es daran, dass sie das, was er sagte, nicht ganz von der Hand weisen konnte?

»Das Schreiben ist mir nach wie vor wichtig«, sagte sie, um Haltung bemüht. »Gerade deshalb mache ich mir ja solchen Druck.«

»Vielleicht gibt es einen Weg, den Druck zu verringern?«

Sie hasste es, wenn andere Leute nach zwei Minuten über etwas Bescheid zu wissen glaubten, das ihnen völlig fremd war, während sie selbst es nach Monaten noch nicht verstanden hatte, obwohl sie sich permanent damit beschäftigte.

»Dafür, dass Sie sonst nur zwei Sätze pro Stunde sagen und selber nicht schreiben, haben Sie die Sache mit dem Schreiben aber ziemlich schnell durchschaut, was?«

Er schaute sie von der Seite an. Eine Weile gingen sie wortlos nebeneinander her, dabei konnte er sich ein Lächeln nicht verkneifen. Zwar nur ein kurzes, aber Nora hatte es trotzdem bemerkt.

»Was ist daran so witzig?«, wollte sie wissen.

»Nichts.« Er schaute wieder nach vorn. »Es ist nur ... Oskar hatte recht.«

»Womit?«

»Damit, dass Sie Ihren eigenen Kopf haben und man irgendwann an den Punkt kommt, an dem man das einsehen und es dabei belassen muss.«

»Oskar hat mit Ihnen über mich gesprochen?« Sie spürte Wut und Empörung in sich aufsteigen.

»Nur kurz.«

»Aber lang genug, um Ihnen zu erzählen, wie schwierig ich bin?«

»Na ja, schwierig ist nicht das richtige Wort.«

»So? Was ist dann das richtige Wort?«

Er schluckte.

»Nein, bitte, sagen Sie es ruhig.« Sie redete sich in Rage. »Ich kann so einiges vertragen.«

Einerseits hielt sie ihre Wut für unangemessen, denn warum sollte ihr Vater nicht mit Yannik über sie sprechen? Andererseits: Wie kam ihr Vater, der sie schon seit Jahren nicht mehr gesehen und gesprochen hatte, dazu, sie in irgendeiner Weise zu beurteilen? Und Gleiches galt erst recht für Yannik, diesen Fremden, der sie gerade einmal seit gestern kannte.

Doch Yannik schwieg weiterhin beharrlich. Jeder Atemzug, der sie wütender machte, schien ihn ruhiger werden zu lassen.

»Wenn mein Vater Ihnen gesagt hat, wie schwierig ich bin«, begann sie schließlich, als sein Schweigen andauerte, »hat er Ihnen sicher auch gesagt, was dazu geführt hat, dass ich so schwierig geworden bin? Auch und gerade im Zusammenhang mit ihm?«

Das Thema war ihm unangenehm, das war nicht zu übersehen.

»Das geht mich nichts an«, sagte er nur.

»Ach, das geht Sie nichts an.« Sie lachte zynisch. »Das sieht Oskar wieder mal ähnlich. Erzählt nur die halbe Wahrheit und pickt sich aus allem das Beste heraus.«

»Hören Sie.« Er blieb stehen. »Es tut mir leid, wenn ich etwas Falsches gesagt habe. Aber ich will mich nicht in Ihre familiären Angelegenheiten einmischen. Ich dachte nur, wir könnten ein bisschen reden. Weiter nichts. Aber wenn Sie nach all den Jahren noch immer ein so großes Problem mit Ihrem Vater haben, sollten Sie das mit ihm klären und nicht mit mir.«

War das immer noch derselbe wortkarge Mann, mit dem sie vor nicht einmal einer Stunde aufgebrochen war?

»Und wenn Sie schon so ein problematisches Verhältnis zu ihm haben«, fuhr er fort, »frage ich mich, warum Sie überhaupt hierhergekommen sind. Ich weiß nur eins«, er hielt einen kurzen Moment inne, »und das ist, dass ich in keinen Familienstreit hineingezogen werden will. Oskar war immer gut zu mir, und was auch immer zwischen Ihnen beiden war, Sie werden es niemals schaffen, mich gegen ihn aufzubringen. Das ist einzig und allein eine Sache zwischen Ihnen, ich habe nichts damit zu tun.«

Irrte sie sich, oder beschwerte er sich gerade über ein Thema, das er selbst angeschnitten hatte? Oder war er wirklich so naiv, dass er glaubte, eine Äußerung über ihre Persönlichkeit von sich geben zu können, ohne dass sie ihre Schlüsse daraus zog und sich möglicherweise sogar angegriffen fühlte?

Andererseits erschreckten sie seine direkten Worte. War sie denn wirklich so ein Drachen und ihre Haut so dünn, dass sie ständig überreagierte, wenn die Sprache auf ihren Vater kam, so dass sie andere Leute geradezu überfuhr und mit ihrer heftigen Reaktion erschreckte?

»Sie haben recht«, sagte sie schließlich. »Das ist eine Sache zwischen Oskar und mir. Aber dann seien Sie bitte auch so gut und erzählen mir gar nicht erst, was Ihnen mein Vater über mich erzählt hat. In Ordnung?«

Yannik zuckte mit den Schultern, während er einen tiefen Seufzer ausstieß. Einen Seufzer, der von »Was für eine komplizierte Frau« bis hin zu »Lassen Sie uns umkehren!« alles bedeuten konnte.

Aber sie wollte nicht weiter darüber nachdenken. Nicht an einem so schönen Nachmittag wie diesem.

»Tut mir leid, wenn Sie das in den falschen Hals gekriegt haben«, sagte er, während er sich zu Max hinabbeugte, der gerade schwanzwedelnd zu ihm zurückgekommen war, und ihm eine Klette aus dem Fell fummelte. Der Nachteil eines solchen Teddyfells wie dem seinen war es, dass sich sämtliche Kletten, trockene Gräser und Zweige darin verfingen.

Tut mir leid, wenn Sie das in den falschen Hals gekriegt haben.

War das seine Art, sich zu entschuldigen?

»Ich glaube, ich bin einfach fertig mit den Nerven«, sagte sie. »Ich wollte Sie nicht so anfahren. Bitte entschuldigen Sie.«

Sie versuchte sich zu erinnern, wann sie sich das letzte Mal bei jemandem entschuldigt hatte. Hatte sie sich überhaupt schon jemals entschuldigt?

In dieser Hinsicht hatte Oskar sogar recht. Sie war ein ausgemachter Sturkopf, dem es nicht leichtfiel, seine Fehler offen zuzugeben! Aber er war ja wohl der Letzte, der sich darüber ein Urteil erlauben durfte.

»Ich finde, wir sollten uns duzen«, sagte Yannik, ohne weiter auf ihre Entschuldigung einzugehen.

»Wie bitte?«

»Wir sollten uns duzen.«

»Und wie kommen Sie ausgerechnet jetzt darauf?«

»Sie gehören zur Familie. Alle, die hier im Hotel leben, sind irgendwie ein Teil der Familie. Und es ist albern, Familienmitglieder zu siezen.«

»Aber Sie und ich, wir sind keine Familie.«

»Streng genommen natürlich nicht.«

»Was genau meinen Sie dann?«

Er schüttelte lachend den Kopf. »Keine Ahnung, wie Oskar nur jemals darauf kommen konnte, dass Sie dickköpfig sind.«

Die versöhnlich heitere Art, mit der er das sagte, brachte sie unweigerlich zum Lächeln.

Was sprach denn dagegen, einfach zu akzeptieren, dass er Oskar für den Inbegriff der Menschlichkeit hielt? Merkte sie doch schon jetzt, dass sie diesen knurrigen, wortkargen und eigentlich gar nicht mehr so fremden jungen Mann mochte.

»Also gut«, sagte sie schließlich. »Ich bin Nora.«

»Yannik«, sagte er, ohne sie anzusehen, als er an einer Abzweigung stehen blieb. Erst als sie den Kopf drehte und nach vorne schaute, sah sie, dass sie an einem See angelangt waren.

»Es ist …«, sie stockte, während sie den Blick über die glitzernde Wasseroberfläche schweifen ließ, »… wunderschön.«

Und das war es tatsächlich. Wunderschön. Unspektakulär schön. Und gerade deshalb sehenswert.

Der angebrochene Ast einer gewaltigen Trauerweide am Rande des Sees tauchte nicht weit von ihr entfernt ins Wasser ein. Ein maroder Steg befand sich auf der gegenüberliegenden Seeseite. Ganz rechts am Ufer stand ein kleines unscheinbares Backsteinhäuschen.

Die Hunde schienen zu wissen, was die Ankunft am See zu bedeuten hatte. Aufgeregt sprangen sie um Yannik herum, liefen bis zum Seeufer und wieder zurück zu ihm, als wollten sie ihn zu etwas auffordern.

Er ging zu einer niedrigen Hecke, die den See umrandete, und zog einen knöcheldicken Stock, ungefähr einen halben Meter lang, daraus hervor.

Allein der Anblick des Steckens genügte, um die Hunde begeistert aufjaulen zu lassen. Freudig sprangen sie auf und ab, stupsten Yannik mit den Schnauzen an und winselten ungeduldig.

Yannik blieb die Ruhe selbst und warf den Stock routiniert im hohen Bogen ins Wasser.

Das war offensichtlich das Kommando. Unaufgefordert sprangen die Hunde – erst Mary, dann Max – ins kühle Nass, um zum Stock zu paddeln.

»Los, Max!«, rief Yannik dem Rüden nach. »Den kriegst du.«

Anscheinend benötigte Max mehr Zuspruch als Mary, die zweifellos die bessere Schwimmerin von beiden war und sich dem Stock mit einigen Hundeschnauzen Vorsprung näherte.

Ohne sich zu Nora umzudrehen oder zu fragen, ob sie es ihm gleichtun wolle, setzte er sich auf den Rasen am Ufer und schlang die Arme um die Knie, während er den Hunden dabei zuschaute, wie sie im Wasser um den Besitz des Stockes kämpften.

Aber das störte Nora nicht weiter. Es war ihr nur recht, dass er sie ganz normal behandelte und kein übertriebenes Getue wegen ihr veranstaltete.

Wortlos setzte sie sich neben ihn und beobachtete Mary, die mit dem Stecken im Maul ans Ufer schwamm, und Max, der ihr ungeduldig folgte.

Auf dem Rasen angekommen, legte Mary den Stock genau vor Yanniks Füße.

»Du solltest besser …«, begann Yannik, während er auf die Füße und zur Seite sprang, doch da war es schon zu spät. Mit kräftigen Bewegungen und völlig unbeeindruckt von dem Umstand, dass Nora sich noch nicht in Sicherheit gebracht hatte, schüttelten die Hunde ihr nasses Fell aus.

Yannik, der im Gegensatz zu ihr nur wenige Tropfen abbekommen hatte, konnte sich ein halb schadenfrohes, halb schuldbewusstes Lachen nicht verkneifen.

»Sorry, aber ich dachte, dir wäre klar, dass sie das sofort, nachdem sie das Wasser verlassen haben, tun würden«, sagte er. »Wie dumm von mir.«

Sie spürte, wie ihr die Wassertropfen in den Ausschnitt liefen, während sie reflexartig aufsprang.

»Hättest du mich nicht wenigstens vorwarnen können? Schließlich ist nicht jedem klar, was dir klar ist.«

»Wie gesagt«, er fuhr ihr ungeschickt über die Arme, um die vielen Tropfen abzustreifen, »es war dumm von mir.«

Sie fühlte sich wie eine frisch geangelte Forelle. Und irgendwie roch sie auch so.

»Es ist wirklich sehr«, sie hustete, »sehr naturbelassen bei euch.«

»Oh, ich vergaß«, er setzte sich wieder ins Gras, diesmal allerding ein Stück weiter vom Ufer entfernt, »wir haben ja Besuch aus der vornehmen Stadt bei uns.«

»Vornehm? Was für ein Blödsinn. Vielleicht wohne ich seit mehreren Jahren in der Stadt, kann schon sein, aber ich liebe die Natur. Außerdem bin ich am Rande der Stadt aufgewachsen. Und früher waren wir oft in der Mecklenburgischen Seenplatte unterwegs.«

Wir. Oskar und ich.

Doch das sagte sie Yannik natürlich nicht. Sie wollte nicht schon wieder auf Oskar zu sprechen kommen. Das Thema war gegessen. Zumindest für heute.

Yannik hob den nassen Stock vom Boden auf und warf ihn erneut ins Wasser, diesmal etwas weiter. Wieder sprangen die Hunde mit Feuereifer hinterher.

»Und deshalb bist du jetzt hier?«, fragte er, den Blick auf die Hunde gerichtet. »Um dich daran zu erinnern, wie sehr du die Natur liebst?«

»Vielleicht auch das. Aber eigentlich ging es mir darum, auf andere Gedanken zu kommen und etwas Ruhe zu finden. Da kam mir die Idee meiner Mutter ganz gelegen.«

»Es war die Idee deiner Mutter? Ich dachte, dein Vater und Alexa hätten dich eingeladen.«

»Das haben sie ja auch. Aber ohne das Drängen meiner Mutter wäre ich vermutlich nie hergekommen.« Gedanken an Frank wurden in ihr wach. »Na ja, und den einen oder anderen Grund, der mich darüber hinaus dazu veranlasst hat, mich für eine Weile ins ›Sonnenblumenhaus‹ zurückzuziehen, gibt es natürlich auch noch.«

Ihre Blicke trafen sich. Nur kurz. Ahnte er, wie es in ihr aussah? Dass mehr hinter ihrem Aufenthalt steckte?

Nein. Wohl eher nicht. Seine Interessen schienen nicht weiter als von diesem bis zum anderen Ufer des Sees zu reichen und sich ansonsten rein auf seine Arbeit im »Sonnenblumenhaus« zu konzentrieren. Sie hielt ihn für einen eher eigenbrötlerischen Naturburschen, der für ihre aus seiner Sicht überzogenen Nöte nur wenig bis gar kein Verständnis hatte. Was ihr aber gar nicht so unlieb war.

Denn gerade seit Erscheinen ihrer letzten beiden Bestseller hatte sich nicht nur eine unschöne Routine in ihr Leben geschlichen. Sondern auch eine Menge neuer Bekannter und Freunde, bei denen sie nie genau wusste, ob sie nett zu ihr waren, weil sie sie nett fanden oder weil sie sich Vorteile von einer Bekanntschaft mit ihr erhofften.

Wieder war Mary diejenige, die den Stecken vor Yanniks Füße legte. Wieder schüttelten sich beide Hunde die Nässe aus dem Fell. Diesmal allerdings in etwas größerer Entfernung zu Nora.

Als sie einige wenige Tropfen trafen, musste sie unweigerlich lächeln. »Es wäre wohl besser, wenn ich mich daran gewöhne, solange ich hier bin, was?«

Yannik nickte. »Oder du verbarrikadierst dich in deinem Zimmer.«

»Nein.« Sie hob den Blick und hielt die Nase in den Wind. »Nein, ich finde es sehr schön hier draußen. Genau das Richtige, um auf andere Gedanken zu kommen.« Sie schaute dem Stock nach, der erneut im Wasser trieb und darauf wartete, von den Hunden geholt zu werden. »Und wenn es ein paar vom Seewasser durchtränkte Klamotten braucht, um endlich meine misslungenen Fernsehauftritte samt Schreibblockade aus dem Kopf zu bekommen, dann ist das eben so.«

»Fernsehauftritte?«

»Ach, da war so ein fürchterliches Interview, das mir immer noch nachgeht. Ist noch gar nicht lange her.«

»Und was war daran so schlimm?«

»Sagen wir es einmal so: Schlimm war daran, dass es dabei gar nicht um mein letztes Buch, sondern um mein Privatleben ging und darum, mich vorzuführen. Ich glaube, das hat mir mehr zu schaffen gemacht, als ich mir bislang eingestanden habe.«

Er sah sie an, als wollte er ihr sein Mitgefühl versichern. »Und deshalb bist du hier?«

»Ja, auch. Wie ich schon sagte, es gibt viele Gründe, warum ich hergekommen bin. Aber was das Interview betrifft: Es wurde einfach eine Riesensache daraus gemacht. Die Frau, die die Sendung moderierte, hat sich praktisch auf meine Kosten profiliert und dafür gesorgt, dass man mich nach der Sendung im Internet gnadenlos durch den Kakao gezogen hat. Und dann ...« Sie dachte an den gehässigen Kommentar mit dem »Freifahrtschein für einen breiten Hintern«, den sie aber nicht an Yannik weitergeben wollte.

»Und dann?«

»Ach, vergiss es. Vermutlich ist es nicht der Rede wert.« Sie machte eine wegwerfende Handbewegung. »Vor allem ist das auch nicht das eigentliche Problem. Das besteht viel eher darin, dass ich im Moment nicht sehr belastbar bin. Ich nehme alles sofort viel zu persönlich, im Gegensatz zu früher. Keine Ahnung, warum das seit einiger Zeit so ist.«

»Also, für mich wäre das nichts.«

»Das Schreiben?«

»Nein, das ganze Drumherum. Presse, Fernsehen und dieser ganze Internet-Kram. Man schreibt doch, um die Fantasie der Menschen anzuregen, sie zu unterhalten oder ihnen neue Informationen an die Hand zu geben. Aber was hat es noch groß mit Fantasie zu tun, sein Gesicht in jede Kamera zu halten und dämliche Fragen zu beantworten? Für mich jedenfalls gar nichts. Ich kann mich auch an kein einziges Buch erinnern, das ich gelesen habe und von dem ich wüsste, wie der Autor aussieht.«

»Du liest Bücher?«

»Jaaa«, er lächelte, »ich kann nicht nur lesen, ich tue es sogar ab und an.«

»So war das doch nicht gemeint.« Sie strich sich verlegen eine Strähne hinter das Ohr.

»Ich lese gern«, fuhr er fort. »Vor allem abends vor dem Schlafengehen. Sebastian Fitzek, Dan Brown. Manchmal auch was von Charlotte Link.«

Der Stock. Mary, Max. Erneut das gleiche Prozedere.

»Aber meistens«, er pfiff Mary hinterher, die im Wasser die falsche Richtung eingeschlagen hatte, »bin ich mit den

Tieren beschäftigt oder repariere etwas, am liebsten draußen. Es gibt immer irgendwas zu tun. Da habe ich für all den kommerziellen Kram im Internet und Fernsehen gar keine Zeit. Und erst recht keinen Nerv.«

»Ich wünschte, ich könnte mir diesen Luxus auch erlauben.«

»Luxus?«

»Na ja, aufs Internet und auf die Medien zu verzichten. Wenigstens für eine Weile.«

Er klopfte sich etwas Sand von den Schuhen. »Wer hindert dich denn daran?«

»Ich weiß nicht«, sie senkte den Blick auf den feuchten Saum ihrer Jeans, »wahrscheinlich ich mich selbst.«

»Dann nimmst du dir wohl nicht nur eine Auszeit von dem ganzen Berufsstress«, er streichelte Max über den nassen Kopf, »sondern auch ein bisschen von dir selbst.«

Sie sah die Hunde vor der Kulisse des idyllischen Sees, den halbverfallenen und gerade deshalb so charmanten kleinen Steg, nahm das Rauschen des Windes in den Zweigen der Trauerweide wahr. Es kam ihr vor, als betrachtete sie die malerische Landschaft einer Postkarte. Und für den Bruchteil einer Sekunde fragte sie sich, ob sie vielleicht ein Teil dieser Postkartenszenerie war.

Auszeit von dir selbst.

Seine Worte hingen in der Luft wie ein Echo.

Vielleicht war das die Antwort auf alles.

Oskar streckte die Füße von sich und lehnte sich gegen den Stamm der Eiche, während sein Blick zu den Hunden wanderte, die in der Sonne dösten.

Wie gerne saß er hier, zusammen mit Alexa oder aber allein, und ließ seinen Gedanken freien Lauf.

Er wehrte sich gegen die immer wieder in ihm aufkommenden Schuldgefühle, die ihn seit Noras Ankunft noch öfter heimsuchten als sonst. Gleichzeitig riefen diese jedoch noch ein anderes Gefühl in ihm wach: den Wunsch, seine Liebe zu Alexa gegenüber jedermann offen zu verteidigen.

Seit gestern hatte er noch länger in alten Fotos und Briefen gekramt, sich noch intensiver in der Vergangenheit verloren als bislang.

Ein Brief hatte es ihm allerdings besonders angetan. Von all den Briefen, die Alexa und er sich jemals geschrieben hatten, war es dieser eine, der ihm nach all den Jahren noch immer am meisten zu Herzen ging.

Er zog das zusammengefaltete Schreiben aus der Hosentasche und las es zum zweiten Mal an diesem Tag.

1. Dezember 1999
Mein lieber Oskar,
ich war mir nie sicherer in meinem Leben. Ich werde meinem Arbeitgeber die Kündigung auf den Tisch knallen, und dann bin ich weg. Bald. Ich kann meine Zukunft beinahe schon mit den Händen greifen.
Nie wieder muffige Büroluft, nie wieder derselbe Trott. Tag für Tag. Alles, worauf ich noch warte, ist die ausstehende Antwort auf meine Frage, ob Du mich begleitest.
Ich werde mein ganzes Erspartes mitnehmen und nicht mehr zurückschauen. Nie wieder.
Glaub mir, ich will Dir nicht die Pistole auf die Brust setzen. Und ich werde Dich niemals bitten, Dich zwischen Deiner Familie und mir zu entscheiden. Wir kön-

nen immer Freunde bleiben, unabhängig davon, wie Du Dich entscheiden wirst, und wir werden immer einen Weg finden, miteinander Kontakt zu halten. Denn um Dich zu verlieren, bist Du mir einfach zu wichtig. Dafür sind mir Deine Worte, Deine Gedanken zu wichtig.
Aber ebenso sollst Du auch wissen, dass ich mir nichts Schöneres vorstellen kann, als Dich auf meiner Reise zu mir selbst an meiner Seite zu wissen.
Du und ich, wir denken das Gleiche. Wir sehnen uns nach den gleichen Dingen. Ich wünschte nur, dass unser Zusammensein, solltest Du Dich dafür entscheiden, nicht so viele Risiken für Dich, vor allem das Verhältnis zu Deiner Tochter betreffend, bergen würde.
Vergiss aber dennoch nicht, auch an Dich selbst zu denken. Gib Dich nicht auf, gerade wenn Du bei Miriam bleibst, obwohl Du weißt, wie verschieden Ihr beide seid. Denn auch sie hat die Chance auf einen Mann verdient, der ihr das gibt, was sie sich wünscht und erhofft. Jede Frau hat das verdient.
Und wieder kommt in mir die Hoffnung auf, doch noch mit Dir zusammen sein zu können.
Obwohl ich nie die andere sein wollte, die Frau, wegen der ein Mann seine Ehe und seine Familie aufgibt. Nein, ich wollte es nicht nur nicht sein, ich habe noch nicht einmal in Erwägung gezogen, dass mir so etwas je passieren könnte.
Und doch ist es mir passiert und hat all meine bisherigen Pläne und Annahmen über den Haufen geworfen. Doch Du, Oskar, Du bist nie mein Plan gewesen. Niemals hätte ich einen verheirateten Familienvater für mich in Betracht gezogen.

Aber so ist das Leben nun einmal. Nichts läuft nach Plan.
Ich werde diesen Schritt jetzt machen und mich von der Last dieses eintönigen Jobs befreien. Den Mut dazu, diesen Schritt zu wagen, ganz gleich, ob Du mich dabei begleitest oder nicht, hast Du mir gegeben. Dafür werde ich Dir immer dankbar sein.
Alexa

Oskar schob den Brief zurück in seine Hosentasche. Wie vertraut ihm ihre Worte von damals doch immer noch waren. All die Zweifel, aber auch alle Hoffnungen Alexas konnte er so gut nachvollziehen, als hätte er ihre Zeilen erst gestern erhalten.

Unweigerlich musste er an den Spaziergang vor fünfzehn Jahren zurückdenken, zu dem er mit Nora wie so viele Male zuvor aufgebrochen war. Noch heute brach ihm die Erinnerung daran das Herz. Die Erinnerung an den Moment, als er ihr fröhliches Plappern über einen Mitschüler unterbrochen hatte, den sie angeblich total »ätzend« fand. Michael Glaser hieß der Junge – er würde diesen Namen wohl nie vergessen. Was hatte sie sich nicht über seine Neckereien auf dem Schulhof aufgeregt und ausgiebig über ihn geschimpft, um nur wenige Minuten später in Tränen auszubrechen. Tränen, deren Ursache nicht Michael Glaser, sondern er war. Ihr eigener Vater.

Mein Schatz, du erinnerst dich doch an Alexa, oder?

Deine Arbeitskollegin? Die, die manchmal selbstgemachte Gerichte mit ins Büro bringt, von denen du mir dann immer einen Teil mitbringst, damit ich sage, wie es mir schmeckt? Ist es wirklich wahr, dass sie verschiedene Meinungen zu ihrem Essen sammelt?

Ja, genau das ist Alexa. Aber heute geht es nicht um ihre Kochkünste.

Worum dann, Papa?

Weißt du, Alexa und ich, wir sind schon lange gute Freunde, und manchmal werden ganz normale Freundschaften zu besonders engen Freundschaften.

Wie meinst du das?

Du weißt, dass deine Mutter und ich uns in letzter Zeit sehr viel gestritten haben.

Ja, aber was hat das mit dieser Alexa zu tun?

Eigentlich nichts, aber ... ich habe einfach gemerkt, dass mir die Freundschaft zu Alexa sehr wichtig geworden ist. Und dass Mama und ich uns zurzeit einfach nicht guttun. Weißt du, manchmal sind zwei Menschen ohne den anderen einfach glücklicher.

Aber was redest du denn da, Papa? Hast du dich etwa in deine Kollegin verliebt?

Es war genau der Moment, in dem Nora zu weinen begann. Ein Anblick, den er bis heute nicht vergessen hatte.

Es ist keine Entscheidung gegen dich, Nora. Nur eine Entscheidung gegen ein Leben, das nicht mehr zu mir passt. Das alles ändert nichts an meiner Liebe zu dir.

Oskar schloss die Augen und legte gleichzeitig die Hand auf seine Hosentasche, als könnte ihm Alexas Brief darin Trost spenden.

Trotz des Gesprächs hatte er es damals nicht übers Herz gebracht, noch am selben Tag auszuziehen. Wären die Dinge anders verlaufen, wenn er Nora an diesem Tag nicht nur von Alexa, sondern auch von den Konsequenzen dieser Bekanntschaft erzählt hätte? Wenn er sie vorgewarnt hätte, dass er sich längst entschieden hatte und schon bald nicht mehr mit ihr und ihrer Mutter im selben Haus zusammenleben würde?

Es ist keine Entscheidung gegen dich, Nora. Nur eine Entscheidung gegen ein Leben, das nicht mehr zu mir passt.

Worte, die man vielleicht einem Erwachsenen sagt, aber keiner Dreizehnjährigen. Was hatte ihn nur dazu gebracht, zu glauben, dass Nora reifer als andere Mädchen in ihrem Alter wäre und dass sie ihn verstehen würde?

War die Reife, die er damals in ihr gesehen hatte, nicht letztendlich nur Wunschdenken gewesen? Die Hoffnung, mehr Verständnis von ihr erwarten zu dürfen, als man einem Kind abverlangen konnte?

»Oskaaaaar!«

Niemand verstand es, seinen Namen derart gekonnt in die Länge zu ziehen, wie Fiona.

»Was gibt es?«

Als er sich zu ihr umdrehte, lief sie ihm wie immer fröhlich entgegen.

»Ich habe eine prima Idee!«, rief sie begeistert, und schon allein ihr Blick sprach dabei Bände.

»Eine Idee?« Instinktiv runzelte er die Stirn. »Sollte ich es mit der Angst zu tun bekommen?«

»Nein, warum denn?« Freudestrahlend setzte sie sich neben ihn.

»Na, dann schieß mal los«, antwortete er, und noch während sie ohne Punkt und Komma zu reden begann, ließ er die Vergangenheit für heute Vergangenheit sein und wandte sich der Gegenwart zu.

Kapitel 4

Dieses Weinen. Oh, dieses schreckliche Weinen.

Wie das bedrohliche Heulen einer Sirene dringt es durch die geschlossene Tür und die Wände hindurch bis in ihr Zimmer hinein.

Sie will aufstehen, doch ihre Beine sind so schwer, dass sie sich nur mit größter Mühe bewegen lassen.

Als sie endlich neben ihrem Bett steht, spürt sie den weichen Stoff ihres Nachthemdes an ihren dünnen Beinen.

Sie friert. Das Fenster, ist es noch offen?

Doch sie hat keine Zeit, sich umzudrehen. Stattdessen zieht es sie Richtung Flur.

Dieses Weinen. Es will einfach nicht verklingen.

Immer größere Sorge kommt in ihr auf, aber vor allem auch Furcht.

Es ist ihre Mutter, die da weint, zweifellos.

Sie öffnet die Tür ihres Zimmers und schaut über den Flur.

Die Tür zum elterlichen Schlafzimmer steht einen Spalt weit offen.

Wieder hat sie große Mühe, einen Fuß vor den anderen zu setzen. Ein Schritt, zwei Schritte.

Als ihre Hand das hölzerne Türblatt berührt und es langsam aufdrückt, sieht sie sie auf dem Bett sitzen.

Die Arme um die angewinkelten Knie geschlungen, wiegt sie ihren Oberkörper vor und zurück. Vor und zurück. Vor und zurück.

»Mama? Was ist denn passiert?«

Dieses Weinen. Dieses schreckliche Weinen! Es will einfach nicht aufhören!

»Mama!«, wiederholt sie, nun etwas lauter.

Die Angst schnürt ihr den Hals zu.

»Wo ist Papa?« Sie schaut zur leeren Betthälfte hinüber. »Ist ihm etwas passiert?«

»Ich konnte nicht weggehen, konnte es einfach nicht, Liebes«, antwortet sie. »Dabei wäre ich so gern gegangen. Denn er hätte es verdient, zurückzubleiben, für das, was er getan hat.«

»Wovon sprichst du, Mama?« Sie lässt sich neben ihre Mutter aufs Bett fallen. »Wo ist Papa?«

»Keine Sorge, mein Schatz. Wir werden hier bleiben. Wir werden unser schönes Zuhause niemals verlieren.«

Wieder dieses schreckliche Weinen!

Der Wind drückt die einen Spalt weit geöffneten Fensterflügel gegen die Laibung, fährt in die Gardinen und bläht sie zu gespenstischen Formen auf.

»WO IST PAPA?«

Panisch fuhr sie in die Höhe.

Ihr Haaransatz war ganz feucht, das T-Shirt klebte ihr am völlig nassgeschwitzten Körper.

Wie lange war es her, dass sie dieser Traum zuletzt mitten in der Nacht aus dem Schlaf hatte aufschrecken lassen?

Sie schaute zum Fenster hinüber.

Aber draußen war es noch hell. Natürlich. Sie hatten ja noch nicht einmal zu Abend gegessen.

Wie lange hatte sie geschlafen? Und warum war sie überhaupt am helllichten Tag eingenickt? Schon wieder. Sie hatte sich doch nur aufs Sofa gesetzt, um sich etwas auszuruhen. So anstrengend war der Spaziergang mit Yannik und den Hunden doch gar nicht gewesen.

Sie schaute zur Uhr im Bahnhofsstil, die über der Tür hing. Es war erst kurz nach fünf.

Ihr Blick fiel auf das Buch auf dem Tisch.

»Kornblumentage.« Sie hatte es für Fiona signiert, um sie damit zu überraschen. Sollte sie nun bis zum Abendessen damit warten, es ihr zu geben? Immerhin wäre es das erste Mal seit ihrer Ankunft, dass sie einem der Bewohner des »Sonnenblumenhauses« freundlich gegenübertrat.

Der Laptop neben dem Buch erinnerte sie erbarmungslos an ihr auch heute nicht erfülltes Schreibpensum. Nicht eine Zeile hatte sie seit ihrer Ankunft geschrieben.

Du bekommst das Manuskript Ende Juli, Maria. Versprochen.

Nora zog ein frisches Shirt aus dem offenen Koffer, der noch immer unausgepackt auf dem Boden lag. Vielleicht fände sie Fiona ja irgendwo unten im Haus. Einen Versuch war es zumindest wert.

Mit dem Buch in der Hand schlenderte sie den Flur des Obergeschosses entlang und lauschte nach unten.

Doch da war nichts. Kein einziger Laut.

Sie nahm die Treppe, die ins erste Stockwerk führte, und vernahm schließlich hinter der ersten Tür auf dem Gang, direkt neben einer kleinen Rattansitzecke, Stimmen.

Erst auf den zweiten Blick erkannte sie, dass die Tür nur angelehnt war.

Einen Augenblick blieb sie davor stehen, um zu hören, ob sie Fionas Stimme erkannte. Doch neben mehreren Kinderstimmen konnte sie sonst nur noch die von Alexa ausmachen.

Etwas in ihr sträubte sich dagegen, weiterhin stehen zu bleiben und zu lauschen. Doch seltsamerweise erwachte auf einmal Neugierde in ihr und ließ sie verharren.

Was wohl gerade in diesem Zimmer passierte? Fand dort drinnen etwa eine Therapiesitzung statt? Aber warum kamen die Kinder dazu hier herauf?

Durch den Türspalt hindurch erspähte sie drei Kinder, die kaum älter als zwölf waren und in einem Halbkreis saßen. Ein Junge im Rollstuhl, zwei Mädchen auf Stühlen.

Vor ihnen saß Alexa, die sich über einen der Hunde beugte und in bedächtigem Tonfall sprach.

Nora konnte nicht verstehen, was Alexa sagte, doch viel irritierender als die Gruppe selbst war für Nora sowieso die Art und Weise, in der Alexa redete.

Mit Ruhe, Umsicht und Fürsorge sprach sie zu den Kindern, die abwechselnd Handbewegungen in Richtung des Hundes machten, die Nora nicht so recht zu deuten wusste.

War das dieselbe Frau, die in fast unerträglicher Hektik auf sie eingeredet hatte?

Nora entnahm der Kopfhaltung der beiden Mädchen, dass offenbar auch sie eine Behinderung hatten.

Ein Lächeln huschte über das Gesicht des Jungen. Ein Lächeln, das schon im nächsten Moment zu einem lauten Lachen wurde.

Nora war gerührt.

Wie leicht diese Kinder doch zu begeistern waren.

Sie war sich nunmehr sicher, dass es sich um eine Art Therapie handeln musste. Dafür sprach nicht zuletzt die Anwesenheit des Hundes. Nora versuchte sich an all die Informationen zu erinnern, die ihr die Bewohner des »Sonnenblumenhauses« bei ihrem ersten gemeinsamen Abendessen über die hundegestützte Therapie gegeben hatten. Doch wo genau Alexa gelernt hatte, diese anzuwenden, war ihr anscheinend entgangen oder nicht erwähnt worden.

Sie sah, wie Alexa die Hand eines der Mädchen nahm. Sehr zart legte sie sie in die ihre. Und wieder rührte Nora Alexas behutsamer Umgang mit den Kindern an. Doch schon einen Atemzug später musste sie sich abwenden. Viel zu schmerzhaft waren die Erinnerungen an vergangene Tage, die augenblicklich in ihr wach wurden. Ihre Hand in der von Oskar, auf einem ihrer vielen Spaziergänge.

Sie trat einen Schritt zurück.

Noch hatte niemand ihre Anwesenheit bemerkt.

Sie schaute auf das Buch in ihren Händen und erinnerte sich an den eigentlichen Grund, der sie hierhergeführt hatte.

Fiona.

Ob sie wohl unten war?

Bemüht, nur ja kein Geräusch zu machen, wandte sie sich vom Therapieraum ab und ging zur Treppe. Gerade als sie die Stufen zur Hälfte hinabgegangen war, sah sie Oskar neben der Küchentür, wo er zwei grüne Transportkisten auf dem Boden abstellte.

»Nora.« Er war sichtlich überrascht.

»Hallo«, antwortete sie.

»Schön, dich zu sehen.« Er lächelte. »Wie ich gehört habe, warst du mit Yannik und den Hunden unterwegs.«

Sie nickte.

»Ich hoffe, es war schön.«

»Es war okay.«

»Du weißt, dass ich dir unheimlich gern das Hotel zeigen und all unsere Hunde vorstellen würde. Bisher kennst du ja nur Max und Mary, richtig?«

Nora antwortete nicht, legte nur den Kopf etwas zur Seite.

»Zurzeit ist noch unsere externe Therapeutin Katharina mit Anton und den Kindern oben«, fuhr Oskar fort. »Und Alexas Sitzung mit unserer Labradorhündin Ronja und den Kindern ist auch noch nicht vorbei. Aber wenn die beiden fertig sind, dann …«

»Anton?«, unterbrach sie ihn.

»Das ist auch einer unserer Hunde.«

»Verstehe.« Augenblicklich fiel ihr die Begegnung mit dem kleinen Hugo wieder ein, den sie beim Spielen mit einem der Hunde, sicher Anton, unterbrochen hatte.

»Also, was ich sagen wollte, ist, dass vor dem Abendessen noch etwas Zeit bleibt und wir mit unserer Runde gleich anfangen können. Wenn Alexa und Katharina dann fertig sind, lernst du Anton und Ronja ebenfalls noch kennen. Du wirst sie lieben.« Er strahlte über das ganze Gesicht, als stünde ihnen ein regelrechtes Abenteuer bevor.

Die zwei Abenteurer.

Da war er wieder, der schon gewohnte Stich ins Herz.

»Ich war eigentlich auf der Suche nach Fiona«, sagte sie.

»Fiona, ja«, er überlegte kurz, »ich habe sie vorhin hinten im Garten gesehen.«

Nora nickte, ging dann ohne ein weiteres Wort in Richtung Hinterhof und fand sich augenblicklich schrecklich unfreundlich und schroff. War sie wirklich so dickköpfig, wie ihr Vater und Yannik festgestellt hatten? Und deshalb auch so unversöhnlich gegenüber ihrem Vater? Umso dankbarer war sie nun, als sie Fiona mit einem Buch in der Hand und einem Tablet neben sich in der Hollywoodschaukel sitzen sah.

»Oh«, sagte Nora und zeigte auf das Buch in Fionas Händen, »da komme ich, wie es aussieht, mit meinem Geschenk wohl einen Tick zu spät. Du bist schon mit Lesestoff versorgt.«

»Die ›Kornblumentage‹?« Fiona lächelte, als Nora so nahe bei ihr war, dass sie den Buchtitel lesen konnte. »Ja, das habe ich schon.«

»Aber auch signiert?«

Fionas Lächeln wurde zum Strahlen. Euphorisch sprang sie auf.

»Eine signierte Ausgabe für mich?«

»Ich dachte, du freust dich vielleicht darüber.«

»Und wie ich mich freue!«

Nora nickte zufrieden.

»Aber hat nicht gerade Oskar nach dir gesucht?«, fragte Fiona.

»Ich weiß nicht. Ich habe aber eben kurz mit ihm gesprochen.«

»Dann macht ihr den Rundgang jetzt gleich?«

»Wohl eher nicht.« Nora zuckte mit den Schultern. »Ich wollte ja zu dir.«

Zwei kleine steile Falten tauchten zwischen Fionas Augenbrauen auf. »Verstehe.«

»Was meinst du damit? Was verstehst du?«

Die Art, wie Fiona betroffen den Blick senkte, irritierte Nora.

»Also gut, es ist schließlich kein Geheimnis, dass ihr euch nicht so gut versteht«, sagte Fiona.

»Hat er etwa mit euch allen darüber gesprochen?«

»Nicht direkt, falls du das glaubst. Aber wenn man hier lebt, dann kriegt man schon mit, was den anderen bewegt, bedrückt oder eben freut. Und als Oskar hörte, dass du herkommst, glaub mir, da ist er vor lauter Freude fast durchgedreht. Hat von nichts anderem mehr gesprochen. Sonst hat er auch viel von dir gesprochen, aber man hat eben gemerkt, dass ihr keinen näheren Kontakt miteinander habt.«

»Wofür es gute Gründe gibt. Aber das würde jetzt zu weit führen.«

»Kann ja sein.« Fiona verzog den Mund. »Das geht uns alle auch gar nichts an. Es ist nur so schwer, sich vorzustellen, dass irgendjemand Oskar oder Alexa nicht mögen könnte. Sie haben so viel für mich getan, dass ich mich manchmal frage, womit ich das verdient habe. Ich meine, ich arbeite zwar im ›Sonnenblumenhaus‹ und unterstütze die anderen bei den Therapien, aber mal ganz ehrlich, kann man das hier«, sie machte eine Handbewegung über das Grundstück und das Haus hinweg, »als Arbeit bezeichnen? Wenn die beiden nicht gewesen wären, wäre ich nach dem Unfalltod meiner Eltern vollkommen allein gewesen.«

»Deine Eltern sind gestorben? Das tut mir leid.«

»Das ist schon über zwei Jahre her.« Fiona schluckte. »Aber Oskar und Alexa waren nicht nur für mich da, als ich mich hilflos und verlassen fühlte. Auch Yannik hat den beiden viel zu verdanken.«

»Hör zu«, Nora fasste Fiona bei den Armen, »ich will weder Alexa noch Oskar absprechen, dass sie viel für euch getan haben und dass ihr hier in dieser Einrichtung, oder wie auch immer man es bezeichnen will, alle sehr glücklich miteinander zusammenlebt.«

»Als das ›Sonnenblumenhaus‹«, Fiona strahlte stolz. »Das ist unser Name.«

»Ich weiß. Aber auf das wollte ich nicht hinaus. Was ich versuche, dir zu erklären, ist: Oskar und ich, und gewissermaßen auch Alexa und ich, haben eine gemeinsame Vergangenheit, in der Dinge vorgefallen sind, die sich nicht einfach in Wohlgefallen auflösen, nur weil ich schnell einmal zu Besuch komme. Deshalb bin ich auch nicht gekommen. Ich bin hier, weil ich eine Auszeit brauche und weil ich einiges, was in meinem Leben nicht mehr rundläuft, neu überdenken will. Um zur Ruhe zur kommen, verstehst du?«

Fiona nickte wortlos.

»Das heißt aber nicht, dass ich dir nicht glaube, wie dankbar du den beiden bist oder wie dankbar Yannik ihnen ist. Jeder von uns kann in seinem Leben eben völlig unterschiedliche Erfahrungen mit ein und demselben Menschen machen.« Sie lächelte. »Und das sind eben eure Erfahrungen mit Oskar und Alexa, die ihr nach allem, was ihr durchlebt habt, sicher mehr als verdient habt.«

Fiona presste die Lippen zusammen. Vielleicht fehlten ihr die Worte, vielleicht wusste sie aber auch ganz einfach, dass es darauf nichts weiter zu sagen gab, wollte sie die Grenzen des Erlaubten nicht überschreiten.

»Und was auch immer zwischen meinem Vater und mir war oder ist«, fuhr Nora schließlich fort, »ändert nichts daran, dass ich mich sehr darüber freue, dass du durch ihn auf meine Bücher aufmerksam geworden bist.«

»Darüber freue ich mich auch.« Fiona senkte den Blick auf das Buch in ihren Händen und begann aufgeregt darin zu blättern, als warteten zwischen den Seiten unzählige Überraschungen auf sie. »Ich hätte jedenfalls nicht gedacht, dass du dir Gedanken darüber machst, womit du mir eine Freude machen kannst.«

»Warum denn nicht?«, fragte Nora. »Ich finde das jedenfalls nicht weiter ungewöhnlich.«

»Na ja, ich meine, gerade heute hast du doch sicher anderes im Kopf.«

Nora schaute sie fragend an.

»Ich meine den Artikel«, ergänzte Fiona. »Alle sprechen doch darüber. Zumindest auf deiner Facebook-Seite.«

»Ich war seit Tagen nicht mehr online.« Plötzlich fiel Nora ein, dass Maria vor ein paar Stunden versucht hatte, sie telefonisch zu erreichen. Sie hatte ihren Anruf auf dem Display gesehen, ihn aber einfach ignoriert.

»Das heißt, du weißt gar nichts davon?« Fiona war sichtlich überrascht.

»Wovon denn?« Nora wurde unbeabsichtigt lauter.

»Na, von dem Artikel in der ›Flash 'n' Trash‹. Besser gesagt von der Kolumne dieser schamlosen Talkshow-Tussi.«

»Sprichst du etwa von Mariella Paulus?« Da war es wieder, das rote Tuch, das allein die Nennung dieses Namens seit ihrem misslungenen Auftritt für Nora darstellte.

Fiona nickte. »Sie schreibt, dass …«

»Was?« In Noras Schläfen begann es zu pochen.

»Ach, vergiss es einfach. Wen interessiert schon das Gelaber einer hirnlosen Schnepfe?«

»Das sagt sich so leicht.« Obwohl sich Nora strikt vorgenommen hatte, während ihres Aufenthalts im »Sonnenblumenhaus« keinerlei Medienberichte zu lesen oder zu hören, war der Drang, mehr zu erfahren, in diesem Moment stärker.

»Freu dich lieber über deine tollen Fans, die ordentlich gegen diese Ziege wettern. Vorhin waren es schon über dreihundert Kommentare. Die meisten nehmen dich in Schutz und ziehen über die Paulus her. Ich habe natürlich nicht alle Einträge gelesen, aber …«

»Fiona!« Nora wurde mit jedem Wort ungeduldiger. »Zeig mir den Artikel. Bitte!«

Fiona ließ seufzend die Schultern sinken. »Bist du sicher, dass du das willst?«

»Ja, bin ich.«

Fiona schlurfte zurück zur Schaukel und griff nach dem Tablet, das auf den Polstern lag. Sie strich über das Display und reichte es Nora, die sofort zu lesen begann.

Und wieder mal bekam ich die Quittung für meinen Mut, das auszusprechen, was sich andere nur denken. Mein dritter Shitstorm. Oder habe ich schon einen in der Vergangenheit verpasst?
Diesmal geht es um die sogenannte Bestsellerautorin Nora Fendt und ihren Auftritt in meiner Sendung. Denn seitdem ich sie dort auf ihre Beziehung oder sagen wir besser »Nicht-Beziehung« zu Frank Henrik angesprochen habe, ist in meiner Chronik die Hölle los. Vorgeführt soll ich sie haben.
Vorgeführt? Mir war tatsächlich nicht bewusst, dass die Leser von Frau Fendts Büchern anscheinend im Elfenbeinturm sitzen und ihnen die Regeln der Medien vollkommen unbekannt sind.
Diese Autorin hat viele erfolgreiche Bücher geschrieben, keine Frage. Aber seien wir doch mal ehrlich, so erfolgreich, dass man in Klatschmagazinen Erwähnung findet, auf Best- oder Worst-dressed-Listen landet und auf Partys fotografiert wird, kann man als Autorin doch gar nicht sein, oder? Das alles hat sie einzig und allein ihrer Beziehung zu Frank Henrik zu verdanken.
Aber allein schon meine Frage, ob an dem Gerücht etwas dran ist, dass die beiden nicht mehr zusammen sind, hat gereicht, um sämtliche Leser von Frau Fendt gegen mich aufzubringen.
So schnell kann es gehen.
Sicher, sie mag Talent haben, und ihr Buch »Kornblumentage« war auch für mich eine nette Ablenkung nach anstrengenden Tagen. Aber »nett« ist nun mal nicht »aufregend«.
Werden diese Zeilen nun den nächsten Shitstorm entfachen?
Lege ich es vielleicht sogar darauf an?
Weder noch, liebe Leser. Stattdessen verhält es sich ganz einfach so, dass meine Lippen dazu da sind, die Wahrheit zu sagen, und

solange ich sprechen kann, werde ich diese Wahrheit mit der Welt teilen. Und solange ich schreiben kann, gelangt sie auch auf diesem Wege in die Welt hinaus.
Die Wahrheit.
Wen interessiert sie heute schon noch?
Zumindest meine LeserInnen stehen auf die Wahrheit. Hab ich nicht recht?

Nora blickte auf und gab Fiona das Tablet zurück, ohne den Artikel zu Ende gelesen zu haben.

Fiona musterte sie mit prüfendem Blick. »Ich hab dir doch gesagt, es ist besser, wenn du den Beitrag gar nicht erst liest.«

»Nein, nein«, widersprach ihr Nora, »es ist gut, dass ich ihn gelesen habe.«

Sie fuhr sich mit der Hand über die Stirn, um sie gleich danach auf ihre Hüfte zu legen. Nervös zog sie an ihrem Shirt, als müsste sie es für einen wichtigen bevorstehenden Termin zurechtrücken.

Waren ihre Hände feucht, oder bildete sie sich das nur ein?

Und was um alles in der Welt dachte sich diese Mariella Paulus dabei, erneut dermaßen auf sie einzudreschen?

Einzelne Worte und Sätze zuckten noch immer wie Blitze über ihre Netzhaut.

So erfolgreich, dass man in Klatschmagazinen Erwähnung findet, auf Best- oder Worst-dressed-Listen landet und auf Partys fotografiert wird, kann man als Autorin doch gar nicht sein.

Nora schluckte.

Das alles hat sie einzig und allein ihrer Beziehung zu Frank Henrik zu verdanken.

»Es tut mir leid.« Fiona legte das Tablet zurück auf die Schaukel. »Ich hätte dir das nicht zeigen dürfen. Und hätte ich gewusst, dass du von diesem Artikel noch nichts weißt, hätte ich gar nicht erst davon angefangen.«

»Schon gut.« Nora schenkte Fiona ein aufmunterndes Lächeln, auch wenn ihr nicht danach zumute war. »Du kannst doch nichts dafür, dass diese Person so, so …«, sie suchte nach den richtigen Worten, »… sensationsgeil und geltungssüchtig ist.«

Gedanken wie »Klage« und »Maria anrufen« tauchten in ihrem Kopf auf, dann aber riss sich Nora zusammen. Nein, sie war hier, um sich auszuruhen, und nicht, um sich von einer so unverschämten Person verrückt machen zu lassen.

»Wie heißt es so schön?« Fiona grinste tapfer. »Any publicity is good publicity.«

»Ja, kann sein.«

Nora versuchte sich zu erinnern, wann ihr Frank das letzte Mal gemailt hatte. Ob er wohl schon von dem Artikel erfahren, ihn gar gelesen hatte?

Wenn diese Frau nur nicht so mächtig und ihr Einfluss so groß wäre.

Ihr Herz raste.

Was war nur los mit ihr, warum war sie nur so wenig belastbar in letzter Zeit? Sie dachte daran, wie schön es wäre, jetzt einfach bei Frank anzurufen und mit ihm bis an ihr Lebensende unter einer Bettdecke zu verschwinden. Wen interessierte schon das Geschwätz einer Mariella Paulus, wenn man Frank Henrik an seiner Seite hatte?

Aber nein. Er war ja nicht mehr an ihrer Seite. War vielleicht niemals an ihrer Seite gewesen.

Erst jetzt sah sie, dass Mary auf dem Rasen hinter der Schaukel lag und an einem Kauknochen knabberte.

Wo waren die anderen Hunde?

»Alles in Ordnung?« Das schlechte Gewissen schien noch immer an Fiona zu nagen.

»Ja, ich …«, Nora verstummte, als ihr auf einmal eine Idee kam.

»Nora?«

»Wann hat Mary denn die nächste Therapie?«, fragte Nora entschlossen.

Fiona drehte sich zu Mary um. »Morgen Mittag. Warum?«

»Ich würde gern ein Stück mit ihr gehen.«

»Jetzt? Aber bis zum Essen ist es nicht mehr lang.«

»Das macht nichts. Ich habe eh keinen Hunger, und die frische Luft wird mir guttun.«

Fiona seufzte besorgt. »Ist wirklich alles in Ordnung mit dir?«

»Ich muss nur … ich brauche nur ein bisschen Bewegung.« Nora lief geradewegs auf die Haken mit den Leinen zu. »Ich … es ist alles in Ordnung.«

»Nora?«

Doch die hatte sich bereits umgedreht und antwortete Fiona nicht mehr.

Der Duft von frischem Heu begleitete sie, als sie die letzten Häuser und Scheunen des Dorfes hinter sich ließ und den Weg Richtung See einschlug, den sie erst wenige Stunden zuvor mit Yannik gegangen war.

Dieser Tag zog sich wie ein einziges, unendliches Gummiband in die Länge, das einfach nicht zerreißen wollte.

Regentropfen fielen in unregelmäßigen Abständen auf ihr Haar. Sie zog die Sweatjacke am Hals zusammen. Mary hingegen, die neben ihr hertrottete, schien unbeeindruckt von dem aufziehenden Unwetter.

Das Unwetter, das in Nora tobte, war ohnehin größer als der bevorstehende Gewitterregen.

Reichte es nicht schon, dass es ihr zunehmend schwerfiel, sich ständig in neue Ausflüchte gegenüber Oskar zu flüchten? Obwohl sie darin ja schon beinahe geübt war. Jetzt aber noch ein weiteres Kapitel in der unsäglichen Geschichte um Mariella Paulus, Frank und sie? Und zur Krönung noch ihre Schreibblockade? Sie hatte extra alle anstehenden Termine abgesagt und Maria davon zu überzeugen versucht, dass sie das Manuskript schon rechtzeitig abgeben würde, wenn sie nur eine Weile ausreichend Ruhe hätte und von allen Verpflichtungen frei wäre. Und was war das Resultat von alldem? Dass das Chaos sie selbst hier einholte.

Das Schlimmste daran war allerdings, dass sich ihr langsam der Verdacht aufdrängte, dass sie selbst das Problem war. Sie hatte sich von ihrem Vater verraten und im Stich gelassen gefühlt. Aber hatte Miriam nicht recht, wenn sie sagte, dass es allmählich an der Zeit war, darüber hinwegzukommen und endlich Frieden mit ihrem Vater zu schließen? Immerhin war sie mittlerweile eine erwachsene Frau von beinahe dreißig Jahren. Hatte sie ihren Vater damals etwa auf ein so hohes Podest gestellt, dass er sie zwangsläufig irgendwann einmal hatte enttäuschen müssen, weil auch er wie jeder andere nur ein Mensch mit Schwächen und Fehlern war? War es nicht ihr Grundproblem, dass sie stets zu hohe Erwartungen an sich selbst und alle anderen stellte?

Sie hielt die Nase in den Wind. Der Duft von frisch gemähtem Rasen, Holzspänen und feuchter Erde lag in der Luft und tat sein Bestes, um sie von ihren Großstadtsorgen abzulenken.

Überhaupt! Waren ihre Sorgen nicht tatsächlich typisch für Menschen, die in der Großstadt lebten, während die Leute hier auf dem Land zwar sicher auch ihre Probleme hatten, aber so etwas wie Shitstorm, Presse- und Abgabetermine nicht kannten?

Sie war überempfindlich. Nicht belastbar.

Das war es. Dennoch wusste sie nicht, was sie tun konnte, um an diesem Zustand etwas zu ändern.

Und wie verhielt es sich mit Yanniks Behauptung über die Hassliebe, die es für ihn nicht gab, und dass sie im Grunde gar nicht mehr gerne schrieb und es an der Zeit war, sich dies einzugestehen?

Nein. Sie weigerte sich, dem zuzustimmen. Und doch spürte sie tief im Inneren, dass er zumindest recht damit hatte, dass sie endlich einen Weg finden musste, sich selbst weniger Druck zu machen.

Zwischen all den vielen Fragen und Antworten, die einfach nicht zusammenpassten, musste sie außerdem immer wieder an Frank denken.

Hatte sie womöglich überreagiert? Hatte sie zu wenig Verständnis für seine Arbeit, die vielen damit verbundenen Pflichten und notwendigen Kontakttreffen gezeigt?

Mary schnupperte an einem Stein, und Nora blieb neben ihm stehen.

Nur wenige Meter von sich entfernt sah sie die Abbiegung zum See. Die Zweige der Trauerweide peitschten im Wind und schlugen mit geradezu einschüchternder Wucht auf die Wasseroberfläche.

Aber nicht nur der Wind, auch der Regen nahm langsam zu.

Sie zog sich die Kapuze über den Kopf und lief zum Steg, Mary folgte ihr widerwillig.

Hier, direkt unter der Trauerweide, bot sich ihr die Illusion von Schutz.

Mary legte sich neben sie auf das Holz und begann ihre Pfoten zu lecken. Wie gleichgültig oder gelassen die Hündin doch war, wie unbeeindruckt von jeder Geste, die Nora machte.

Sie verschränkte die Arme vor der Brust, während sie ihre Emotionen endgültig übermannten. Tränen stiegen ihr in die Augen und ließen das graue Nass vor ihr verschwimmen.

Hatte ihre Mutter womöglich auch damit recht, dass sie auf dem besten Weg war, in eine Depression zu rutschen? Und wenn ja, warum?

Es ging ihr doch gut. Sie hatte ihre treuen Leser, ihre Mutter befand sich auf dem Weg der Besserung, und Frank gegenüber hatte sie sich endlich durchgesetzt. Die letzten Monate mit all den TV-Terminen, Lesungen und Interviews hatten an ihren Nerven gezerrt, sicher, aber sie hatte doch bereits Abstand von alldem genommen. War es da nicht an der Zeit, dass sie endlich wieder zu sich kam, glücklich und zufrieden war?

Doch das Gegenteil war der Fall. In Wahrheit fühlte sie sich fremd. Fremd in ihrer eigenen Welt. Fremd im eigenen Leben.

Wäre der Gedanke nicht gar so absurd gewesen, hätte sie vielleicht sogar darüber lachen können. Stattdessen heulte sie mit dem Wind um die Wette und ließ ihren Gefühlen im Schutz des tosenden Unwetters freien Lauf.

Die quietschenden Autoreifen waren im Tosen des Windes kaum zu hören. Seitlich von sich sah sie allerdings die Lichtkegel von Scheinwerfern durch den peitschenden Regen hindurch.

Als die Lichter ausgingen und sie eine Wagentür ins Schloss fallen hörte, überkam sie ein kurzer Angstschauer.

Mary machte nicht gerade den Eindruck auf sie, als ob sie sie vor Fremden beschützen würde, und wie oder besser womit hätte sie sich selbst verteidigen können?

Doch noch ehe sie sich in ihre Furcht hineinsteigern konnte, sprang Mary auch schon auf, zog mit wedelndem Schwanz an der Leine und bellte freudig in Richtung der Gestalt, die sich langsam näherte.

Erst als er schon fast vor ihr stand, erkannte sie ihn.

»Was tust du hier?«, fragte er mit ungewohnt aufgebrachter Stimme.

»Yannik!« Sie schluckte schuldbewusst. »Ich, ich wollte nur ein wenig allein sein.«

»Bei dem Wetter?« Er zog sein Regencape fester. »Fiona sagt, du bist einfach weg. Alle machen sich Sorgen.«

»Alle?«

Für einen kurzen Moment fühlte sie sich von so viel Fürsorge geschmeichelt.

»Wie hast du mich gefunden?«, fragte sie.

»Es war nur eine Vermutung, wenn auch eine naheliegende, denn wohin sonst hättest du gehen sollen, nachdem du dich hier nicht auskennst.« Er beugte sich zu Mary hinunter und löste ihre Leine, so dass sie, dem Regen trotzend, fröhlich um ihn herumsprang. »Außerdem sollte es längst Essen geben.«

»Was hat das mit mir zu tun? Ihr hättet doch auch ohne mich essen können. Ich habe Fiona doch gesagt, dass ich keinen Hunger habe. Und außerdem«, langsam fand sie zu ihrem alten Selbstbewusstsein zurück, »hat mir bislang niemand gesagt, dass ich mich bei ihm an- oder abmelden muss.«

Er ging zum Auto zurück, öffnete den Kofferraum und holte einen Schirm heraus. Nachdem er ihn aufgespannt hatte, reichte er ihn ihr. Eine beinahe schon ritterliche Geste.

»Dein Vater macht sich nun einmal Sorgen um dich. Ob dir das nun passt oder nicht. Du kennst dich hier in der Gegend nicht aus, und bei einem so heftigen Gewitter ist das nicht ganz ungefährlich.«

»Also in der Stadt verirrt man sich leichter«, antwortete sie besserwisserisch.

Er schob die Hände in die Taschen und musterte sie eine Weile schweigend.

Sein Blick machte sie nervös.

»Du hast geweint«, stellte er unverblümt fest.

»Ich …«

»Du solltest nicht allein sein, wenn du weinst. Schon gar nicht hier draußen.«

Sie umklammerte den Schirm und schaute zu Boden.

»Alle machen sich Sorgen«, sagte er.

»Das sagtest du bereits.«

»Weil es nun mal stimmt.«

»Wieso denn alle? Du kennst mich doch kaum.«

»Du bist Oskars Tochter. Mehr muss ich nicht wissen.«

Er fühlte sich also verantwortlich für sie, weil sie Oskars Tochter war? War das auch der Grund, warum Fiona so gern ihre Bücher las?

»Danke für den Schirm«, sagte sie. »Wenn du willst, kannst du Mary mitnehmen. Ich bleibe noch ein wenig. Ich muss den Kopf frei kriegen.«

»Den Kopf frei kriegen? Wovon?«

»Tut mir leid, Yannik, aber …«, sie atmete tief ein, »das ist etwas Privates.«

»Ich habe Oskar versprochen, nicht ohne dich zurückzukommen.«

»Dann sag ihm, dass ich alt genug bin, allein zu entscheiden, wann ich wo hingehe.«

Sie sah die kleine Falte zwischen seinen Augen, seine Lippen, die sich langsam verspannten.

»Ich verstehe nicht, warum du dir das Leben so schwermachst. Zumindest was Oskar betrifft, legst du alles, was er sagt oder tut, gegen dich aus. Den Umstand, dass er sich Sorgen um dich macht, betrachtest du gleich als Bevormundung«, sagte er.

»Und ich verstehe nicht, warum du das zu deinem Problem machst.«

Yannik senkte den Kopf.

»Ich wäre jetzt jedenfalls gern allein.« Nora wandte ihm den Rücken zu.

»Du bist eine sehr unglückliche Frau.« In seiner Stimme lag Mitgefühl. »Warum wehrst du dich so sehr dagegen, etwas daran zu ändern? Ich dachte, du bist hier, um endlich etwas zur Ruhe zu kommen.«

»Die Zeit, in der deine Sätze aus nicht mehr als drei Worten bestanden, fehlt mir irgendwie.« Sie stand noch immer mit dem Rücken zu ihm.

»Oskar und Alexa haben damals ihren Job im Büro aufgegeben, weil er sie so unglücklich machte«, sagte er.

»Ich bin nicht unglücklich.« Ihr Ton war bitter. »Ich bin nur ein wenig überlastet. Und so eine Überlastung verschwindet nicht einfach von heute auf morgen.«

Sie spürte seine Hand auf ihrer Schulter. Langsam drehte er sie zu sich herum.

Ihre Blicke trafen sich, und einmal mehr fühlte sie sich ertappt, nein, eher durchschaut. Er schien regelrecht in ihr lesen zu können.

»Willst du wirklich hierbleiben? Bei dem Mistwetter? Außerdem wird es bald dunkel werden.«

Mary legte einen Stock vor Yanniks Füße und schaute ihn erwartungsvoll an.

»Jetzt nicht, meine Kleine.« Er streichelte ihr über den Kopf.

»Ich habe aber wirklich keinen Hunger«, sagte Nora ehrlich.

»Komm trotzdem mit, so dass ich Oskar und den anderen wenigstens sagen kann, dass ich dich zurückgebracht habe, du aber gleich auf dein Zimmer gegangen bist. Dann sind sie beruhigt, und ich muss nicht lügen.«

Oskar nicht in der Küche bei den anderen vorzufinden konnte nur eines bedeuten: Noras Verschwinden war ihm so auf den Magen geschlagen, dass er vorzeitig vom Esstisch aufgestanden war.

Yannik steuerte auf das Büro zu, hatte seine Hand aber noch nicht auf der Klinke, als Oskar auch schon die Tür öffnete. Seinem Blick nach hatte er jemand anders – vielleicht Alexa oder sogar Nora – erwartet.

»Hast du sie gefunden?«, fragte Oskar, bevor Yannik etwas sagen konnte.

Yannik nickte. »Sie ist allerdings direkt auf ihr Zimmer gegangen, hatte keinen Hunger.«

Oskar drehte sich um und ging zurück zu seinem Schreibtisch, auf dem ein Stapel Therapiepläne lag.

Yannik trat ein und schob die Hände in die Hosentaschen. »Es geht ihr gut«, fügte er hinzu.

Oskar setzte sich wieder an den Tisch. »Wo war sie denn?«, fragte er beiläufig, aber Yannik wusste, dass er sich brennend dafür interessierte.

»Am See«, antwortete er. »Den kannte sie bereits von unserem Spaziergang.«

Oskar nickte und griff nach seiner Lesebrille, um weiter an den Plänen zu arbeiten.

»Du hattest recht.« Yannik trat einen Schritt näher. »Sie ist wirklich kompliziert. Aber man merkt auch, dass sie eine schwere Zeit durchmacht.«

Oskar seufzte. »Nora hatte einfach schon immer ihren eigenen Kopf.«

Yanniks Blick wanderte zum Schreibtisch. »Viel zu tun?«

»Ich bin dabei, die Termine für die Kossmann-Kinder zu koordinieren. Ihre Eltern hätten gern für beide die gleiche Anzahl Einzel- und Gruppensitzungen.« Oskar runzelte die Stirn. »Was meiner Meinung nach unklug ist, da Lilian viel mehr Zuwendung benötigt als Lenny. Aber bisher ist es weder Alexa noch mir gelungen, den Kossmanns das auf diplomatische Art und Weise näherzubringen. Sie beißen sich am Gleichbehandlungsprinzip geradezu fest, als würde eine unterschiedliche Behandlung der Kinder gleichbedeutend damit sein, dass sie beide unterschiedlich stark lieben.«

»Und wenn *ich* mal mit ihnen rede?«

»Das ist nett von dir, Yannik, aber du bist eher der direkte Typ, immer offen und geradeheraus. Damit wirst du bei den Kossmanns eher anecken.«

So wie bei Nora, dachte Yannik.

»War nur ein Angebot.«

»Danke, aber ich glaube, wir müssen eine andere Lösung finden. Vielleicht braucht Lilian einfach nur ein bisschen mehr Zeit. Ich habe auch schon darüber nachgedacht, ihr Mary zuzuteilen, die vielleicht besser zu ihr passt als Max.«

Yannik betrachtete ihn eine Weile schweigend. Oskar war gut im Ausarbeiten von Plänen, doch an diesem Abend war es offensichtlich, dass er nur arbeitete, um sich abzulenken.

»Du solltest deiner Tochter mehr Zeit geben«, sagte Yannik unvermittelt.

»Ich wünschte nur, ich könnte den Prozess irgendwie beschleunigen, ihr helfen, unsere Arbeit besser zu verstehen.«

»Ich glaube, es ging ihr vorher gar nicht um euch oder um das, was ihr tut.«

Oskar hob den Blick.

»Sie hat anscheinend berufliche Probleme«, fuhr Yannik fort.

»Schon verrückt.« Oskar lachte bitter. »Du erfährst in wenigen Stunden mehr über meine Tochter als ich in den letzten Jahren. Wenn Miriam nicht wäre, wüsste ich vermutlich nicht einmal, dass sie schreibt.«

»Aber sie hat dich schließlich besucht, oder?«

Oskar schaute ihn schweigend an.

»Ich meine, sie ist gerade hier, oder nicht?«

Oskar senkte den Kopf. »Rein körperlich betrachtet, ja.«

»Nein, Oskar. Nicht nur körperlich. Und ich glaube, den Rest wird die Zeit erledigen.«

»Die Zeit«, wiederholte Oskar monoton.

Er sah erneut auf die Pläne hinab und machte sich Notizen, wirkte dabei aber unkonzentriert und fahrig.

Yannik gefiel es gar nicht, mit ansehen zu müssen, welche Unruhe Nora ins »Sonnenblumenhaus« gebracht hatte. Trotzdem wollte er ihr nicht allein die Schuld an dieser verfahrenen Situation geben.

»Du solltest nicht so viel nachdenken«, sagte er.

»Ich denke nicht nach«, antwortete Oskar, ohne aufzusehen. »Ich arbeite.«

»Wenn das so ist ...« Yannik wandte sich ab und ging zur Tür.

»Danke«, sagte Oskar, kurz bevor Yannik das Zimmer verließ.

»Wofür?« Yannik blieb im Türrahmen stehen.

Oskar lächelte sanft. »Dafür, dass du meine Tochter zurückgebracht hast.«

Kapitel 5

Der Duft frisch gebackener Brötchen stieg ihr verlockend in die Nase. Als sie die Tür aufschob, fiel ihr Blick auf einen üppig gedeckten Frühstückstisch, wie auf einem Gemälde.

Fünf Gedecke standen auf einem ovalen Eichenholztisch, dessen Platte mit allerlei Köstlichkeiten bedeckt war.

Sie sah einen großen Obstteller mit Melonenscheiben, Apfelschnitzen und Bananen. Verschiedene Gläser mit Konfitüren und Honig. Ein Brett mit verschiedenen Wurstsorten, daneben einen riesigen Korb mit unterschiedlichen Brötchen. Sogar eine große Schale mit Naturjoghurt konnte sie entdecken.

Sie war die Letzte, die das Esszimmer betrat. Fiona, Yannik, Alexa und Oskar saßen bereits mit erwartungsvollen Blicken auf ihren Stühlen.

»Nora.« Oskar strahlte. »Wie schön, dass du mit uns frühstückst.«

Sie nickte.

»Wir haben schon gestern für dich mitgedeckt!«, rief Fiona.

»Aber heute bist du ja sicher ausgeschlafen«, sagte Alexa mit sanftem Lächeln. Einem Lächeln, das nicht erkennen ließ, dass Nora sie bei ihrer Ankunft derart angefahren hatte. Nora fragte sich, ob sie wirklich so bedingungslos freundlich war. So frei von Ansprüchen und Vorwürfen? Und machte sie das sympathischer oder eher unglaubwürdig?

»Ich bin kein Morgenmensch«, stellte sie fest und zog den einzigen freien Stuhl zurück, um Platz zu nehmen. »Aber heute bin ich von ganz allein und gegen meine Gewohnheit schon vor acht Uhr wach geworden.«

Sie sah zu Yannik hinüber, der an seiner Kaffeetasse nippte und mit undurchdringlicher Miene zwischen ihr und den anderen hin- und herschaute. Für einen kurzen Moment dachte sie an den Vorabend und das Gespräch mit ihm am See. Seine gestrigen Worte gingen ihr immer noch im Kopf herum. Dass sie unglücklich sei und etwas dagegen unternehmen könne und müsse, hatte er gesagt und gleichzeitig angedeutet, dass es Oskar und Alexa früher ähnlich gegangen sei wie ihr.

»Kaffee?« Fiona, die neben ihr saß, griff nach ihrer Tasse.

»Gern.«

»Mit Milch?«

Nora nickte.

»Das war vielleicht ein Wetter gestern.« Oskar nahm ein Brötchen aus dem Korb. »Wir haben uns Sorgen um dich gemacht.«

»Sorry, Nora.« Fiona lächelte schuldbewusst. »Aber ich habe Oskar und Yannik erzählt, dass du plötzlich so schnell auf und davon bist. Ich hatte so ein schlechtes Gewissen, weil ich dir den Artikel gezeigt habe.«

Nora hob lächelnd die Hände. »Können wir bitte nicht mehr über diesen Artikel reden?«

Fiona senkte schweigend den Blick.

»Tut mir leid«, Nora legte ihre Hand auf die Fionas. »Du konntest überhaupt nichts dafür. Ich habe dich schließlich nach dem Tablet gefragt. Mach dir bitte keine Vorwürfe.«

»Ich weiß. Aber wenn ich dir nicht von der Kolumne erzählt hätte …«

»Dann hätte ich auf anderem Wege davon erfahren. Und jetzt, da ich es weiß«, Noras Hand lag noch immer auf der Fionas, »ist die Sache damit auch erledigt, okay?«

»Okay.«

»Du darfst dich von so einer mediengeilen Person nicht durcheinanderbringen lassen«, sagte Oskar. »Diese Frau will einfach nur im Gespräch bleiben, und das schafft man heutzutage fast nur noch, indem man polarisiert und andere verunglimpft. Heute bist du ihr Opfer, morgen jemand anderes. Daher ist auch jeder weitere Gedanke, den du an sie und ihren Artikel verschwendest, überflüssig.«

Nora fühlte sich zunehmend unwohler. »Habt ihr etwa alle den Artikel gelesen?«

Yannik zuckte schweigend mit den Achseln.

Alexa nickte mit rosigen Wangen, als fühlte sie sich bei etwas Unerlaubtem ertappt.

Gerade als Nora etwas entgegnen wollte, öffnete sich die Schwingtür zum Nebenraum.

»Ronja!« Alexa sprang auf und ging auf die Labradorhündin zu. »Wo kommst du denn her?«

»Entschuldige«, wandte sich Oskar an Nora. »Die Hunde wissen normalerweise, dass sie nicht in das Esszimmer dürfen. Ronja ist die Einzige, die diesbezüglich noch ab und zu ermahnt werden muss.«

»Und Mary.« Yannik lachte leise.

»Stimmt.« Oskar begann sein Brötchen aufzuschneiden, während Alexa die Hündin wieder aus dem Zimmer führte.

Nora wunderte sich insgeheim darüber, dass ihr Vater und Yannik anscheinend glaubten, sich bei ihr für die Anwesenheit eines Hundes entschuldigen zu müssen. Dabei war sie froh über jeden Vierbeiner, der ihre Gesellschaft suchte, solange sie nicht von einem Teller mit ihm essen musste.

»Sie ist besonders hübsch«, stellte Nora fest und schaute Yannik dabei an.

»Manchmal haben wir den Eindruck, dass sie das auch weiß und nur allzu oft ausnutzt«, antwortete er.

»Apropos«, begann Alexa, die zurück ins Zimmer kam. Doch anstatt weiterzureden, suchte sie Oskars Blick, der sofort zu wissen schien, worauf sie hinauswollte.

»Ach ja.« Er legte das Messer zur Seite und verschränkte die Hände unter dem Kinn. »Wir würden dich gern um etwas bitten, Nora.«

»Um was denn?«, fragte sie.

»Alexa muss nachher mit Max zum Tierarzt. Er hat sich wohl beim Herumtoben an der Pfote verletzt. Yannik und ich sind in der Therapie, und Fiona hat einen Zahnarzttermin.«

Nora schaute ihn fragend an.

»Nun beginnt aber bereits um halb zehn eine Therapie mit geistig behinderten Kindern. Bis dahin müsste Alexa zwar schon zurück sein, aber falls nicht …«, er hielt kurz inne, »wäre es schön, wenn du so lange bei den Kindern bleiben könntest, bis sie eintrifft. Sie werden von einem Fahrdienst gebracht und auch wieder abgeholt, aber in der Zwischenzeit müssen wir eben sicherstellen, dass sie nicht sich selbst überlassen, sondern unter Aufsicht sind.«

»Aber ich habe noch nie mit Kindern gearbeitet.«

»Du sollst ja auch nicht mit ihnen arbeiten, Anton ist sowieso nicht bei ihnen, solange Alexa nicht da ist. Du sollst einfach nur bei ihnen sein und sie beschäftigen, vielleicht ein wenig mit ihnen malen oder irgendein Spiel mit ihnen spielen. Es geht, falls überhaupt, nur um fünfzehn bis zwanzig Minuten. Es wäre schade, wenn wir den Termin komplett absagen müssten.«

Oskar betrachtete sie auf eine Art und Weise, die einer Prüfung gleichkam. Sie kannte diesen Blick. Selbst nach all den Jahren hatte sie nicht vergessen, was er bedeutete.

Es ging nicht darum, dass es keine andere Lösung für die Betreuung der Kinder gab, es ging darum, dass er Nora involvieren wollte. Es war seine Art, sie in den Alltag des »Sonnenblumenhauses« miteinzubeziehen, sie teilhaben zu lassen an dem, was seine Arbeit und dieses Heim für ihn bedeuteten.

»Eigentlich wollte ich noch schreiben«, antwortete sie und kam sich im selben Moment schäbig vor.

Es waren Kinder, und was, wenn Oskars Bitte nun gar kein Vorwand wäre und er tatsächlich ihre Hilfe brauchte? Nein, nicht er, die Kinder!

»Andererseits«, sie dachte kurz nach, »wenn es nur für eine Viertelstunde ist, kann ich es sicher einrichten.«

Sie kam sich lächerlich vor, wegen eines so kurzen Zeitraums solch ein Tamtam zu veranstalten, gleichzeitig wehrte sie sich jedoch instinktiv gegen Oskars Versuch, sie zu manipulieren.

»Du müsstest die Kinder lediglich in Empfang nehmen und mit ihnen in den Therapieraum am Ende des Gangs gehen«, sagte Alexa. »Ich werde versuchen, mich beim Arzt zu beeilen, damit ich so schnell wie möglich wieder zurück bin.«

Nora griff in den Brötchenkorb. Das Gespräch hatte sich in eine Richtung bewegt, die ihr mehr als unangenehm war. Einerseits sträubte sie sich dagegen, Alexa einen Gefallen zu tun, andererseits ging es um die Kinder. Außerdem war sie hier zu Gast, gehörte es sich da nicht, ihren Gastgebern auch etwas zurückzugeben und ihnen diesen kleinen Gefallen zu erweisen?

»Alles klar«, sagte Nora schließlich. »Kein Problem.«

Und eigentlich war es ja auch kein Problem. Was sollte schon schiefgehen?

»Und wo genau sind die Hunde jetzt gerade?«, fragte Nora und sah erneut Yannik an.

»Im Hunderaum. Kennst du den etwa immer noch nicht?«

»Ich glaube nicht, nein.«

»Das reinste Paradies«, mischte sich Fiona ein. »Sie haben ihre Körbe dort und sogar zwei Sofas.«

»Wenn wir abends im Wohnzimmer sind, nehmen wir sie aber meistens mit dorthin«, sagte Oskar.

»Es sind vier Hunde, wenn ich das richtig mitbekommen habe?«, fragte Nora.

Fiona nickte. »Ronja, Anton, Max und Mary. Und dann gibt es noch ein paar Hunde, die ab und zu mit ihren Herrchen und Frauchen hierherkommen und am Hundetraining teilnehmen.«

»Eine Zeitlang haben wir auch eine Tierpension geführt«, erklärte Alexa.

»Aber jetzt nicht mehr«, sagte Fiona. »Dazu nehmen die Therapien mittlerweile viel zu viel Zeit in Anspruch.«

Der Stolz, mit dem Fiona von den Tieren und dem Hotel sprach, war unübersehbar.

»Klingt sehr«, Nora nahm einen Schluck Kaffee, »lebendig.«

»Lebendig«, wiederholte Fiona kichernd. »Lebendig sind wir alle.«

Eine geheimnisvolle Stille begleitete jeden ihrer Schritte. Alexa war schon vor einer geraumen Weile mit Max zum Tierarzt gefahren, Fiona mit dem Fahrrad in Richtung Zahnarzt gestartet. Die anderen befanden sich oben bei den hundegestützten Therapien.

Therapien. Unweigerlich musste sie an ihre Mutter denken, die sich vielleicht gerade ebenfalls in einer Therapiesitzung befand. Ob eine Hundetherapie etwa auch für Miriam hilfreich wäre? Erst am letzten Abend, bevor sie zu Bett gegangen war, hatte sie noch mit ihr telefoniert und festgestellt, dass sie sich immer weniger um sie sorgte. Denn Miriam schien stabil zu sein und gute Fortschritte zu machen. Doch das war es nicht allein, was sie beruhigte. Waren dies vielleicht die ersten positiven Begleiterscheinung ihres Aufenthalts im »Sonnenblumenhaus«?

Yannik hatte ihr erklärt, dass sie lediglich bei der Ankunft des Fahrdienstes am Eingang warten und die Kinder hineinbegleiten sollte.

Keine große Sache, und dennoch spürte Nora nun Nervosität in sich aufsteigen, während sie das Esszimmer verließ und das Wohnzimmer durchquerte.

In diesem Haus standen so gut wie alle Türen offen. Beinahe als wollten seine Bewohner damit zeigen, dass es hier keine Geheimnisse gab und jeder vom anderen alles wissen durfte.

Nora betrat das Zimmer am Ende des Flurs, in das sie schon in wenigen Minuten die Kinder bringen würde. Es war eine Art zweites Wohnzimmer.

Die Morgensonne schien durch ein breites Doppelfenster in den großen Raum und flutete ihn geradezu mit Licht.

Links und rechts der Eingangstür sah sie einen großen Kamin und ein kaffeebraunes Ecksofa. Weiße Kommoden mit Vasen und aufgestellten Bilderrahmen. Hier und da hing ein Landschaftsgemälde an der Wand.

Vor dem Kaminsims blieb sie stehen, um die Bilder darauf zu betrachten, nahm schließlich eines herab.

Alexa und Oskar an ihrem Hochzeitstag.

Nora betrachtete Alexas strahlendes Gesicht, das glückliche, unbeschwerte Lächeln, das um ihre Lippen spielte. Die gleiche Unbeschwertheit fand sie auch in Oskars Gesicht. Hatten die beiden diesen Tag wirklich frei von jedem schlechten Gewissen begangen?

Alexa trug ein elegantes, schulterfreies eierschalenfarbenes Kleid. Das Haar hatte sie hochgesteckt.

Nora stellte das Bild ohne einen weiteren Blick an seinen Platz zurück. Gerade als sie sich umdrehen und den Raum wieder verlassen wollte, erweckte eine weitere Fotografie auf dem Kaminsims ihre Aufmerksamkeit.

War das etwa sie?

Unwillkürlich griff sie danach. Ja, das war sie selbst mit aufgeschlagenen Knien, in zu Shorts gekürzten Jeans und einem verwaschenen weißen T-Shirt. Ihr Räuberkostüm, wie sie es stets genannt hatte. Wie alt war sie auf dem Foto? Neun, höchstens zehn?

Hinter ihr stand Oskar, der seine Arme um sie gelegt hatte und irgendetwas in die Kamera rief.

Hatte Miriam das Foto geschossen?

Wie glücklich sie aussah. Wie glücklich sie beide aussahen.

»Ach, hier bist du.«

Wie aufgescheucht drehte Nora sich um, das Bild noch immer in den Händen.

»Alexa?«

Es war das erste Mal, dass sie Alexa mit ihrem Namen ansprach.

»Du bist schon zurück?«, fragte sie.

»Ja.« Alexa nickte. »Wir waren die Ersten, und es war Gott sei Dank auch nichts Ernstes.«

»Schön.«

Und Nora meinte es so, während ihre Gedanken für einen kurzen Moment zu Yannik wanderten und zu ihrem gemeinsamen Ausflug mit Max und Mary zum See.

Alexa kam vorsichtig näher, als wäre es nicht ihr Wohnzimmer, in dem sie sich befand. Sie schaute auf das Bild in Noras Händen.

»Im Schlafzimmer hat er noch mehrere Bilder von dir und sich stehen«, sagte sie, ohne zu lächeln. Auch sonst zeigte ihr Gesicht keine Emotion. Lag es daran, dass sie eine erneute Abfuhr befürchtete?

Nora senkte den Blick auf das Bild in ihren Händen. »Es ist lange her.«

»Nora, ich ...«, begann Alexa.

Nora atmete tief ein. Sie wollte mit Alexa nicht über ihr Verhältnis zu Oskar oder gar zu ihr selbst sprechen. Die schien ihren Widerwillen zu bemerken.

»Es tut mir leid«, fuhr Alexa fort, »aber wir können diesem Thema nicht ewig aus dem Weg gehen.«

»Was für einem Thema?«, versuchte Nora sich dumm zu stellen.

»Nun, dass es an der Zeit ist, vernünftig miteinander umzugehen.«

»Wir kennen uns im Grunde doch gar nicht.« Nora stellte das Bild zurück.

»Genau das meine ich damit doch. Du bist Oskars Tochter, und ich bin seine Frau. Findest du nicht, dass es daher angebracht wäre, einen Schritt aufeinander zuzugehen und sich besser kennenzulernen? Selbst wenn du nur wenige Tage bei uns bist. Vielleicht würde das sogar dazu beitragen, dass nicht erst wieder mehrere Jahre vergehen müssen, bis wir uns wiedersehen? Du weißt, wie sehr Oskar an dir hängt. Willst du ihm denn sein Leben lang vorwerfen, dass er …«, sie stoppte für den Bruchteil einer Sekunde, »er so nicht mehr weitermachen wollte und sich für ein anderes Leben entschieden hat?«

Nora lächelte. »Aus deinem Mund klingt das so normal. So als wäre das selbstverständlich, als hätte es keine Folgen und er gar keine andere Alternative gehabt.«

»Du weißt, wie leid ihm das Ganze tut, und ob du es glaubst oder nicht, auch mir tut es leid.«

Nora sagte nichts darauf.

»Aber die Dinge sind nun mal nicht nur schwarz oder weiß«, fuhr Alexa fort. »Damals ist viel geschehen, was deinem Vater das Leben schwergemacht hat. Und er hat sehr lange gebraucht, um sich zu einer Entscheidung durchzuringen. Es war mutig von ihm, diesen Schritt in ein anderes Leben zu gehen. Und jeder Mensch hat das Recht dazu, bevor er sich selbst unglücklich macht. Das kannst du ihm doch nicht ewig vorwerfen.«

Nora konnte es nicht fassen. Was als normales Gespräch begonnen hatte, entwickelte sich immer mehr zu einer Verteidigungsrede. Wie kam Alexa nur dazu zu glauben, dass sie ihren Vater angreifen wollte?

Sie war wütend auf Oskar, noch immer. Aber was ging das diese Frau an?

»Ich werfe es ihm nicht vor.« Nora bemühte sich um einen gelassenen Tonfall. »Ich ziehe lediglich meine Konsequenzen aus seiner Entscheidung. Mein Leben musste nach seinem Auszug weitergehen. Die Entscheidung, meine Mutter und mich zu verlassen, habe nicht ich getroffen, sondern er.«

»Es erwartet doch niemand von dir, dass du alles vergisst. Aber es muss doch möglich sein, dass man nach fünfzehn Jahren so etwas wie einen Neuanfang macht. Dass man sich treffen und ganz normal miteinander reden und umgehen kann.« Alexa kam einen Schritt auf sie zu. »Oskar braucht dich. Mehr, als du vielleicht glaubst.«

»Ich verstehe, worauf du hinauswillst, Alexa. Aber weißt du, ich hätte ihn damals auch gebraucht«, sagte sie leise. »Ich war dreizehn Jahre alt. In diesem Alter braucht jedes Kind seinen Vater.«

»Aber er wäre doch jederzeit für dich da gewesen. Er hat so oft versucht, auf dich zuzugehen.«

»Es wäre nicht mehr dasselbe gewesen. Und das weißt du auch.« Nora wich Alexas Blick aus.

Doch Alexa ließ sich von ihren ausweichenden Worten und ihrem Verhalten nicht abschrecken. Eine Eigenschaft, die Nora ebenso bewunderte, wie sie ihr unangenehm war.

»Ist dir eigentlich bewusst«, fragte Alexa, »dass dein Vater und ich in erster Linie wegen dir niemals Kinder bekommen haben?«

»Soll das etwa ein Vorwurf sein?«

»Natürlich nicht.« Alexa schluckte.

»Was dann?«, wollte Nora wissen und fragte sich insgeheim, ob Alexa jetzt gleich zu weinen anfinge.

»Einfach nur eine Tatsache, mehr nicht. Du sollst wissen, dass Oskar dich niemals durch ein anderes Kind hat ersetzen wollen.«

»Ich bin aber kein Kind mehr.«

Alexa seufzte. »Eben. Und deshalb solltest du dich auch nicht länger wie eines verhalten.«

Nora schob die Hände in die Taschen und erwiderte Alexas Blick mit vorgetäuschter Gelassenheit.

»Ich bin nicht einfach«, antwortete Nora, »kann schon sein. Aber das Leben ist auch nicht einfach, wie meine Mutter und ich lernen mussten.«

»Deine Mutter«, wiederholte Alexa leise. Der missbilligende Blick, den sie dabei aufsetzte, irritierte Nora.

»Was soll das heißen: meine Mutter?«

»Deine Mutter hat ihren Frieden mit Oskar geschlossen«, sagte Alexa diplomatisch.

»Und ich? Siehst du mich kämpfen? Siehst du mich Oskar die Augen auskratzen?« Nora seufzte. »Klar, du und ich, wir hatten vielleicht keinen guten Start, als ich im Hotel angekommen bin, aber davon abgesehen verhalte ich mich doch ganz normal, oder tue ich irgendwem irgendetwas?«

»Nicht direkt, aber …«

»Ihr könnt nun wirklich nicht von mir verlangen, dass wir sofort beste Freunde werden. Wie soll das funktionieren? Dazu braucht es einfach mehr Zeit. Ich bin hier bei euch zu Gast und versuche, mich so angemessen wie möglich zu benehmen, aber mehr ist für den Moment einfach nicht drin.«

Alexa lächelte vorsichtig. »Ich bin ja schon froh, dass wir überhaupt miteinander reden.«

Nora verfiel wieder in Schweigen.

Sie war zu müde, um Alexa noch länger Widerstand zu leisten, war aber ebenso wenig dazu bereit, so etwas wie einen Pakt mit ihr zu schließen.

Also schwieg sie. So, wie sie es all die Jahre über getan hatte, wenn Oskar oder Alexa Kontakt zu ihr gesucht hatten.

Ein Hupen durchbrach die Stille.

»Die Kinder sind da!«, rief Alexa, während sie an Nora vorbei durchs Fenster nach draußen spähte.

»Dann brauchst du mich jetzt ja nicht mehr«, stellte Nora unverblümt fest.

»Nein.« Alexa wandte sich ab und lief zur Tür. Kurz drehte sie sich noch einmal zu Nora um. »Es war schön, mit dir zu reden.«

»Haben wir denn geredet?«, entgegnete Nora mit fragendem Blick.

»Etwa nicht?«, antwortete Alexa mit einer Gegenfrage.

Kapitel 6

Und du bist dir sicher, dass das funktioniert?« Yannik reichte Fiona einen weiteren Stuhl durch die Dachbodenklappe nach unten. »Ich meine, wenn sie nichts davon weiß, stehen die Chancen doch mindestens fifty-fifty, dass es am Ende nicht klappt. Und dann?«

»Sie ist schon seit Stunden in ihrem Zimmer und schreibt, zumindest hatte sie das vor.« Fiona nahm den Stuhl entgegen und stellte ihn neben die anderen auf den Boden der Scheune. »Und sie hat mir fest versprochen, dass sie heute Nachmittag Zeit für mich und meine Gedichte hat, die ich ihr vorlesen will.«

Yannik schloss die Dachbodenklappe und kam die Leiter herunter. »Ja, du bist dir sicher. Aber wenn sie sieht, dass außer dir noch ein Haufen anderer Leute da ist, könnte es schon passieren, dass sie sofort wieder nach oben verschwindet.«

»Blödsinn.« Fiona stemmte die Hände optimistisch in die Hüften. »Mein Plan ist genial, du wirst schon sehen. Die Flyer, die ich im Café, beim Bäcker und in der Bücherei ausgelegt habe, waren schneller weg, als ich gucken konnte. Wann gibt es hier im Dorf schon mal eine Lesung?«

»Trotzdem«, Yannik ließ sich auf einen der Stühle fallen und streckte die Beine aus, »ich finde deinen Plan ziemlich riskant. Kann ja sein, dass du Oskars Tochter bisher nur von ihrer netten Seite kennengelernt hast, aber glaube mir, sie kann sehr … ich würde mal sagen … eigensinnig sein.«

»Weil sie kein so gutes Verhältnis mit Oskar hat, klar. Und mit Alexa. Aber gerade deshalb ist mein Plan ja so genial. Der Abend wird sie endlich aus ihrer schlechten Stimmung holen und etwas aufmuntern. Ich meine, bei all dem Stress, den sie die letzten Monate über hatte, ist es vermutlich ganz normal, dass es ihr schwerfällt, ein bisschen netter zu Oskar und Alexa zu sein. Aber wenn sie erst mal merkt, wie viele Leute im Dorf darauf brennen, sie persönlich lesen zu hören, glaub mir, da wird sie sich freuen, hier zu sein.«

»Wenn du das sagst … aber wir wissen nicht, was zwischen den dreien vorgefallen ist. Es wird schon seine Gründe haben, warum Nora vorher noch nie hier war.«

»Das geht uns nichts an, und darum geht es mir auch gar nicht. Alles, was ich will, ist, dass ein bisschen bessere Stimmung aufkommt. Und außerdem«, sie holte tief Luft, »ist sie eine tolle Schriftstellerin. Ich habe das Gefühl, dass sie das manchmal vergisst. Ich will sie einfach wieder daran erinnern, verstehst du?«

»Aber du kennst sie doch kaum.«

»Ja, aber sie ist Oskars Tochter. Und bei allem, was ich bisher von ihr gelesen habe, habe ich das Gefühl, sie schon sehr gut und lange zu kennen. Nicht erst seit ein paar Tagen.«

»Aber du kannst doch gar nicht absehen, welche Situation du damit zwischen den dreien heraufbeschwörst. Vielleicht wäre es besser, wenn du die Dinge einfach auf sich beruhen lässt.«

»Mal ehrlich.« Fiona stupste Yannik mit dem Finger gegen die Nasenspitze. »Wer kann bitte schön jemanden wie Oskar und Alexa nicht mögen? Ich bitte dich, das ist doch unmöglich.«

»Nein, das ist eine reine Familiensache. Etwas, das uns nichts angeht. Das hast du selbst gesagt.«

»Und wenn schon«, sie zuckte mit den Schultern, »ich habe ja schließlich keine Lesung aus ihrem privaten Tagebuch organisiert. Es geht einfach um ihr neuestes Buch, mehr nicht. Dazu muss sie sich weder mit Alexa noch mit Oskar gut verstehen. Außerdem wäre es jetzt ohnehin zu spät, die Zettel sind verteilt. Alle wissen Bescheid.«

Yanniks Blick wanderte zu den nebeneinander gestapelten Stühlen, die darauf warteten, ins Foyer getragen zu werden.

»Und Oskar?«, fragte er. »Was sagt der zu alledem?«

»Ach der.« Fiona kicherte. »Der ist genauso skeptisch wie du, aber du kennst ihn doch. Übervorsichtig. Wie Erwachsene halt so sind.«

»Im Prinzip bist du ebenfalls erwachsen, meine Liebe.«

Sie puffte ihm lachend in die Seite. »Ich pfeif aufs Prinzip.«

Sein Blick wurde ernster. »Ich will nur nicht, dass du am Ende enttäuscht bist.«

»Ich werde nicht enttäuscht sein. Weil es keinen Grund dafür gibt. Die Lesung wird prima, das kannst du mir glauben.«

Es fiel Yannik schwer, Fionas Zuversicht zu teilen. Er konnte nur hoffen, dass das Ganze nicht in einem Fiasko enden würde.

»Wenn du meinst.« Er senkte den Blick auf seine Arbeitsschuhe, die, wie er feststellte, mal wieder dringend eine Grundreinigung benötigten.

»Ja.« Fiona reckte den Kopf stolz in die Höhe. »Das meine ich.«

Das mit dem Ferienhaus war nicht meine Idee gewesen. Im Grunde war es nicht einmal meine Idee gewesen, in absehbarer Zeit wieder einen Song zu schreiben. Piet hatte mich dazu gedrängt, und nach endlosen Diskussionen, die eher er mit mir als ich mit ihm geführt hatte, gab ich schließlich nach.
»Niemand kann unsere Musik so mit Leben füllen wie du, Tina.« Das war sein Leitspruch, die immer wiederkehrende Lobeshymne, mit der er mich selbst heute noch, nach allem, was vorgefallen ist, einzulullen versteht.
Sein Vorschlag, die Songtexte unabhängig von den Kompositionen der Band zu schreiben (wobei es mir vor allem darauf ankam, sie getrennt von ihm zu schreiben), war schließlich der ausschlaggebende Punkt gewesen, seinem Drängen nachzugeben.
»Du weißt, dass wir dir vertrauen«, hatte er gesagt. »Deine Worte werden zu unseren, wenn wir sie erst eingesungen haben. Ganz gleich, worüber du schreiben willst, es wird das Richtige sein. Niemand kennt uns so gut wie du. Und wenn du weitab von deinem üblichen Umfeld schreibst, wo nur du, unsere Musik und deine Worte sind, wird es dir vielleicht leichter fallen, das Ganze als Neuanfang zu betrachten.«
Unsere Musik. Das war im Grunde nichts weiter als ein Stick mit Liedern, den er mir bei unserem letzten Treffen in die Hand gedrückt hatte. Songs, die darauf warteten – sagte Piet zumindest –, durch meine Worte ein Gesicht zu bekommen.
Früher hatte ich in der Regel im Probenraum der Band an den Texten gearbeitet. Die Musik, die die

Jungs zeitgleich komponierten und ausarbeiteten, beflügelte mich zu ungeahnten Fähigkeiten. Mit jedem Akkord, jedem Tonwechsel sprudelten die Ideen regelrecht aus mir heraus. Piets Anwesenheit tat ihr Übriges. Nie zuvor hatte jemand mein Talent so zu schätzen gewusst wie die Jungs. Nie zuvor hatte meine Leidenschaft für die Musik zu so einem kreativen Ausstoß an Songtexten geführt.

Und noch nie zuvor hatte eine einzige Nachricht meine Leidenschaft von einem Tag auf den anderen wie ein Kartenhaus in sich zusammenstürzen lassen. Aber das war Vergangenheit. Zumindest bemühte ich mich mit aller Kraft, den Erinnerungen keinen Zugang zur Gegenwart zu gewähren.

Ich verdrängte meine trüben Gedanken, während ich meine Reisetasche vor dem Treppensims des gemieteten Ferienhauses in Boiensdorf auf den Boden fallen ließ.

Piet hatte recht. Hier hatte ich meine Ruhe. Hier war ich allein. So, wie ich es wollte. Ich hatte das Haus für vier Wochen gemietet, eine Zeitspanne, die mir eher kurz vorgekommen war. Jetzt allerdings stand ich in der offenen Tür des Ferienhauses, das im Katalog mit dem vielversprechenden Titel »Fliederresidenz« angepriesen wurde, und fragte mich, wie ich auch nur einen einzigen Tag in dieser Einsamkeit überstehen sollte. Ganz in der Nähe, nur drei Dörfer weiter, war ich aufgewachsen. Die ersten vierzehn Jahre meines Lebens hatte ich dort verbracht, doch jetzt kam ich mir in diesem verschlafenen kleinen Ort an der Ostsee wie in einem Asyl für Ausgestoßene vor. Es war gewiss der geeignete Platz, um

Familienurlaub zu machen, zu entspannen oder romantische Tage zu zweit zu verbringen, aber ganz sicher nicht, um mich zum Schreiben mehrerer Songtexte zu inspirieren. Wie war ich nur darauf gekommen, hier bessere Liedtexte schreiben zu können als zu Hause? Und womit sollte ich mich von den Gedanken an Piet ablenken, wenn der Grund für meinen Aufenthalt die Arbeit für sein Projekt war? Für seine Band, sein Album!

Durch die offene Tür zog eine milde Mai-Brise, einem tiefen Atemzug ähnlich, durch den Eingangsbereich des Hauses. Ich vernahm das Rauschen des nahen Wassers, hier und da den dumpfen Schrei einer Möwe. Eine Idylle, genau wie ich sie herbeigesehnt hatte, die mir in diesem Moment jedoch bedrückender vorkam als jeder Tag, den ich in den letzten Jahren in der Stadt zugebracht hatte.

Mit einem leichten Fußtritt schloss ich die Tür hinter mir und ließ mich auf eine kleine Rattanbank fallen. Wie die Wände war auch die Einrichtung in dezenten Weiß- und Lavendeltönen gehalten. Zwischen der Bank, auf der ich saß, und einem Sessel stand ein kleiner runder Tisch, darauf eine durchsichtige Glasvase mit frischem weißem und violettem Flieder, der dem Raum so etwas wie einen kleinen Vorgeschmack auf den Sommer verlieh.

Wahrscheinlich war es doch keine so gute Idee gewesen, der Arbeit am Album zuzustimmen! Nach mittlerweile vier Jahren als professionelle Songtexterin konnte ich es mir schließlich aussuchen, welche Aufträge ich annahm und auf welche ich lieber verzichtete.

Doch nun war ich schon einmal hier; nach meiner Zusage hatte ich auch keine wirkliche Alternative mehr. Kein Album der Jungs war bisher ohne mich entstanden, außerdem befürchtete ich, dass mein Kontakt zu Piet, lehnte ich ihre Bitte jetzt im Nachhinein ab, dann ganz abbrechen würde. Sosehr ich mich auch dagegen sträubte, ich wollte auf die blinkenden Umschläge in meinem E-Mail-Postfach, die von ihm kamen, nicht verzichten, darauf, dass hin und wieder sein Name auf dem Display meines Handys auftauchte, wenn auch nur aus beruflichen Gründen.

Nora verschränkte die Hände unter dem Kinn, während sie die Zeilen auf dem Bildschirm noch einmal durchlas.

Stolz überkam sie. Stolz und Erleichterung. Nach dem Prolog hatte sie nun tatsächlich die ersten Seiten des ersten Kapitels geschrieben. Ja, das war's, das »Haus der Luftblumen« bekam endlich ein Gesicht.

Es war nicht viel und doch mehr, als sie geglaubt hatte, heute zu schaffen. Ein gelungener Einstieg ins erste Kapitel war mit das Wichtigste für ein erfolgreiches Buch.

Ob sie Maria das fertige Manuskript Ende Juli vielleicht doch noch schicken könnte? Schließlich hatte sie schon einmal innerhalb von nur vier Wochen ein Buch geschrieben. Das war zwar in ihren besten Zeiten gewesen, aber wer sagte denn, dass sie diese nicht noch toppen könnte?

Der Gedanke ließ sie lächeln. Der Kaffee, der neben ihrem Laptop stand, war bereits kalt, genau wie in alten Zeiten, wenn sie beim Schreiben die Welt um sich herum vergaß und ihre Fantasie die Oberhand gewann.

Und welchem Umstand hatte sie diesen Schreibfluss zu verdanken? Etwa ihrem Aufenthalt im »Sonnenblumenhaus«? Den Gesprächen mit Yannik und Fiona? Dem Wiedersehen mit ihrem Vater und Alexa?

Aber das war jetzt nicht weiter wichtig. Allein das Ergebnis zählte, und das stellte sie mehr als zufrieden.

Am liebsten hätte sie auf der Stelle Maria angerufen und ihr von diesem ersten kleinen und doch so großen Erfolg berichtet. Dann hätte sie aber auch zugeben müssen, dass sie gerade erst mit dem Schreiben begonnen und Maria in den Wochen zuvor belogen hatte.

Gerade als sie ihre Finger erneut zur Tastatur führte, um ihre nur so dahinfliegenden Gedanken »zu Papier« zu bringen, klopfte es an der Tür.

Sie schaute auf die Uhr des Laptops. Kurz vor vier. Viel zu früh fürs Abendessen.

Schon wollte sie das Klopfen ignorieren und sich schlafend stellen, als ihr plötzlich einfiel, dass sie Fiona angeboten hatte, ihre Gedichte zu lesen.

So ein Mist aber auch! Da war sie zum ersten Mal seit Wochen wieder in Schreibstimmung, und nun kam ihr dieser Termin dazwischen.

Aber sie hatte es nun einmal versprochen.

Mit einem letzten wehmütigen Blick auf den Bildschirm klappte sie den Laptop zu und ging zur Tür.

»Fiona.« Nora musste automatisch lächeln, als sie in das fröhliche Gesicht des Mädchens schaute. »Du bist ja superpünktlich.«

Fiona nickte eifrig. »Wie abgemacht.« In den Händen hielt sie ein Notizbuch mit weinrotem Einband.

»Und wie ich sehe, hast du deine Gedichte gleich mitgebracht.« Nora trat ein Stück zur Seite. »Komm doch rein.«

»Ähm, ins Zimmer?«

»Ja, natürlich.« Nora war überrascht. »Spricht denn etwas dagegen?«

»Na ja, ich dachte, wir gehen nach unten. Draußen ist doch so schönes Wetter.«

Nora überlegte. »Warum nicht?«

Ein erleichtertes Lächeln, das Nora nicht so recht zu deuten wusste, huschte über Fionas Gesicht.

Nora zog die Tür hinter sich zu und folgte Fiona nach unten. Sie spürte zwar, dass Fiona irgendwie anders war als sonst, schrieb es aber ihrer Verlegenheit zu. Immerhin würde sie ihr gleich ihre persönlichsten Gedanken preisgeben.

Gedichte. Wann hatte sie selbst zum letzten Mal eines verfasst? Als Teenager? Eigentlich hatte sie fast immer, sogar als junges Mädchen, nur an Romanideen gearbeitet.

Als sie im Erdgeschoss angekommen waren, blieb Fiona plötzlich abrupt am Treppenansatz stehen und drehte sich mit schuldbewusstem Lächeln zu Nora um.

»Was ist?«, fragte Nora irritiert.

»Ich …«, suchte Fiona nach dem richtigen Anfang. »Ich wollte dich eigentlich fragen, ob …«

»Ob was?«

»Na ja, ob du vielleicht Lust hast, ein bisschen zu lesen.«

»Zu lesen? Ja natürlich, ich habe dir doch versprochen, dass ich mir deine Gedichte anschaue.«

»Das meine ich nicht.« Die Verlegenheit in ihrem Blick wich zunehmend der Begeisterung.

»Alles okay?« Nora wurde misstrauisch.

Fiona wandte sich von ihr ab und ging zu einer Tür, die zum Foyer führte. Kurz davor blieb sie stehen und drehte sich erneut zu Nora um.

»Fiona?«

»Ich habe eine Überraschung für dich, du wirst schon sehen.«

Die Art, wie Fiona sie anstrahlte, bot eigentlich Anlass zur Vorfreude, doch Nora spürte, dass ihr irgendetwas ganz und gar nicht Erfreuliches bevorstand. Wollte Fiona etwa einen albernen Heile-Welt-Nachmittag mit Alexa und Oskar veranstalten?

»Ich bin mir nicht sicher, ob ich Überraschungen mag.«

»Diese wirst du lieben.« Mit zuversichtlichem Grinsen drehte sich Fiona zur Tür um und öffnete sie schwungvoll.

Nora fuhr erschrocken zusammen. Vor ihr befanden sich mehrere Stuhlreihen, deren Sitzplätze allesamt mit Leuten jeden Alters belegt waren.

Manche von ihnen hatten das Öffnen der Tür bemerkt und sich Nora mit einem erwartungsvollen Lächeln zugewandt, andere unterhielten sich oder blickten gerade auf die Flyer, die sie in den Händen hielten.

Durch die Stuhlreihen hindurch führte ein schmaler Gang zu einem kleinen ovalen Tisch, auf dem sie ein Exemplar der »Kornblumentage« entdeckte. Direkt dahinter stand ein leerer Stuhl, der offenbar für sie bestimmt war.

»Ich bin …«, Nora stockte. Ihr fehlten die Worte.

»Sprachlos?« Fiona kicherte.

»Ja.«

Erst jetzt sah sie, dass sich auch Alexa, Oskar und Yannik mit im Raum befanden, allerdings saßen sie nicht beim Rest des Publikums, sondern standen schräg hinter dem Tisch.

»Was soll das werden?«, fragte Nora Fiona, obwohl sie die Antwort bereits kannte.

»Na, das ist …«, Fiona machte eine weit ausholende Handbewegung, »meine Überraschung für dich.« In den Händen hielt sie noch immer ihr Notizbuch mit dem roten Einband.

»Schau mich doch mal an.« Nora blickte an sich hinab. »Ich kann doch unmöglich ohne jede Vorbereitung und in dieser Sporthose samt ausgeleiertem Shirt vor all diesen Leuten lesen.«

»Dein Outfit ist prima. Gerade hier auf dem Land sind die Leute immer sportlich und leger unterwegs, also kein Problem. Außerdem bist du Vollprofi. Ich habe deine Lesungen auf Youtube gesehen, ich weiß, du wirst großartig sein.«

»Aber darum geht es doch gar nicht.« Nora trat einen Schritt von der Tür weg und zog Fiona sanft zu sich heran. »Du hättest das vorher mit mir absprechen müssen, damit ich mich vorbereiten kann.«

Fiona ließ die Schultern sinken. »Aber dann wäre es doch keine Überraschung mehr gewesen.«

Sie sah die Enttäuschung in Fionas Blick, dennoch war es nicht richtig, dass das Mädchen sie derart mit einer Lesung überrollte.

»Ich weiß, du meinst es nur gut, aber …«, Nora warf erneut einen Blick in das überfüllte Foyer, »aber das hier ist einfach zu viel.«

»Zu viel? Zu viele Menschen? Es sind gerade mal dreißig.«

Nora wollte antworten, hatte aber plötzlich das Gefühl, keine Luft mehr zu bekommen. Abrupt drehte sie sich um und stürmte den Flur entlang. Sie musste weg hier, raus ins Freie. Die nächste Tür musste nach draußen führen. Doch als sie sie öffnete, fand sie sich unversehens in einem Raum voller Hunde wieder.

Mit wedelndem Schwanz kamen drei von ihnen auf sie zugerannt, nur Mary blieb unbeeindruckt am Fenster liegen.

War das der Hunderaum, von dem ihr Fiona erzählt hatte?

Sie sah die liebevolle Einrichtung, die beiden Sofas, die kuscheligen Hundekörbe auf dem Boden.

Dennoch schloss sie die Tür sofort wieder und drehte sich um, doch Fiona stand nicht mehr im Flur. Lediglich das Murmeln der Leute im Foyer war nach wie vor zu hören.

Was sollte sie nun tun? Einfach wieder an der offenen Tür vorbei nach oben marschieren?

Noch ehe sie überlegen konnte, wie es weitergehen sollte, kam Yannik aus dem Foyer auf sie zugestürmt. Er hatte die Tür hinter sich geschlossen, als wollte er sicherstellen, dass das, was er ihr zu sagen hatte, niemand anders mitbekommen würde.

Sein Kopf war feuerrot vor Wut.

»Sag mal, hast du sie noch alle?«, fragte er sie, während er die Hände in die Hüften stemmte.

»Entschuldige, aber hast du mich gerade eben gefragt, ob ich sie noch alle habe?« Sie merkte, wie ihr das Blut in den Kopf schoss.

»Ja, das habe ich.« Seine Wut schien nicht abzuflachen. »Und deine Antwort würde mich sehr interessieren.«

»Bist du etwa ernsthaft sauer, weil ich mich nicht darüber freue, derart überrumpelt zu werden?«

»Dass das mit der Lesung eine blöde Idee war, habe ich Fiona bereits gesagt, aber sie war nun mal nicht davon abzubringen.« Er schüttelte ungläubig den Kopf. »Aber darum geht es nicht.«

»Ach nein?« Sie verschränkte die Arme vor der Brust und musterte ihn mit herausforderndem Blick. »Worum geht es dann?«

»Darum, dass ich es nicht zulasse, dass du Fiona so bloßstellst und ihr auf so unsensible Weise das Herz brichst. Und darum, dass es dir anscheinend scheißegal ist, dass so viele Leute gekommen sind, um dich lesen zu hören.«

»Nein, ich …« Das schlechte Gewissen überkam sie. »Ich wollte Fiona nicht verletzen und hätte mich jetzt ohnehin auf die Suche nach ihr gemacht.«

»Ach ja? Und was ist mit all den Leuten da drin? Sollen wir die nun alle wieder nach Hause schicken?«

»Nein, ich meine … Darum geht es doch gar nicht. Ich …« Sie stockte wieder. Die Wahrheit war, dass sie selbst nicht wusste, worum es eigentlich ging. Hatte sie vorher gerade so etwas wie eine Panikattacke gehabt? Fürchtete sie sich neuerdings etwa, wie ihre Mutter, vor größeren Menschenansammlungen?

»Fiona hat geschworen, du seist Profi. Und dass du mit so einer spontanen Lesung klarkommen würdest. Aber da hat sie sich wohl geirrt.«

»Na hör mal!« Das ging Nora jetzt nun wirklich zu weit. »Ich habe unzählige Lesungen gegeben, ich werde nur eben nicht gern ohne jede Vorwarnung überfahren. Und außerdem, wenn du schon von Fionas Idee wusstest, warum hast du mir gegenüber dann kein Wort darüber verloren? Du hättest mich vorwarnen können, meinst du nicht auch?«

»Fiona wollte dich überraschen.« Er spitzte die Lippen und sagte dann betont langsam: »Ü-b-e-r-r-a-s-c-h-e-n. Verstehst du das?«

»Es gibt keinen Grund, derart von oben herab mit mir zu reden.«

»Ich? Von oben herab?« Yannik klopfte sich einen imaginären Fussel vom Shirt. »Und das aus dem Munde einer Frau, die sich selbst zum Maßstab aller Dinge macht und deren Gedanken ausschließlich um sie selbst kreisen. Dass ich nicht lache.«

»Was soll das heißen?« In ihren Schläfen pochte es.

»Genau das, was ich gesagt habe. Und dass ich noch nie einen so selbstbezogenen Menschen wie dich kennengelernt habe. Bei dir fällt man von einer Ohnmacht in die nächste.«

»Sag mal, weißt du eigentlich, was du da redest? Das geht weit über Fionas verrückte Idee hinaus. Dass du mich hier auf diese taktlose Art und Weise anfährst und beschimpfst, als hätte ich ein Verbrechen begangen, das ist einfach«, sie hob die Arme, »krank. Unverschämt. Einfach total dreist.«

»Dreist, ja? Dreist?« Yannik redete sich weiter in Rage. »Als Oskar sagte, du hättest deinen eigenen Kopf, hat er weiß Gott untertrieben. Du bist einfach nur anstrengend. Anstrengend und egoistisch. Alle müssen sich ständig nach deinen Launen richten.«

»Nach meinen Launen? Aber das stimmt doch gar nicht. Nur weil mein Verhältnis zu Oskar nicht das allerbeste ist und ich Anlaufschwierigkeiten im Umgang mit ihm und Alexa habe, heißt das noch lange nicht, dass ich anstrengend bin. Und mit dir und Fiona hat das zudem rein gar nichts zu tun. Ich habe keinen von euch beiden in diese Angelegenheit mit hineingezogen.«

Doch auch wenn sie ihm Kontra gab, trafen sie seine Worte wie Messerstiche mitten ins Herz. War sie wirklich einer dieser selbstsüchtigen Menschen, die nur sich und ihre eigenen Bedürfnisse im Sinn hatten? Ein richtiger Unmensch? Und war er nur der Erste, der dies laut aussprach?

»Das ist auch so eine Sache.« Er trat einen Schritt näher und betrachtete sie mit unnachgiebigem, fast verächtlichem Blick. »Du kannst nicht einfach sagen, dass das eine Sache zwischen euch ist, und damit hat sich's. Was Alexa und Oskar betrifft, betrifft auch uns. Wir sind hier so etwas wie eine

Familie. Nein, wir *sind* eine Familie! Oskar hängt nur zu sehr an dir, um dir das zu sagen, was ich dir gerade an den Kopf geworfen habe, aber tief in seinem Inneren weiß er ganz genau, was für eine verzogene Göre du bist.«

»Verzogene …«, sie schnappte nach Luft, »hast du mich gerade eine verzogene Göre genannt? Ich bin achtundzwanzig Jahre alt.«

»Genau das macht es ja so schlimm.«

»Und überhaupt«, sie räusperte sich, »wenn ich so selbstbezogen bin, wie du sagst, hast du dich dann vielleicht auch ein einziges Mal gefragt, ob deine ach so heiligen Chefs möglicherweise eine Mitschuld daran tragen? Ob es vielleicht Gründe gibt, warum ich so bin, wie ich bin?«

»Du hast gerade eben den erneuten Beweis für das geliefert, was ich dir vorwerfe. Wieder einmal sind nur die anderen schuld.«

»Die anderen?« Nora spürte einen Kloß in ihrem Hals. Tränen der Wut stiegen ihr in die Augen. Einmal mehr fühlte sie sich unverstanden. »Ja, vielleicht hast du recht, Yannik. Vielleicht bin ich anstrengend, verzogen, egoistisch. Aber weißt du, was das Gute ist? Dass dich niemand dazu zwingt, dich auch nur eine Minute länger mit mir abzugeben.«

»Das ist der erste vernünftige Satz seit deiner Ankunft.« Seine Stirn lag in tiefen Falten. Seine Hände zitterten vor Aufregung.

»Tatsächlich? Warum stehst du dann noch immer hier? Geh doch endlich. Wohin auch immer. Ich werde dich ganz sicher nicht bitten, auch nur eine weitere Sekunde mit der Ego-Tussi Nora Fendt zu vergeuden.«

Doch anstatt etwas zu entgegnen, betrachtete er sie eine Weile schweigend. Kein Laut kam über seine Lippen, wie angewurzelt stand er vor ihr.

Als er dann plötzlich noch einen Schritt näher trat, erschrak sie. Trotzdem bewegte sie sich nicht.

Sie spürte, wie er die Hände um ihr Gesicht legte und sie ohne jede Vorwarnung zu sich heranzog. Seine Lippen fühlten sich weich und warm an. Wie von selbst erwiderte sie seinen Kuss.

Sie spürte seinen Atem und seinen festen und schnellen Herzschlag so intensiv, dass sie für einen Augenblick meinte, es sei ihr eigener.

Auf einmal löste er sich wieder von ihr und starrte sie entgeistert an.

»Ich«, begann er, brachte aber kein weiteres Wort heraus.

Ohne ihre Reaktion abzuwarten, wandte er sich ab und lief den Flur entlang in Richtung Hintertür. Sie schaute ihm nach, doch bevor sie etwas sagen konnte, war er auch schon draußen.

Erst jetzt sah sie, dass Alexa aus dem Foyer gekommen war.

Hatte sie gesehen, was sich gerade zwischen ihr und Yannik abgespielt hatte?

Nein. Sie war wohl eben erst gekommen. Doch Nora konnte keinen klaren Gedanken fassen, sie wusste noch immer nicht, ob sie nun davonlaufen oder sich der Menschenmenge stellen sollte.

»Alles in Ordnung?«, fragte Alexa. »Ich habe laute Stimmen gehört.«

»Yannik«, antwortete Nora einsilbig.

»Wo ist er?«

Nora deutete mit dem Kopf zur Hintertür. »Ich glaube, er ist nach draußen gegangen.«

Nach draußen, nachdem er mich geküsst hat.

Alexa musterte Nora prüfend.

Ahnte sie etwas? Hatte sie den Kuss doch mitbekommen?

»Die Leute sind dabei, aufzubrechen«, erklärte Alexa.

»Tatsächlich?«

Alexa nickte. »Du darfst Fiona die Idee mit der Lesung nicht übelnehmen. Sie hat es wirklich nur gut gemeint.«

Nora spürte wieder, wie sich das schlechte Gewissen in ihr regte.

»Aber das ändert nichts daran«, fuhr Alexa fort, »dass sie vorab mit dir darüber hätte reden müssen, damit du dich ausreichend vorbereiten kannst. Das habe ich den anderen auch sofort gesagt, habe mich dann aber wieder breitschlagen lassen, meinen Mund zu halten. Wegen des Überraschungsfaktors, du weißt schon.«

»Und was habt ihr den Leuten gesagt? Ich meine, jetzt?«

»Dass du aus gesundheitlichen Gründen leider doch nicht lesen kannst.« Alexa zwinkerte. »Eine schwere Bronchitis, die dir die Stimme geraubt hat, du verstehst?«

»Und waren sie verärgert?«

»Enttäuscht trifft es wohl eher. Wir haben hier sonst keine Bestsellerautoren im Dorf zu Besuch.«

»Und Fiona?« Nora schluckte. »Wo ist Fiona?«

»Ich nehme an, auf ihrem Zimmer. Sie ist ohne ein Wort nach oben gegangen.«

Nora senkte den Blick. Was um Himmels willen hatte sie diesem Mädchen nur angetan? Warum nur war sie nicht einfach über ihren eigenen Schatten gesprungen und hatte in Schlabberhose und ausgewaschenem Shirt vor diesen Menschen gelesen? Und überhaupt, war das eigene unangemessene Outfit nicht ohnehin nur eine Ausrede gewesen, weil sie sich überfordert gefühlt hatte?

Alexa schien Noras Schuldgefühle zu bemerken.

»Mach dir keine Gedanken«, sagte Alexa. »Niemand erwartet von dir, dass du einfach aus dem Stegreif eine Lesung hältst. Fiona ist manchmal etwas … na ja … übermütig. Aber wie gesagt, du solltest ihr das nicht verübeln.«

Doch abgesehen von ihrem schlechten Gewissen musste Nora auch immer wieder an Yannik denken, an das, was er zu ihr gesagt und wie er sie geküsst hatte.

»Ich, ich gehe jetzt wohl besser auf mein Zimmer«, sagte Nora schließlich. »Noch ein bisschen am Buch arbeiten.«

Dort würde sie versuchen, wieder einen klaren Kopf zu bekommen. Mit etwas Glück fand sie vielleicht auch eine Antwort auf die Frage, warum es ihr so schwergefallen war, sich zu überwinden und die Lesung durchzuführen. Sie erschrak bei dem Gedanken, dass ihr Verhalten in mancher Hinsicht tatsächlich dem ihrer Mutter ähnelte, deren Erkrankung sich zu Anfang vor allem dadurch bemerkbar gemacht hatte, dass sie zunehmend immer weniger mit unvorhergesehenen Entwicklungen klargekommen war. Alles musste wie besprochen ablaufen, jede Abweichung wurde zum Problem.

War es mit Nora auch schon so weit gekommen?

Sie musste nachdenken, eine Antwort darauf finden.

Schließlich musste sie entscheiden, wie es weitergehen sollte.

Mit Fiona. Mit Yannik. Alexa und Oskar. Und mit ihr.

Der Wochenmarkt schloss täglich um sechs Uhr abends seine Pforten. Bis dahin herrschte stets reges Treiben. Einwohner verhandelten mit den Obst- und Gemüsehändlern akribisch Preise, Fleischverkäufer priesen lautstark ihre Wurstsorten an, und jeder schien einzig und allein darauf aus zu sein, die besten Schnäppchen zu erhaschen.

Nur Yannik kümmerten die Preise an diesem Spätnachmittag wenig. Er hatte sich angeboten, frische Möhren fürs Abendessen zu besorgen. An jedem anderen Tag hätte er sich gefragt, für welches Gericht Alexa die Möhren wohl benötigte, aber an diesem Nachmittag kreisten seine Gedanken nur um eines: um Nora.

Anton trottete an der Leine neben ihm her, während Yannik völlig ziellos an den Obst- und Wurstbuden vorbeischlenderte.

Was um Himmels willen hatte er sich nur dabei gedacht?

Er fand sie anziehend, ja. Aber was hatte ihn dazu gebracht, derart unbeherrscht zu reagieren? Was war nur passiert, dass er sich nicht mehr unter Kontrolle gehabt hatte?

Und überhaupt, wie passte der Kuss zu den Vorwürfen, die er ihr kurz zuvor an den Kopf geworfen hatte?

Er hatte übertrieben, keine Frage. Sosehr ihm Noras Verhalten Fiona gegenüber auch gegen den Strich ging, rechtfertigte das noch lange nicht, dass er sie so heftig angegangen war. Sie war emotional angeschlagen, verletzlich, wahrscheinlich sogar unglücklich. All das hatte er in ihren Augen, aus ihrem Verhalten herausgelesen. Scham überkam ihn. Scham und Reue.

Die Leine spannte, als Anton vor einer Fleischbude stehen blieb und an den Pflastersteine schnupperte. Hatte jemand vielleicht ein Stück Wurst oder Fleisch fallen gelassen?

»Bei Fuß!«, rief Yannik, und Anton gehorchte.

Erst jetzt bemerkte er, dass er »Heinzis Obst- und Gemüsebude« bereits zum zweiten Mal passierte.

»Yannik!«, rief der kahlköpfige Endfünfziger hinter der Holztheke. »Was kann ich für dich tun, mein Bester? Wir haben die dicksten und rötesten Tomaten, die du dir nur vorstellen kannst.«

Yannik lachte. »Aber auch die leckersten?«

»Sowieso.«

»Heute brauche ich nur zwei Bund Möhren.« Yannik beugte sich über die Holzkisten. »Ich nehme gleich die beiden hier vorn.«

»Für dich immer.«

Yannik schaute dem redseligen Bauern dabei zu, wie er die Möhren einpackte, während vor seinem inneren Auge ein ganz anderer Film ablief.

Nora.

Er brannte darauf, zu erfahren, wie sie seine Annäherung interpretiert hatte. Was auch immer noch geschehen und wie auch immer sich ihr Streit fortsetzen würde, er musste sicherstellen, dass sie den Kuss als das nahm, was er war: ein Ausrutscher.

»Bitte schön«, sagte Heinz in melodischem Singsang und reichte ihm die Tüte.

Yannik nickte freundlich und zog mit der Tüte in der Hand weiter, Anton lief genügsam hinter ihm her.

Yannik ließ die Stände auf dem Marktplatz hinter sich und passierte die kurze Allee zwischen Wohnsiedlung und Einkaufsladen.

Der warme Juniwind blies ihm ins Gesicht, dennoch gelang es ihm nicht, an irgendetwas Belangloses zu denken.

Zum ersten Mal seit langem kam ihm Tamara in den Sinn.

Es war geradezu eine Ironie des Schicksals, dass er es ausgerechnet ihr zu verdanken hatte, im »Sonnenblumenhaus« gelandet zu sein. Wo ihm nun ausgerechnet Nora über den Weg gelaufen war.

Hatte er aus seiner Zeit mit Tamara denn nicht gelernt, wie wichtig es war, eine rein sexuelle Anziehungskraft von ernsten Absichten unterscheiden zu können?

Er hatte sie geküsst. Und das ohne jede Vorwarnung, ohne dass sie ihm zuvor in irgendeiner Weise Entgegenkommen signalisiert hätte.

Wieder war es Anton, der ihn davon abhielt, weiterzugehen. Ein Stein, ein interessanter Geruch.

»Komm schon«, murrte Yannik und erschrak im gleichen Augenblick über seine schlechte Laune.

Aber vielleicht hatte er ja gar keine schlechte Laune, sondern war einfach nur durcheinander.

Yanniks Worte hatten Nora tief getroffen. Sein hauptsächlicher Vorwurf, sie sei eine undankbare, egoistische Person, gab ihr sogar so schwer zu denken, dass sie den Vorsatz fasste, von nun an öfter Alexas Nähe und das Gespräch mit ihr zu suchen.

Sowohl Fiona als auch Oskar und Yannik waren mit den Hunden unterwegs, was Nora einerseits die Möglichkeit nahm, sich bei Fiona wegen des Desasters mit der Lesung zu entschuldigen, ihr andererseits aber auch die Chance gab, ungestört und in aller Ruhe mit Alexa zu reden.

Die schaute sichtlich überrascht von ihrem Schneidebrett auf, als Nora zu ihr in die Küche kam. »Hast du dich verlaufen?«

Nora lächelte. »Ich dachte, ich könnte dir vielleicht ein wenig helfen.«

»Aber gern.« Alexa strahlte Nora an, als wäre deren Angebot der Beginn einer lebenslangen Freundschaft.

Nora lehnte sich etwas unbeholfen gegen die Küchenanrichte.

»Du kannst die Kartoffeln schälen, wenn du magst«, sagte Alexa.

»Kartoffeln schälen«, wiederholte Nora. »Ich habe mir schon öfter sagen lassen müssen, ich sei eine ganz furchtbare Kartoffelschälerin, bei der ungefähr die Hälfte der Kartoffel zusammen mit der Schale im Müll landet.«

»Das macht nichts«, Alexa zog grinsend einen Eimer Kartoffeln aus der Schranktür. »Wir nehmen es hier nicht so genau, und außerdem gibt es genug davon, wie du siehst.«

Nora zog einen Stuhl vom Tisch heran, um sich ihren Arbeitsplatz einzurichten. Sie wollte keine tiefschürfende Konversation führen, vielmehr ging es ihr darum, ihrer inneren Unruhe Einhalt zu gebieten. Alles war besser, als in ihrem Zimmer zu sitzen und darüber nachzudenken, dass sie einen ihr im Grunde wildfremden Mann geküsst hatte, und noch viel verwirrender: dass es ihr gefallen hatte. Was sie fast noch mehr plagte als ihr schlechtes Gewissen Fiona gegenüber.

»Hattest du Streit mit Yannik?«, fragte Alexa ohne jede Vorwarnung, als sie Nora das Messer reichte.

»Streit?« Nora spürte, dass sie wie ein Schulmädchen rot anlief, was Alexa natürlich nicht entging.

»Na ja«, Alexa lächelte vorsichtig, »ich hatte das Gefühl, dass ich vorhin in eine hitzige Diskussion hineingeplatzt bin.«

Nora setzte sich und zog den Kartoffeleimer zwischen ihre Füße. Auf dem Boden lag bereits ausgebreitetes Zeitungspapier für die Schalen.

»Hast du einen Topf?«, fragte Nora, um einer Antwort auf Alexas Frage auszuweichen.

»Einen Topf?«

Nora stand auf. »Für die Kartoffeln.«

»Ja natürlich.« Alexa öffnete erneut die Schranktür und reichte Nora einen großen roten Topf. »Tut mir leid, wo habe ich nur meinen Kopf?«

Zum ersten Mal seit ihrer Ankunft ging Nora Alexas Verhalten nicht auf die Nerven. Lag es vielleicht daran, dass Alexa nicht mehr so dauerfröhlich war? Oder war sie einfach nur zu sehr mit anderen Dingen beschäftigt, um sich wie sonst darüber aufzuregen?

Nora stellte den Topf auf den Tisch und schnappte sich die erste Kartoffel.

»Ich glaube, dass du ihn ein wenig an Tamara erinnerst«, sagte Alexa, während sie Nora den Rücken zuwandte und Hackbällchen formte.

»Tamara?«

»Ja«, erklärte Alexa, »Tamara war Yanniks Verlobte. Ihr beide seid ein sehr ähnlicher Typ.«

»Er war verlobt?«

Alexa nickte. »Bis vor fünf Jahren.«

»Nun gut«, fuhr Nora fort. »Aber selbst wenn ich dieser Tamara optisch ähnele, sind wir doch immer noch zwei verschiedene Personen. Worauf willst du also hinaus?«

»Ach, ich weiß auch nicht.« Alexa zuckte mit den Schultern. »Ich dachte nur, so wie er dich ansieht, wie er mit dir redet. Mein Eindruck kann mich aber auch täuschen.«

Noras Neugierde wuchs mit jeder Sekunde.

»Was ist mit ihr und Yannik passiert?«, fragte sie.

»Das ist eine traurige Geschichte«, antwortete Alexa. »Und auch ein wenig verworren. Tamara hatte vor Yannik jahrelang einen anderen Freund. Eine Geschichte, die eigentlich längst abgeschlossen war, die aber indirekt immer wieder hochkochte, weil dieser Kerl sie wohl regelmäßig geschlagen hat.«

Nora ließ die Hand mit der Kartoffel sinken.

»Mit Yannik schien Tamara endlich das große Los gezogen zu haben, die beiden waren wirklich glücklich miteinander. Deshalb kam es ja auch zur Verlobung.«

Nora nickte.

»Tamara kommt von hier«, erklärte Alexa. »Sie ist im Dorf aufgewachsen.« Sie machte eine kurze Pause, bevor sie weitersprach.

»Dennoch nahm die Beziehung ein unschönes Ende, als Tamaras Ex-Freund, seinen Namen weiß ich nicht mehr, auf unserem alljährlichen Scheunenfest auftauchte und bei Yannik sämtliche Sicherungen durchgebrannt sind. Zuvor war es zwischen den beiden zum Streit gekommen, wegen all der körperlichen Übergriffe, die Tamara damals erdulden musste. Yannik wusste natürlich davon und war sehr wütend, und …«

»Und was?«

»Er ist vollkommen durchgedreht und hat diesen Kerl krankenhausreif geschlagen. Er musste sogar operiert werden.«

Nora war seltsam unbeeindruckt von der Geschichte. »Aber wenn dieser Typ Tamara so schlecht behandelt hat? Ich meine, da kann man doch verstehen, dass Yannik ihn verprügelt hat.«

»Mag sein, aber Tamara hat das anders gesehen. Und nicht nur sie. Ihr Ex-Freund hat Yannik daraufhin angezeigt, er bekam eine Haftstrafe.«

»Eine Haftstrafe?«

»Nur ein paar Monate, weil er bereits anderthalb Jahre zuvor einen Mann handgreiflich angegangen war, der seinen Hund misshandelt hatte. Aber diese Haftstrafe führte dazu, dass Yannik seinen Job als Radlader-Fahrer verlor und auch danach keine neue Anstellung mehr fand.«

Nun wusste Nora, worauf Fiona angespielt hatte, als sie davon sprach, dass nicht nur sie, sondern auch Yannik dem »Sonnenblumenhaus« viel zu verdanken hatte.

»Und wie ging es mit Tamara weiter?«, fragte Nora.

»Sie war schockiert von Yanniks Gewaltausbruch, vielleicht sogar traumatisiert. Diese Seite kannte sie nicht an ihm und hat sich deshalb sofort von ihm zurückgezogen.«

»Aber er hat es letztendlich doch für sie getan.«

»Sicher hat er das, aber Tamara war blind vor Angst, dass sich nun alles wiederholen könnte.«

»Blödsinn«, verteidigte Nora Yannik instinktiv.

»Yannik hat wirklich viel Pech gehabt«, sagte Alexa. »Als er aus der Haft entlassen wurde, war Tamara längst weggezogen.«

»Verrückt, dass ausgerechnet ein Frauenschläger gegen jemanden, der ihn selbst verprügelt, Anzeige erstattet.«

»Verrückt, ja. Auf gewisse Weise.« Alexa legte ein Hackbällchen auf das Brett und griff in die Schale, um ein weiteres zu formen. »Aber er hat eben auch schlimme Verletzungen davongetragen. Der Unterschied zwischen Tamara und ihrem Ex-Freund war allein der, dass er sich die Prügel nicht hat gefallen lassen.«

»Sicher hat die Eifersucht auch eine gewisse Rolle gespielt«, sagte Nora.

»Yanniks Eifersucht?«

»Nein, die von Tamaras Ex-Freund. Er wollte Yannik sicher mit der Klage eins auswischen, was ihm ja auch gelungen ist, wenn Yannik dadurch seinen Arbeitsplatz und Tamara verloren hat.«

Mitgefühl kam in ihr auf. So schwer es ihr auch fiel, sich einen Eigenbrötler wie Yannik in einer festen Beziehung vorzustellen, so sehr bedauerte sie doch, was ihm vor Jahren widerfahren war.

»Und danach ist er bei euch gelandet?«, fragte Nora.

»Ja. Und so traurig die Umstände auch waren, für uns ist Yannik ein echter Glücksgriff gewesen. In vielerlei Hinsicht.

Niemand von uns kann sich das ›Sonnenblumenhaus‹ ohne ihn vorstellen.«

Nora verlor sich erneut in Gedanken.

Sie sah Yannik vor sich mit hochgekrempelten Hemdsärmeln, wie er blutverschmiert einem Mann gegenüberstand, der seine Freundin mehrmals geschlagen und verletzt hatte. Eine junge Frau, die es zu verteidigen galt. Eine Vorstellung, die beinahe schon romantisch war, hätte die Geschichte nicht so ein trauriges Ende genommen.

»Traurig«, murmelte Nora. »Sehr traurig.«

Im nächsten Moment dachte sie, dass diese Formulierung ebenfalls auf ihre Eltern zutraf. Traurig war auch das Ende von deren Ehe, ihrer Familie.

Nora schüttelte den Kopf. Auf einmal wurde ihr bewusst, dass sie all die Jahre in eine Art trotzige Abwehrhaltung gegenüber Alexa und Oskar verfallen war. Sie erkannte zudem, wie kindisch ihr Verhalten in den letzten Tagen gewesen war, in denen sich ihre ablehnende Haltung den beiden gegenüber noch einmal verstärkt hatte.

»Yannik ist ein Verteidiger«, fuhr Alexa fort. »Ein Beschützer. Jemand, der für die Menschen, die er liebt, einsteht, durchs Feuer geht und auch Nachteile, die ihm dadurch entstehen, in Kauf nimmt.«

Augenblicklich fiel Nora wieder die Diskussion ein, die sie mit Yannik wegen Fiona geführt hatte. Auch für sie war er in die Bresche gesprungen. Auch sie hatte er verteidigt.

Und dann der Abend am See, als er Nora hinterhergefahren war, um sie im strömenden Regen abzuholen.

Unweigerlich musste sie lächeln. Der Gedanke, von jemandem beschützt zu werden, gefiel ihr, auch wenn wohl eher sie vor Yanniks ritterlichem Eingriff beschützt werden musste.

Ohje. Kein Wunder, dass Yannik sie für eine egoistische, kapriziöse Person hielt!

Umso wohltuender war die Erkenntnis, dass ihr ausgerechnet Alexa, wenn auch unabsichtlich, dabei geholfen hatte, dies zu erkennen. Eine Tatsache, die Nora irritiert und doch dankbar zur Kenntnis nahm. Würden sie sich einander vielleicht doch noch annähern? War das von Nora anfangs als nervtötend und übertrieben empfundene Heile-Welt-Getue Alexas in Wahrheit Einfühlungsvermögen, das ihren Respekt verdiente? Jedenfalls hatte Alexa die Spannung zwischen Yannik und ihr sofort bemerkt und gerade eben äußerst taktvoll angesprochen.

»Gibt es heute Erbsen?« Nora deutete auf die Schotenreste auf dem Zeitungspapier.

»Und Möhren«, sagte Alexa. »Yannik ist gerade auf dem Markt, um welche zu holen.«

Kapitel 7

Sie habe schlimme Kopfschmerzen, hatte Fiona als Entschuldigung für ihre Abwesenheit beim Abendessen vorgebracht.

Aber Oskar kannte seinen Schützling lange und gut genug, um zu wissen, dass sie es nur vermeiden wollte, mit Nora zusammenzutreffen. Doch er war nicht weiter in sie gedrungen.

Glücklicherweise war Fiona aber seiner Bitte nachgekommen, ihm am nächsten Morgen beim Scheren von Max zu helfen.

Sie waren zum See spaziert, um Max direkt nach der Schur baden zu lassen, damit er im Wasser die letzten Haarreste loswerden konnte.

Die Sonne schien grell vom Himmel, als sie nahe beim Steg stehen blieben. Oskar hielt den Hund fest, Fiona übernahm das Scheren.

»Er wird sich wieder fühlen wie neugeboren«, begann Oskar behutsam das Gespräch. »Letztes Jahr ist er nach der Rasur umhergesprungen wie ein junger Gott.«

»Bestimmt«, antwortete Fiona knapp. Wortkarg hielt sie die Schermaschine in der Hand und widmete sich ihrer Arbeit.

Oskar suchte ihren Blick. »Du weißt, dass ich dich vor allem deshalb zum Scheren mitgenommen habe, weil ich in Ruhe mit dir reden wollte?«

»Natürlich weiß ich das.« Fiona presste die Lippen aufeinander. »Aber es wird nicht funktionieren.«

Ihre Trotzhaltung erinnerte ihn für einen Moment an Nora.

»Ich war auch nicht gerade begeistert davon, dass Nora die Lesung nicht gehalten hat«, entgegnete ihr Oskar.

»Mhm …« Sie sah noch immer nicht auf.

»Andererseits haben wir dir alle schon im Vorfeld gesagt«, fuhr er fort, »dass du damit rechnen musst, dass sich ihre Begeisterung für deine Idee in Grenzen hält.«

Erst jetzt hob Fiona den Blick und schaute ihn an.

»Verstehst du, worauf ich hinauswill?«, fragte Oskar.

»Klar verstehe ich das.« Sie setzte die Schermaschine ab. »Ich bin ja nicht blöd.«

»Na, siehst du.«

»Ich bin ja auch nicht böse auf sie«, sagte Fiona, »sondern einfach nur enttäuscht.«

»Enttäuscht?«

»Na ja, all die Leute, all die Vorbereitungen. Das war doch eine große Sache. Und dann?«

»Wie gesagt, Fiona, du hättest mit Nora drüber reden müssen. Von uns hat es niemand gewagt, weil dir keiner in die Parade fahren und dir deine Überraschung verderben wollte. Aber im Nachhinein muss ich sagen, dass wir es – in deinem wie auch in Noras Interesse – wohl besser getan hätten.«

Fiona legte die Schermaschine auf den Boden und setzte sich ins warme Gras, während Max ihr schwanzwedelnd einen Schmatzer verpasste.

»Ich weiß auch nicht«, sagte sie. »Vielleicht bin ich nur so traurig, weil ich dachte, sie mag mich. Ich meine, dass sie mich wirklich mag, verstehst du? Denn dann hätte sie die Lesung gehalten, oder nicht?«

Sie schaute ihn fragend an.

»Sicher mag sie dich, daran darfst du nicht zweifeln.« Oskar setzte sich neben sie. »Aber das eine hat doch mit dem anderen nichts zu tun. Sie hat sich schon immer verweigert, wenn man sie vor vollendete Tatsachen gestellt hat. Und weil sie im Moment nervlich etwas angespannt ist und sich hier bei uns erholten möchte, reagiert sie vermutlich noch empfindlicher als sonst.«

Fiona seufzte.

Oskar legte tröstend den Arm um sie. »Trotzdem kenne ich meine Tochter gut genug, um zu wissen, dass es ihr leidtut.«

»Was tut ihr leid?«

»Na, dass sie dir deine Überraschung verdorben hat.«

»Meinst du?«

»Sicher. Sie hat doch schließlich kein Herz aus Stein.«

»Ach, ich weiß auch nicht.« Fiona streichelte Max. »Es war mir nur irgendwie so peinlich, dass die Leute alle wieder gehen und wir ihnen das Geld zurückgeben mussten.«

»Peinlich?« Oskar lächelte ihr aufmunternd zu. »Wieso denn peinlich? Umständlich vielleicht, aber das hat Alexa doch alles schnell geklärt.«

Fiona hob schweigend die Schultern.

»Du solltest dir nicht zu viele Gedanken darüber machen.«

»Aber ich habe mir doch so viel Mühe gegeben«, antwortete sie bockig.

In Momenten wie diesen erinnerte sie ihn mehr an ein Kind als an eine junge Frau.

»Ja, ich weiß«, antwortete Oskar. »Jedoch gilt nach wie vor, worüber wir bereits gesprochen haben. Aber du warst nun einmal taub auf diesem Ohr und hast dafür die Quittung bekommen. Betrachte es einfach als einen Fehler, aus dem du lernen kannst.«

»Fehler?«

»Gut, nennen wir es Erfahrung.« Er puffte ihr grinsend in die Seite. »Das klingt positiver.«

»Und ich hatte mich so gefreut, sie kennenzulernen.«

»Aber das hast du doch auch. Nora ist hier, und sie wird hoffentlich noch eine Weile bleiben. Wenn du sie nicht mit deiner nächsten Idee in die Flucht schlägst.«

»Ich hab fürs Erste genug von tollen Ideen.«

Sie derart schmollend von der Seite zu betrachten versetzte ihn einige Jahre in die Vergangenheit zurück. Er dachte an Gespräche ähnlicher Natur, die er mit Nora geführt hatte, wenn sie beispielsweise mit einer schlechteren Note nach Hause gekommen war als erwartet. Grundsätzlich hatte Nora weitaus mehr unter einer schlechten Note gelitten als Miriam und er und deshalb immer wieder von ihnen ermutigt werden müssen.

Miriam und er. Es waren schöne Jahre gewesen, am Ende aber auch Jahre voller Missverständnisse. Er dachte an all das Ungute, das zwischen ihnen ausgesprochen worden war, ebenso wie an das, was bis heute unausgesprochen geblieben war.

Er war dankbar für seine Ehe mit Alexa und das, was sie miteinander teilten. Und nicht selten betrachtete er ihre Verbindung als eine Art Seelenverwandtschaft, so abgedroschen das auch klingen mochte.

Trotzdem ertappte er sich manchmal dabei, das Scheitern seiner Ehe mit Miriam zu bedauern, den Verlust der Unbeschwertheit zweier junger Menschen, denen die Welt offengestanden hatte.

Wie hatte diese Unbeschwertheit nur so tiefem Missmut und Unverständnis weichen können? Wie war es dazu gekommen, dass sie sich trotz ihrer anfangs so großen Liebe derart voneinander entfernt hatten? Er sich in seinem Drang nach Freiheit verlor, sie sich in ihrem Pflichtgefühl gegenüber allen Menschen, die ihr begegneten? Den Schülern, der Familie, den Freunden?

Und wann hatten die Lügen begonnen? Waren ihre Lügen älter und schlimmer als seine gewesen?

Aber das war Vergangenheit und lange her.

»Soll ich dir was verraten?« Er beugte sich zu Fiona, als wollte er ihr etwas ins Ohr flüstern. »Nora hat schon zwei Mal nach dir gefragt.«

»Beim Abendessen?«

Oskar nickte. »Dass du nicht da warst, hat ihr offenbar ganz schön zugesetzt.«

Allein dieser Satz genügte, um Fionas Laune zu heben. Augenblicklich stand sie wieder auf.

»Also, ich weiß ja nicht, wie es dir geht«, sagte sie, »aber ich finde, wir sollten Max endlich zu Ende rasieren, so sieht er ja aus wie ein halbgeschorenes Schaf.«

»Ich weiß, dass die Sache damals sehr unglücklich ausgegangen ist. Aber du hast mir auch nie die Chance gegeben, dir alles in Ruhe zu erklären.«

»Weil es nichts zu erklären gab, Piet. Du hattest deine Entscheidung getroffen, an der es nichts mehr zu rütteln gab. Du warst mir außerdem keine Rechenschaft schuldig.«

»Doch, das war ich. Nur habe ich das erst erkannt, als es schon zu spät war.« Aber das war eine andere Geschichte.

Nora hatte die letzten Zeilen so oft gelesen, dass sie sie auswendig kannte. Sie war so unendlich froh, dass sie endlich wieder schreiben, ihr Roman endlich wachsen konnte.

Tiefe Dankbarkeit durchströmte sie, während sie an einem mit Stiefmütterchen bepflanzten Holzwagen vorbeiging. Sie sah die zu Bänken umfunktionierten Baumstämme, in die mit viel Liebe zum Detail »Das Sonnenblumenhaus« eingeschnitzt worden war. Und dazu passend fand sie direkt hinter den Bänken breite, mit wunderschönen Sonnenblumen angelegte Beete vor.

Jeden Tag, den sie hier verbrachte, entdeckte sie auf dem Hinterhof Neues. Kleinigkeiten, Dinge, die sie bislang offenkundig immer übersehen hatte, an denen sie vorbeigegangen war. Heute jedoch bemerkte sie seltsamerweise alles. Nahm jedes Detail, jeden Duft wahr.

Abseits des gepflasterten Weges, am Rande des eingezäunten Grundstücks, erspähte sie eine wilde Wiese mit verschiedenen Obstbäumen.

Und neben einem Kirschbaum, an dem eine Leiter lehnte, fand sie ihn endlich.

»Dich habe ich gesucht!«, rief sie ihm zu.

Sie war kein bisschen nervös gewesen, nachdem sie beschlossen hatte, ihr Zimmer zu verlassen und Yannik zu suchen. Doch jetzt, da sie vor ihm stand, stiegen plötzlich Zweifel in ihr auf.

Ließe sich die Sache mit dem Kuss möglicherweise doch nicht so leicht klären, wie sie hoffte?

Yannik blickte ihr unverwandt entgegen.

Für einen Moment herrschte Schweigen zwischen ihnen. Doch dieser kurze Zeitraum genügte, um Nora umdenken zu lassen.

Sie würde Yannik nicht auf den Kuss ansprechen. Denn wenn sie eine positive Erkenntnis aus dem Kuss gezogen hatte, dann die: dass sie von nun an selbstbewusster auf Yannik zugehen musste. Zumal sie ihm so unsympathisch ja wohl kaum sein konnte. Und galt das Gleiche nicht zuletzt auch für Frank, dem sie mit ihrer wiedergewonnenen Stärke vielleicht noch eine zweite Chance einräumen sollte?

»Du hast mich gesucht?« Er stellte einen halbvollen Eimer mit Kirschen auf den Boden. »Warum?«

»Ich …«, begann sie und war dann unerklärlicherweise von einem Moment zum anderen so verunsichert, dass sie nun doch wieder davon überzeugt war, den Kuss nicht unerwähnt lassen und einfach so zum Alltag übergehen zu können.

»Ja?« Er wischte seine Hände an einem Tuch ab, das aus seiner Jeanstasche heraushing.

»Puh.« Sie atmete tief ein. »Ich stelle gerade fest, dass alles nicht so einfach ist, wie ich dachte.«

Er griff nach dem Eimer und stellte ihn auf ein kleines Metalltischchen, das zwischen den Bäumen stand. Warum er das tat, erschloss sich ihr nicht. War er vielleicht genauso nervös wie sie?

»Das ist echt nicht nötig«, sagte er.

»Was ist nicht nötig?«

»Dass du …«, er machte eine ungeschickte Handbewegung und verstummte dann.

Er stand noch immer neben dem Tisch, sie ging einen Schritt näher und musterte ihn erwartungsvoll.

»Das mit dem Kuss«, begann er schließlich.

»Ja?«

»Das … also, was ich sagen wollte: Es ist wirklich nicht nötig, dass du mir aus Höflichkeit jetzt irgendwelche netten Dinge sagst oder wir so tun, als wäre das eine große Sache gewesen.«

»Große Sache«, wiederholte sie peinlich berührt.

»Ich messe dem jedenfalls keine große Bedeutung bei und erwarte auch nicht, dass du … dass jetzt irgendetwas anders zwischen uns ist als vorher, verstehst du?«

Gerade als sie etwas entgegnen wollte, nahm er erst richtig Fahrt auf.

»Ich bin einfach ein – wie nanntest du es noch? – Eigenbrötler. Da kommt man schon mal auf dumme Gedanken, die man so eigentlich gar nicht hat. Oje, das klingt vielleicht verworren. Ich glaube, ich bringe das, was ich sagen will, nicht wirklich auf den Punkt.«

Am liebsten hätte sie ihn freundschaftlich umarmt und ihm versichert, dass sie von der Sache mit Tamara wusste und dass ihr leidtat, was er damals hatte durchmachen müssen. Stattdessen gab sie jedoch die Ahnungslose und meinte nur:

»Ich glaube, ich weiß, was du meinst.«

»Und wo wir gerade dabei sind«, fuhr er hastig fort, als gäbe es ein Zeitlimit, »was ich dir gestern an den Kopf geworfen habe, war nicht so gemeint.«

»Tatsächlich?«

»Ja, ich war wütend, und ich finde auch noch immer, dass so manches von dem, was ich gesagt habe, im Kern stimmt, aber ich habe einfach maßlos übertrieben.« Er stopfte das Tuch zurück in seine Hosentasche. »Aber sobald es um jemanden geht, der mir am Herzen liegt, sehe ich einfach rot. Das war schon immer so. Tut mir leid. Ist wahrscheinlich so was wie …«

»Beschützerinstinkt?«

»Ja.« Er lächelte erleichtert, als er merkte, dass sie ihn tatsächlich verstand. »Ich will nur, dass du weißt, dass ich nicht einmal die Hälfte von dem, was ich dir gestern an den Kopf geworfen habe, ernst gemeint habe.«

Seine plötzliche Redseligkeit rührte sie. Gleichzeitig war sie unendlich froh, dass sie sich in Bezug auf den Kuss und dessen Bedeutung einig waren.

»Es ist witzig, dass du mir das gerade jetzt sagst«, antwortete sie. »Denn streng genommen bin ich genau deswegen zu dir gekommen. Deine Worte, die durchaus berechtigt waren, haben mich nämlich nicht unberührt gelassen, weißt du? Fiona war gestern nicht beim Abendessen, und heute habe ich sie auch noch nicht zu fassen bekommen. Ich möchte mich aber gern auf meine Weise bei ihr entschuldigen. Denn so übermütig ihre Idee auch war, fest steht, dass sie es nicht böse gemeint hat.«

»Und welche Rolle spiele ich dabei?«

»Ich brauche deine Hilfe.«

»Meine Hilfe? Wobei?«

»Ich muss eine Lesung organisieren.« Sie lächelte. »Hier im ›Sonnenblumenhaus‹.«

»Frau Fendt? Sie haben Besuch.«

Miriam schaute von ihrem Buch auf, mit dem sie es sich auf einer Bank im Klinikgarten bequem gemacht hatte.

»Frau Fendt?«, wiederholte die Schwester.

Miriam hatte Oskars Familiennamen nach der Scheidung nicht abgelegt. Der Grund dafür war, dass sie nicht anders als ihre Tochter heißen und es der damals noch so jungen Nora ersparen wollte, ebenfalls ihren Namen ändern zu müssen, hätte sie ihren Mädchennamen wieder angenommen.

»Tut mir leid.« Miriam klappte das Buch zu. »Ich sitze heute wohl etwas auf der Leitung, aber eigentlich erwarte ich auch niemanden.«

»Soll ich ihn zu Ihnen nach draußen bringen?«, fragte die Schwester. »Oder möchten Sie ihn drinnen empfangen?«

»Ihn?«

Sie hatte erst am Morgen mit Nora telefoniert. Und wer sonst sollte sie besuchen kommen?

Die Schwester nickte. »Ja, es ist ein junger Mann. Seinen Namen hat er mir nicht genannt.«

Miriam erhob sich zögernd. Ihr stand nicht der Sinn danach, einen unangemeldeten Gast zu empfangen, dennoch war sie neugierig auf ihren überraschenden Besucher. Schweigend folgte sie der Schwester zum Ausgang des Klinikgartens, wo er ihr bereits entgegenkam.

»Frank?«

Ihn hatte sie am allerwenigsten erwartet.

»Miriam«, er lächelte verlegen, was nicht zu der Meinung passte, die Miriam von ihm hatte.

Die Schwester nickte stumm und verschwand wieder nach drinnen.

»Woher weißt du, dass ich hier bin?« Sie hob die Hand. »Ach, vergiss die Frage.«

»Tut mir leid, wenn ich dich einfach so überfalle, aber Nora erwähnte neulich, dass es dir bereits wieder bessergeht, da dachte ich mir, ein Besuch wäre okay.«

»Eine nette Idee«, antwortete sie höflich, wenn auch wenig überzeugend.

Sie wandte sich von ihm ab und ging zurück zur Bank. Er folgte ihr.

»Ich hoffe, ich habe dich nicht auf dem falschen Fuß erwischt und dass du ein wenig Zeit hast«, sagte er.

Sie setzten sich.

»Hast du nicht, und ich habe Zeit«, antwortete sie halbwegs ehrlich. »Auch wenn ich zugeben muss, dass mich dein

Besuch überrascht. Dich habe ich hier am allerwenigsten erwartet.«

»Ich wäre normalerweise auch nicht gekommen.« Sein Blick hatte fast etwas Schüchternes, Jungenhaftes. »Nicht, dass ich mich nicht freue, dass es dir bessergeht, aber ich dachte mir schon, dass du wahrscheinlich nur nahestehende Verwandtschaft um dich haben möchtest, wenn überhaupt.«

»Dann sag mir jetzt doch ganz einfach, weshalb du hier bist.« Miriam legte ihr Buch neben sich auf die Bank und faltete die Hände im Schoß.

Im Hintergrund nahm sie die Gespräche der anderen Patienten im Garten wahr. Hier und da das Zwitschern eines Vogels.

Alles war wie immer. Eigentlich.

»Du bist meine letzte Hoffnung«, platzte er schließlich heraus.

»Deine letzte Hoffnung?«, fragte sie verständnislos und runzelte die Stirn.

»Nora reagiert auf keinen meiner Anrufe, beantwortet keine SMS, es ist, als wäre sie vom Erdboden verschluckt.«

»Sie ist bei ihrem Vater«, antwortete Miriam kühl. »Und das ist auch gut so.«

»Bei ihrem Vater? Aber ich dachte, die beiden würden sich nicht so gut verstehen und hätten schon seit längerem keinen Kontakt mehr?«

Miriam schüttelte mit verbittertem Lächeln den Kopf.

»Was?« Er schaute sie fragend an, wusste ihre Mimik nicht zu deuten.

»Dass du nicht einmal weißt, ob sie noch Kontakt haben oder nicht, sagt eigentlich schon alles«, antwortete Miriam.

»Ich bin mir nicht sicher, ob ich weiß, worauf du hinauswillst, aber wenn du auf unseren Streit anspielst – Nora hat da etwas in den falschen Hals bekommen.«

»Was hat sie denn deiner Meinung nach in den falschen Hals bekommen? Dass dir wieder mal alles andere wichtiger war als sie?«

Frank wollte etwas entgegnen, verkniff es sich dann aber in letzter Sekunde. Stattdessen überlegte er, mit welchen Worten er Miriam etwas versöhnlicher stimmen könnte.

»Nora hatte jahrelang keinen Kontakt zu Oskar«, kam sie ihm zuvor. »Als ihr Freund solltest du das eigentlich wissen.«

»Und trotzdem ist sie bei ihm?«, fragte er, ohne auf Miriams Vorwurf einzugehen.

»Ja, das ist sie. Um sich endlich mal ein wenig zu entspannen und zu erholen. Von allem, was ihr in letzter Zeit so schwer zugesetzt hat.« Sie betrachtete ihn prüfend. »Von allem und vor allem von jedem.«

Er verstand ihre Andeutung, ging aber erneut darüber hinweg. Das Ziel seines Besuches zu erreichen war ihm wichtiger.

»Es tut mir leid, wenn du solch ein Bild von mir gewonnen hast«, sagte er. »Aber glaube mir, ich wollte immer nur das Beste für Nora. Ich habe ihr immer wieder gesagt, sie soll kürzertreten und sich nicht zu viel zumuten. Sie war in den letzten Wochen ja vollkommen abgearbeitet und erschöpft.« Er setzte ein vorsichtiges Lächeln auf. »Und genau deshalb bin ich hier. Ich will für Nora da sein, ihr versichern, dass sie sich jederzeit auf mich verlassen kann. Und dass es mir leidtut, wenn ich ihr das Gefühl vermittelt habe, dass sie bei mir an zweiter Stelle steht.«

Miriam seufzte. »Dein Anliegen in allen Ehren, aber was willst du nun von mir?«

»Nun, ich dachte, du könntest vielleicht«, er hielt einen Moment lang inne, »ein gutes Wort für mich einlegen.«

»Wenn ich ein Wort für dich einlege, dann wird es sicher kein gutes sein.«

»Hast du denn wirklich eine so schlechte Meinung von mir?«

»Ich glaube einfach, dass du meiner Tochter nicht guttust«, sagte Miriam. »Das ist alles.«

»Warum? Weil ich designe? Weil ich in der High Society unterwegs bin? Mein Gott, das ist doch alles nur Show, das weiß Nora so gut wie ich. Und solange sie kein Problem damit hat …«

»Wie es aussieht, hatte sie aber eines.« Miriam stand auf. »Sei mir bitte nicht böse, Frank. Aber mir brummt der Schädel, und ich würde mich wirklich gerne hinlegen.«

Er erhob sich ebenfalls. »Ich wollte dich wirklich nicht belästigen.«

»Hast du nicht. Aber glaube mir, Nora trifft schon seit Jahren ihre eigenen Entscheidungen. Selbst wenn ich wollte, sie ließe sich nicht von mir beeinflussen.«

»Das sehe ich anders.«

Miriam blieb stehen und betrachtete ihn eine Weile schweigend. Das figurbetonte dunkelblaue Shirt, seine schwarzen Jeans, er sah aus, als wäre er gerade einem Modemagazin entstiegen. Immer perfekt gestylt, wie aus dem Ei gepellt. Er war ein Schönling.

Aber deswegen ist er doch noch lange nicht oberflächlich, Mama.

Wie oft hatte Nora Partei für ihn ergriffen, selbst dann, wenn es dafür gar keinen Grund gegeben hatte. Denn Miriam hatte nie – zumindest anfangs nicht – schlecht über ihn gesprochen. Ihre Begeisterung für ihn hielt sich nur schlichtweg in Grenzen. Nicht mehr und nicht weniger.

»Ich bin froh, dass Nora einen Weg gefunden hat, endlich ein wenig zur Ruhe zu kommen«, sagte Miriam in versöhnlicherem Tonfall. »Und um nichts anderes geht es mir im Moment, Frank. Ich will einfach nicht, dass sie irgendwann einmal wegen Depressionen in einer Klinik landet, so wie ich.«

Frank legte den Kopf schief, als könnte er dadurch die Bedeutung ihrer Worte besser verstehen.

»Wenn sie sich also wieder bei dir meldet, dann nur deshalb, weil sie selbst es will«, sagte sie schließlich. »Ich will und werde mich weder in diese noch in irgendeine andere Entscheidung Noras einmischen.«

Dass dies nicht ganz der Wahrheit entsprach, verschwieg sie ihm. Sie war der Meinung, dass es ihn schlichtweg nicht zu interessieren hatte, dass sie Nora dazu gedrängt hatte, zu ihrem Vater ins »Sonnenblumenhaus« zu fahren.

»Weißt du denn wenigstens, wann sie wiederkommt?«, wollte er wissen.

»Frank«, begann sie erneut. »Ich habe keine Ahnung. Vielleicht in einer Woche, vielleicht aber auch erst in zwei. Aber vielleicht wird sie dann eine andere sein und sich nicht mehr so viel gefallen lassen wie vorher. Weil sie dann endlich mit sich selbst ins Reine gekommen ist und die Dinge klarer sieht. Und dann«, sie trat einen Schritt näher, »kannst du dir überlegen, ob du immer noch der Mann an ihrer Seite sein willst. Wenn du Glück hast, wird sie sich darauf einlassen. Wenn nicht, wirst du es akzeptieren müssen.«

Frank schwieg eine Weile, dann ging er ohne ein weiteres Wort davon. Erst nach ein paar Schritten drehte er sich noch einmal zu ihr um.

»Sie ist eine ganz besondere Frau«, sagte er leise.

Miriam lächelte. »Ich weiß.«

»Maaaary!«

Yanniks Stimme wurde vom warmen Nachmittagswind weit über das flache Land getragen, doch Mary reagierte nicht.

»Maaaary!«, wiederholte er, und tatsächlich kam sie ihm nun aus der Mitte des Weizenfeldes völlig unbeeindruckt entgegengelaufen.

»Das nächste Mal hörst du nicht erst beim zweiten Mal, Fräulein!« Er gab ihr einen kleinen Klaps auf den Hintern und befestigte die Leine an ihrem Geschirr. »Ich glaube, es ist besser, wir lassen sie erst mal angeleint«, wandte sich Yannik dann an Nora. »Sie ist heute etwas übermütig.«

Nora nickte, während sie die schwarze Schönheit zu ihren Füßen betrachtete.

Wie stolz die Hündin war. Wie ausgeglichen. Wie eigensinnig bei allem, was sie tat.

»Da vorne ist es.« Yannik blieb stehen und deutete auf ein gelb schimmerndes Feld, das direkt an das Weizenfeld angrenzte. Erst auf den zweiten Blick erkannte Nora, dass es mit Sonnenblumen bepflanzt war.

»Tatsächlich.« Nora strahlte. »Du hast nicht übertrieben.«

Yannik setzte sich wieder in Bewegung und lief die wenigen Schritte bis zu den Sonnenblumen. Nora folgte ihm.

»Und die gehören alle dem Bauern?«, fragte sie, während sie den schmalen Bürgersteig neben dem Feld entlangspazierten.

»Ja. Alle nennen ihn nur Heinzi«, antwortete Yannik, »er hat auch einen eigenen Stand auf dem Wochenmarkt.«

»Und wir können die Blumen einfach für unsere Deko nutzen?«

»Wenn wir ihn vorher kurz fragen, wird er nichts dagegen haben. Es werden ja keine Unmengen sein.«

Nora blieb stehen und ließ ihren Blick über die hochgewachsenen Blumen wandern, deren Köpfe sich ihr wie strahlende Sonnen entgegenstreckten.

»Eine Lesung im ›Sonnenblumenhaus‹ erfordert auch die passende Dekoration.« Nora verschränkte die Arme vor der Brust und ließ den Anblick auf sich wirken. »Wobei ...«, sie überlegte.

»Wobei was?«, fragte Yannik, während er einmal mehr Kletten, kleinere Gräser und Zweige aus Marys Fell zupfte.

»Ich habe gerade überlegt, ob sich die Idee mit den Sonnenblumen in den großen Holzvasen nicht auch im Freien umsetzen ließe.«

»Draußen?«

»Ja.« Plötzlich brach sie in ein regelrechtes Feuer der Begeisterung aus. »Falls ihr keinen eigenen Pavillon habt, könnten wir einen mieten. Ich habe mal an einem See in Österreich gelesen, auch unter einem Pavillon, das war einfach zauberhaft.«

Die Euphorie, mit der sie auf einmal plante, irritierte ihn.

»Wir haben einen Pavillon«, sagte er.

»Oh, das ist prima! Ist er weiß?«

»Ja, schon.«

»Noch besser. Stell dir vor, wir hätten für die Planung drinnen die Sonnenblumen aus Alexas Beeten abgeschnitten. Damit hätten wir uns jetzt, wenn die Lesung im Freien stattfindet, um unsere Außendekoration gebracht.«

»Eins nach dem anderen«, mischte er sich ein.

»Ich weiß, ich bin voreilig und spreche bereits über ungelegte Eier. Apropos, wir müssen ja noch die Namen der Leute herausbekommen, die schon zur ersten Lesung gekommen sind. Die dürfen wir in keinem Fall übergehen, sie haben Vorrang.«

»Die Liste muss noch unter dem Tresen liegen«, sagte Yannik. »Da lag sie zumindest, als Fiona sie für die erste Lesung ausgedruckt hat.«

»Die müssen wir nachher unbedingt prüfen.«

Sie war selbst überrascht, wie schnell sie für ihre Idee, die Lesung nachzuholen, Feuer gefangen hatte. Die Müdigkeit und Teilnahmslosigkeit der letzten Wochen waren schlagartig verschwunden. Übrig blieb eine Frau, von der sie nicht gewusst hatte, ob es sie überhaupt noch gab. Nein. Das war Blödsinn. Sie war schließlich nicht immer so pessimistisch gewesen.

Oder doch?

Eine Fahrradklingel, die hinter ihnen ertönte, brachte Mary dazu, ungeduldig zu jaulen.

»Wusste ich's doch!«, rief jemand.

Nora drehte den Kopf und erkannte Fiona, die gerade neben ihnen vom Fahrrad stieg.

»Ich hab doch gleich gesehen, dass ihr das seid«, sagte Fiona.

Nora schaute Fiona prüfend an. Ob sie etwas von den Lesungsplänen ahnte?

Nein, unmöglich. Denn inwiefern sollte ein Spaziergang entlang des Sonnenblumenfeldes auf die Planung einer Lesung hindeuten?

»Hast du uns gesucht?«, fragte Yannik.

»Nein, ich komme grad vom Markt und hab euch von weitem gesehen.« Fiona legte den Kopf schief und musterte die beiden aufmerksam. »Habe ich euch etwa gestört?«

»Wieso solltest du uns stören?«, fragte Yannik.

»Ich weiß auch nicht, ihr wirkt irgendwie so komisch.«

»Quatsch.« Nora spürte, wie ihr das Blut in die Wangen stieg.

»Aber es ist schön, dich endlich zu sehen, nachdem …«, Nora überlegte kurz, »ich dir deine organisierte Lesung verpatzt habe.«

Fiona zuckte schweigend mit den Achseln.

War sie doch noch verärgert?

»Hör mal, Fiona. Es tut mir wirklich leid, dass ich so schroff zu dir war und mich einfach auf und davon gemacht habe. Aber ich hätte auch nie gedacht, dass die Leute so schnell verschwinden.«

»Schon gut.« Fiona hob die Hand.

»Schon gut?«, fragte Nora zweifelnd.

»Oskar hat schon mit mir gesprochen und mir alles erklärt.«

Nora verstand nicht ganz. Hatte Oskar etwa Partei für sie ergriffen? Oder Fiona davon überzeugt, dass sie unüberlegt geplant hatte?

»Trotzdem«, Nora legte ihre Hand auf Fionas Linke, mit der diese das Fahrrad zwischen ihnen herschob, »möchte ich mich in aller Form bei dir entschuldigen. Mein Verhalten war einfach nicht in Ordnung.«

Auch wenn Fiona sich die größte Mühe gab, der Sache nicht allzu viel Bedeutung beizumessen, erkannte Nora deutlich, wie viel ihr diese Entschuldigung bedeutete.

Nora schaute zu Yannik, der jedoch keinerlei Reaktion zeigte. Hatte er ihr ihren Fehltritt Fiona gegenüber tatsächlich schon verziehen?

»Also«, Fiona war sichtlich bemüht, das Thema zu wechseln, »was macht ihr hier?«

»Wir gehen spazieren«, sagte Yannik. »Was für eine dämliche Frage.«

Seltsam, wie ungeniert die Leute hier miteinander reden, dachte Nora.

Fiona fuhr mit dem Finger über die Klingel und zwinkerte ihm zu. »Na, wenn's 'ne dämliche Frage ist, dann lasse ich euch jetzt mal lieber allein.«

Sie schwang sich aufs Rad.

»Kommt nicht so spät!«, rief sie den beiden zu, während sie bereits kräftig in die Pedale trat.

Nora sah ihr noch eine Weile nach.

Kommt nicht so spät.

Eine Äußerung, die Nora an früher erinnerte.

Kommt nicht so spät nach Hause!, hatte ihre Mutter Oskar und ihr immer hinterhergerufen, wenn sie zu einem ihrer Wald- und Wiesenspaziergänge aufgebrochen waren.

Nur zwei zusätzliche Worte, die dem Satz einen völlig anderen Sinn gaben und aus einer anderen Zeit stammten. Aus einer Zeit, von der sie geglaubt hatte, sie vor vielen Jahren hinter sich gelassen zu haben.

Kapitel 8

Nehmen Sie zum Beispiel die Kinder, in der Regel behinderte oder sozial benachteiligte. Unsere Therapiehunde sind so ausgebildet, dass sie gerade besonders verschlossene Kinder dazu bringen, wieder etwas mehr aus sich herauszugehen. Verbal und emotional. Sie tun dies, indem sie sich den Kindern zuwenden, ohne irgendetwas von ihnen zu fordern. Sie zeigen den Kindern ihre Zuneigung völlig unabhängig davon, was diese machen, reden oder sagen. Und genau diese bedingungslose, andauernde Zuwendung bringt die Kinder zum Reden. Das geht natürlich nicht so schnell und einfach, wie es sich jetzt anhört. Wir brauchen dazu meist viele Einzelsitzungen, in denen das Kind den Hunden seinerseits zu vertrauen lernt und begreift, dass es sich nicht verstellen muss. Es braucht seine Zeit, bis es anfängt, seinem vierbeinigen Freund alles zu erzählen.« Alexa schlug die Beine übereinander und lehnte sich in ihrem Stuhl zurück.

Die Reporterin legte ihren Stift zur Seite und klappte ihr Notizbuch zu. Mit einem zufriedenen Lächeln nahm sie die Brille ab und lehnte sich ebenfalls zurück. »Wunderbar, Frau Fendt. Ich glaube, das reicht.«

»Meinen Sie?«

»Ja, daraus lässt sich auf jeden Fall ein interessanter Artikel zaubern, denke ich.«

Die beiden Frauen saßen auf der hölzernen Sitzgruppe im Hinterhof, wo Alexa bei schönem Wetter am liebsten Besuch empfing, und plauderten wie zwei langjährige Freundinnen miteinander.

»Das freut mich«, antwortete Alexa. »Ich bin sehr gespannt auf den Artikel.«

»Ich rechne damit, dass er in etwa zwei Wochen erscheinen wird«, antwortete ihr die hochgewachsene, beinahe dürre Frau, deren Namen Alexa schon wieder vergessen hatte.

Frau Lorblatt? Lorbeer?

Unwichtig.

Viel wichtiger war die Tatsache, dass das »Sonnenblumenhaus« sieben Jahre nach seiner Eröffnung auf immer größeres Interesse stieß. Worauf Alexa sehr stolz war.

»Ich danke Ihnen sehr für Ihre Zeit«, sagte die Reporterin, trank einen letzten Schluck Kaffee und stand dann auf.

»Ich habe Ihnen zu danken.« Alexa reichte ihr die Hand. »Darf ich Sie noch bis zu Ihrem Auto begleiten?«

»Nein, nein«, die Frau winkte ab. »Bitte keine Umstände.«

Alexa blickte ihr nach, als sie mit schnellen Schritten den Zufahrtsweg bis zum Parkplatz lief.

Gerade als sie ins Haus gehen wollte, sah sie Yannik und Nora in den Zufahrtsweg einbiegen, in ihrer Mitte eine etwas schwerfüßige Mary.

Die beiden waren so in ihr Gespräch vertieft, dass sie Alexa noch nicht bemerkt hatten, und gaben ihr damit die Gelegenheit, Nora zum ersten Mal seit ihrer Ankunft ungeniert betrachten zu können.

Sie sah, wie Nora auf einen Kommentar Yanniks hin in herzhaftes Gelächter ausbrach. Überhaupt wirkte sie viel gelöster und unbeschwerter als noch vor wenigen Tagen. Oder täuschte sie ihr Eindruck?

Noras Lachen war zu einem Lächeln geworden, und auf einmal – Alexa konnte es kaum fassen – sah sie in jeder Bewegung Noras, in jedem Detail ihres Gesichts, den Grübchen, den Wangen und Augen eine Herzlichkeit, die sie bisher noch nie an ihr wahrgenommen hatte und die sie an Oskar erinnerte.

Das machte die Sache für Alexa aber nicht einfacher. Denn die Empfindungen, die sie für Oskar hatte, ließen sich nicht eins zu eins auf Nora übertragen. Andererseits, wenn Nora zu Oskar gehörte, gehörte sie damit gewissermaßen auch zu ihr.

»Ihr wirkt, als hättet ihr eine Menge Spaß!«, rief Alexa den beiden zu, als sie in Hörweite waren.

Nora schrak kurz zusammen, dann meinte sie: »Wir waren spazieren.«

Augenblicklich sah Alexa die Herzlichkeit wieder aus ihren Augen und Gesichtszügen verschwinden. Ihr Lächeln war zwar geblieben, aber es war nurmehr ein höfliches.

»Mary hat es ihr besonders angetan«, sagte Yannik, während er die Hündin von der Leine löste.

Alexa sah kurz zu Mary, die sofort zu Anton lief, der mit einem Knochen zwischen den Pfoten neben dem Schuppen lag.

»Sind Ronja und Max noch in den Therapien?«, fragte Yannik.

Alexa nickte und wandte ihre Aufmerksamkeit dann sofort wieder Nora zu. Die Unterhaltung in der Küche hatte etwas zwischen ihnen verändert, die Mauer zwischen ihnen zumindest erschüttert. Doch sie stand noch, wie ihr in diesem Moment nur allzu bewusst wurde.

Umso überraschter war sie, als Nora sie nun von sich aus ansprach.

»Wo ich dich gerade sehe«, sagte sie. »Ich habe bisher nur Yannik von meiner Idee erzählt.«

»Welcher Idee?« Alexa wurde hellhörig.

»Ich würde gern, euer Einverständnis vorausgesetzt, eine Lesung veranstalten.«

»Eine Lesung? Hier?«

Meinte sie das ernst? Nach dem Drama, das sie gerade erst mit Fiona veranstaltet hatte?

»Ja, ich …«, Nora war irritiert von Alexas überraschter Reaktion, »wie gesagt nur, wenn ihr einverstanden seid.«

»Sind wir«, beeilte sich Alexa ihr zu versichern.

Doch Yannik kannte sie zu gut, um nicht zu bemerken, dass irgendetwas nicht stimmte. »Hast du irgendwelche Bedenken?«, fragte er sie deshalb und klopfte sich den Staub vom Saum seiner Jeans.

»Nein, nein«, antwortete Alexa, »ich bin einfach nur überrascht. Das ist alles.«

»Der Vorschlag muss dir ja auch merkwürdig vorkommen, nachdem ich die von Fiona organisierte Lesung gerade erst abgesagt habe«, sagte Nora, »das gebe ich zu. Aber ich möchte mein Verhalten ihr gegenüber einfach wiedergutmachen, und da kam mir dieser Gedanke, der mir, je länger ich über ihn nachdenke, immer besser gefällt.«

Alexa musste unweigerlich lächeln. Nicht über Noras Idee, sondern vielmehr über deren Einsicht, dass sie sich nicht einwandfrei verhalten hatte. War sie tatsächlich dabei, etwas dazuzulernen?

»Nora hat mich nach der Liste mit den Gästen der ersten Lesung gefragt«, sagte Yannik.

»Die müsste noch im Foyer liegen«, antwortete Alexa.

»Prima.« Noras Blick war entschlossen. »Damit haben wir ja schon unsere ersten Gäste.«

»Wenn sie denn ein zweites Mal kommen wollen«, gab Alexa zu bedenken.

»Stimmt, ja. Aber sie sind auch nicht die Einzigen, die wir zur Lesung einladen wollen. Und überhaupt, ich würde das Ganze gern draußen veranstalten, auf eurem Hof. Natürlich nur«, stellte sie klar, »wenn auch das für euch okay ist. Für die Kosten komme selbstverständlich ich auf.«

»Es geht doch nicht um irgendwelche Kosten«, sagte Alexa. »Ich frage mich nur, warum Fiona noch kein Wort davon erzählt hat.«

»Na, weil sie es noch nicht weiß. Diesmal soll es eine Überraschung für sie werden«, entgegnete Nora.

»Eine Überraschung«, meinte Alexa. »Dich zu überraschen war auch Fionas Plan, und du weißt ja, was daraus geworden ist.«

»Mit dem großen Unterschied, dass diejenige, die am Ende lesen wird, auch diejenige ist, die die Lesung plant und in die Wege leitet.«

Alexa nickte.

»Die Idee an sich ist super«, sagte sie schließlich zuversichtlich. »Aber die Lesung wird sich sicher nicht bis zum Schluss verheimlichen lassen. So was spricht sich ja sehr schnell rum, so dass Fiona, wenn sie im Dorf unterwegs ist, früher oder später was mitbekommen wird.«

Yannik überlegte. »Und wenn wir sie gleich miteinbeziehen?«

Nora dachte nach.

»Sie wäre sicher enttäuscht, wenn wir sie bei den Planungen komplett außen vor lassen«, merkte Alexa an.

Nora seufzte, doch schon im nächsten Moment hellte sich ihre Miene wieder auf. »Vielleicht habt ihr recht.«

»Wir müssen reden.«

Oskar hatte sehr lange überlegt, wie er das Thema am besten anschneiden sollte, hatte sogar die Sätze, mit denen er beginnen würde, auswendig gelernt. Doch in dem Moment, in dem er das Schlafzimmer betrat und Miriam mit einem Buch und einer Decke über den Knien in ihrem Bett sitzen sah, war das Einzige, was ihm einfiel: Wir müssen reden.

»Worüber?«, fragte sie, ohne aufzuschauen.

»Über uns.«

Diese zwei kleinen Worte brachten sie unweigerlich dazu, ihr Buch zuzuschlagen. Eine Geste, die ihm fast schon symbolisch für ihre Ehe erschien, hatte er sie in den letzten Jahren doch so gut wie immer mit einem Buch in der Hand gesehen. Egal ob sie eines zum Spaß las oder Vorbereitungen für den Unterricht traf.

»Und über was genau?« Sie war sichtlich überrascht.

Er sah ihre helle Haut unter den kurzen Ärmeln ihres Nachthemdes hervorblitzen und versuchte, sich daran zu erinnern, wann er sie zuletzt berührt hatte. War es fünf Wochen her? Oder sogar noch länger?

Wehmut überkam ihn und gleichzeitig die schmerzliche Erkenntnis, dass sein Entschluss unvermeidlich war.

»Nun, über uns, wie ich schon sagte, Miriam.« Er setzte sich neben sie aufs Bett.

Sie legte das Buch auf den Nachtschrank. »Ist etwas passiert, Oskar?«

»Es geht vielmehr darum, was nicht passiert ist.«

Sie schwieg. Ahnte sie vielleicht, was nun kommen würde?

»Wir wollten so viele Dinge unternehmen, sobald Nora aus dem Windelalter raus ist«, sagte er. »Und du weißt, dass ich immer der Meinung war, dass gewisse Freiheiten und

Unternehmungen auch mit einem Kleinkind möglich sind. Wir wollten nachts mit ihr unter freiem Himmel schlafen, die Welt erkunden, beruflich kürzertreten.«

»Worauf willst du hinaus?«

»Du widersprichst mir also nicht, wenn ich feststelle, dass wir all diese Dinge nie getan haben?«

»Wird das so etwas wie ein Ratespiel?«

Die Art, wie sie das sagte, hatte etwas Kaltes.

»Ich wollte einfach nur wissen, ob du diese Dinge niemals vermisst hast. Ob du glücklich bist.«

»Glücklich«, wiederholte sie monoton. »Wann ist man schon wirklich glücklich?«

»Also mir ist es wichtig, glücklich zu sein«, antwortete er.

»Glück und Glück sind zwei verschiedene Paar Schuhe. So ist nun mal das Leben, Oskar. Man kann nicht immer nur tun, wonach einem der Sinn steht, und in der Weltgeschichte umherfahren.« Sie musterte ihn, als könnte sie dadurch den eigentlichen Sinn, der hinter seinen Worten steckte, herausfinden. »Aber der normale Alltag macht das Leben doch nicht automatisch weniger lebenswert. Die Welt besteht eben nicht nur aus Reisen und Abenteuern, auch wenn du das gerne hättest.«

»Davon rede ich doch gar nicht. Wir alle haben unsere Pflichten.«

»Geht es um deinen Job?«

»Du weißt, dass er mir schon lange keinen Spaß mehr macht, geschweige denn irgendwelche Herausforderungen für mich bereithält.«

»Mein Job in der Schule ist auch nicht immer leicht und inspirierend, Oskar. Das weißt du.«

Er wusste, dass dieses Thema ein rotes Tuch für sie darstellte. Ihrer Meinung nach war es unvernünftig, die sicheren monatlichen Einkünfte seiner Büroarbeit zu riskieren, um beruflich neue Wege zu gehen, von denen er nicht wusste, wohin sie ihn führen würden.

»Und genau das ist der Punkt, Miriam.« Er blickte auf seine Hände hinab. »Du findest dich mit den Dingen ab und erwartest von mir, dass ich das Gleiche tue.«

»Tut mir leid, Oskar, aber sag mir bitte endlich, worauf du hinauswillst.« Ungeduldig schlug sie die Decke zurück und setzte sich neben ihn auf die Bettkante. »Ich weiß, dass du immer davon gesprochen hast, dich beruflich zu verändern. Das ist ja auch völlig in Ordnung, solange du dabei nicht vergisst, dass wir Verantwortung für ein Kind tragen. Nur was ich mir beim besten Willen nicht vorstellen kann, ist, wie ein Beruf mit Tieren die finanziellen Sicherheiten bieten könnte, die eine Familie braucht. Es sei denn, du wirst mal eben wie von Zauberhand Tierarzt.«

Er hasste es, wenn sie so sachlich und unsensibel argumentierte. Er spürte außerdem genau, wie allein schon seine ersten Sätze für Ungeduld bei ihr sorgten. Gerade deshalb war er dieses Mal auch nicht bereit, sie zu schonen.

»Wir haben uns beide für diese Familie entschieden«, sagte sie.

»Ich liebe Nora, das weißt du.«

»Ich frage dich noch einmal. Worum genau geht es?«

»Darum, dass das Leben eben nicht immer nur entweder oder ist. Auch mit Kindern kann man frei sein, Miriam. Wir beide hätten frei sein können.«

»Hätten?«

Er schaute ihr in die Augen, versuchte darin eine Antwort auf die Frage zu finden, woher er den Mut nehmen sollte, ihr zu sagen, was er schon so lange mit sich herumschleppte und ihr nicht zu sagen wagte.

»Ich«, er stockte, »ich weiß nicht, wo ich anfangen soll.«

Ihre Miene verfinsterte sich. »Hat es etwas mit dieser Alexa aus deinem Büro zu tun?«

Er hatte den Kontakt zu Alexa, der hin und wieder auch nach der Arbeit stattfand, nie geleugnet. Ein Telefonat hier, eine Arbeitsbesprechung da. Miriam war immer verständnisvoll gewesen. Auf ihre Weise. Oder war ihr Verständnis in Wirklichkeit Gleichgültigkeit gewesen? Gleichgültigkeit gegenüber seinen Problemen, die er schon seit längerer Zeit lieber mit Alexa als mit ihr besprach? Vielleicht wäre alles anders gekommen, wenn sie nur einmal Interesse gezeigt, seine Probleme nur einmal ernst genommen hätte.

»Es ist nie etwas zwischen Alexa und mir vorgefallen, wenn du das meinst«, sagte Oskar. »Zumindest nichts Körperliches.«

Miriam regte sich nicht. Doch irgendetwas schien in diesem Moment in ihr vorzugehen.

»Aber Alexa versteht mich«, fuhr er fort. »Sie versteht meine Sehnsüchte, mein Verlangen nach Freiheit, den Wunsch, meinem beruflichen Alltag zu entfliehen.«

»Was denn für eine Freiheit, verdammt? Du bist doch jeden Tag mit Nora in der Natur. Ich dachte, das sei der Ausgleich zu deinem beruflichen Hamsterrad.«

»Genau das meinte ich, Miriam.« Er schluckte. »Ich bin mit Nora unterwegs. Nur mit Nora. Immer nur mit ihr. Aber wir sind eine Familie, Miriam. Zumindest hätten wir eine sein sollen. Du kümmerst dich zu Hause um sie, aber die wirklich verrückten Dinge machen Nora und ich immer nur zu zweit.«

»Aber es geht doch nicht ohne Aufgabenteilung. Wenn du mit Nora unterwegs bist, mache ich andere Dinge. Du weißt, dass mich meine Arbeit in der Schule sehr beansprucht.«

Das war ihre Antwort und Rechtfertigung für alles. Er kannte das schon zur Genüge: Die Schule. Die vielen anstrengenden Kinder. Die Menge an Hausarbeit nebenher.

Sie wurde lauter. »Du bist einfach ein unverbesserlicher …«

»… Träumer, ich weiß.« Er lächelte bitter. »Aber weißt du, irgendwann ist der Punkt gekommen, an dem ich mir nicht mehr einreden lasse, dass das etwas Schlechtes ist. Vielleicht ist es für dich schlecht, aber für mich eben nicht.«

Sie stand auf und drehte ihm den Rücken zu. »Also ist es doch diese Frau.«

Er wollte ihr widersprechen, erkannte aber im gleichen Moment, dass sie recht hatte.

Ja, es stimmte. Ganz genau das war die Wahrheit, die er ihr nun mitteilen würde und die er ihr schuldete.

»Ich werde zu Alexa ziehen«, sagte er.

Nicht mehr und nicht weniger.

Miriam drehte sich nicht zu ihm um. Sie wollte sich nicht die Blöße geben, ihm weitere Fragen zu stellen.

Eine endlose Weile lang schwiegen sie beide. Er, noch immer auf dem Bett sitzend, sie mit dem Rücken zu ihm.

»Ich werde morgen mit Nora reden«, sagte er schließlich.

»Jetzt, wo ohnehin alles zu spät ist?« Endlich drehte sie sich um. »Jetzt, wo du eh schon alles entschieden hast?«

»Was hast du erwartet, Miriam? Dass ich die Entscheidung, welche Frau ich liebe, mit Nora zusammen treffe? Ich liebe meine Tochter, aber manche Dinge muss ich nun einmal ganz allein entscheiden, genau wie du, Miriam.«

Sie lachte verbittert, aber er hörte die Tränen in ihrer Stimme.

»Du machst dir die Sache wirklich verdammt einfach«, sagte sie. »Zählst mir meine Versäumnisse auf und nimmst das als Rechtfertigung dafür, alles hinzuschmeißen.«

»Ich habe gar nichts aufgezählt«, verteidigte er sich. »Wenn ich erst damit anfangen würde, dann …«

»Oh, ich verstehe. Jetzt bin ich also das Problem für alles, was in deinem Leben nicht stimmt. Schon kapiert, Oskar. Weißt du was?« Ihr Gesicht war rot vor Wut. »Dann hau doch endlich ab. Verschwinde einfach, wenn dir unser Leben zu normal ist und es eine Zumutung für dich ist, mit beiden Beinen auf dem Boden der Tatsachen zu stehen.«

Es schmerzte ihn, sie so wütend und gleichzeitig so schwach zu sehen. Er spürte ihren Schmerz beinahe körperlich und konnte ihr dennoch nicht helfen. Die Worte waren ausgesprochen, es gab keinen Weg zurück.

»Nicht du bist das Problem«, sagte Oskar leise. »Und auch nicht ich, sondern die Tatsache, dass wir unterschiedliche Erwartungen an das Leben haben.«

»Spar dir deine dämlichen Rechtfertigungen. Es geht um diese Frau. Allein um diese Frau.«

Ein Klopfen an der Tür riss Oskar aus seinen Gedanken und ließ ihn vom Schreibtisch aufschauen.

»Die Herrmann-Zwillinge sind da.« Fiona hatte ihren Kopf durch den Türspalt gesteckt.

Er mochte Pauli und Anna Herrmann. Sie waren geradezu ein Paradebeispiel für den Erfolg der Hundetherapie.

»Die Letzten für heute«, ergänzte Fiona.

Oskar nickte und klappte das Fotoalbum zu, das ihn für eine Weile in die Vergangenheit entführt hatte. »Ich komme sofort.«

Nora schüttelte heftig den Kopf. »Bitte versteh endlich, dass ich Abstand brauche, Frank. Ich bin nicht zuletzt deshalb weggefahren, weil ich einfach von allem Abstand gewinnen will!«, rief sie nun etwas lauter ins Telefon.

»Ist es noch immer wegen Mariella Paulus? Du nimmst diese Geschichte einfach viel zu ernst.«

»Du glaubst also, dass ich wegen ihr weggefahren bin? Warum sollte ich das tun? Die Schlagzeilen folgen mir doch eh überallhin.«

»Denk immer dran, dass jedes Wort, das diese Frau über dich verliert, und mag es noch so negativ sein, eine gute Publicity für deine Bücher ist.«

»Mariella Paulus und die Publicity, die sie mir verschafft oder nicht verschafft, sind mir völlig gleichgültig. Das alles hat mit dem, was mir wirklich zusetzt, rein gar nichts zu tun – und das weißt du, Frank.«

»Aber was für ein Problem haben wir dann, wenn sie es nicht ist? Ich brauche dich, Baby. Und ich verstehe nicht, warum du aus einer Party so eine Riesensache machst. Und die Party war doch der Grund für deine Reaktion neulich?«

»Ich werde es dir nicht noch mal erklären. Mach dein Ding, Frank. Ich mache meins. Ganz einfach. Musst du nicht sowieso an deiner neuen Kollektion arbeiten?«

»Ich habe gerade einen kreativen Durchhänger.«

»Das ist nicht mein Problem.«

»Aber du bist der Auslöser.«

»Versuchst du gerade, mir ein schlechtes Gewissen zu machen?«

»Alles, was ich will, ist, dass du wieder zurückkommst. Du bist kein Landei, Nora. Du gehörst in die Stadt, zu mir.«

»Schreiben kann ich überall, dazu brauche ich keine Stadt.«

»Schreibst du denn überhaupt?«

»Ja, und es geht voran. Und jetzt entschuldige mich, Frank, aber es ist alles gesagt.«

»Bitte block jetzt nicht schon wieder ab, Baby. Lass uns endlich reden.« …

… »Nora?«

Nora beendete die Verbindung und schaltete ihr Handy aus. Sie ärgerte sich über sich selbst. Warum hatte sie seinen Anruf überhaupt angenommen? Das war nicht nur ihm gegenüber unfair, sondern auch ihrer eigenen emotionalen Verfassung nicht gerade förderlich. Jetzt würde sie sich wieder bei jeder Zeile, die sie von ihm bekam oder an ihn schrieb, nach seinen Berührungen und seiner Nähe sehnen.

Sie passten nicht zusammen, das wusste sie. Das war auch mit ein Grund, warum sie vor ihm davongelaufen war und sich hierher geflüchtet hatte.

Sie streckte ihre Beine auf dem Liegestuhl aus, ließ ihre Latschen auf den Rasen fallen und richtete ihre Sonnenbrille.

Keinen einzigen Gedanken wollte sie mehr an ihn verschwenden. Und erst recht nicht an diese unsägliche Mariella Paulus. Sollten sie sich im Netz doch die Finger wundschreiben und in Love- oder Shitstorms ihre Zeit verplempern, sie hatte Besseres zu tun.

Und so hob sie den Blick zur Spitze des Kirschbaums, unter dem sie ihren Stuhl plaziert hatte, und genoss die Stille des frühen Abends.

Die Hackfleischsuppe lag ihr noch immer schwer im Magen, nicht wegen ihrer Üppigkeit, sondern vor allem wegen ihres nachhaltigen Geschmacks. Selten hatte sie so gut gegessen wie im »Sonnenblumenhaus«. Oder war es die gute Luft, die ihren Appetit anregte und jeden Happen zu einer Köstlichkeit machte?

Alexa war eine hervorragende Köchin, das konnte Nora nicht abstreiten.

Wieder musste sie an Oskar denken. Die Art, wie er sie während des Essens und ihrer Gespräche mit Fiona, Yannik und vereinzelt auch Alexa beobachtete, hatten ihr nur allzu deutlich vor Augen geführt, wie sehr ihn ihre Distanz ihm gegenüber noch immer beschäftigte. Wie sehr er es bedauerte, dass sie nicht sofort von null auf hundert schalten konnten.

Aber was hatte er denn erwartet? Dass sie nach fünfzehn Jahren von einem Tag auf den anderen wieder zum Abenteurer-Duo werden würden?

Sie war doch höflich und begegnete ihm mit dem höchstmöglichen Maß an Freundlichkeit, das sie aufbringen konnte. Sie konnte den Schalter in ihrem Kopf nun einmal nicht so einfach umlegen, selbst wenn sie es gewollt hätte. Was auch immer er tat oder sagte, was auch immer sie entschied, nichts auf der Welt konnte aus einer fast dreißigjährigen Frau wieder ein dreizehnjähriges, unbeschwertes Mädchen machen.

Das Traurige war, dass sie seit ihrer Ankunft im »Sonnenblumenhaus« immer wieder von der Erkenntnis eingeholt wurde, dass ihr niemand die verlorenen Jahre mit ihrem Vater zurückbringen konnte. Gleichgültig ob sie die Schuld daran ihm oder Alexa gab, dem Schicksal oder ihrem Eigensinn in den letzten Jahren, nichts konnte ihr die Zeit, die seit seinem Auszug bis heute vergangen war, wieder zurückgeben.

Sie gab sich ja Mühe, gute Miene zum bösen Spiel zu machen. Zu vergeben und vielleicht sogar zu vergessen. Doch trotz allem spürte sie, dass tief in ihr noch immer das verletzte, bockige Kind tobte, das mit vor der Brust verschränkten Armen der Welt den Rücken zuwandte.

Bilder aus ihrer Teenagerzeit zogen an ihr vorüber. Gespräche von früher kamen ihr wieder ins Gedächtnis.

Ich möchte aber nicht, dass du mit in die Schule kommst, Papa.

Aber warum denn nicht? Dieser Junge und ich, wir klären das unter uns wie Männer.

Felix ist aber kein Mann, er ist vierzehn Jahre alt und einfach nur ein weiterer nerviger Mitschüler.

Interessiert mich nicht. Wer meine Kleine schubst und beleidigt, wird automatisch zum Mann, der sich mir stellen muss.

Das war doch nur Spaß, Papa. Was halt so auf dem Schulhof passiert.

Ach ja, und weil es nur Spaß war, hast du dich gestern Abend in den Schlaf geweint.

Nun lass sie doch, Oskar. Merkst du denn nicht, dass du es nur noch schlimmer machst? Nichts hat für Kinder schlimmere Folgen, als in der Schule als Petze zu gelten.

Warum kann sie eigentlich nicht auf deine Schule gehen, Miriam?

Möchtest du etwa, dass sie den Ruf eines protegierten Lehrerkindes weghat?

Es ist wirklich gut, Papa. Ich kläre das selbst mit diesem Idioten.

Die Wahrheit ist doch, dass Nora diesen Jungen mag. Und er sie. Sonst würde er ihr gar nicht so viel Aufmerksamkeit schenken.

Mama!

Aber so verhält es sich doch!

Na, das wird ja immer schöner. Noch ein Grund mehr, sich diesen Felix mal genauer anzuschauen.

Papa, es reicht jetzt, ja? Ich werde bald dreizehn. Ich bin kein kleines Kind mehr. Also bitte hör auf, dich einzumischen.

Ist es denn so falsch, mein Mädchen beschützen zu wollen?

Nein, aber …

Du kannst tun, was du willst, Süße, aber ich werde dich immer beschützen. Das ist nun mal meine Aufgabe. Ob es dir nun passt oder nicht.

Es kam Nora so vor, als tauchte sie in eine andere Welt ein. Eine Welt, die sie vor langer Zeit verlassen hatte. Gab es sie noch, diese Welt? Hatte sie aufgehört zu existieren? Oder war Nora lediglich kein Teil mehr davon?

Sie schloss die Augen und lauschte den Geräuschen des Abends. Vor dem Haus hörte sie Fiona nach den Hunden rufen. Das Quietschen der Scheunentür, deren Angeln dringend geschmiert werden mussten. Vertraut gewordene Klänge.

Sie überlegte, was sie wohl tun würde, wäre sie jetzt in ihrer Wohnung in der Stadt. Vermutlich gäbe sie wieder mal ein Skype-Interview oder führte eine Livestream-Lesung auf einer Literaturplattform durch. Oder aber sie säße auf ihrem winzigen Balkon, um den leeren Bildschirm ihres Laptops anzustarren.

Der Laptop. Wann hatte sie ihn zuletzt angehabt?

Nach dem Frühstück, ja. Fünf Seiten waren ihr heute schon geglückt. Fünf Seiten, die einem Meilenstein gleichkamen, gemessen am Output der letzten Wochen.

Eigentlich waren fünf Seiten zu wenig, wenn sie an die vielen weiteren dachte, die noch vor ihr lagen.

Daher hätte sie nun auch aufstehen, nach oben gehen und weiterschreiben müssen, doch ihr Bedürfnis nach Ruhe war größer.

Sie lehnte sich noch tiefer in ihrem Stuhl zurück und atmete tief ein. Wer wusste schon, wann ihr ein Abend wie dieser das nächste Mal vergönnt wäre.

Als sie die Augen wieder öffnete, zuckte sie unweigerlich zusammen.

»Wie lange stehst du schon da?«, fragte sie entgeistert.

Yannik schob die Hände in die Taschen. Wie er so dastand, hätte man ihn leicht mit einem schüchternen Schuljungen verwechseln können. Allerdings einem mit sehr breiten Schultern.

»Ich wollte dich nicht erschrecken«, sagte er.

Sie setzte sich aufrecht. Etwas in seinem Blick machte sie nervös. Die Art, wie er sie betrachtete, war … intim. Oder sah sie schon Gespenster?

»Schon gut«, antwortete sie und erinnerte sich augenblicklich wieder an ihren Kuss. Warum musste sie immer wieder daran denken, wenn er doch so bedeutungslos und nur aus einer Laune des Augenblicks heraus entstanden war?

»Ich find's prima, dass du Fiona nun reinen Wein eingeschenkt hast.« Yannik setzte sich auf den Klappstuhl neben sie.

»Das Abendessen war einfach eine gute Gelegenheit, es ihr zu sagen«, antwortete Nora.

»Ihre Augen haben regelrecht gestrahlt.« Seine Freude darüber war unübersehbar.

»Und mein schlechtes Gewissen ist dabei, sich wieder in Luft aufzulösen«, sagte Nora.

»Nun muss dir aber auch klar sein, dass sie dich auf ganzer Linie unterstützen wird.«

»Das soll sie ja auch.« Nora grinste gedankenverloren. »Immerhin war es ursprünglich ihre Idee. Sie hat sich auch gleich dazu bereit erklärt, die Leute der ersten Beinahe-Lesung zu kontaktieren. Ohne Groll, ohne zu zögern. Ein tolles Mädchen. Mit einer Unbeschwertheit, von der ich gerne etwas abbekommen würde.«

Ein kleines Lächeln umspielte seine Lippen.

Es stand ihm, dieses Lächeln, trotzdem bemühte sie sich, ihn nicht zu lange zu betrachten.

Warum nur fühlte sie sich in seiner Gegenwart immer so unsicher und … ja, sie konnte es nicht anders ausdrücken: erkannt? Er strahlte solch eine wohltuende Ruhe aus, dass sie manchmal schon geglaubt hatte, es wäre in Wahrheit Gleichgültigkeit. Und zwischenzeitlich brachte er sie immer wieder dazu, unbefangen und verträumt durch die Felder zu marschieren, ohne an den nächsten Tag zu denken.

Vermutlich rührte ihre Unsicherheit daher, dass sie befürchtete, in seinen Augen noch immer die verzogene Großstadttussi zu sein. Konnte sie mit Vorwürfen dieser Art denn wirklich nicht umgehen? Oder war sie es einfach nicht gewohnt, dass jemand derart offen und ehrlich ihr gegenüber war?

»Du wirkst entspannt«, stellte er fest.

»Tatsächlich? Und was ist daran so besonders?«

»Dass ich dich bislang nur«, er verzog die Mundwinkel, »hektisch, unruhig und unzufrieden erlebt habe.«

Sie hielt ihr Gesicht in den milden Wind und war furchtbar stolz auf sich, nicht sofort gereizt auf seine Worte zu reagieren. Das Talent, selbst aus Komplimenten noch einen Vorwurf herauszuhören, hatte sie schon, solange sie denken konnte. Hier wurde es ihr aber nach und nach wie von Zauberhand ausgetrieben.

»Danke«, sagte sie schließlich.

Eine Weile saßen sie schweigend nebeneinander zwischen den Obstbäumen. Doch diesmal empfand Nora das Schweigen als ein bewusstes, wohltuendes, das nichts mit Sprach- oder Verständnislosigkeit zu tun hatte, auch wenn es sie trotzdem zunehmend nervös machte, dass er nichts sagte.

Was war nur los mit ihr? Und warum sah sie, wenn sie ihn anschaute, unweigerlich auf seine Lippen und spürte diese für einen Moment wieder auf den ihren? War ihre Sehnsucht nach Frank etwa so groß, dass sie sie unbewusst auf Yannik übertrug?

Doch während sie ihm von der Seite dabei zusah, wie er sich mit geschlossenen Augen im Stuhl zurücklehnte, stellte sie fest, dass sie mitnichten an Frank dachte, sondern dass tatsächlich Yannik ihre Aufmerksamkeit auf sich zog und sie zunehmend interessierte.

Er war ein eigensinniger Zeitgenosse. Aber war sie das nicht auch? Und zog sie nicht genau das zu ihm hin? Oder verwechselte sie etwa Dankbarkeit für die Ruhe und das Wohlbefinden, das er ihr schenkte, mit tiefergehenden Gefühlen, die sie in Wirklichkeit gar nicht für ihn hatte?

Sie lehnte sich ebenfalls in ihrem Stuhl zurück und versuchte, zu ihrer anfänglichen Entspannung zurückzufinden, was ihr aber nicht gelang.

Wieder wanderte ihr Blick zu ihm.

Sie sah seine sonnengebräunten Unterarme unter den hochgekrempelten Hemdsärmeln und wollte schon die Hand ausstrecken, um ihn zu berühren, hielt dann aber inne. Fand sie ihn tatsächlich attraktiv? Anziehend?

Sie versuchte, ihre Empfindungen zu verdrängen. Yannik war kein Mann für einen Sommerflirt. Und sie hatte weiß Gott andere Sorgen.

»In solchen Momenten«, sagte er, ohne die Augen zu öffnen, »könnte die Welt ruhig für eine Weile stehenbleiben.«

»In solchen Momenten«, wiederholte sie unsicher, während sie leicht errötete.

»Ja.« Seine Augen waren noch immer geschlossen. »In Momenten wie diesen.«

Kapitel 9

Ein Ort der Genesung und Heilung. Ein Ort, um wieder zu sich selbst zu kommen. Ein Ort, an dem Miriam nun bereits zum zweiten Mal binnen weniger Tage von genau diesem Vorhaben abgehalten wurde.

Miriam rührte in ihrer Teetasse, den Blick gesenkt.

Es war noch nicht so lange her, dass sie an genau diesem Tisch mit Nora gesessen hatte.

»Es tut mir leid, dass ich dich nicht vorher angerufen habe.« Alexa saß ihr genau gegenüber und trank eine Tasse Tee, während sie einen Becher Kaffee vor sich stehen hatte.

Miriam schaute auf den Ehering an Alexas Finger, der sich durch den Henkel der Tasse schob. Doch es war keine Wut oder Missgunst, die sie dabei empfand. Vielmehr waren es Wehmut und ein Anflug von Trauer wegen all der Chancen, die sie in ihrem Leben vertan hatte, anstatt sie zu ergreifen.

»Haben wir uns jemals nur zu zweit getroffen?«, fragte Miriam.

»Ich glaube nicht«, antwortete Alexa. »Nicht mal Oskar weiß, dass ich heute hier bin.«

»Du hintergehst ihn also?« Miriam konnte sich die Frage nicht verkneifen.

»Sozusagen«, erwiderte Alexa, und das Lachen, das sie daraufhin teilten, war ein fröhliches.

»Es ist so lange her«, sagte Miriam. »So viel Zeit und so viel verschenkte …«, sie stockte, »aber ich will das jetzt nicht alles noch mal aufrollen. Wir beide wissen eh, was geschehen ist.«

»Genau deshalb bin ich hier.« Alexa schob ihre Tasse zur Seite, als brauchte sie für die folgenden Worte mehr Platz.

»Versteh mich bitte nicht falsch«, kam Miriam ihr zuvor, »ich wollte dir keine Vorwürfe machen. Ich habe mit der Sache abgeschlossen, zumindest weitestgehend. Man hat hier sehr viel Zeit zum Nachdenken, weißt du!«

»Es freut mich, dass du so offen bist.« Alexa holte tief Luft.

»Offen?« Miriam neigte den Kopf zur Seite. »Offen wofür?«

»Offen für den Gefallen, um den ich dich bitten möchte.«

Die Situation hatte etwas Befremdliches für Miriam, trotzdem wollte sie wissen, welches Anliegen Alexa an sie herantragen würde.

»Ich weiß nicht, ob ich überhaupt in der Lage dazu bin, irgendjemandem einen Gefallen zu tun.« Miriam hob den Finger und ließ ihn mit schnellen kleinen Bewegungen durch die Luft kreisen. »Falls du es vergessen hast, wir sind hier in einer Klinik, die weniger wohlwollende Menschen Klapse nennen.«

Alexa musste lachen. Es war ein aufrichtiges, fast schon erfrischendes Lachen.

»Wäre es eine Klapse, dürften wir zwei sicher nicht in der frei zugänglichen Cafeteria sitzen«, entgegnete Alexa.

Miriam runzelte die Stirn. »Also, nun sag schon. Was ist los? Es geht Nora doch gut?«

»Es geht ihr gut, ja. Ich habe sogar den Eindruck, dass es ihr von Tag zu Tag bessergeht. Der Druck, von dem du erzählt hast, scheint mehr und mehr von ihr abzufallen.«

Miriam nickte.

»Sie ist sogar dabei, mit Hilfe unserer Fiona eine Lesung zu organisieren.«

»Eine Lesung?«

Miriam fragte sich, warum ihr Nora noch nichts davon erzählt hatte. Andererseits hatten sie bereits seit drei Tagen nicht mehr miteinander telefoniert. Nora hatte sich nicht mehr bei ihr gemeldet, und Miriam hatte nicht die überfürsorgliche Mutter sein wollen, die ihr die verdiente Auszeit durch ständige Kontrollanrufe verdarb.

»Sie will sie im Freien veranstalten, und es haben auch schon einige Leute zugesagt«, erklärte Alexa. »Es soll eine eher spontane Sache werden, weißt du.«

»Klingt doch gut.«

»Oh ja, das ist es auch. Bei uns auf dem Lande ist das allemal eine ganz besondere Attraktion. Und ich glaube, auch wenn ich Nora nicht besonders gut kenne, dass ihr die Lesung sogar dabei helfen könnte, ihre Schreibblockade gänzlich zu überwinden und wieder zu der Leidenschaft zurückzufinden, mit der sie früher ihre Bücher geschrieben hat.« Alexa suchte Miriams Blick.

»Ich freue mich sehr über das, was du mir gerade berichtest«, antwortete Miriam. »Ich hatte schon befürchtet, Nora würde bereits nach zwei Tagen wieder abreisen.«

»Es wäre ja auch alles bestens«, sagte Alexa, »wenn da nicht nach wie vor diese Distanz zwischen Oskar und Nora wäre.«

»Für die es Gründe gibt.« Instinktiv verteidigte Miriam ihre Tochter. »Nora hat sich viele Jahre lang von ihm im Stich gelassen gefühlt, das hat nun einmal Spuren hinterlassen, die sich nicht von heute auf morgen in Luft auflösen.«

»Das ist sicher richtig, aber wir verhalten uns Nora gegenüber auch keineswegs so, als wäre nie etwas gewesen.«

Miriam schärfte ihren Blick. »Worauf willst du hinaus, Alexa?«

»Es geht nicht um mich, verstehst du? Wobei«, Alexas Blick wanderte durchs Fenster in die Ferne, »ich ehrlich zugeben muss, dass sie sich mir gegenüber nicht mehr ganz so biestig verhält wie am Anfang.« Kaum hatte Alexa den Satz ausgesprochen, als sie auch schon über ihre eigenen Worte erschrak. »Oh, Entschuldigung. Das hätte ich wohl nicht sagen sollen. Ich wollte …«

»Ich kenne meine Tochter.« Miriam musste lachen. »Biestig trifft es vermutlich sehr genau.«

Alexa lächelte schuldbewusst.

»Aber wenn sie dir gegenüber biestig ist«, erklärte Miriam, »gibt es auch dafür Gründe, die ich dir nennen kann. Für Nora bist du nun einmal die Frau, wegen der ihr Vater sie verlassen hat. Ganz gleich, ob das dir gegenüber nun gerecht oder ungerecht ist.«

»Es geht, wie gesagt, nicht um mich. Ich kann damit leben, wie sie über mich denkt. Aber es tut mir weh zu sehen, wie kühl sie Oskar gegenüber ist. Und das, obwohl …«

»Obwohl, was?«

Alexa seufzte. »Du weißt, worauf ich hinauswill, Miriam.«

»Nein, das weiß ich nicht.« Miriam schüttelte unwillig den Kopf, als könnte sie die Gedanken an dic Vergangenheit dadurch besser verdrängen.

»Miriam.« Alexas Blick war fest.

»Von mir aus. Was willst du hören? Bitte schön: Ich leugne ja gar nicht, dass Oskar und ich schon Probleme miteinander hatten, bevor du auf der Bildfläche aufgetaucht bist. Auch ich habe Fehler gemacht, sowohl große als auch kleine. Und ja, ich habe Oskar vernachlässigt. Aber was auch immer zwischen uns war, ist unsere Sache. Gegangen ist er letztendlich wegen dir, Alexa. Und das weißt du.«

»Ich habe ihn lediglich begleitet«, antwortete Alexa ruhig.

»Ach, du meinst, so in etwa wie ein Fluchthelfer, ja?« Miriam lächelte bitter. »Die Begleiterin auf der Flucht aus der Hölle, richtig?«

»Das habe ich weder gesagt, noch meine ich es.«

Miriam hatte sich in Rage geredet. Ein Umstand, der sie selbst ärgerte. Sie wollte nicht mehr verbittert sein. Nicht nach all den Jahren. Denn konnte sie Nora ernsthaft nahelegen, ihrem Vater zu vergeben – und genau das hatte sie getan –, wenn sie selbst nicht dazu in der Lage war, ihm zu verzeihen?

»Tut mir leid«, sagte Miriam nach einer Weile.

Alexa beugte sich vor, ihre Hände lagen flach auf dem Tisch. »Es geht nicht um Schuldzuweisungen und darum, wer den Schwarzen Peter bekommt, Miriam. Nora soll einfach nur anfangen, in alle Richtungen zu schauen und zu verstehen, dass die Dinge damals einfach so gekommen sind, wie sie kommen mussten. Dass das nicht alles nur Oskars Schuld war. Diese Einseitigkeit ist einfach nicht gerecht.«

Miriam schwankte zwischen Schuldgefühlen und ihrem Wunsch, mit diesem Thema endlich in Ruhe gelassen zu werden.

»Alle stecken in den Vorbereitungen für die Lesung«, fuhr Alexa fort, »da ist es umso trauriger zu sehen, wie Oskar sich bewusst aus allem raushält, nur um den Abstand einzuhalten, den Nora ihm auferlegt hat.«

Miriam nippte an ihrem Kaffee. »Ich wüsste nicht, was ich daran ändern könnte. Nora ist ein Dickkopf, das hat dir Oskar doch sicher erzählt.«

»Rede mit ihr!«, forderte Alexa. »Auf dich wird sie hören.«

»Aber ich habe doch schon mit ihr geredet. Oder was meinst du, wem ihr es zu verdanken habt, dass sie eure Einladung überhaupt angenommen hat?«

»Ich weiß, aber ... aber es muss doch irgendeinen Weg geben.«

»Alles, was ihr braucht, ist Zeit«, sagte Miriam. »Nur die Zeit wird euch dabei helfen, vernünftig miteinander umzugehen. Und ob du es glaubst oder nicht, auch ich möchte, dass sie mit euch klarkommt.« Sie schaute auf ihre Hände hinab. »Für keine junge Frau auf der Welt sollten fünfzehn Jahre ihres Lebens ohne ihren Vater vergehen.«

Alexa hob die Augenbrauen. »Aber wenn es nun schon einmal fünfzehn Jahre sind, Miriam, dann lass uns doch wenigstens dafür sorgen, dass es nicht noch mehr werden.«

Miriam nahm einen letzten Schluck von ihrem Kaffee, stellte den leeren Becher ab und betrachtete Alexa eine Weile schweigend.

»Ich habe es wirklich versucht«, sagte sie schließlich leise. »Mehrere Male, immer wieder. Aber Nora muss gewisse Dinge selbst erkennen, vielleicht sogar erst einmal richtig erwachsen werden. In mancherlei Hinsicht ist sie leider immer noch ein Kind.«

»Aber denk an all die Dinge, die sie erreicht hat. Oskar ist so stolz auf sie, alle ihre Bücher hat er mehrmals gelesen.« Alexa schluckte. »Und genau das passt für mich nicht zusammen. Auf der einen Seite diese tiefe Leidenschaft für das Schreiben und diese beispiellose Karriere, auf der anderen Seite dieses beinahe schon kindische Verhalten ihrem Vater gegenüber.«

»Hattest du niemals Streit mit Oskar?«, fragte Miriam.

Alexa war überrascht. »Warum fragst du das jetzt?«

»Hattest du jemals Streit mit Oskar?«, wiederholte Miriam ihre Frage mit Nachdruck.

»Ja, sicher.« Alexa überlegte. »In jeder Ehe gibt es doch mal Streit.«

»Und hattest du dabei nie den Eindruck, dich mit einem bockigen kleinen Jungen zu streiten?«

Alexa runzelte nachdenklich die Stirn.

»Siehst du?« Miriam lächelte. »Und genau das ist es, was ich dir zu erklären versuche. Egal wie viele Jahre vergangen sind, egal welchen Weg Nora auch einschlägt, sie ist und bleibt seine Tochter. Und als jemand, der sich mit beiden schon mehr als einmal gestritten hat, kann ich dir versichern: Nora ähnelt Oskar in jeder Hinsicht. Was es nicht gerade leichter macht.«

»Und das ist alles?«, fragte Alexa. »Mehr kann ich, kannst du nicht tun?«

Miriam sah Alexa an und fasste dann spontan nach deren Hand.

Eine Geste, die sie selbst überraschte.

»Nein, mehr kannst du nicht tun«, sagte Miriam leise. »Manche Dinge regelt nur die Zeit. Und wenn sie es nicht regelt, dann regelt es nichts und niemand.«

Ihre Füße in den cremefarbenen Ballerinas trugen sie die letzten Stufen ins Erdgeschoss hinab. Der weiche kornblumenblaue Chiffon ihres Kleides umspielte ihre Knie, während sie durch das lichtdurchflutete Foyer in Richtung Hinterausgang lief.

Kurz bevor Nora das Haus verließ, sah sie Oskar neben dem Türrahmen stehen. Er nickte ihr wohlwollend zu, die Hände ineinander verschränkt.

»Dein großer Tag«, sagte er sichtlich stolz.

Sie bemühte sich um ein Lächeln.

Er schaute durch die Tür nach draußen. »Es sind an die sechzig Leute gekommen.«

Sie schaute daraufhin in den Hof, in dem die Gäste bereits mit dem Rücken zur Tür auf hölzernen Klappstühlen saßen. Luftige Tücher aus weißem Tüll waren an den Stuhllehnen angebracht. Im Augenwinkel sah sie den weißen Stoff des Pavillons im Sommerwind flattern. Die leuchtenden Köpfe der Sonnenblumen ragten aus den hüfthohen Holzvasen, die in den Ecken des Pavillons plaziert worden waren.

Es war der Inbegriff eines perfekten Ortes. Erst recht für eine Lesung.

Nora konnte noch immer kaum glauben, dass zwischen ihrer Entscheidung, die Veranstaltung nachzuholen, und ebendiesem Moment nur wenige Tage lagen. In der Stadt hätte in so kurzer Zeit kein Mensch so viele Leute zusammentrommeln können, ganz einfach deshalb, weil die Kalender der Städter grundsätzlich voller waren als die der Landbewohner. Zumindest war das für Nora die einzig logische Erklärung, dass so viele Menschen so kurzfristig gekommen waren.

»Du siehst wundervoll aus«, sagte Oskar.

Eine Äußerung, die nach einer Umarmung rief. Doch Nora konnte sich einfach nicht dazu überwinden. Sie war noch nicht so weit.

Dennoch wünschte sie sich, als sie ihn so dastehen sah, den Blick voller Stolz, aber mit dünner Stimme, dass alles wieder so sein könnte, wie es früher gewesen war. Die zwei Abenteurer. Doch dazu musste sie wohl erst noch die Frau werden, die sie sein wollte: in sich ruhend, ausgeglichen, frei von jedem Vorwurf und negativen Gedanken.

»Danke.« Sie schaute an sich hinab. »Ich glaube, ich muss jetzt gehen.«

Ihr Herz klopfte bis zum Hals, als sie den Hof betrat und sich die ersten Leute zu ihr umdrehten.

Sie sah Fiona neben Alexa in der ersten Reihe sitzen, als sie den schmalen Gang entlangschritt, der sie zwischen den Stuhlreihen hindurch zu dem kleinen Tisch mit Rattansessel führte.

Ihr Tisch. Ihre Insel zwischen all den aufmerksamen Menschen, denen sie auf ihrem Weg nach vorne nun freundlich zunickte.

Am Sessel angekommen, entdeckte sie die »Kornblumentage« auf dem Tisch. Doch diesmal genügte der Anblick des ihr vertrauten Buchdeckels nicht, um sie zu beruhigen. Diesmal war alles anders. Aber warum? Lag es an der friedlichen Umgebung? Daran, dass zum ersten Mal auch Oskar bei einer ihrer Lesungen anwesend war?

Sie nahm Platz und ließ ihren Blick über das Publikum schweifen. Erst jetzt sah sie, dass auch Yannik in der ersten Reihe saß, allerdings nicht bei Fiona und Alexa, sondern auf der anderen Seite des Gangs.

Wie immer war ihm nicht anzusehen, was er dachte oder empfand. Doch daran hatte sie sich mittlerweile schon gewöhnt. Dennoch spürte sie ihr Herz ein klein wenig schneller schlagen, als sich ihre Blicke trafen.

Gerade als Nora die Gäste begrüßen wollte, erhob sich Fiona von ihrem Platz.

In ihrem lavendelfarbenen Hosenanzug, die Haare zu einem sommerlichen Pferdeschwanz gebunden, wirkte sie ungewöhnlich reif. Lediglich ihr fröhliches Lächeln deutete auf die sonst so mädchenhafte Fiona hin.

»Liebe Leute«, sagte sie, während sie nach vorne neben Nora trat, »ich hoffe, es ist okay, wenn ich euch duze. Aber ich glaube, unter euch befindet sich niemand, der mich nicht persönlich kennt, oder?«

Gelächter breitete sich aus.

»Nachdem es beim ersten Mal mit der Lesung ja nicht geklappt hat«, sie zwinkerte Nora zu, »freue ich mich umso mehr, dass wir sie heute nachholen können. Es sei denn, unsere Starautorin verliert noch kurzfristig ihre Stimme.«

Wieder Gelächter.

Fionas direkte, unbekümmerte Art entspannte auch Nora zunehmend. Hier fragte niemand nach formalen Umgangsformen. Hier sprach man frei von der Leber weg. Das gefiel Nora.

»Deshalb übergebe ich das Zepter nun an unseren lieben Gast«, sie machte eine theatralische Handbewegung in Noras Richtung, »Nora Fendt.«

Das Publikum applaudierte.

Nora hörte sogar jemanden auf seinen Fingern pfeifen und musste unweigerlich lächeln.

»Was für ein herzlicher Empfang«, sagte sie schließlich, als sich Fiona wieder gesetzt hatte. »Ich danke dir für deine lieben Worte, und ich danke Ihnen, liebes Publikum, dafür, dass Sie heute so zahlreich erschienen sind.«

Augen leuchteten, Gesichter strahlten. Der warme Sommerwind belebte die Gemüter.

»Ich bin heute Abend hier«, fuhr Nora fort, »um für Sie zu lesen und ein paar schöne Stunden mit Ihnen zu verbringen.«

»Für euch!«, rief Fiona aus dem Publikum. »Um für euch zu lesen. Hier bei uns siezt sich niemand.«

Wieder lachten die Leute. Und diesmal lachte Nora mit ihnen.

Alexa liebte den Geschmack des Julis auf ihrer Zunge.

Wann immer sie dies irgendwem gegenüber äußerte, erntete sie jedoch Gelächter und hochgezogene Augenbrauen. Nur Oskar verstand, was sie damit meinte.

In keinem anderen Monat des Jahres genehmigte sie sich so oft ein Glas Weißweinschorle am Abend, zu keiner anderen Zeit genoss sie das prickelnde Gefühl so sehr auf ihrer Zunge, wenn sie kleine Melonenstückchen mit dem Zahnstocher aufspießte, um sie in der Sommersonne zu verspeisen.

Sie hatten die Holzbank, die neben Noras Vorlesetisch stand, mit weißen Laken bedeckt und zum Obstbüfett umfunktioniert.

Sowohl Alexa als auch einige der Lesungsgäste hatten sich Apfelscheiben, Bananen und Melonen vom Büfett genommen und auf kleine Teller gelegt, um diese zu genießen, während sie Noras Worten lauschten.

Auch Alexa lauschte.

Sie lauschte den Szenen aus den »Kornblumentagen«, die Nora mit ihnen teilte. Und sie lauschte der Stimme der Frau, die in diesem Moment wieder zum Kind für sie wurde.

Alexa schloss für einen kurzen Moment die Augen.

Warum kam ihr diese Erinnerung ausgerechnet jetzt in den Sinn?

»Sie hat dein Lächeln«, sagte Alexa.

»Findest du?« Oskar klappte den Sonnenschutz am Fenster der Fahrerseite nach oben, um ungehinderte Sicht auf Nora zu haben.

Sie parkten bereits seit fünfzehn Minuten unter der Kastanie, die nur wenige Meter vom Schulhof entfernt stand. Gerade weit genug entfernt, um nicht aufzufallen, und immer noch nah genug, um Nora gut beobachten zu können.

»Sie redet gern«, stellte Alexa fest.

»Das sind ihre beiden Freundinnen«, antwortete Oskar. »Sobald die drei zusammen sind, schnattern sie wie kleine Enten um die Wette.«

Alexa lachte. Doch ihr Lachen wurde auch an diesem Vormittag von einer Wehmut begleitet, die, wann immer von Nora die Rede war, in ihr aufkam.

Wie unbeschwert sie aussah, wie lebhaft sie war. Sollte es denn wirklich keine Möglichkeit geben, ihr diese Unbeschwertheit zu bewahren und gleichzeitig allen Beteiligten zu ermöglichen, das Leben zu leben, das sie leben wollten?

Alexa schluckte. Wieder überkam sie solch ein schlechtes Gewissen, dass sie beinahe wie gelähmt war.

»Ich weiß beim besten Willen nicht, wie wir das bewerkstelligen sollen«, sagte sie schließlich. »Miriam wird es vielleicht verstehen. Nach allem, was du mir erzählt hast, wird sie vermutlich nicht einmal überrascht sein. Aber deine Tochter …«

»Ich weiß, dass es nicht leicht werden wird«, sagte er. Ihre Worte quälten ihn, das konnte sie deutlich sehen. Gerade weil er wusste, dass sie recht hatte.

»Vielleicht gibt es ja doch einen Weg? Auch wenn ich momentan nicht weiß, wie er aussehen könnte«, begann

Alexa erneut. »Einen, an den wir noch nicht gedacht haben. Was, wenn wir unseren Traum mit den Tieren verwirklichen und Miriam irgendwie miteinbeziehen können. Ich meine …«

»Alexa«, fiel er ihr ins Wort. »Schlägst du mir gerade vor, eine Ehe zu dritt zu führen?«

»Nein, natürlich nicht. Ich …«

»Du kennst Miriam nicht«, sagte er. »Miriam ist viel zu stolz, um irgendeinen Kompromiss einzugehen.«

»Aber sie ist an dieser Situation doch nicht unschuldig.«

»Darum geht es nicht.«

»Worum dann?«

»Darum, den Fakten ins Gesicht zu sehen. Und Fakt ist nun mal, dass sie sofort jedes Gespräch und jeden weiteren Kontakt mit mir verweigern wird, sobald ich ihr von meiner Entscheidung erzählt habe. Das werde ich akzeptieren müssen. Das Einzige, was mir dabei zu schaffen macht«, er wandte seinen Blick von Alexa ab und schaute zu Nora hinüber, »ist der Gedanke, dass sie womöglich einen Keil zwischen meine Tochter und mich treiben wird.«

Da waren sie wieder, die Zweifel der letzten Wochen, die Alexa innerlich aufzufressen schienen. Was, wenn sie sich zurückzöge? Einfach ohne Oskar wegginge?

Allein schon der Gedanke schmerzte sie, allerdings nicht mehr, als die Angst vor den Folgen ihres gemeinsamen nächsten Schritts sie quälten.

»Ich fühle mich so schuldig«, sagte sie leise.

»Nicht schon wieder«, er legte die Hand auf ihre, »du hast mir versprochen, nicht mehr davon anzufangen.«

»Aber was soll ich denn machen, Oskar? Letztendlich bin doch ich an alldem schuld!«

»Das ist doch Unsinn. Weder du noch Miriam, noch ich selbst haben bewusst etwas getan, um die jetzige Situation herbeizuführen. Wir können jetzt nur noch schauen, wie wir das Beste aus ihr machen.«

Er hatte ja recht. Doch gleichzeitig war es eben alles andere als einfach, das Beste aus ihrer jetzigen Situation zu machen. Das wussten sie beide.

»Außerdem haben wir bisher noch nicht einmal miteinander geschlafen«, sagte er.

»Ob wir Sex miteinander hatten oder nicht, hätte doch nichts an dem geändert, was wir füreinander empfinden – und auch das, was wir nun zu entscheiden haben, in keiner Weise beeinflusst.« Sie suchte seinen Blick. »Vor allem, was du zu entscheiden hast.«

Die Pausenklingel scheuchte die Kinder auf. Sie versammelten sich vor der Treppe zum Schulgebäude und verließen den Hof.

Wehmütig blickte Oskar seiner Tochter nach, bis sie im Eingangsbereich der Schule verschwunden war.

Alexa spürte seinen Schmerz, sah die Angst in seinen Augen.

»Ich wünschte nur, ich könnte dir das irgendwie abnehmen«, sagte sie leise.

»Ich werde mit Miriam reden«, antwortete er, während er den Sonnenschutz wieder nach unten klappte. »Noch heute Abend.«

Es war das erste Mal seit Noras Ankunft, dass Yannik sie dazu hatte überreden können, mit ihnen in Wilmars Eckkneipe zu gehen. Er verdankte es ihrer guten Stimmung nach der gelungenen Lesung, auf der sie Standing Ovations erhalten hatte, dass sie diesmal mitkam. Und Fionas unnachgiebigem Drängeln.

»Nur auf ein, zwei Gläser Wein«, hatte Fiona gesagt. »Wir müssen diesen Abend unbedingt feiern.«

Und Nora hatte sich breitschlagen lassen.

Alexa und Oskar hatten aufgrund einer Einladung von Freunden absagen müssen, ein Umstand, der Nora nicht ungelegen kam.

Geradezu genügsam saß sie mit einem Glas Rotwein an der Längsseite des Tisches mit Blick zum Fenster und umklammerte es mit beiden Händen. Yannik saß ihr mit einem Dunkelbier gegenüber, während Fiona an der Kopfseite den ersten Wirkungen ihrer Weißweinschorle zu trotzen versuchte.

»Du warst einfach der Star«, jubelte Fiona. »So souverän, wie du heute warst, kann ich echt nicht begreifen, warum du neulich so eine Angst hattest, spontan zu lesen. Du bist durch und durch Profi und kannst jederzeit lesen, vor wem auch immer und wo auch immer.«

»Können wir das Thema erste Lesung nicht ein für alle Mal begraben?« Nora lachte.

»Wenn es denn eine gewesen wäre.« Fiona kicherte. Sie vertrug keinen Alkohol, das wusste jeder im Dorf. Aber wer sollte es ihr verbieten, gerade an diesem Abend?

»Jedenfalls hat mir die heutige großen Spaß gemacht«, sagte Nora.

In ihrem blauen Kleid, das ihre Augenfarbe noch mehr zur Geltung bringt, sieht sie einfach umwerfend aus, dachte Yannik. Hatte er sie zuvor überhaupt schon einmal ein Kleid tragen sehen?

Er nahm einen tiefen Schluck aus seinem Glas.

Aber was für eine Rolle spielte das schon? Sie lebte in einer völlig anderen Welt als er, war unerreichbar für ihn und wollte zudem auch gar nichts von ihm wissen.

»Ich kann noch immer nicht glauben, dass die Leute alle wegen mir gekommen sind, noch dazu innerhalb so kurzer Zeit«, sagte Nora.

»Ich sagte dir doch, vertrau mir, ich regele das«, antwortete Fiona selbstbewusst.

Yannik hatte es gern, wenn Fiona derart fröhlich daherplapperte. Wenn es ihr gutging, war auch er zufrieden.

Trotzdem stellte er fest, dass ihm das an diesem Abend nicht genügte. Dass er mehr brauchte, um seinen Seelenfrieden wiederzufinden.

Er nahm einen weiteren Schluck aus seinem Glas.

»Du bist so still«, stellte Nora fest.

Erst als sie ihn eingehend musterte, realisierte er, dass sie ihn damit gemeint hatte.

»Ich?« Er setzte das Glas ab. »Ich bin nur ein bisschen müde, das ist alles.«

War Nora etwa aufgefallen, dass er sie betrachtet hatte? Sie womöglich angestarrt hatte?

»Darf ich dich daran erinnern, dass es deine Idee war, herzukommen?«, mischte sich nun Fiona ein.

»Wieso? Was habt ihr denn auf einmal alle beide? Ist doch alles in Ordnung.« Yannik neigte den Kopf zur Seite und lächelte leicht. »Ich bin hier, ihr seid hier. Alles gut.«

»Ja.« Nora führte ihr Glas zum Mund. »Alles gut.«

Wieder wanderte Yanniks Blick zu ihr, diesmal studierte er eingehend ihre Lippen.

Doch schon im nächsten Moment ermahnte er sich selbst und schaute stattdessen, wer alles sonst noch in Wilmars Eckkneipe war.

Was um Himmels willen war nur los mit ihm? War ihm die Sommerhitze zu Kopf gestiegen? War es einfach zu heiß, um Alkohol zu trinken? Es war doch erst sein zweites Bier. Wie auch immer – jedenfalls spielte sein Kopf verrückt.

»Ich glaube, ich muss mal an die frische Luft.« Er schob seinen Stuhl zurück. »Entschuldigt mich bitte.«

»Fiiiinchen!«, jubelte da eine junge Frau und begrüßte Fiona euphorisch.

Yannik kannte sie nicht und wusste auch nicht, ob sie sich womöglich zu ihnen setzen würde. Doch es interessierte ihn auch nicht. Alles, was er im Moment wollte, waren ein Tapetenwechsel und ein kühler Kopf, und sei es nur für einen kurzen Augenblick.

Schon als er die Tür aufstieß und den Hinterhof der Kneipe betrat, ging es ihm besser.

Endlich frische Luft. Er ließ sich auf eine Bank unter dem Küchenfenster fallen.

Nur ein, zwei Minuten, dann würde er sicher wieder der Alte sein.

Doch erneut wanderten seine Gedanken zu Nora. Die Ruhe, mit der sie vorgelesen hatte. Die unterschiedlichen Tonlagen, mit denen sie die verschiedenen Charaktere ihres Buchs hatte zu Wort kommen lassen. Die Ausdauer, mit der sie jede, wirklich jede Frage, die aus dem Publikum gekommen war, beantwortet hatte.

War es wirklich so leicht, ihn zu beeindrucken? Reichte die Facette der erfolgreichen Autorin schon aus, um ihn die Allüren der anstrengenden Großstadttochter vergessen zu lassen?

Er erinnerte sich an ihr Gespräch am See, an die Hassliebe zum Schreiben, von der sie ihm erzählt hatte.

Aber an diesem Abend war davon keine Spur zu merken gewesen. Da war sie nur eine Frau, die das Schreiben offensichtlich liebte. Und die es liebte, ihre Worte mit den Menschen zu teilen.

Yannik schloss die Augen und hob den Kopf Richtung Himmel. Irgendwo im Hintergrund vernahm er das Quaken von Fröschen, hier und da ein leises Zirpen. Die üblichen abendlichen Klänge des Sommers.

Er nahm einen tiefen letzten Atemzug, dann erhob er sich von der Bank.

Er wollte die Frauen nicht länger warten lassen und lieber wieder hineingehen.

Doch dazu kam es nicht.

Er hatte sie nicht kommen hören, umso mehr war er überrascht, als sie auf einmal vor ihm stand.

»Alles okay?«, fragte Nora mit besorgtem Blick. »Du siehst blass aus.«

»Alles gut«, log er.

Dass er in ihrer Gegenwart nervös war, ärgerte ihn. Alles war doch wie immer. Wie immer.

»Sollen Fiona und ich dich vielleicht lieber nach Hause bringen?«, fragte sie.

»Nein, nein. Mir macht nur die Hitze zu schaffen, wahrscheinlich in Kombination mit dem Bier, das ist alles.«

Ihre Sorge um ihn war zweifelsohne aufrichtig, auch rührte es ihn, dass sie gekommen war, um nach ihm zu sehen. Ein bislang unbekannter Zug an ihr. Zumindest ihm. Ohnehin hatte er das Gefühl, sie an diesem Tag von einer Seite kennenzulernen, die ihm bis dahin fremd gewesen war.

Sie legte die Hand auf seine Stirn.

Es war ihm peinlich, dass er schwitzte, trotzdem konnte er sich ihrer Berührung nicht entziehen.

»Du bist ganz warm«, sagte sie.

»Wie gesagt, die Hitze.«

Doch anstatt seine Vermutung zu bestätigen, betrachtete sie ihn schweigend. Kein Wort, keine Mimik verriet ihm, was sie jetzt wohl denken mochte.

Du kennst sie nicht. Du weißt nichts über sie. Du solltest jetzt lieber gehen.

Dennoch blieb er regungslos stehen. Erneut sah er ihre Hand näher kommen, bis sie schließlich auf seiner Wange lag und diese langsam und sacht hinabstrich.

Die Art, wie sie ihn anschaute, ging ihm durch Mark und Bein.

»Vielleicht sollten wir besser wieder reingehen«, sagte sie.

»Ja.«

Doch keiner von beiden machte Anstalten, sich Richtung Hintereingang zu bewegen.

Jetzt. Hier.

Nein. Unmöglich. Er konnte doch den gleichen Fehler kein zweites Mal machen!?

Aber warum schaute sie ihn dann so an, als wollte sie genau das? Oder war das nur Einbildung, Wunschdenken?

Nein, er wollte nicht länger darüber nachdenken.

Er fasste nach ihrer Hand, die noch immer auf seiner Wange lag.

Langsam trat er näher, bis er ihren Atem spüren konnte. Eine Mischung aus Melone und Wein. Auch ihr war warm, er sah ein paar winzige Schweißperlen auf ihrer Stirn.

Jedes Detail ihres Gesichts prägte er sich ein, während sein Mund ihre Lippen berührte.

Sie wehrte sich nicht dagegen, im Gegenteil, es kam ihm so vor, als hätte sie nur darauf gewartet.

Er spürte, wie sie die Lippen öffnete und ihre Zunge nach der seinen suchte. Jeder ihrer Atemzüge war so voller Leben, ihr Kuss verlangte nach mehr.

Doch galt ihr Verlangen wirklich ihm? Oder stellte er nur einen Zeitvertreib für sie dar?

Seine Finger wanderten zu ihrer Taille. Durch den dünnen Stoff ihres Kleides hindurch fühlte er ihren Körper, der ihm entgegenkam.

Er spürte, wie ihre Hände seinen Rücken hinabglitten. Schließlich zog sie ihn fest an sich, während sie sich noch immer küssten. In diesem einen Moment waren sie tatsächlich eins.

»Meine Güte, macht denn hier jeder, was er will?«

Fionas Stimme ließ beide abrupt auseinanderspringen. Doch Fiona, die erst jetzt durch die Hintertür in den Hof trat, schien nichts bemerkt zu haben.

»Hier seid ihr!«, rief sie.

»Hier sind wir«, bestätigte Yannik mit leicht zitternder Stimme.

»Ist etwas passiert?«, fragte Nora ihrerseits.

»Ihr habt mich da drin alleine sitzenlassen«, maulte Fiona. »Das ist passiert.«

»Tut mir leid.« Nora strich Fiona über das Haar. Eine Geste, die Yannik unter anderen Umständen gerührt hätte, in diesem Moment verunsicherte sie ihn jedoch. Wie schnell Nora umschalten konnte. Fast schon so, als wäre sie darin geübt, sich von einer Sekunde zur anderen in eine vollkommen andere Frau zu verwandeln.

»Veranstaltet ihr hier etwa eine Privatparty?«, fragte Fiona. »Ohne mich?«

»Natürlich nicht.« Nora legte den Arm um sie, ohne sich noch einmal zu Yannik umzudrehen. »Komm, wir gehen wieder rein.«

Yannik sah ihnen eine Weile nach, dann folgte er ihnen mit langsamen Schritten.

Kapitel 10

Nora wurde an diesem Morgen mit der Sonne wach. Kein Geräusch, kein Laut, der durch das offene Fenster drang, hatte sie geweckt. Doch kaum war sie wach, war es wie gestern, bevor sie schlafen ging. Ihr Herz und ihr Kopf befanden sich in Aufruhr.

Er hatte sie geküsst. Und diesmal konnte er sich nicht mehr auf ein Versehen oder einen Ausrutscher hinausreden.

Sie schlug die Bettdecke zur Seite, während die Gedanken in ihrem Kopf Karussell fuhren.

Sosehr sie Fiona auch ins Herz geschlossen hatte, dieses eine Mal hätte sie sich gewünscht, das Mädchen wäre noch länger in der Kneipe geblieben, so dass sie und Yannik sich alleine auf den Nachhauseweg hätten machen können. Stattdessen war es unentwegt plappernd zusammen mit ihnen ins »Sonnenblumenhaus« zurückgelaufen.

Noch auf der Schwelle zum Foyer hatte sich Yannik mit den Worten, er sei müde und wolle gleich zu Bett gehen, entschuldigt. Überrascht und mit Bedauern hatte sie ihn daraufhin auch gleich die Treppe nach oben verschwinden sehen.

Umso größer war der Tatendrang, den sie nun verspürte. Voller Energie zog sie sich ihr Nachtshirt über den Kopf, ließ es auf den Badezimmerboden fallen und sprang unter die Dusche.

Plötzlich schien ihr kein Manuskript mehr zu schwer, um es zu schreiben, kein Problem unlösbar. Alles war möglich. Sie fühlte sich auf wundersame Weise belebt und beschwingt.

Das lauwarme Wasser erfrischte sie, während sie den Kuss mit Yannik wieder und wieder Revue passieren ließ.

Die Art, wie er sie angesehen hatte, bescherte ihr noch immer eine Gänsehaut. Die Intensität seiner Berührungen. Seine Lippen auf ihren.

Lächelnd stieg sie aus der Dusche und griff nach dem Handtuch. Obwohl sie sich bemühte, das Ganze sachlich zu betrachten, ging ihr Yannik einfach nicht mehr aus dem Kopf.

Sie waren so grundverschieden. Er so wortkarg und zurückgenommen, sie so extrovertiert und voller Gefühle. Und doch hatte sie ihn schon mehr als einmal äußerst einfühlsam und emotional erlebt. Eine Kombination, die ihr gefiel und die sie reizvoll fand.

Zum ersten Mal seit ihrer Ankunft hatte sie den Wunsch, sich hübsch zu machen. Statt sich wie sonst das erstbeste T-Shirt samt legerer Hose überzuziehen, investierte sie an diesem Morgen ungewöhnlich viel Zeit in ihre Garderobe und wählte schließlich ein Kleid, dessen Schnitt und Farbe ihr am meisten schmeichelten.

Und überhaupt, ein Kleid. Schließlich befanden sie sich mitten im Hochsommer. Wann, wenn nicht jetzt, wäre der ideale Zeitpunkt, um ihr weißes, knielanges Kleid zu tragen?

Noch während sie es sich über den Kopf zog, fragte sie sich, ob er wohl bemerken würde, dass sie sich nur für ihn schön gemacht hatte.

Sie lachte über sich selbst, als sie merkte, was für ein gedankliches Theater sie gerade veranstaltete.

Was wäre denn schon, wenn er es bemerkte? Was hatte sie zu verbergen? Sie mochte ihn, mehr als sie sich selbst eingestanden hatte – und das durfte er ruhig wissen. Wissen und sehen.

Der Frühstückstisch glich wie jeden Morgen einem kleinen Kunstwerk. Was Nora anfangs noch für ein besonderes Arrangement zu Ehren ihrer Ankunft gehalten hatte, hatte sich als üblich im »Sonnenblumenhaus« herausgestellt.

Doch heute hatte sie selbst dieses Kunstwerk zu verantworten. Denn als sie nach unten gekommen war und außer Alexa noch niemanden im Esszimmer angetroffen hatte, war sie in die Küche gegangen. Dort hatte sie Alexa vorgeschlagen, den Tisch zu decken und Kaffee zu kochen, um ihre Nervosität durch intensive Mithilfe bei der Vorbereitung zu vertreiben. Alexa, die sich derweil mit dem Anrichten der Wurstplatte beschäftigte, nahm ihr Angebot verwundert, aber dankend an. Was Nora aber nicht bemerkte – dazu kreisten ihre Gedanken noch immer viel zu intensiv um Yannik und die Frage, wann er wohl auftauchen würde.

»Du wirkst zerstreut«, stellte Alexa fest.

Unter anderen Umständen hätte Nora sich an dieser Bemerkung gestört, nun aber nahm sie sie lediglich mit einem Nicken zur Kenntnis.

»Boah, hab ich einen Hunger!«, rief Fiona, die durch die Schwingtür in die Küche geeilt kam.

Augenblicklich fühlte sich Nora wieder daran erinnert, wie Fiona sie am Vorabend auf dem Hinterhof der Kneipe ungewollt auseinanderstieben hatte lassen.

Nora seufzte.

»Alles okay?«, fragte Alexa, die von der Wurstplatte aufsah und Nora prüfend von der Seite musterte.

»Ja, alles in Ordnung«, antwortete Nora, während sie den Kaffee in die Filtertüte füllte.

»Nora war gestern schon etwas durch den Wind.« Fiona setzte sich kichernd an den Tisch und griff nach einem Mohnbrötchen.

»Na, das duftet aber nach einem guten Morgen.« Oskar betrat die Küche mit breitem Grinsen und nahm ebenfalls Platz.

»Geht gleich los.« Alexa stellte die Wurstplatte auf den Tisch und setzte sich neben ihn an den Tisch.

»Nur der Kaffee muss noch durchlaufen«, entschuldigte sich Nora.

»Wir fangen eh mit Saft an«, entgegnete Alexa mit verständnisvollem Blick und griff nach der Karaffe in der Mitte des Tisches.

Nora setzte sich neben Fiona.

Unweigerlich fiel ihr Blick auf den leeren Stuhl. War Yannik die letzten Tage auch immer später zum Frühstück gekommen? Sie wusste es nicht zu sagen.

Unruhe breitete sich in ihr aus. Mied er sie etwa?

Nein. Er würde kommen und sicher jeden Moment im Esszimmer auftauchen.

Wie auf Befehl waren draußen Schritte zu vernehmen.

»Morgen.« Yannik betrat den Raum, ohne jemanden anzusehen.

Er wirkte gehetzt, müde. Als hätte er kaum ein Auge zugetan.

Sie spürte ihr Herz schneller schlagen. Wie automatisch streckte sie den Rücken.

Doch er schaute nach wie vor niemanden an, sondern setzte sich ihr wortlos gegenüber und goss sich Saft ein.

Sie hätte seine schüchterne Zurückhaltung beinahe liebenswert gefunden, hätte sie diese nicht gleichzeitig verunsichert.

Was, wenn ihm der Kuss im Nachhinein doch unangenehm war?

Nora schaute an sich hinunter. Inzwischen war ihr ihr weißes, figurbetontes Kleid fast schon peinlich.

»Brummschädel?«, fragte Fiona.

Nora wusste nicht sofort, wen sie meinte.

Fiona schaute zu Yannik.

»Wie kommst du darauf?«, fragte er.

»Na ja, du bist so still«, antwortete Fiona.

»War gestern vielleicht doch ein bisschen viel Bier«, sagte er ohne jeden Anflug einer Emotion.

Nora erinnerte sich genau. Es waren zwei Bier gewesen. Ein Liter Bier! Andererseits hatte er gestern schon gemeint, zu viel Bier bei der herrschenden Hitze getrunken zu haben.

Brachte sie der Kuss etwa dazu, jedes seiner Worte auf die Goldwaage zu legen?

»Ich habe doch gestern schon gesagt, dass du blass aussiehst«, sagte Nora schließlich und war stolz auf ihr Talent, so zu tun, als sei nichts gewesen.

»Mhm«, brummte er.

Wieder sah er sie nicht an, reagierte nicht weiter.

Aber was sollte er schon tun? Sich neben sie setzen und nach ihrer Hand greifen? Und hätte sie das gewollt?

Meine Güte, reiß dich zusammen, Nora. Er ist ein Eigenbrötler, verdammt. Und in solchen Dingen sind die meisten Männer sowieso verklemmt. Sie schnitt ein Weizenbrötchen auf und griff nach der Marmelade.

Sie war nicht hungrig, wollte aber auch nicht nur an ihrem Saft nippen. Sie brauchte etwas Festes im Magen.

»Klingt ja so, als hättet ihr gestern Abend noch viel Spaß gehabt«, sagte Oskar. »Kein Wunder, es war ja auch eine tolle

Lesung. Die Leute werden sicher noch wochenlang davon reden.«

»Es war schön, ja.« Nora lächelte. »Ich hätte niemals mit so vielen Fragen gerechnet.«

Alexa wandte sich Nora zu. »Meinst du, du könntest deinen Verlag dazu bringen, uns ein paar Exemplare zu schicken? Das wäre super. Natürlich nicht kostenfrei. Die Leute haben nämlich gehäuft nach signierten Exemplaren gefragt.«

»Das hätte ich eigentlich schon im Vorfeld regeln können. Aber dazu war die Lesung dann doch zu spontan.« Nora dachte nach. »Aber das lässt sich sicher nachholen. Ich weiß zwar nicht, wie lange es dauern wird, bis die Bücher hier sind, aber ich kann das gerne klären.«

»Das wäre prima.« Fiona strahlte. »Die meisten Leute kommen eh aus unserem Dorf, die erreichen wir auch nachträglich ohne größere Umstände.«

»Ja.« Alexa nickte. »Das wäre wirklich toll.«

Nora senkte den Blick erneut auf das Brötchen auf ihrem Teller. Gäbe es doch nur eine Gelegenheit, mit ihm zu reden. Jetzt und allein. Nicht unter den prüfenden Blicken der anderen.

»Brauchst du mich heute in der Therapie?«, fragte Yannik an Oskar gewandt.

»Nein, ich denke nicht. Warum?«

»Ich würde gern ein wenig an die frische Luft.« Yannik stand auf.

»Klar.« Oskar schien irritiert. »Geh ruhig.«

»Ist wirklich alles in Ordnung?«, wollte Alexa wissen.

»Wahrscheinlich brüte ich irgendetwas aus«, sagte Yannik. »Ging gestern Abend schon los.«

»Pass auf dich auf«, antwortete Alexa.

Yannik nickte und verließ dann ohne jedes weitere Wort das Esszimmer.

Noras Appetit, der ohnehin schon bescheiden gewesen war, war nun gänzlich verschwunden.

Was war nur los mit ihm?

Plötzlich fiel es ihr wie Schuppen von den Augen.

Er hatte eine Ausrede erfunden, um den Raum so schnell wie möglich verlassen zu können. Nicht, um sich von ihr zu entfernen, sondern um ihr die Chance zu geben, ihm zu folgen. Weil sie miteinander zu reden hatten. Nur sie beide. Unter vier Augen.

»Um ehrlich zu sein, habe ich heute früh auch keinen besonders großen Appetit«, sagte Nora nur wenige Augenblicke später.

Es war ihr gleichgültig, ob die drei ihr glaubten oder ihre Ausrede durchschauten.

»Habt ihr denn alle gestern so tief ins Glas geschaut?« Oskar lachte.

»Vielleicht.« Nora quälte sich ein Lächeln ab.

»Also, mir geht's prima«, sagte Fiona beinahe stolz.

»Yanniks Idee war gut«, sagte Nora. »Frische Luft ist jetzt sicher das Beste.«

Alexa stand auf, um nach dem Kaffee zu sehen, Fiona griff nach einem Stück Apfel. Niemand schien etwas gemerkt zu haben oder etwas daran zu finden, dass Nora nun ebenfalls vom Tisch aufstand und das Esszimmer verließ.

»Gute Besserung!«, rief Oskar ihr noch nach.

Auf eine Besserung hoffte sie tatsächlich. Allerdings auf eine andere, als ihr Vater es gerade gemeint hatte.

Ihre Schritte waren schnell, ihre Eile groß. Nicht dass Yannik sich noch einen der Hunde schnappte, bevor sie ihn gefunden hatte, und ohne sie spazieren ging.

Sie sah ihn sofort. Er stand in der offenen Schuppentür und wickelte ein Kabel von der Trommel.

Wie immer, schwer beschäftigt.

»Da haben wir wohl beide was gemeinsam«, sagte sie, als sie ihn erreicht hatte.

Er schaute sie fragend an.

Sie lächelte. »Na ja, dass uns der Appetit abhandengekommen ist.«

Yannik lächelte ebenfalls, doch es war nicht mehr als ein höfliches Lächeln, das schon im nächsten Augenblick wieder verschwunden war.

Langsam machte sich Ungeduld in ihm breit.

Nora indessen verstand nicht, was in ihm vorging. Er war wortkarg, das war nichts Neues. Aber war er wirklich derart schüchtern? Immerhin war er ein erwachsener Mann.

Ohne aufzuschauen, rollte er das Kabel weiter von der Trommel und legte es auf den Rasen.

Eine Weile lang schaute sie ihm zu, die Hände unsicher hinter dem Rücken verschränkt, während er im Schuppen an einigen Kabeln herumzerrte und dabei einen Gesichtsausdruck aufsetzte, als bastelte er an einer Zeitmaschine.

Irgendwann reichte es ihr.

»Sag mal, ist alles in Ordnung mit dir?«, fragte sie schließlich.

»Klar.« Er zuckte mit den Achseln. »Was soll denn sein?«

»Och, nichts, Yannik, rein gar nichts. Genau wie du sagst: Was sollte denn schon sein?«

Zwar fiel ihm ihr schnippischer Tonfall auf, doch wieder fehlten ihm die Worte. Fragend schaute er sie an.

Nora wurde langsam wütend. Dieser Mann war einfach unglaublich. Das grenzte ja schon fast an Autismus.

War er denn wirklich nicht in der Lage, in irgendeiner Weise auf den gestrigen Abend zu reagieren?

»Läuft das von nun an so ab?«, fragte sie, als seine Antwort ausblieb.

Er öffnete den Mund, brachte aber kein Wort über die Lippen.

»Ich meine damit, dass du mich zum zweiten Mal küsst und wir beide dann am nächsten Tag so tun, als wäre nichts geschehen.«

»Der gestrige Abend ist«, er suchte nach der passenden Umschreibung, »etwas aus dem Ruder gelaufen.«

»Aus dem Ruder gelaufen?«

»Ja, ich ...«

Er wollte weiterreden, doch Nora unterbrach ihn mitten im Satz. Seine Antwort machte sie so wütend, dass sie ihn am liebsten geohrfeigt hätte.

»Weißt du, was hier gleich aus dem Ruder läuft?«, fauchte sie. »Ich, Yannik. Ich laufe aus dem Ruder.«

»Aber ...«

Wie gerne wäre sie selbst jetzt noch in seiner Nähe geblieben und hätte ihm die Chance gegeben, endlich die richtigen Worte zu finden. Doch ihr Stolz war größer.

Hatte sie es wirklich nötig, ihm mit Gewalt ein Geständnis, eine nette Geste zu entlocken? Und konnte er sich vor allem nicht wie ein ganz normaler erwachsener Mann benehmen?

Wie dumm von ihr zu glauben, dass sie endlich einmal Glück mit einem Mann hatte.

»Wo ist Mary?«, fragte Nora.

Er schaute sie fragend an.

Sie wurde lauter. »Wo ist Mary?«

»Hinten bei den Obstbäumen zusammen mit Ronja«, antwortete er.

»Wird sie heute noch gebraucht?«

»Wie meinst du das?«

»Wie wohl? Für eine Therapiestunde natürlich.« Noras Zorn wuchs ins Unermessliche.

»Erst morgen wieder.« Yanniks Verwirrung war nicht zu übersehen.

Wutentbrannt riss sie eine Leine vom Haken und ging zu den beiden Hunden.

Er rief ihr etwas nach, aber sie hörte ihn nicht mehr. Sie wollte auch nichts mehr hören. Dieser Mann war einfach nicht für das echte Leben gemacht.

Er hatte es versaut. Er hatte es eindeutig versaut.

Yannik ließ sich auf die Bank fallen und machte sich schwere Selbstvorwürfe.

Warum nur hatte er so lange auf Durchzug geschaltet? Warum war er ihr nicht schneller entgegenkommen und hatte ihr auf ihre Fragen geantwortet?

Sicher, er war verletzt gewesen, weil sie ihn am Vorabend derart abrupt hatte stehenlassen, als dürfte Fiona auf keinen Fall mitbekommen, dass sie sich nähergekommen waren oder gar gekusst hatten.

Er war sogar so sehr verletzt gewesen, dass er die ganze Nacht kein Auge zugetan hatte. Und seine Vermutung, er könnte ihr peinlich sein, quälte ihn noch immer.

Aber jetzt sah es ganz danach aus, als hätte er sich getäuscht und sie einen Schritt auf ihn zu gemacht, weil sie sich eine Reaktion von ihm erwartet hatte.

Er ließ den Kopf in beide Hände sinken.

Warum nur lag er bei Frauen, die ihm etwas bedeuteten, grundsätzlich meilenweit daneben?

Unweigerlich musste er an Tamara denken. Auch bei ihr hatte er es versaut. Aus anderen Gründen zwar, trotzdem drängte sich ihm die Frage auf, ob er einfach nicht für eine ernsthafte Beziehung gemacht war.

Sein Blick wanderte zur Kabeltrommel, die ihn strafend daran erinnerte, dass er eigentlich das undichte Dach im Schuppen reparieren wollte.

Doch er fühlte sich nicht mehr in der Lage dazu.

Vielmehr ärgerte es ihn, dass es Nora in so kurzer Zeit gelungen war, ihn vollkommen aus dem Konzept zu bringen.

Seit ihrer Ankunft war sein Gefühlsleben völlig durcheinandergeraten. Angefangen mit der Gereiztheit und dem Unverständnis, die ihre überzogenen Reaktionen bei ihm ausgelöst hatten, bis hin zu der immer stärker werdenden Anziehungskraft, die sie auf ihn ausübte und die er anfangs noch zu leugnen versucht hatte.

Doch jetzt befand er sich in einem Zustand, der ihn vollkommen überforderte.

Einerseits sehnte er sich danach, ihr nahe zu sein und sie wirklich kennenzulernen.

Andererseits war er einfach nur erschöpft. Erschöpft von dem ganzen Hin und Her zwischen ihnen und seiner Unfähigkeit, Nora zu verstehen.

Nein, er verstand sie wirklich nicht.

Weil sie kompliziert war. Kompliziert und divenhaft.

Warum nur tat er sich das überhaupt an? Sie kam von einem völlig anderen Planeten als er, hatte komplett andere Prioritäten. Und sie schien ernsthaft zu glauben, dass sich die ganze Welt nur um sie drehen würde.

Wütend stand er auf und stapfte zur Kabeltrommel, um weiterzuarbeiten.

Sollte Nora doch gehen, wohin sie wollte, am besten geradewegs zurück in ihre ach so feine Stadt. Hauptsache, sie brächte Mary vorher wieder nach Hause.

Doch noch während sein Blick auf die Obstbäume fiel, dachte er bereits erneut an sie. An den Abend, als sie, nebeneinander im Hof auf den Stühlen sitzend, mit geschlossenen Augen die Stille genossen hatten. An den Duft ihrer Haare, den Ansatz eines Lächelns auf ihren weichen Lippen.

Ihre Lippen.

Wieder fiel ihm der Kuss ein.

Verdammt, was war nur in ihn gefahren? Wie hatte es nur so weit kommen können, dass sie seine Gedanken vollkommen in Beschlag nahm?

Er hatte einfach zu lange kein Date mehr gehabt, das war es. Vermutlich war er gar nicht mehr dazu in der Lage, normal mit einer Frau umzugehen.

Oder steckte doch mehr dahinter?

Entnervt warf er die Kabeltrommel zu Boden und ging zu Ronja hinüber, die mit einem Stock zwischen den Pfoten unter den Bäumen lag.

Ein paar Minuten Stöckchen werfen würde nicht nur Ronja freuen, sondern brächte auch ihn auf andere Gedanken.

Er hob den Stock auf, was Ronja augenblicklich dazu brachte, sich aufmerksam aufzusetzen und ihn mit gespitzten Ohren erwartungsvoll anzusehen.

In hohem Bogen warf er den Stock über den Rasen, und Ronja rannte sofort los, um ihn zurückzubringen.

Doch mit jeder Bewegung, jedem Wurf, kamen ihm neue Zweifel.

Hatten sie sich vielleicht nur missverstanden? Wollten sie im Grunde beide dasselbe? Tief in seinem Inneren hoffte er, dass es so war. Nur sein Stolz stand ihm im Wege.

Diese Frau sollte schließlich nicht denken, dass sie alles mit ihm machen konnte.

Oder war er einfach überempfindlich, weil er mehr für sie empfand, als er sich eingestehen wollte? Weil er sich nicht zu sehr an sie gewöhnen, sich nicht zu viel von ihr erwarten wollte?

Was war denn schon so anders an ihr als an anderen Frauen?

Er erinnerte sich an die Leidenschaft, mit der sie vorgelesen hatte. Das Feuer in ihren Augen, das pulsierende Leben in ihrer Stimme. Das Lachen, das ihr ganzes Gesicht zum Leuchten gebracht hatte. Die liebevolle Art und Weise, mit der sie versucht hatte, ihr Verhalten Fiona gegenüber wiedergutzumachen.

Und da wusste er – auch wenn sich alles in ihm gegen diese Erkenntnis sträubte: Allein der Gedanke, sie könnte das »Sonnenblumenhaus« in absehbarer Zeit wieder verlassen, brachte ihn um.

Kapitel 11

Sie hörte einen Rasenmäher in der Ferne, das Wiehern von Pferden und Pfiffe, die jemand ausstieß, ohne Antwort zu erhalten.

In Noras Innerem herrschten jedoch eine grenzenlose Stille und Leere.

Ohne zu wissen, wohin sie laufen wollte, trottete sie mit Mary an der Leine durch das Dorf, während ihre Gedanken mit einer Intensität um Yannik kreisten, die sie ärgerte.

Langsam verlor sie wirklich die Geduld mit diesem Kerl. Dachte er denn, dass sie wahllos irgendwelche Männer küsste und ihre Zuneigung verschenkte? Dass es nichts Besonderes war, wenn sie sich jemandem zuwandte?

Und die Intimität bei ihrem zweiten Kuss, diese ganz besondere Magie, konnte doch nicht nur sie empfunden haben?

Aber bei Yannik durfte sie wohl nichts für selbstverständlich halten.

Warum nur musste er alles so verkomplizieren? Merkte er denn nicht, dass er dabei war, die Möglichkeit zu etwas ganz Besonderem kaputt zu machen?

Sie zog einen kleinen Zweig unter Marys Halsband heraus, die nicht daran dachte, stehen zu bleiben.

An einem Sandweg, der aus dem Dorf hinaus und an einem Weizenfeld vorbeiführte, löste sie Mary schließlich von der Leine.

Diese dankte es ihr mit interessiertem Schnuppern an jedem gefühlt zweiten Stein oder Stock, der auf dem Weg lag.

Wenigstens eine, die sich noch über die kleinen Dinge des Lebens freuen kann, dachte Nora.

Sie trug noch immer ihr weißes Trägerkleid, das sie extra für Yannik angezogen hatte.

Wie hatte sie nur jemals denken können, er würde es bemerken?

Schritt für Schritt ließ sie das Dorf hinter sich und merkte, wie sich ihre Wut langsam abkühlte.

Da war es ihr endlich gelungen, etwas abzuschalten, da war sie glücklich gewesen, ihre Schreibblockade überwunden zu haben, und froh, halbwegs vernünftig mit Alexa umgehen zu können. Kein einziges Mal hatte sie sich in den letzten Tagen ihre Vorbehalte gegenüber dieser Frau oder Oskar anmerken lassen. Und das Beste war, dass sie sich dafür nicht einmal besonders hatte anstrengen müssen. Sie war in den letzten Tagen tatsächlich gelassener geworden.

All das hatte sie nicht zuletzt Fiona und den Vorkommnissen um die missratene Lesung zu verdanken, dank der sie begriffen hatte, dass sie sich nicht richtig verhalten hatte und oft zu harsch und zu schnell in ihrem Urteil über andere Menschen war. Kein Gedanke mehr an Mariella Paulus oder den Abgabetermin. Selbst an Frank hatte sie in den letzten Tagen so gut wie kein einziges Mal mehr gedacht.

Wie sehr aber auch Yannik seinen Anteil an diesen Fortschritten hatte, wurde ihr erst jetzt bewusst. Umso trauriger machte es sie, dass sie sein Verhalten anscheinend falsch interpretiert hatte.

Vermutlich wäre es das Beste gewesen, ihrem ersten Instinkt zu folgen und ihrer Annäherung nicht allzu viel Bedeutung beizumessen.

»Mary!«, rief sie, als sich diese etwas zu weit von ihr entfernte.

Langsam kam die Hündin auf sie zugelaufen, den Kopf zu Boden gesenkt, damit ihr nur ja kein Geruch entging.

Nora schritt weiter. Vorbei an einer hölzernen Bank und dem kläglichen Rest eines Zaunes, der einst wohl Teil einer Koppel gewesen war und ein Stück Weideland vom Feld abgegrenzt hatte.

Und wie ginge es jetzt weiter?

Sollte sie Yanniks Nähe suchen oder meiden?

Nein, jetzt war er an der Reihe, den nächsten Schritt zu machen.

Sie bezweifelte zwar stark, dass er das tun würde. Doch wenn es überhaupt noch etwas zu retten gab, müsste er dies nun tun.

Einmal mehr stellte sie sich die Frage, was sie wirklich für ihn empfand, nachdem sie ihn eigentlich kaum kannte. Dennoch hatte sie das Gefühl, ihn in den letzten Tagen sowohl mit jedem Gespräch als auch mit jedem Moment des Schweigens besser kennengelernt zu haben. Gerade weil er seine Gedanken nicht sofort offenlegte und etwas Rätselhaftes an sich hatte.

Im Grunde war er gar nicht ihr Typ. Zwischen ihm und Frank lagen Welten, sie konnte keine einzige Gemeinsamkeit bei den beiden Männern ausmachen.

Während Frank das bunte Leben liebte und immer einen Tick zu theatralisch war, war Yannik geradezu die personifizierte Ruhe und Beständigkeit und vermied alles, was diese Ruhe zu stören drohte.

War das vielleicht sogar die Antwort?

Gehörte sie etwa zu den Personen und Dingen, die seine Ruhe störten?

Vielleicht war sie ja doch nur auf der Suche nach einem kleinen Sommerflirt gewesen, für den er zweifellos zu schade war.

Denn dafür war er entschieden zu ernst, zu besonders, zu einzigartig. Sie musste an Tamara denken und versuchte sich vorzustellen, wie sie wohl gewesen und mit Yannik umgegangen war und wie sehr er an ihr gehangen hatte. Es fiel ihr schwer, sich vorzustellen, dass er kurzzeitig sogar eine Haftstrafe abgesessen hatte.

Oder war es gar die Kombination von Ritterlichkeit und fast schon rüpelhaft schonungsloser Offenheit, die ihr so imponiert hatte?

Fragen über Fragen, die nun keine Rolle mehr spielten. Denn bei diesem Mann gab es einfach kein Weiterkommen. Außerdem war sie für oberflächliche Spielereien eindeutig zu alt.

Nora blieb stehen.

Erst jetzt fiel ihr auf, dass sie Mary schon eine ganze Weile nicht mehr gesehen hatte.

»Mary!«, rief sie.

Dass Mary ihrem Ruf nicht unmittelbar folgte, hatte sie erwartet. Immerhin war die Hündin für ihren Dickkopf bekannt. Doch als diese auch beim zweiten und dritten Rufen nicht auftauchte, weder aus dem Feld noch aus dem kleinen Waldstück, wurde Nora nervös.

»Mary!«, wiederholte sie.

Immer und immer wieder.

Doch nichts tat sich.

Kein Bellen, kein Jaulen. Keine Bewegung im Feld.

Erst jetzt wurde ihr klar, wie unvernünftig sie gehandelt hatte. Sie war so sehr in Gedanken gewesen, dass sie die Leine gelöst hatte, ohne lange nachzudenken, genau so, wie sie es oft bei Yannik gesehen hatte. Dabei hätte sie wissen müssen, dass Mary ihr, wenn überhaupt, nur halb so gut gehorchen würde wie ihm.

»Mary!«

Noch immer keine Reaktion. Kein Laut, der die Stille durchschnitt.

Allmählich bekam sie es mit der Angst zu tun.

Wie sollte sie den anderen nur erklären, dass sie die Leine gelöst hatte, obwohl sie allein mit einem der Hunde spazieren gegangen war. Das Anleinen war in diesem Fall Pflicht, das hatte man ihr gleich beim ersten Spaziergang eingeschärft.

Und doch war sie so dumm gewesen, Mary von der Leine zu lassen. Sie hatte sich nichts weiter dabei gedacht, sondern war wütend und enttäuscht wegen Yannik gewesen. Was war nur in sie gefahren, dass sie deswegen sogar die Sicherheit der Hündin aufs Spiel setzte?

»Maaary!«

Sie lief den Weg auf und ab, betrat das Feld und schirmte die Augen mit der Hand gegen die Sonne ab. Doch nirgends konnte sie auch nur die geringste Spur von Mary entdecken.

Was, wenn dem Tier etwas zugestoßen war? Schließlich gab es hier auch Wildschweine. Und Jäger, die eventuell auf die Hündin anlegten, weil sie sie für ein Wildtier hielten.

Sie spürte einen Kloß im Hals.

»Maaary!«, schrie Nora verzweifelt.

Immer und immer wieder rief sie den Namen der Hündin, bis ihre Stimme heiser war und sie zu der Erkenntnis kam, dass weiteres Schreien und Warten nichts bringen würden und sie Hilfe brauchte.

»Du hast was?« Oskar sprang vom Küchentisch auf.

»Aber ich konnte doch nicht ahnen, dass sie einfach wegläuft.« Nora ließ sich atemlos auf einen der Stühle fallen.

»Doch, Nora, das konntest du. Das hättest du ahnen müssen. Wie kommst du nur auf die Idee, einfach die Leine zu lösen? Du kennst Mary doch gar nicht. Und du kennst die Umgebung nicht.«

»Du hast ja recht«, murmelte Nora, der erst jetzt das ganze Ausmaß des Schadens bewusst wurde, sollte der Hündin etwas passiert sein.

»Es tut mir leid.« Sie ließ die Arme sinken.

Oskar nahm einen Schluck Wasser, als könnte ihn das beruhigen. Doch sein Entsetzen war nicht zu übersehen.

»Alexa und Fiona sind noch eine halbe Stunde in der Therapie«, sagte Oskar. »Erst dann können wir los.«

»Los?«

»Um Mary zu suchen.« Er wurde lauter. »Was dachtest du denn?«

»Ja, natürlich. Bitte entschuldige. Ich bin wohl total durch den Wind.«

Der ungeduldige und ungehaltene Tonfall, in dem er mit ihr sprach, war neu für sie. In den letzten Tagen war stets sie diejenige gewesen, die mehr oder minder unfreundlich mit ihm kommuniziert hatte.

Doch wie auch immer sie zueinander standen, was die Sache mit Mary betraf, befand er sich eindeutig im Recht.

Schließlich war sie schuld. Sie und niemand anderes.

»Ich schlage vor, dass wir uns aufteilen«, sagte er. »Fiona kann hierbleiben, damit jemand da ist, falls Mary von allein nach Hause kommt.«

Nora nickte stumm.

Was hatte sie nur getan? Wie sollte sie das jemals wiedergutmachen? Wie sehr sie sich doch wünschte, dass Mary gefunden würde. Wohlbehalten.

Oskar lehnte kopfschüttelnd an der Anrichte. »Ich verstehe nicht, wie du so verantwortungslos handeln konntest.«

»Ich habe einfach nicht nachgedacht«, antwortete Nora kleinlaut.

»Nicht nachgedacht«, wiederholte er und nickte. »Ja, das glaube ich wohl.«

Sie seufzte.

»In dem Moment, in dem du einen der Hunde mitnimmst, trägst du auch die Verantwortung für ihn. Oder lastest du den Umstand, dass du nie gelernt hast, was Verantwortung ist, wiederum nur mir an?«

Langsam wurden ihr seine Vorwürfe lästig.

»Sollten wir die Zeit nicht lieber nutzen, um Mary zu suchen?«, entgegnete Nora. »Das wäre jedenfalls sinnvoller, als dass du mir ständig mein falsches Verhalten vorwirfst. Das ist mir, auch ohne dass du es mir vorhältst, durchaus bewusst.«

»Glaub mir, Nora, wir werden sie suchen. Nichts ist jetzt wichtiger.«

»Ich hoffe sehr, dass wir sie unversehrt finden.«

Oskar schaute nervös zur Uhr über dem Herd. »Ich werde gleich mal zu Alexa raufgehen und schauen, ob es eine Chance gibt, dass sie heute früher Schluss macht.«

»Es ist gerade mal elf«, stellte Nora fest. »Habt ihr denn heute keine weiteren Termine mehr?«

»Zumindest keine Therapien. Alle anderen Vereinbarungen können wir notfalls absagen.«

Alle anderen können wir notfalls absagen.

Langsam erkannte sie das volle Ausmaß ihres Fehlers. Den gesamten Tagesablauf hatte sie durcheinandergebracht, wenn nicht sogar umgeschmissen. Dessen nicht genug, wusste niemand, wo Mary steckte und ob es ihr gutging.

»Es tut mir leid«, sagte sie zum wiederholten Male.

Und sie meinte es so.

»Das glaube ich dir«, antwortete er. »Nur leider hilft uns das nicht.«

»Maaary!« Oskars Stimme hallte durch die stickige Mittagsluft.

Aber auch auf sein Rufen hin tauchte Mary nicht auf, gab keinen Laut von sich.

Max, der an seiner Leine neugierig an jedem noch so kleinen Zweig und jedem noch so dünnen Grashalm schnupperte, war ihnen leider keine Hilfe.

Nirgendwo deutete auch nur die geringste Spur darauf hin, dass Mary hier gewesen war oder sich in der Nähe befand.

»Maaary!«, rief nun auch Alexa, die schräg hinter Oskar ging und mit suchendem Blick die Umgebung scannte.

Yannik war bereits ein Stück vorausgegangen, während Nora neben Alexa mit dünner Stimme in die »Mary«-Rufe mit einfiel.

Zum ersten Mal seit langem empfand Oskar Zorn auf seine Tochter. Wie hatte sie nur so gedankenlos sein können? Dachte sie denn wirklich stets nur an sich selbst und ihre eigenen Bedürfnisse?

Alexa hatte versucht, zwischen ihnen zu schlichten, und ihm vor Augen gehalten, dass Nora einfach noch zu unerfahren mit Hunden war, es nicht besser hatte wissen können und dass sie Mary schon wiederfinden würden. Yannik hatte wiederum gemeint, Mary würde schon irgendwann direkt nach Hause gelaufen kommen.

Wirklich überzeugt von dem, was sie sagten, schienen beide allerdings nicht zu sein.

»Maaary!« Yanniks Rufe waren die lautesten. Ob Nora wusste, wie sehr er an Mary hing?

Oskar hörte, wie sich Alexa in beinahe aufmunterndem Tonfall mit Nora unterhielt.

Es war Alexas Art, Harmonie zu erzeugen und Spannungen zwischen Menschen abzubauen, doch dieses Mal war er anderer Meinung als sie.

Nora sollte ruhig noch eine Weile in ihrem eigenen Saft schmoren und sich schuldig fühlen. Gerade sie, die stur wie ein alter Esel sein konnte und absolut unfähig war, anderen zu verzeihen, sollte ruhig einmal erfahren, wie es war, wenn einem die Fehler, die man gemacht hatte, nicht nachgesehen wurden.

Mit besorgtem Blick sah er Yannik auf sich zukommen, während Alexa ein Stück zurückblieb, um im Gestrüpp nach Mary zu suchen.

»Es war meine Schuld«, sagte er mit bitterer Miene.

»Deine Schuld?«, fragte Oskar.

»Nora und ich, wir haben uns gestritten.«

»Gestritten?«

»Ja. Jedenfalls war sie wütend und ist danach mit Mary weg.«

»Aber sie war doch nicht das erste Mal mit ihr unterwegs. Denk nur an neulich, als sie während des Unwetters gemeinsam mit Mary am See war. Da hat sie sie ja auch nicht abgeleint.«

»Trotzdem.« Yannik fuhr sich mit der Hand über den Kopf. »Ich hätte sie nicht gehen lassen dürfen, sie aufhalten müssen.«

Oskar blieb stehen. »Das ändert nichts an dem, was ich gerade gesagt habe.«

Yannik senkte seufzend die Schultern.

»Wie ich höre, redet ihr über mich«, sagte Nora, die ihr Gespräch mit angehört hatte.

Oskar legte die Stirn in Falten. »Ja, das tun wir.«

Sie rieb sich die Arme. Ihre Nervosität war offensichtlich.

Ein Anflug von Mitleid regte sich in Oskar. Trotzdem war er nicht bereit, ihr das schlechte Gewissen zu nehmen.

»Ich weiß, ich habe Mist gebaut«, flüsterte sie und suchte Yanniks Blick, der den seinen daraufhin umgehend von ihr abwandte und sich zu Max hinabbeugte, um ihm das rechte Auge zu säubern.

Die beiden hatten sich wirklich gestritten, das war offensichtlich.

»Irgendetwas muss doch mit ihr passiert sein«, sagte Nora. »Sonst hätten wir sie doch längst gefunden, oder?«

»Genau deshalb bin ich ja so sauer.« Oskars Augen funkelten vor Wut. »Was, wenn wir sie nicht finden? Was, wenn wir sie schwer verletzt finden? Was, wenn …« Er stockte und wandte sich von ihr ab.

Nora hielt sich vor Entsetzen die Hand vor den Mund. Sie wusste, worauf er hinauswollte, und der Gedanke war ihr unerträglich.

»Hat Fiona schon angerufen?«, fragte Yannik Oskar.

Der schüttelte den Kopf. »Nein, bislang nicht. Mary ist also noch nicht zu Hause aufgetaucht.«

»So kommen wir nicht voran«, sagte Alexa. »Wir sollten uns trennen.«

»Trennen?« Yannik schob die Hände in die Hosentaschen.

»Ja, du und ich, wir gehen in den Wald«, schlug sie vor. »Und Oskar und Nora gehen mit Max weiter bis zum Ende des Feldes.«

Oskar schaute Alexa fragend an. Er kannte sie gut genug, um zu wissen, was sie mit dieser seltsamen Aufteilung bezweckte. Alexa versuchte immer zu vermitteln und die Wogen zu glätten.

Nora äußerte sich nicht zu Alexas Vorschlag. Sie war ganz offensichtlich bereit, alles zu tun, was dabei half, Mary zu finden.

»Von mir aus«, sagte Yannik schließlich und bewegte sich mit Alexa in Richtung Wald.

»Hast du dein Handy dabei?« Alexa drehte sich noch einmal zu Oskar um, der daraufhin sein Telefon demonstrativ in die Luft hielt.

Mit einem Nicken verschwand sie daraufhin mit Yannik in einem kleinen Seitenweg des Waldes, der direkt ans Feld angrenzte.

Nora suchte fragend Oskars Blick. Sie wollte wissen, was er nun vorhatte und wie sie weiter vorgehen würden.

Doch Oskar war nicht nach Reden zumute. Er beugte sich zu Max hinunter und löste ihn von der Leine.

»Hast du gerade …«, sie geriet ins Stocken.

»Ja, habe ich. Weil Max auf mich hört, Nora. Verstehst du?«

»Schon gut, schon gut. Nur weil ich einen Fehler gemacht habe, musst du mir das nicht ständig unter die Nase reiben und mit mir reden, als wäre ich zwei Jahre alt, okay?«

»Dir das ständig unter die Nase reiben?« Oskar konnte sich ein sarkastisches Lachen nicht verkneifen. »Das ausgerechnet aus deinem Mund zu hören ist schon ein bisschen sonderbar.«

Er pfiff nach Max. »Wo ist Mary, Max? Such Mary. Such!«

»Ich verstehe nicht, worauf du hinauswillst.« Nora folgte ihm.

»Verstehst du es nicht, oder willst du es nicht verstehen?«, fragte er, ohne den Blick von Max abzuwenden, der geradezu akribisch schnüffelnd den Weg absuchte.

»Nein, ich … ich glaube nicht.«

Oskar blieb stehen und drehte sich zu ihr um. »Du hast mir bis heute nicht verziehen, dass ich mich damals in eine andere Frau verliebt habe. Schlimmer noch: Du bist nicht einmal in der Lage, überhaupt in Erwägung zu ziehen, mir zu verzeihen.«

Nora schwieg. Sie wusste, dass er recht hatte. Dennoch brachte sie es nicht über sich, ihm zuzustimmen.

»Können wir bitte einfach Mary suchen?«, fragte sie stattdessen.

»Nichts anderes habe ich vor.«

Sie gingen weiter. Max lief von einer Seite zur anderen, schnupperte, blieb stehen, lief weiter, während Oskar immer wieder nach Mary rief.

Das Klingeln seines Handys ließ ihn aufschrecken.

Fiona.

»Ist sie da?«, fragte Oskar aufgeregt.

»Nein«, antwortete Fiona, »ich wollte einfach nur wissen, ob es bei euch etwas Neues gibt.«

»Leider nicht«, antwortete er und legte dann nach ein paar weiteren Erklärungen wieder auf.

»Das ist alles so, so«, er steckte das Handy zurück in seine Hosentasche, »absurd.«

»Absurd?«

»Diese Suche hier, meine ich. Dass diese Suche überhaupt nötig ist. Weißt du, Nora, ich kann mir ja vorstellen, dass zwischen deinen Interviews und Büchern wenig Zeit für andere Dinge bleibt, aber wenn du wenigstens einen Moment nachgedacht hättest, bevor du Mary von der Leine gelassen hast. Wenn du nur …«

»Es reicht jetzt, Papa!«

Damit hatte er nicht gerechnet. Die Wut auf sie wich einen Moment lang der Ungläubigkeit. Hatte sie ihn wirklich gerade mit »Papa« angesprochen? Und hatte sie ihn bewusst so genannt oder nur versehentlich?

Er schwieg. Nicht weil er nicht reden wollte, sondern weil ihm die Worte fehlten.

»Du behandelst mich, seitdem ich dir die Sache mit Mary gebeichtet habe, wie eine Verbrecherin. Wie oft muss ich denn noch sagen, dass es mir leidtut? Ich meine, ist dir denn nicht klar, dass ich es mir nie verzeihen werde, wenn Mary etwas zugestoßen ist?« Ihre Stimme zitterte. Erst jetzt wurde Oskar klar, dass Nora sich nicht nur schuldig fühlte, sondern dass sie tatsächlich litt. Nicht nur unter seinen Vorwürfen, sondern vor allem wegen ihrer Sorge um Mary, die sie regelrecht aufzufressen schien.

Sie atmete tief ein. »Wir beide sind nicht die besten Freunde, und wer weiß, vielleicht werden wir das auch niemals wieder sein. Aber darum geht es jetzt doch gar nicht!«

»Nein«, antwortete er, nun etwas ruhiger. »Darum geht es nicht, Nora. Da hast du recht. Es geht um Mary. Einzig und allein um Mary. Und nur wegen ihr bin ich so enttäuscht von dir.«

»Enttäuscht.« Sie verschränkte die Arme vor der Brust. »Ja, enttäuscht war ich auch. Und ich bin es bis heute. Aber nun gut … jetzt geht es nur darum, Mary zu finden. Also …«, sie kam näher, »dann lass sie uns doch bitte endlich suchen.«

»Was glaubst du denn, was wir schon die ganze Zeit über tun?« Oskar schüttelte den Kopf. Er sah Max im Augenwinkel den Weg entlanglaufen. Vor, zurück und wieder vor und zurück.

Doch seine eigentliche Aufmerksamkeit galt Nora. Wahrscheinlich hatte er ihr distanziertes Verhalten ihm gegenüber einfach viel zu lange ausgehalten. Vielleicht war er es aber auch einfach leid, sich ständig nach ihr zu richten und darauf zu warten, dass sie einen Schritt auf ihn zugehen würde.

Auf einmal wandte Oskar sich abrupt von ihr ab und pfiff nach Max, der seiner Aufforderung sofort folgte. Er konnte es nicht ertragen, sie auch nur einen Moment länger anzusehen. Viel zu lange war er verständnisvoll gewesen. Viel zu oft hatte er sich zurückgenommen, um nur ja nicht die Chancen auf eine Versöhnung zu verringern.

Aber jetzt hatte er genug.

Er fiel in ein eisiges Schweigen, was Nora zutiefst verunsicherte.

»Gibt es denn noch etwas, das ich tun kann?«, fragte sie unsicher.

Oskar blieb stehen. Er wusste nicht, ob er ihr antworten oder besser schweigen sollte. Doch dieses Mal entschloss er sich dazu, nicht mit seiner Meinung hinter dem Berg zu halten.

»Ich sag dir, was du tun kannst.« Er drehte sich zu ihr um. »Du kannst dich von nun an wieder voll und ganz auf dich selbst konzentrieren. So wie all die Jahre zuvor. Dann läuft wenigstens nichts und niemand Gefahr, verlorenzugehen. Bei der Suche nach Mary wirst du uns ohnehin keine große Hilfe sein.«

Er konnte ihr nicht sofort ansehen, was sie dachte. Regungslos stand sie da und starrte ihn an. Dann aber sah er, wie sich ihre Wangen röteten und sie zu einer Antwort ansetzte.

»Ich wusste nicht, dass meine Anwesenheit eine solche Belastung für alle Anwesenden ist«, sagte sie.

»Ich hatte gehofft, dass du Alexas und meine Einladung angenommen hättest, damit wir einander endlich wieder etwas näher kommen. Aber weißt du was?« Er stemmte die Hände in die Hüften. »Ich brauche niemanden in meiner Nähe, der im Grunde sowieso nicht hier sein will. Wenn du nicht bereit bist, die Vergangenheit endlich ruhen zu lassen, dann ist nun einfach der Punkt erreicht, an dem ich nicht länger darauf warten will. Dann werde ich ab jetzt die Dinge eben so akzeptieren, wie sie sind.«

»Was erwartest du denn von mir?«, fauchte sie. »Dass ich von jetzt auf gleich in den Alles-gut-Modus umschalte?«

»Von jetzt auf gleich? Wir hatten fünfzehn Jahre Zeit, Nora. Fünfzehn Jahre!«

»Aber ich bin nicht seit fünfzehn Jahren hier, oder?« Ihre Lippen zitterten vor Erregung. »Es sind noch nicht mal zwei Wochen. Und zwei Wochen können keine fünfzehn Jahre ungeschehen machen.«

»Und ist das meine Schuld?«

»Meine etwa?«

Die Unterhaltung hatte etwas Lächerliches, das wusste er selbst. Trotzdem konnte er seine lang aufgestaute Wut nicht kontrollieren, geschweige denn aufhalten.

»Ich bin es einfach nur leid.« Er hob die Arme, um seinen Worten mehr Ausdruck zu verleihen. »Ich will einfach nicht länger der Einzige sein, der seinen Kopf für die Vergangenheit hinhält, als wäre er der Unmensch des Jahrtausends.«

»Ich habe dich nie als Unmenschen bezeichnet«, versuchte sie sich zu verteidigen. »Ich habe lediglich meine Konsequenzen aus deiner Entscheidung gezogen. Weil ich es musste. Weil wir es mussten. Was für eine Wahl hatten wir denn, verdammt? Du warst weg, nichts war mehr wie vorher.«

Waren das etwa Tränen in ihren Augen?

Nein. Diese Blöße würde sie sich vor ihm gewiss nicht geben. Oder täuschte er sich?

»Ja, ich bin damals gegangen.« Oskars Stimme bebte vor Aufregung. »Aber hast du dich einmal gefragt, auch nur ein einziges Mal, ob vielleicht auch andere Gründe als Alexa eine Rolle gespielt haben? Ob die Ehe mit deiner Mutter vielleicht nicht schon vorher zu Ende war?«

»Unsere Ehe war vorher schon zu Ende«, wiederholte sie seine Worte aufgebracht. »Der typische Satz, den man zu hören bekommt, wenn jemand einen neuen Partner hat. Das macht ja auch alles viel einfacher.« Sie strich sich über den Stoff ihres Kleides, wie sie es immer tat, wenn sie nervös war. »Aber was hat dich denn daran gehindert, daran zu arbeiten, dass eure Ehe vielleicht doch nicht auseinanderbricht? Es wenigstens zu versuchen? Warum hast du so schnell aufgegeben? Weißt du eigentlich, wie fertig Mama war, als du gegangen bist? Wie oft ich sie weinen gehört habe? Wie viele Nächte ich nicht schlafen konnte, weil ich ihr Wimmern selbst durch die Schlafzimmerwand hindurch gehört habe?«

War das wirklich alles, was sie über die Hintergründe der Trennung wusste oder erinnerte? Hatte Miriam sie denn die ganze Zeit über im Unklaren gelassen?

»Ich habe es versucht«, antwortete er. »Viele, viele Male. Und lange, bevor ich Alexa überhaupt kennengelernt habe.«

»Und woran seid ihr dann gescheitert?«

»Das solltest du mich besser nicht fragen«, wich er ihr in einem letzten Versuch aus, sie zu schonen, obwohl es in ihm brodelte.

»Aber ich frage dich, Papa. Ich frage dich jetzt.«

»Frag deine Mutter«, antwortete er knapp und wandte sich von ihr ab. Er konnte es einfach nicht ertragen, ihr bei diesem Thema, das er so mühsam zu umgehen versuchte, in die Augen zu sehen.

»Warum?«

»Frag deine Mutter!«, wiederholte er mit fester Stimme.

»Warum, verdammt?« Sie legte die Hand auf seine Schulter und zwang ihn, sich wieder zu ihr umzudrehen. »Warum soll ich Mama fragen, wenn du hier bist? Wo doch du derjenige bist, der damals gegangen ist?«

»Weil«, er überwand seine letzten Zweifel, »weil sie diejenige war, die mich lange, bevor ich Alexa kennenlernte, monatelang mit einem anderen betrogen hat. Weil sie es war, die mein Vertrauen in unsere Ehe erschüttert hat.«

Nora erstarrte. Ihre Hand lag noch immer auf seiner Schulter, ihre Miene war wie gefroren.

Hatte er es wirklich ausgesprochen? War er wirklich auf das Niveau gesunken, auf das zu sinken er all die Jahre über tunlichst vermieden hatte?

»Warum sagst du so etwas?«, fragte sie mit dünner Stimme.

»Weil ich nicht mehr lügen möchte. Weil es nach all den Jahren endlich Zeit für die Wahrheit ist. Für die ganze Wahrheit.«

Ihre Augen weiteten sich vor Schrecken und Ungläubigkeit.

»Das ist nicht wahr«, sagte sie. »Das kann nicht wahr sein. Mama hat so etwas nie erwähnt. Und wir hatten nie Geheimnisse voreinander.«

»Und genau deshalb wollte ich es dir auch nicht sagen. Weil es ihre Aufgabe gewesen wäre, dir davon zu erzählen.«

»Das ist doch lächerlich. Mama hat dich geliebt. Warum hätte sie dich mit einem anderen betrügen sollen?«

»Vielleicht hat sie mich geliebt, ja. Aber diesen Mann hat sie ebenfalls geliebt. Zumindest auf irgendeine Art und Weise.«

»Welchen Mann denn, verdammt?« Nora wurde heftiger.

Er wandte ihr wortlos den Rücken zu.

»Das, das glaube ich nicht«, schrie sie. »Das ist einfach nicht wahr.«

Er bedauerte, sein Schweigen gebrochen zu haben. Gleichzeitig empfand er nach all den Jahren aber auch Erleichterung.

Der Gedanke, es Miriam zu überlassen, ob und wann sie Nora davon erzählte, war absurd gewesen, das hatte Alexa viele Male versucht, ihm klarzumachen. Und er wusste selbst nicht mehr, warum er es so lange für sich behalten hatte.

Weil es keine Rolle mehr gespielt hätte? Weil Nora nach seinem Auszug ohnehin nicht mit sich hatte reden lassen?

»Vergiss es«, sagte er. »Ich hätte gar nicht erst davon anfangen sollen.«

Doch Nora war nicht zu beruhigen. »Du willst dich reinwaschen. Das ist alles. Weil du die Schuld nicht allein tragen, sondern auf Mama abwälzen willst.«

»Ist das wirklich dein Ernst?« Er drehte sich wieder zu ihr um und sah sie an. »Glaubst du das tatsächlich?«

»Warum sonst hast du es nie zuvor erwähnt?« Ihre Augen funkelten vor Wut.

»Weißt du was?« Er hob abwehrend die Hand. »Das Gespräch ist beendet. Was auch immer du zu sagen hast, sag es deiner Mutter oder von mir aus irgendwem sonst. Aber nicht mir.«

»Aber ich rede mit dir. Ich rede hier und jetzt mit dir.«

Noras Gesicht war puterrot angelaufen, ihre Lippen bebten. Die Hände hatte sie zu Fäusten geballt, als wollte sie jeden Moment auf ihn losgehen.

Hatte sie ihm wirklich gerade vorgeworfen zu lügen?

Nein. Diese Anschuldigung ertrug er keinen Moment länger.

»Maaaary!«, rief er in einer Lautstärke, die ihn selbst erschreckte.

Max hatte sich inzwischen an den Feldrand gelegt. Die Diskussion und die Tatsache, dass er und Nora nicht weitergegangen waren, schienen ihn müde gemacht zu haben.

»Maaary!«, wiederholte Oskar, während er Nora erneut den Rücken zuwandte. Hinter sich nahm er Schritte wahr, die sich hastig von ihm fortbewegten.

Doch er schaute ihr weder nach, noch rief er ihr hinterher. Er war, wie er es Nora zuvor gesagt hatte, tatsächlich an dem Punkt angelangt, an dem er einfach nicht mehr so weitermachen wollte wie bisher.

Kapitel 12

Das Herz schlug ihr bis zum Hals.

Als sie im »Sonnenblumenhaus« ankam, konnte sie sich nicht einmal mehr an den Weg erinnern, den sie genommen, geschweige denn an die Zeit, die sie dafür gebraucht hatte.

Während sie den Hof über die Einfahrt betrat, ging alles ineinander über: Wut wurde zu Enttäuschung, Ungläubigkeit zu Verzweiflung, Hoffnung zu Abscheu.

Warum nur behauptete Oskar so etwas? Was trieb ihn nur dazu, solch eine Äußerung über ihre Mutter zu machen?

Selbst ihre Sorge um Mary trat für einen Augenblick in den Hintergrund. Auch wenn sie den Umstand, dass die Hündin durch ihre Schuld verschwunden war, zutiefst bedauerte, hatte ihr Vater wohl recht damit, dass sie den anderen keine große Hilfe dabei wäre, die Hündin wiederzufinden.

Wer von den dreien würde sie bei der Suchaktion schon groß vermissen? Oskar hatte ihr ohnehin nur Vorwürfe gemacht.

Und jetzt? Jetzt hätte sie ihn selbst am liebsten mit Vorwürfen überschüttet.

Aber nein. Sie würde nicht mehr mit ihm reden. Weder über seine Anschuldigung noch über sonst irgendetwas. Er hatte sie belogen, und das mit einer Dreistigkeit, die kaum zu überbieten war.

Doch konnte sie sich dessen so sicher sein?

Was wäre, wenn er doch die Wahrheit gesagt hatte und Miriam tatsächlich eine Mitschuld am Ende ihrer Ehe trug? Eine Mitschuld, von der sie ihr nie etwas erzählt hatte?

Nora verdrängte den Gedanken.

Absurd, überhaupt in Betracht zu ziehen, dass ihre Mutter sie die ganze Zeit belogen haben sollte. Die vielen tränenreichen Nächte passten einfach nicht zu Oskars Version.

Andererseits musste Miriam sie ja gar nicht gezielt belogen, sondern ihr nur nie die ganze Wahrheit über das Scheitern ihrer Ehe erzählt haben.

Und sie selbst hatte ihre Mutter nie direkt nach den Gründen dafür gefragt. Immer war es nur um Oskar und Alexa gegangen und um die Tatsache, dass er jetzt mit ihr zusammen war.

Was, wenn sie Miriam also nur nie die richtigen Fragen gestellt hatte? Aber kam das Verschweigen einer so wichtigen Tatsache wie dieser nicht einer Lüge gleich?

Doch nein, was Oskar ihr erzählt hatte, konnte einfach nicht stimmen.

Sie blieb neben dem aufgeklappten Holztor stehen.

Die Eingangstür zum Haus stand offen. Fiona war nirgends zu sehen, und auch von Mary fehlte nach wie vor jede Spur.

Was sollte sie nur tun?

Alexa fragen, ob sie mehr darüber wusste?

Ausgeschlossen. Sie war noch immer auf der Suche nach Mary und hatte jetzt ganz andere Sorgen.

Wieder überfielen sie nagende Schuldgefühle.

Doch immer wieder kamen ihr Oskars Worte in den Sinn.

Sollte sie Miriam anrufen und ihr von seinen Vorwürfen erzählen?

Nein. So etwas besprach man nicht am Telefon.

Gedankenverloren ging sie auf das Hotel zu. Sie hatte nicht die geringste Ahnung, was sie nun tun sollte.

Wieder umkehren, um den anderen erneut bei der Suche zu helfen?

Nach Fiona suchen, um sie in irgendeiner Form zu unterstützen? Sicher gab es doch irgendwelche Anrufe, die getätigt werden konnten, um die Suche nach Mary zu beschleunigen.

Aber sosehr sie sich auch um Haltung bemühte, ihre Gedanken kehrten immer wieder zu der Frage zurück, ob Oskars Vorwurf nicht doch einen Funken Wahrheit enthielt.

Gerade als sie an der Bank angekommen war, die direkt neben dem Hintereingang stand, und sich setzen wollte, vernahm sie eine Stimme.

»Da bist du ja endlich«, sagte er.

Unweigerlich zuckte sie zusammen.

»Frank!« Sie musterte ihn ungläubig. »Was um Himmels willen machst du hier?«

Er stand mit einem gewinnenden Lächeln im Türrahmen. Die Freude, sie zu sehen, war ihm deutlich anzusehen.

»Ich bin mit dem Zug gekommen.« Er trat zu ihr in den Hof hinaus und griff nach ihren Händen. »Eine junge Frau hat mich hereingelassen.«

»Fiona?«, fragte Nora. »Wo ist sie?«

»Drinnen. Sie sagte, sie müsse einige Telefonate erledigen. Und sie meinte, ich solle ihr Bescheid sagen, sobald ich eine schwarze Schäferhündin sehe.«

»Eine Schäferhund-Labrador-Mischlingshündin«, erklärte ihm Nora.

»Von mir aus auch das.«

Sein Lächeln vertiefte sich. Er hatte sich nach ihr gesehnt.

»Ich kann es kaum fassen, dass du hier bist«, sagte Nora. Ihre Hände lagen noch immer in seinen.

»Haben wir noch immer Streit?«, fragte er.

»Wir hatten keinen Streit, ich habe Schluss mit dir gemacht«, erklärte sie mit wehmütigem Lächeln.

»Hast du das?«

Sie dachte an Yannik. Hätte sie ihn denn überhaupt geküsst, wäre sie nicht frei gewesen?

»Es tut mir leid, wenn ich überreagiert habe.« Die Worte sprudelten regelrecht aus ihr heraus. »Aber ich war einfach vollkommen fertig mit der Welt. Und ich habe mich von dir im Stich gelassen gefühlt. Deshalb hast du auch meine ganze Unzufriedenheit und all den Missmut abbekommen, der sich in den letzten Monaten in mir angestaut hat. Einen Missmut, für den du nur teilweise etwas konntest.«

Und tatsächlich konnte sie sich kaum noch erinnern, warum sie derart wütend auf ihn gewesen war. In diesem Moment war sie einfach nur froh und dankbar, nicht allein zu sein.

»Du musst gespürt haben, dass ich deine Nähe gerade jetzt besonders brauche«, fuhr sie fort.

»Man könnte auch sagen, dass ich einfach Sehnsucht nach dir hatte.« Er führte ihre Hand an seine Lippen. »Und dass es mir leidtut, wenn ich dich nicht mit der Aufmerksamkeit bedacht habe, die du verdient hast.«

Er küsste zuerst ihre Hand, dann jeden einzelnen Finger. Nora ließ es geschehen und genoss es insgeheim.

»Vergiss, was ich gesagt habe«, antwortete sie. »Ich habe überreagiert. Nicht nur dir gegenüber. Wenn mir etwas klargeworden ist, dann das.«

»Wir hatten beide einfach zu viel um die Ohren«, sagte er versöhnlich.

Nora nickte.

Oskars Worte hatten alles verändert. Sie war sich nicht einmal mehr sicher, was Frank betraf. War er einfach nur zur rechten Zeit gekommen? Zu einem Zeitpunkt, an dem sie sich nichts sehnlicher wünschte, als sich jemandem anzuvertrauen? Jemandem, der gerade nicht wütend wegen Mary auf sie war? Oder stimmte, was sie in diesem Moment empfand und zuvor gesagt hatte? Dass sie überreagiert und ihn in Wahrheit vermisst hatte?

Er hielt ihre Hand noch immer in der seinen. Wie angewurzelt standen sie vor der Tür und starrten einander an.

»Ich habe dir so viel erzählen«, sagte sie. »Die letzte Stunde hat so viel verändert.«

»Was ist passiert?«

Sie schaute zu Boden. »Es geht nicht so sehr um das, was passiert ist, sondern um das, was ich erfahren habe und was alles in einem anderen Licht erscheinen lässt.«

»Wenn in einem anderen Licht bedeutet, dass du nicht mehr böse auf mich bist, dann kann es gar so schlimm nicht sein.« Er grinste übermütig.

»Wenn du wüsstest.«

Sie zog ihre Hand zurück und setzte sich auf die Bank.

»Ich kann es noch immer nicht fassen, dass du hier bist«, wiederholte sie, während er direkt neben ihr Platz nahm.

Er trug Shorts, so dass sie die Haut seiner Beine warm und vertraut an ihren spüren konnte.

Erst jetzt wurde sie sich wieder ihres Trägerkleides bewusst, das sie ursprünglich wegen Yannik angezogen hatte.

Yannik.

Mary. Oskar.

Was war nur in diesen wenigen Stunden geschehen?

»Es hat ein wenig Recherche erfordert, das Tierhotel zu finden«, sagte er. »Aber durch ein paar Andeutungen deiner Mutter wurde ich glücklicherweise fündig.«

»Meine Mutter? Du hast mit ihr gesprochen?«

»Ich war bei ihr.«

Ihre Augen weiteten sich. »In der Klinik?«

Er nickte.

Und da war sie wieder, Oskars Behauptung, dass Miriam ihn zuerst betrogen hätte.

»Mit meiner Mutter hat auch zu tun, was ich heute erfahren habe«, erklärte Nora.

»Es muss eine große Sache sein, so durcheinander, wie du bist.«

»Für mich ist es auch eine große Sache. Auch wenn ich noch nicht sicher bin, was ich davon halten soll.«

Sie war dankbar für seine Nähe. Dankbar, dass er ihr zuhörte. Trotzdem waren ihre Gedanken und Gefühle noch immer in Aufruhr.

»Wie meinst du das?«, fragte er.

»Nun, es kann gerade sein, wie es will. Ob die Behauptungen meines Vaters nun stimmen oder er sie einfach aus der Luft gegriffen hat. Beides wäre eine Schande. Im einen Fall lügt er«, sie schluckte, »im anderen sie.«

Sie hatte sich neutral ausgedrückt, obwohl sie noch immer der festen Überzeugung war, dass Miriam sie nicht belogen hatte. Das war einfach unmöglich.

Denn Oskar hatte schließlich nicht nur Miriam, sondern auch sie hintergangen. Folglich war es auch wahrscheinlicher, dass Oskar und nicht Miriam der Lügner war.

»Willst du darüber reden?«, fragte Frank vorsichtig.

Es fiel ihr schwer, seinen Blick zu deuten. Aber sie wollte jetzt nicht darüber reden. Dafür empfand sie es nach all den Monaten, in denen sie sich von ihm vernachlässigt gefühlt hatte, als viel zu wohltuend, zum ersten Mal seine ungeteilte Aufmerksamkeit zu besitzen.

Alles, was jetzt zählte, war Ablenkung.

In ihrem Wunsch nach Halt legte sie unwillkürlich ihre Hand auf seine.

»Ich glaube nicht«, antwortete sie daher. »Zumindest jetzt nicht.«

»Was willst du dann?« Er hob die Augenbrauen, während er zweideutig lächelte.

»Ich weiß es selbst nicht«, antwortete sie, während ihr Blick in die Ferne wanderte.

Sie musste an Yannik denken. Noch immer konnte sie sich aus seinem Verhalten keinen Reim machen. Hatte sie sich denn so sehr in ihm getäuscht? Aber was sonst könnte der Grund dafür sein, dass ein erwachsener Mann so schnell von tiefer Zuneigung und vorsichtiger Annäherung zu derart kalter und distanzierter Oberflächlichkeit wechselte?

Die Sorge um Mary, die Wut auf ihren Vater, die Zweifel an Miriam und nicht zuletzt die Zurückweisung Yanniks ließen sie auch an sich selbst zweifeln und machten ihr schwer zu schaffen.

Warum war sie überhaupt in dieses Hotel gekommen? Warum war sie nicht von Anfang an ihrem Instinkt gefolgt und einfach zu Hause geblieben? Es spielte doch für niemanden hier eine Rolle, ob sie da war oder nicht. Im Gegenteil, ihre Anwesenheit verursachte doch allen, siehe die erste Lesung und nun Marys Verschwinden, nur Probleme und Verdruss.

Ihre Chemie und die der Menschen im »Sonnenblumenhaus« passten einfach nicht zusammen. Der Ort schien ihr einfach kein Glück zu bringen. Und auch sie selbst brachte dem Ort kein Glück.

Nora spürte Franks Finger über ihre Handfläche streichen. Eine fremd gewordene und doch so vertraute Geste.

Sie hob den Blick und suchte nach einer Antwort in seinen Augen.

»Ich glaube, ich will zurück nach Hause«, sagte sie schließlich leise. »Hier gibt es nichts mehr für mich zu tun.«

»Nach Hause? Aber warum?«

»Ich bringe euch einfach kein Glück, Fiona. Denk doch nur an Mary.«

»Mary wird zurückkommen, da bin ich mir sicher.«

»Weshalb bist du dir da so sicher?«

»Weil sie, wenn ihr etwas geschehen wäre, doch irgendjemand gefunden hätte. Jeder im Dorf kennt uns und unsere Hunde. Sie wird bald wieder hier sein.«

»Glaub mir, es ist besser, wenn ich gehe. Die Gemüter sind ohnehin schon viel zu aufgeheizt.«

»Was meinst du damit?«

»Das ist eine lange Geschichte.«

»Willst du wirklich gehen?«

»Ja, es ist besser so, du wirst sehen.«

Die Unterhaltung mit Fiona ging ihr noch immer durch den Kopf, als sie am frühen Abend auf der Kante ihres Bettes saß und durch die offenen Gardinen auf den Hof hinunterschaute.

Das Plätschern in der Dusche war das einzige Geräusch, das sie daran erinnerte, dass Frank da war.

Sie war noch immer überrascht, dass er tatsächlich gekommen war. Dass er Himmel und Hölle in Bewegung gesetzt hatte, nur um sie zu sehen.

Das war sie vermutlich, die Bestätigung seiner Aufmerksamkeit, auf die sie so lange gewartet hatte.

Nur warum freute sie sich dann nicht darüber?

War nicht genau das einer der Gründe gewesen, weswegen sie aus der Stadt geflohen war? Der Ärger über Franks egoistisches Verhalten und die Verzweiflung über ihre anhaltende Schreibkrise.

Beide Probleme waren weitestgehend gelöst, warum freute sie sich also nicht?

Wahrscheinlich weil heute zu viele schreckliche Dinge passiert waren, die sie bedrückten und zu viele Fragen aufwarfen.

Nur wenige Minuten zuvor hatte sie Stimmen vor dem Haus wahrgenommen. Alexa, Oskar, Fiona und Yannik hatten sich lautstark darüber unterhalten, was sie als Nächstes unternehmen wollten.

Von Suchplakaten war die Rede gewesen. Und immer wieder von der Vermutung, dass Mary sich gewiss nur verlaufen habe und bald wieder nach Hause zurückfinden würde. So wie Max damals.

So wie Max? Bedeutete das, dass so etwas schon einmal passiert war? Und vor allem, dass der Hund einem der vier entwischt war? Vielleicht Fiona?

Aber das waren alles nur Spekulationen, die niemandem weiterhalfen.

Seufzend ließ sie sich rücklings aufs Bett fallen und starrte an die Decke.

Sie hörte, dass das Plätschern im Badezimmer verstummt war, und spürte, gerade als sie sich aufrichten wollte, eine Hand in ihrem Nacken.

Er trug nur ein Handtuch um die Hüfte, sein Haar war noch nass.

»Willst du noch heute Abend fahren?«, fragte er, während er ihren Hals küsste.

Sie setzte sich aufrecht.

»Ich denke, morgen früh reicht«, sagte sie.

In seinen Augen sah sie das Verlangen, das sie gerade in den ersten Tagen nach ihrer Ankunft so sehr vermisst hatte.

Doch als seine Lippen die ihren berührten, wich sie unwillkürlich ein Stück zurück.

»Was ist?«, fragte er. »Ich dachte, es wäre wieder alles in Ordnung.«

»Es ist so viel passiert«, sagte sie.

»Ich weiß. Ich hätte mehr mit dir reden, mir mehr Zeit nehmen sollen, mir mehr …«

»Das meinte ich nicht.« Sie hob die Hand. »Ich meine hier passiert, im ›Sonnenblumenhaus‹.«

Er musste lachen. »Schon ein komischer Name, das musst du zugeben.«

Sie zuckte mit den Schultern. »Mag sein. Es ist zwar so viel passiert in den letzten zwei Wochen, dass mir ganz schwindelig davon ist. Aber gleichzeitig«, ihr Blick wanderte ins Leere, »bin ich im ›Sonnenblumenhaus‹ zum ersten Mal seit langem zur Ruhe zu kommen. Die Zeit hier hat mir gutgetan, weißt du?«

»Also, willst du doch noch bleiben?«

Ihre Gedanken wanderten zu Oskar und seinen Anschuldigungen.

Und zu Yannik, sowohl zu den Zweifeln, die sein Verhalten in ihr geweckt, als auch zu den Gefühlen, die er in ihr hervorgerufen hatte.

»Nein«, sagte sie entschlossen, »ich fahre definitiv. Ich hatte meine Erholung, habe wieder angefangen zu schreiben. Jetzt ist es Zeit, wieder in mein altes Leben zurückzukehren.«

Sie lächelte tapfer. Ein Lächeln, das er scheinbar als Aufforderung verstand.

Er näherte sich ihr erneut. Und dieses Mal wandte sie sich nicht von ihm ab.

Seine Nähe half ihr dabei, zu vergessen. Sie spürte seine Hand an ihrer Taille, seine Zunge fordernd in ihrem Mund.

»Ich habe dich vermisst«, flüsterte er nach dem langen, intensiven Kuss und zog sie zu sich hinab.

Ich dich auch, wollte sie antworten. Aber da verschloss er ihr schon mit einem weiteren Kuss den Mund.

Sie hatten versucht, wie immer zu Abend zu essen. Nur eine Kleinigkeit, Tomatensuppe mit Weizenbrot.

Doch keinem war wirklich nach Essen zumute.

Yannik war der Erste, der sich vom Tisch erhob, um nach den Hunden zu sehen.

Seit Marys Verschwinden sorgte er sich noch mehr um die Vierbeiner als sonst.

»Alexa und ich wollen nachher noch mal eine Runde mit dem Jeep drehen«, hatte Oskar kurz zuvor zu ihm gesagt. »Vielleicht fällt uns ja etwas auf, was wir bislang übersehen haben. Willst du nicht mitkommen?«

Yannik hatte zugesagt, doch jetzt, wo er mit den Hunden unter den Bäumen saß und sie nacheinander kämmte, wollte er eigentlich nur noch eines: niemanden mehr sehen und hören. Nicht einmal Oskar und Alexa.

Er wollte Ruhe, wollte nicht mehr ständig abwechselnd an Mary und an Nora denken müssen.

Allein schon die Vorstellung, dass sie sich gerade gemeinsam mit diesem Lackaffen aus der Stadt auf ihrem Zimmer befand, während das gesamte »Sonnenblumenhaus« nach Mary suchte, machte ihn rasend.

Was war nur seit dem Vorabend geschehen? Alles hatte so vielversprechend begonnen – und jetzt? Jetzt war jede Hoffnung auf eine Annäherung oder gar Beziehung zwischen ihnen zunichtegemacht worden.

Aber von wem?

Von Nora?

Von ihm?

Was hatte Fiona ihnen gerade beim Abendessen erzählt?

Dass Nora der Meinung war, hier mehr Schaden anzurichten, als irgendwem eine Hilfe zu sein? Und dass es besser wäre, wenn sie einfach verschwand?

Vermutlich stimmte das sogar. Wahrscheinlich war Noras Idee, das Hotel am nächsten Morgen zu verlassen, die beste, die sie seit langem gehabt hatte.

Einerseits war er froh, dass sie nicht beim Abendessen aufgetaucht war, schon gar nicht zusammen mit diesem Typen. Andererseits konnte er nicht nachvollziehen, dass sie sich einfach so kampflos, so mir nichts, dir nichts zurückgezogen hatte.

Auch Oskar war nach seiner Rückkehr von der Suche nach Mary seltsam verstört gewesen und hatte auf Yanniks Frage, wo Nora sei, nur sehr wortkarg reagiert.

Irgendetwas musste zwischen den beiden vorgefallen sein.

Allerdings war das jetzt, wo dieser Kerl auf der Bildfläche aufgetaucht war, nicht mehr relevant.

»Meinst du, es geht ihr gut?«

Er hatte Fiona nicht sofort bemerkt.

»Mary?«, fragte er, während er sich zu ihr umdrehte.

»Ja.« Fiona schob die Hände in die Taschen ihrer Strickjacke.

»Ganz bestimmt geht es ihr gut. Du kennst doch unsere Kämpferin. Sie ist die Klügste von allen.«

»Oskar und Alexa wollen gleich noch mal mit dem Jeep los und weitersuchen«, sagte sie.

»Ich weiß. Ich werde sie wohl begleiten.«

»Ich bleibe hier«, sagte sie mit gesenktem Blick. »Nur für den Fall, dass Mary wiederkommt.« Sie schluckte. »Sie kommt doch wieder, oder?«

Yannik erhob sich vom Stuhl und griff nach ihrer Hand. »Natürlich kommt sie wieder. Alles wird gut, du wirst sehen.«

»Glaubst du das wirklich?«

Er schwieg eine Weile.

»Yannik?«

»Ich hoffe es«, sagte er, nun etwas leiser.

Einen Moment lang sagte keiner von beiden ein Wort. Die Hunde hatten sich im Rasen niedergelegt, als wäre alles wie immer. Die allabendliche Sommeridylle, wie sie im »Sonnenblumenhaus« gang und gäbe war.

Trotzdem war alles anders als sonst.

»Hast du sie noch mal gesehen?«, fragte Fiona.

»Mary?«

»Nora.«

Er schaute in die Ferne. »Nein.«

»Sie sagt, die Stimmung hier sei aufgeheizt. Und als ich Genaueres wissen wollte, hat sie sich rausgeredet.«

»Sie wird schon wissen, was sie tut«, antwortete er knapp.

»Ich finde es trotzdem blöd. Gerade jetzt brauchen wir sie doch am meisten.«

»Ich wüsste nicht, wofür wir sie brauchen sollten«, sagte Yannik etwas zu schnell, etwas zu abgebrüht.

Fiona jedoch merkte es nicht.

»Und was ist mit der Suche nach Mary?«, fragte sie. »Da können wir doch jedes zusätzliche Augenpaar gut gebrauchen.«

»Wenn es ein Augenpaar von hier ist, dann schon«, antwortete er. »Aber keines, das sich hier ohnehin nicht auskennt.«

Fiona nickte, obwohl sie offensichtlich anderer Meinung war. Vermutlich wusste sie einfach nicht, was sie darauf erwidern sollte.

Gemeinsam saßen sie schweigend nebeneinander, bis Fiona zurück ins Haus ging und Yannik sich mit Alexa und Oskar noch einmal auf die Suche nach Mary begab.

Liebe Alexa,
eigentlich hätte ich diese Worte unter anderen Umständen auch an meinen Vater gerichtet, denn immerhin ist es Euer beider Hotel, das ich verlasse und in dem ich zwei Wochen lang zu Gast sein durfte.
Aber Oskar weiß, was es mir im Moment so schwer macht, die richtigen Worte ihm gegenüber zu finden. Ich bin wütend auf ihn, vielleicht bin ich aber auch unfair und tue ihm zumindest in diesem Fall unrecht. Aber was auch immer richtig oder falsch ist, im Moment fühle ich mich mit der Situation einfach überfordert.
Die Sache mit Mary tut mir unendlich leid. Ich weiß, dass ihr Verschwinden sowie die Sorgen, die Ihr Euch

nun um sie macht, allein meine Schuld sind. Wie ich überhaupt denke, dass ich Euch während meiner Anwesenheit fast nur Probleme bereitet habe. Deshalb ist es sicher das Beste, wenn ich wieder abreise.
Dennoch sollst Du wissen, dass ich gerne bei Euch im »Sonnenblumenhaus« gewesen bin und eine schöne Zeit bei Euch verbracht habe.
Allein, wenn ich an die Lesung denke und die Schreibwut, die mich bei Euch aufs Neue gepackt hat, bin ich Euch allen sehr dankbar.
Und Fiona. Es war mir eine solche Freude, sie kennenzulernen.
Bitte sag ihr, dass ich sie so bald wie möglich, vorausgesetzt, sie möchte es, zu mir einladen und ihr meine Stadt zeigen werde. So literaturverrückt, wie sie ist, könnte es hochinteressant für sie sein, einmal hinter die Kulissen des Verlags, für den ich schreibe, zu blicken oder mich auf eine Lesung in besonderem Rahmen zu begleiten.
Dir möchte ich besonders danken.
Wir zwei sind zwar keine Freundinnen geworden.
Das war wohl auch nicht zu erwarten.
Trotzdem, oder gerade deshalb, möchte ich Dir für Deine Gastfreundschaft danken. Zu sehen, mit welcher Leidenschaft Ihr Eurem Beruf nachgeht und wie behutsam Du mit den Kindern umgehst, lässt mich vieles aus einem anderen Blickwinkel betrachten als bisher.
Überhaupt sehe ich mittlerweile so manches mit anderen Augen, Dich eingeschlossen. Vielleicht weil Du nun endlich ein Gesicht für mich bekommen hast, ich Dich nicht länger verteufeln kann und zudem erkannt habe, dass auch Du nur ein Mensch bist, mit vielen Schwächen, aber auch mit vielen Stärken.

Was ich damit sagen will: Ich betrachte Dich nicht länger mit Unverständnis, und vielleicht nimmst auch Du mich inzwischen als den Menschen wahr, der ich bin: als die Tochter von Miriam und Oskar Fendt.
Danke für die Sonnenblumentage.
Ich werde sie nicht vergessen und für immer im Gedächtnis behalten.
Nora

Der Brief lag auf Noras Kopfkissen. Bereit, von wem auch immer gefunden und an Alexa weitergegeben zu werden.

Nora war vor der Abfahrt niemandem mehr begegnet, dem sie ihren Brief persönlich hätte übergeben können. Wahrscheinlich hatten sich alle schon ganz früh am Morgen erneut auf die Suche nach Mary gemacht, was Nora nicht unrecht gewesen war.

Jetzt standen ihre Koffer bereits auf der Rückbank ihres Autos, Frank saß auf dem Beifahrersitz, der Tank war voll, und es konnte endlich nach Hause gehen.

Nora ließ das Telefongespräch, das sie am vergangenen Abend mit Maria geführt hatte, noch einmal Revue passieren.

»Du kommst jetzt schon zurück? Das ist toll, dann kannst du ja doch an der diesjährigen Agenturparty teilnehmen. Die suchen händeringend noch nach Autorinnen und Autoren, die dort ein wenig aus ihrer Werkstatt und von ihrem Schriftstellerleben erzählen.«

»Ich weiß nicht, Maria. Wir fahren doch morgen erst los.«

»Die Party ist ja auch erst abends.«

»Trotzdem weiß ich nicht, ob ich kommen werde.«

»Mariella Paulus wird auch da sein.«

»Mariella Paulus? Was hat denn die dort zu suchen?«

»Du weißt doch, dass ihr Mann bei derselben Agentur ist wie du. Er hat einen Ägypten-Reiseführer veröffentlicht.«

»Das ist aber schon Jahre her. Warum kommt er also immer noch zu den Partys? Und vor allem, warum schleppt er seine Frau mit?«

»Ein Schelm, der Böses dabei denkt. Aber für dich wäre es gut, dich in vornehmer Ignoranz zu üben.«

»Wieso? Was interessiert mich diese Frau noch?«

»Neulich hast du noch ganz anders gesprochen.«

»Weil ich da noch nicht wusste, dass es keine Rolle spielt, was sie oder jemand anders über mich denkt. Alles, was ich will, ist schreiben.«

»Schreiben. Gut, dass du das erwähnst. Wie weit bist du?«

»Weit genug, um meinen Abgabetermin einzuhalten.«

»Sicher?«

»Welchen Grund hast du, daran zu zweifeln?«

»Nun, du musst zugeben, dass du die ganzen letzten Wochen schon ein bisschen neben der Spur warst.«

Nora schüttelte den Kopf, das Gespräch mit Maria war nicht gerade sehr erbaulich verlaufen. Aber was jetzt zählte, war allein, nach vorn zu blicken. In ein Leben voller Zuversicht und neuer Energie, voller inspirierender Ideen und ungeahnter Möglichkeiten. Ein Leben mit Frank.

Das war zumindest, was sie sich einzureden versuchte. Doch tief in ihrem Inneren wusste sie es besser. Sie war im »Sonnenblumenhaus« trotz aller unguten Begebenheiten glücklich gewesen und hatte viel über sich selbst gelernt.

War sie möglicherweise gerade dabei, genau dieses Glück wieder zu verspielen? Sie erinnerte sich an die Momente verzaubernder Stille unter den Kirschbäumen. An die Spaziergänge zum See. An die Gespräche mit Yannik und an seine Küsse, die für ihn leider nicht die gleiche Bedeutung hatten wie für sie. Das hatte er ihr mit seinem nachfolgenden Verhalten eindeutig klargemacht.

Ja, Yannik hatte sich entschieden, und sie, hatte sie sich nicht gleichfalls entschieden? Sie war drauf und dran, vertraute Wege zu beschreiten. Mit Frank, der in die gleiche Welt gehörte wie sie – die Welt, die sie nun erneut erwartete.

Und war es nicht genau das, was sie sich die ganze Zeit über gewünscht und sich nur nicht eingestanden hatte? Eine zweite Chance mit Frank?

Sie spürte seine Hand auf ihrem Knie.

»Frank!« Sie kicherte. »Ich fahre gerade Auto.«

»Auf einer verlassenen Landstraße«, verteidigte er sich mit übermütigem Grinsen. »Komm, lass uns rechts ranfahren. Nur kurz.«

»Um was zu tun?«, fragte sie.

»Das hängt ganz von dir ab.«

»Wenn es von mir abhängt, dann entscheide ich mich dafür, dass wir weiterfahren. Ich wäre gern vor dem Mittagessen zu Hause.«

»Wenn du meinst.« Er ließ sich seufzend in den Beifahrersitz zurückfallen.

»Wir könnten doch in Lila's Corner zu Mittag essen, was meinst du?«

»Ich wollte heute Mittag eigentlich noch kurz im Studio vorbeischauen.« Er betrachtete sie von der Seite. »Komm doch einfach mit.«

Das Studio. Sein Arbeitsplatz und gleichzeitig Tummelplatz für ausdruckslose Schönheiten und oberflächliche Mode-Junkies.

»Ich weiß nicht«, murrte sie.

»Wer hat sich denn beschwert, dass wir zu wenig Zeit miteinander verbringen?«

Zeit im echten Leben, hätte sie am liebsten geantwortet und wusste im gleichen Augenblick, dass er nicht verstehen würde, was sie meinte.

»Na gut, ich komme mit«, sagte sie schließlich. »Aber nur, wenn wir danach noch zu Lila's gehen.«

»Wohin auch immer du willst.«

Ihre Blicke trafen sich für einen kurzen Moment. Wie umwerfend er in seinem simplen schwarzen Shirt doch wieder aussah. Wie tiefgründig seine Augen leuchteten, wie geheimnisvoll das Lächeln war, das seine Lippen umspielte.

Sie schaute zurück auf die Straße. Sie hatte noch mehr als genügend Zeit, Frank zu bewundern.

Links und rechts von sich sah sie die unberührte Natur vorbeiziehen.

Das Gold der Weizenfelder, die schwarz-weißen Stämme der Birken am Straßenrand. Den Lindenbaum an der Abzweigung zu einer abgelegenen Ortschaft.

Doch sie nahm keine Abzweigung, sondern folgte zielstrebig der Landstraße in Richtung Heimat.

»Zugegeben, mein morgendlicher Kaffee fehlt mir«, sagte Frank.

»Du wolltest doch so schnell wie möglich losfahren«, antwortete Nora.

»Ja, aber bis wir ankommen, dauert es mindestens noch zwei Stunden. Können wir nicht zwischendrin irgendwo anhalten und wenigstens einen Coffee to go mitnehmen?«

Erst jetzt merkte sie, dass auch sie etwas Koffein vertragen konnte.

»Da vorn.« Frank deutete auf eine Raststätte an der rechten Straßenseite. »Nichts Weltbewegendes, wie es scheint, aber Kaffee werden die wohl haben.«

Nora parkte den Wagen direkt vor dem Gebäude.

Eine Tankstelle mit angegliedertem Café.

Als sie ausstiegen, spürte sie den warmen Sommerwind auf ihrer Haut. Ein Gefühl von Freiheit überkam sie.

Und dennoch, irgendetwas passte nicht ins Bild. Wieder überlegte sie, ob sie sich richtig entschieden hatte.

Sie suchten sich einen Platz direkt am Fenster.

Zwei rote Lederbänke, die sich gegenüberstanden, dazwischen ein schmaler Glastisch.

Frank hatte sich zu seinem Milchkaffee ein Salami-Brötchen bestellt, sie begnügte sich mit einem einfachen schwarzen Kaffee.

»Übermorgen steht ein Shooting auf dem Dach eines Kinos an«, erzählte er ihr beiläufig, während er an seinem Kaffee nippte.

»Klingt spannend.«

»Wenn du willst, kannst du zuschauen«, schlug er vor. »Wir werden dort die neue Kollektion präsentieren.«

»Das ist wirklich lieb von dir, aber ich stecke immer noch mitten in der Arbeit am Manuskript. Ich muss im Moment jede Minute nutzen.«

»Das verstehe ich. Du sollst nur wissen, dass es nichts gibt, wo ich dich nicht mit dabeihaben möchte. Ich freue mich immer über deine Anwesenheit.«

War das seine Art, ihr zu zeigen, dass er es wirklich ernst meinte? Dass er bereit war, ihr mehr Zeit, mehr Aufmerksamkeit zu widmen? Dennoch war es nicht wirklich das, was sie von ihm wollte.

»Worum es mir geht«, erklärte sie schließlich, »ist eher, dass wir ein bisschen mehr Zeit zu zweit verbringen. Nur du und ich. Dass ein jeder deshalb trotzdem seiner Arbeit nachgehen muss, ist klar. Aber die Zeit, die wir in den letzten Monaten ohne Dritte verbracht haben, war entschieden zu wenig.«

Er zwinkerte ihr zu. »Von jetzt an wird alles besser.«

»Von jetzt an«, wiederholte sie nachdenklich, während sie ihren Becher mit beiden Händen umklammerte.

Sie schaute zur Uhr, die über dem Zeitungsständer neben der Tür hing.

Kurz nach halb zehn.

Der ganze Tag lag noch vor ihnen, dennoch hatte sie das Gefühl, schon seit Stunden auf den Beinen zu sein. Allein die Entscheidung, das »Sonnenblumenhaus« zu verlassen, hatte ihr so viel Kraft abverlangt, dass sie sich nun seltsam müde, geradezu abgekämpft fühlte.

Als sich die Tür öffnete, schaute sie nicht sofort hin. Erst auf den zweiten Blick sah sie, dass eine kleine Familie – Mutter, Vater und ihr kleiner Sohn – das Café betreten hatte.

Der Sohn, kaum älter als sechs, hatte wohl die Erlaubnis bekommen, die Leine des Hundes zu halten, den sie mit dabeihatten.

Stolz und konzentriert führte er den kleinen Zwergspitz zwischen den Tischen und Stühlen hindurch zum Tresen.

Sein Vater streichelte ihm liebevoll übers Haar.

Die Eltern unterhielten sich mit der Frau hinter dem Tresen. Hier ein verständnisvolles Nicken, dort eine Handbewegung, danach verschwanden die Mutter und der kleine Sohn samt Hund auf die Terrasse des Cafés, wo sie direkt an dem Fenster Platz nahmen, an dem sich drinnen Noras und Franks Tisch befand, während der Vater eine Bestellung aufgab.

Nora kam nicht umhin, die Mutter mit ihrem Sohn und dem kleinen Hund durch die Fensterscheibe hindurch zu beobachten. Irgendetwas faszinierte sie an der Familie. Oder weckte diese nur eine Erinnerung in ihr?

»Alles in Ordnung?« Frank schien ihren Blick bemerkt zu haben.

»Ja.« Nora lächelte gezwungen. »Alles okay. Es ist nur …«

»Was?«

»Ich frage mich, warum heute früh niemand mehr im Hotel war.«

»Aber du hast doch selbst gesagt, dass dir das einen Abschied voller Erklärungen erspart hat.«

»Ja, das stimmt, nur … vielleicht hatte es ja etwas mit Mary zu tun, dass sie einen Hinweis erhalten oder Fremde sie aufgelesen haben?«

»Mary? Die verschwundene Hündin?«

Nora nickte.

»Na, dann ist es eben so. Wäre doch nur gut.« Er biss in sein Brötchen.

»Ich hätte nur gern gewusst, ob alles in Ordnung ist«, antwortete sie.

»Dann ruf deinen Vater doch an und frag nach. Ansonsten denke ich, dass das nicht mehr dein Problem ist«, sagte er.

»Wahrscheinlich hast du recht.«

Sie nahm einen wohltuenden Schluck von ihrem Kaffee.

Doch als sie die Tasse absetzte, wanderte ihr Blick erneut zu der Familie vor dem Café. Der Vater hatte sich inzwischen mit einem Tablett zu seiner Frau und seinem Sohn gesellt und gab dem schwanzwedelnden Hund ein kleines Stück Wurst, das er von seinem Brötchen abgezwickt hatte.

Der Junge lächelte vergnügt und wollte von seinem Vater nun ebenfalls etwas Wurst bekommen, die er dem Tier geben konnte.

Aus irgendeinem Grund sprach die besorgte Mutter eine Mahnung aus, aber Nora konnte nicht verstehen, was sie sagte.

Doch dessen ungeachtet rührte sie das Geschehen vor dem Fenster.

War es die Familie selbst, die ihre Aufmerksamkeit weckte? Oder lag es an dem Hund, der sie daran erinnerte, dass sie abgefahren war, ohne ihre Probleme gelöst zu haben?

Mary.

»Ich hoffe, du verstehst das nicht falsch«, begann sie schließlich ohne jede Vorwarnung.

»Was soll ich nicht falsch verstehen?«

»Ich frage mich gerade, ob es unsere Pläne sehr durcheinanderbringen würde, wenn wir noch einmal umkehren würden.«

»Umkehren?«

»Ich würde einfach gern wissen, wie der aktuelle Stand der Dinge ist. Ob es Neuigkeiten zu Mary gibt und ob ich nicht doch noch irgendetwas tun kann.«

»Was könntest du tun, was sie nicht selbst schon getan haben?«, fragte Frank.

»Ich würde ja gern anrufen, habe aber nicht einmal eine Telefonnummer«, murmelte sie geistesabwesend vor sich hin. »Auch die exakte Adresse kenne ich nicht. Miriam hat meinen ganzen Urlaub dort abgeklärt.«

»Wie bitte?«

»Ich würde einfach gern noch mal vorbeischauen und mich wenigstens von Fiona verabschieden. Sie war schon gestern so traurig, als ich ihr gesagt habe, dass ich wieder fahre.«

»Das ist jetzt nicht dein Ernst, oder?« Er setzte seine Tasse ab und musterte sie ungläubig. »Wir sind schon seit einer Dreiviertelstunde unterwegs, und jetzt sagst du mir, dass du wieder zurückfahren willst?«

»Ich will nicht zurück«, lächelte sie entschuldigend, »ich will nur noch kurz reinschauen, die Lage checken, mich persönlich verabschieden. Und vor allem will ich wissen, was mit Mary ist.«

»Ich verstehe dich nicht.« Seine wachsende Ungeduld war unübersehbar. »Heute früh konnte es dir gar nicht schnell genug gehen, und auf einmal kommt dir in den Sinn, dass du dich doch lieber richtig verabschieden würdest?«

»Ja, aber vor allem geht es mir um Mary.«

»Dann ruf, wie gesagt, einfach an. Die Nummer lässt sich doch ohne weiteres rauskriegen.«

»Versteh doch. Mir ist einfach danach, und zwar jetzt. Was ist so schlimm daran?«

»Was so schlimm daran ist?« Er seufzte theatralisch. »Nichts ist schlimm daran, ich verstehe es nur einfach nicht. Ich verstehe dich nicht.«

Das war es. Er verstand sie nicht.

»Die letzten beiden Wochen haben mich sehr aufgewühlt«, erklärte sie in bemüht ruhigem Tonfall. »Aber sie haben mir auch gutgetan. Und obwohl ich mit dem, was mir mein Vater gestern erzählt hat, noch schwer zu kämpfen und auch noch mit meiner Mutter zu klären habe, hat der Aufenthalt im ›Sonnenblumenhaus‹ mein Leben doch bereichert.«

»Weißt du was, Nora?« Frank zerknüllte seine Serviette. »Ich glaube, du weißt einfach nach wie vor nicht, was du willst. Kann das sein?«

Sie antwortete ihm nicht.

»Aber wenn dir ein Köter wichtiger ist, als dass wir uns einander wieder annähern, dann tu, was du tun musst.«

Seine Miene war entschlossen, beinahe wie versteinert.

Fassungslos starrte sie ihn an, um sich dann einmal mehr zu sagen, dass sie zwei völlig unterschiedliche Persönlichkeiten mit größtenteils divergierenden Vorstellungen und Meinungen waren, die sich lediglich gut im Bett miteinander verstanden.

»Hast du gerade Köter gesagt?«, fragte sie und spürte, wie ihr das Blut in den Kopf schoss.

»Ja.« Er stand auf. »Ja, das habe ich. Irgendjemand muss dir schließlich einmal vor Augen führen, wie seltsam du dich in den letzten Wochen aufführst.«

Sie schnappte nach Luft, während sich seine Worte wie Pfeile in ihr Herz bohrten.

»Ich dachte ja schon, bevor du aufs Land gefahren bist, dass du völlig durch den Wind bist«, fuhr er fort. »Aber seitdem du dich bei diesen Flohtransportern einquartiert hast, scheinst du vollkommen den Bezug zur realen Welt verloren zu haben.«

Jetzt reichte es. Jetzt reichte es endgültig.

»Du hältst das, wie du lebst, für das wahre Leben?« Nun stand auch sie auf. »Ich sag dir mal was, Frank. Du hast nicht den blassesten Schimmer davon, was das wahre Leben ist. Das deine ist doch mehr Schein als Sein. Es geht dir immer nur darum, zu sehen und gesehen zu werden. Ich habe lange versucht, dich in einem anderen Licht zu betrachten, aber gerade eben ist es dir gelungen, dieses Licht mit einem Schlag auszulöschen. Du bist nicht echt, Frank. Du bist nur Show. Und mein Leben ist eben keine Show. Zumindest jetzt nicht mehr.«

Frank schüttelte daraufhin nur mit einem halb verständnislosen, halb verächtlichen Lächeln den Kopf.

»Wenn du das so siehst«, sagte er schließlich von oben herab, »ist es wohl besser, wenn ich meine Sachen aus dem Wagen hole. Ich werde mir ein Taxi rufen.«

»Das ist die beste Idee, die du seit langem hattest«, fauchte sie.

Sie hatten sich schon öfter derart theatralisch gestritten, doch dieses Mal würde es ihr letzter Streit sein, das spürte

Nora ganz deutlich. Denn sie war während ihres Besuchs in Alexas und Oskars Tierhotel eine andere geworden.

»Wie konnte ich nur so blöd sein, dir hinterherzufahren?«, brummte er wütend vor sich hin.

Doch sie hörte ihm schon gar nicht mehr zu, war schon ganz von dem Gedanken beflügelt, der ihr gerade in den Sinn gekommen war.

Und während sie ihm durch die Tür nach draußen folgte, fiel ihr Blick ein letztes Mal auf die kleine Familie mit dem Hund.

Kapitel 13

Nora weigerte sich, jetzt schon Pläne zu schmieden. Alles, was sie von nun an tat, sollte ausschließlich ihrem Herzen entspringen.

Ein albernes Vorhaben, das wusste sie selbst. Doch in dem Moment, in dem sich die gläserne Schiebetür öffnete und sie das Krankenhausfoyer betrat, war sie stolz darauf, einzig und allein ihrem Gefühl gefolgt zu sein.

Zwar war ihr durchaus bewusst, dass sie diesen Schritt tun musste. Dass sie gar keine andere Wahl hatte, wollte sie reinen Tisch machen und nicht weiterhin in Ungewissheit leben. Trotzdem hatte sie den Entschluss, herzukommen, mehr aus dem Bauch heraus getroffen als mit dem Verstand.

Sie hatte all ihre Sachen im Auto gelassen. Den Koffer, ihre Handtasche, das Handy.

Alles, was sie bei sich hatte, war eine Handvoll Fragen.

Sie betätigte die Klingel zur Station mit einer Routine, als würde sie jeden Tag in der Klinik ein und aus gehen.

Die Schwester ließ sie mit einem freundlichen Nicken hinein. Man kannte sie hier. Man wusste, dass sie nicht nur Miriams Tochter, sondern auch eine Bestsellerautorin war. Dafür hatte Miriam nicht ohne Stolz gesorgt.

Doch während sie den kurzen Weg von der Stationstür bis zum Zimmer ihrer Mutter zurücklegte, kam sich Nora keineswegs wie eine gestandene Frau vor, sondern wieder wie das kleine dreizehnjährige Mädchen, das sie vor fünfzehn Jahren gewesen war und das noch immer nach der Wahrheit suchte.

Sie spürte, wie sie ihre anfängliche Zuversicht mit jedem weiteren Meter verließ.

Wo sollte sie anfangen? Und wäre es nicht doch besser, manche Fragen unausgesprochen zu lassen?

Nein. Sie wollte nicht länger im Stillen grübeln und sich auf ihre Fragen selbst die Antwort geben müssen.

Doch an der Tür angekommen, war sie noch immer aufgeregt.

Sie ist deine Mutter, Nora, versuchte sie sich zu beruhigen. Du bist erwachsen. Du kannst sie alles fragen.

Wie sie so dastand, die Hand unsicher auf die Türklinke gelegt, war ihr, als könnte sie sich selbst von weiter oben aus zusehen.

Mit einem letzten tiefen Atemzug, als wollte sie im Schwimmbad eine Beckenlänge unter Wasser absolvieren, klopfte sie schließlich an die Tür und trat, ohne eine Reaktion abzuwarten, ein.

»Kind!« Miriam saß mit einem Buch auf dem Schoß auf der Bettkante und schaute überrascht auf. »Ich wusste gar nicht, dass wir verabredet waren.«

Entgegen ihrer sonstigen Gewohnheit hatte sie sich nicht mit dem Rücken an die Wand gelehnt, auch wirkte sie eher unruhig, so als befände sie sich gerade auf dem Sprung.

»Ich habe Frank gerade weggefahren«, erklärte Nora.

»Frank? Wieso Frank? Ich dachte, du bist noch im Hotel?«

»Ja, dort hat er mich besucht.« Nora stand noch immer in der offenen Tür.

»Im Hotel?« Miriam legte das aufgeschlagene Buch zur Seite, als wollte sie gleich weiterlesen. »Ich habe ihm die Adresse nicht gegeben, falls du mich das fragen willst«, verteidigte sie sich instinktiv.

»Nein.« Nora schloss die Tür. »Deswegen bin ich nicht hier. Frank kennt meinen Familiennamen und auch den Vornamen meines Vaters. Er hat lediglich ein klein wenig im Internet recherchiert, um die genaue Anschrift herauszufinden. Das hat er mir selbst erzählt.«

Nora war überrascht, wie ruhig sie auf einmal war, obwohl sich der Grund für ihren Besuch bei Miriam nicht geändert hatte. Oder war es nur die Ruhe vor dem Sturm? »Abgesehen davon ist Frank ohnehin Geschichte«, fuhr Nora fort.

Miriams Erleichterung war unübersehbar. »Tatsächlich? Es war dir also doch ernst damit, als du zu deinem Vater gefahren bist?«

»Nicht ganz, ich war schon drauf und dran, wieder mit ihm zurück in die Stadt zu kommen. Wir waren sogar schon auf dem Weg dorthin.«

»Du wolltest das Hotel verlassen? Das hast du mir ja gar nicht erzählt.«

»Es war auch eine spontane Entscheidung.« Sie seufzte. »Wie auch immer. Auf halber Strecke der Heimfahrt hatten Frank und ich einen kurzen, dafür aber umso heftigeren Streit, der mich endgültig erkennen ließ, dass er nicht der richtige Mann für mich ist.« Nora lächelte. »Aber das wusstest du ja schon vor mir.«

Miriam nickte. »Das Einzige, was zählt, ist, dass du es jetzt selbst begriffen hast. Ein gutes Aussehen und eine aufregende Glimmerwelt machen eben noch lange nicht glücklich. Und für dich war dieses oberflächliche Leben an der Seite dieses Kerls eh noch nie das Richtige, Kind.«

Nora ließ sich neben Miriam aufs Bett fallen. Wortlos legte sie die Hände in ihren Schoß und überlegte, wie sie am besten beginnen sollte.

»Und jetzt?«, kam ihr Miriam zuvor. »Jetzt hast du ihn heimgebracht?«

»Nein, er hat sich ein Taxi zum Bahnhof genommen. Wir waren ja noch auf halber Strecke.«

»Oh«, Miriam kicherte. »Dann scheint es ja ein besonders heftiger Streit gewesen zu sein.«

Nora dachte an die letzte Nacht, die sie mit Frank verbracht hatte, und fühlte sich für einen kurzen Moment schäbig. Fast so, als hätte sie Yannik hintergangen.

»Um ehrlich zu sein«, begann Nora schließlich, »ist Frank nicht der Grund, weswegen ich hier bin.«

Miriam legte den Kopf zur Seite und betrachtete ihre Tochter mit besorgtem Blick. Fast so, als wäre sie permanent auf der Hut. Wie immer, wenn Nora von sich aus das Gespräch suchte.

Seltsam, dass ihr das ausgerechnet jetzt zum ersten Mal auffiel.

»Was ist los?«, fragte Miriam.

»Ich bin nicht nur wegen Frank abgereist.«

»Sondern?«

»Oskar und ich, wir hatten eine sehr hitzige Diskussion.«

»Das war doch aber sicher nicht eure erste.«

»Das nicht, aber«, Nora blickte auf, »die, die mich mehr mitgenommen hat als alle anderen zuvor und mir seit gestern nicht mehr aus dem Sinn geht. Oskar hat mir etwas erzählt, was ich ihm erst nicht glauben wollte. Aber mittlerweile …«

»Mittlerweile?«

»Mittlerweile frage ich mich, ob nicht vielleicht doch etwas dran ist an seinen Behauptungen. Und ob ich ihn möglicherweise zu Unrecht einen Lügner genannt habe.«

Miriams Miene erstarrte von einer Sekunde zur anderen. Ahnte sie etwa, worauf Nora hinauswollte?

»Habe ich das, Mama?« Nora musterte sie eindringlich. »Habe ich ihn tatsächlich zu Unrecht einen Lügner genannt?«

»Woher soll ich das wissen?«

»Ich dachte, du wüsstest vielleicht, wovon ich spreche.« Nora strich sich eine Haarsträhne hinters Ohr. »Und dass du, wenn er nicht gelogen hat, vielleicht von alleine … ich meine …«

»Schon gut.« Miriam stand auf und wandte ihr den Rücken zu. »Du musst nicht weiterreden.«

Nora starrte wie gebannt auf ihre Mutter und wartete auf deren Reaktion.

»Ich weiß nicht, was ich sagen soll«, begann Miriam und sagte dann kein Wort mehr.

»Mama?«

Miriam schwieg noch immer. Regungslos stand sie in der Mitte des Raums. Zu weit vom Fenster entfernt, um hinauszuschauen, und zu weit weg von Nora, um sie berühren zu können.

»Mama!« Nora stand auf und legte ihre Hand um Miriams Schulter.

»Es tut mir leid«, begann Miriam schließlich. »Ich hätte es dir sagen müssen. Ich hätte es dir schon seit langem sagen müssen.«

»Es stimmt also, was er mir gesagt hat.«

Miriam drehte sich um. »Ich nehme an, dass er dir erzählt hat …« Sie stockte. »Dass er dir von ihm erzählt hat?«

»Dann war es gar nicht gelogen?« Noras Herz schlug bis zum Hals.

Von einem Moment auf den anderen erschien ihr alles, was sie die letzten Stunden und Jahre gedacht, gefühlt und durchlebt hatte, in einem vollkommen anderen Licht.

»Ich weiß ja nicht, was er dir erzählt hat.« Miriams Stimme war dünn und ängstlich. »Aber ich kann mir nicht vorstellen, dass er gelogen hat. Die Zeit der Lügen hat Oskar schon vor langer Zeit hinter sich gelassen.«

»Und was ist mit dir?« Noras Blick hatte etwas Aufforderndes. »Hast du die Zeit der Lügen auch hinter dir gelassen?«

»Es tut mir leid, Nora.«

»Ich verstehe einfach nicht … Aber zunächst einmal ganz von vorn. Oskar sprach von einer Affäre. Einer Affäre zu einer Zeit, in der ihr noch ein Paar wart und lange bevor er Alexa kennengelernt hat.« Sie atmete tief ein. »Stimmt das, Mama?«

»Mehr hat er nicht gesagt? Nur dass ich eine Affäre hatte?«

»Er meinte, dass es an dir wäre, mir alles ganz genau zu erzählen. Aber ich … ich konnte doch nicht ahnen, dass er wirklich recht damit hatte. Ich dachte, es wäre alles nur leeres Gerede, um von sich selbst abzulenken.«

Miriam seufzte.

»Rede mit mir!« Nora wurde lauter. »Verdammt noch mal, rede mit mir, Mama!«

»Es ist nicht so, dass ich es dir nicht sagen wollte«, antwortete Miriam schließlich. »Aber irgendwie habe ich den geeigneten Moment verpasst, dir davon zu erzählen. Und irgendwann war dann so viel Zeit vergangen, dass ich es nicht mehr für so wichtig gehalten habe, verstehst du?«

»Nicht mehr für so wichtig? Sag mal, weißt du eigentlich, was du da sagst?« Nora stand unmittelbar vor ihr. So nah, dass sie die Unsicherheit ihrer Mutter förmlich spüren konnte.

»Ich …«, setzte Miriam an, um schon im nächsten Moment wieder in lähmendes Schweigen zu verfallen.

»Aber es ändert alles, Mama. Alles. Fünfzehn Jahre lang habe ich immer nur Papa die Schuld am Scheitern eurer Ehe gegeben. Habe dich und mich als Opfer gesehen, weil er uns mir nichts, dir nichts wegen einer anderen Frau verlassen hat. Und konnte nicht verstehen, wie er das nur jemals übers Herz brachte. Und jetzt stellt sich heraus, dass du den Stein überhaupt erst ins Rollen gebracht hast?«

»Die Dinge sind nicht so einfach, wie du vielleicht glaubst«, antwortete Miriam in bemüht ruhigem Tonfall, ohne Nora jedoch dabei anzusehen.

»Ach nein? Wie sind sie dann, die Dinge?«, fuhr Nora auf. »Erklär es mir bitte. Hilf mir zu verstehen, wie du es zulassen konntest, dass ich all die Jahre mit der halben Wahrheit lebe und deswegen nichts mehr mit meinem Vater zu tun haben will?«

All die Enttäuschung und Wut auf ihren Vater, die sich jahrelang in Nora angesammelt hatten, brachen sich nun Bahn und richteten sich gegen ihre Mutter.

»Nora, bitte. Lass uns in Ruhe über alles reden. Dann wirst du verstehen, warum es mir so schwergefallen ist, dir die Wahrheit zu sagen.« Miriam griff nach Noras Hand, doch die entzog sie ihr sofort wieder.

»Wer war er?« Noras Augen blitzten vor Wut. »Und wie konnte es dazu kommen?«

Für einen kurzen Moment wurde die Befürchtung in ihr wach, mit diesem Gespräch den halbwegs stabilen Gesundheitszustand ihrer Mutter zu gefährden. Doch der Drang, endlich die volle Wahrheit zu erfahren, war stärker als alles andere.

Miriam legte ihre Hand auf Noras Arm. »Setz dich.«

Noras Atem ging schneller.

»Setz dich, Nora. Bitte!«

Nach kurzem Zögern nahm Nora schließlich erneut auf dem Bett Platz. Miriam setzte sich neben sie. So behutsam wie möglich begann sie zu reden. »Es war zu der Zeit, in der dein Vater gerade seine ehrenamtliche Tätigkeit im Tierheim aufgenommen hatte.«

»Im Tierheim? Aber das waren doch höchstens ein paar Monate.«

Miriam nickte. »Du warst damals gerade elf.«

»Was hat das Tierheim damit zu tun?«

»Oskar hatte damals die verrückte Idee, neben seiner Büroarbeit auch noch seiner wahren Leidenschaft nachzugehen, der Arbeit mit Tieren, wie du weißt. Ich war nicht so begeistert davon, falls du dich erinnerst.«

»Es ist lange her.« Nora bemühte sich, ihre Ungeduld zu zügeln.

»Damals wollte er dich immer mitnehmen, wenn er mit den Hunden spazieren ging oder sich um ihre Vermittlung kümmerte. Aber ich habe ihm klargemacht, dass ein Tierheim nichts für ein junges Mädchen ist. Ich meine, du warst dafür einfach viel zu emotional. Er hätte dir immer wieder erklären müssen, warum dieser oder jener Hund im Zwinger leben muss, warum er ihn nicht mit zu uns nach Hause nehmen kann und so weiter und so fort. Denn du warst damals schon ein Mensch, der sich alles viel zu sehr zu Herzen nimmt.« Sie hielt kurz inne. »Deshalb fand ich es eben nicht gut, dich mit in diese Umgebung zu nehmen. Und das habe ich Oskar auch gesagt. Mehrmals sogar.«

Nora wusste nicht, was das alles mit der Affäre ihrer Mutter zu tun haben sollte. Trotzdem hörte sie ihr aufmerksam zu.

»Aber dein Vater war zunächst nicht davon abzubringen«, fuhr Miriam fort. »Er war regelrecht besessen davon, diesen Tieren auf seine Weise zu helfen, und hat praktisch jede freie Minute, die er hatte, dort verbracht.«

»Aber wir waren doch trotzdem fast jeden Abend zusammen unterwegs«, erinnerte sich Nora. »Auch zu der Zeit, von der du gerade gesprochen hast. Wir haben Fotos in den Feldern gemacht, er hat mir die Natur erklärt und mir sozusagen Biologie-Unterricht erteilt.«

»Ja, er hat versucht, trotzdem für dich da zu sein«, sagte Miriam. »Wenn es etwas gibt, was man ihm zugutehalten muss, dann das.«

»Aber?«

»Es war gleichzeitig auch die Zeit, in der ich gemerkt habe, dass deinem Vater die eigenen Träume und Illusionen wichtiger waren als die Verantwortung seiner Familie gegenüber. Schon damals wollte er immer nur die Tiere retten und Beschützer schwacher Existenzen sein, während ich versuchte, uns ein möglichst schönes Heim zu bieten. Und schon damals hat es ihn immer nur in die Ferne gezogen. Anstatt mit mir, mit uns als Familie, einfach am Leben teilzunehmen, hat er sich immer in einer Art Traumwelt bewegt.«

»Traumwelt?«

Miriam nickte. »Er fühlte sich irgendwie immer zu Höherem berufen, wollte ständig die Welt verändern. Auf seine Weise.«

»Ich verstehe trotzdem nicht, was das alles mit seinen Vorwürfen zu tun haben soll, dass du ihn betrogen hast.«

Miriam verschränkte die Arme vor der Brust, als wollte sie sich vor den eigenen Erinnerungen schützen. Ihre Stimme zitterte, ihr Gesicht war blass.

Nora spürte den Anflug eines schlechten Gewissens. Forderte sie Miriam nicht zu viel ab, indem sie sie in ihrem eh schon angeschlagenen, labilen Zustand bezüglich der Vergangenheit befragte?

Doch da fuhr Miriam auch schon zu sprechen fort.

»Damals habe ich gemerkt, dass wir uns unaufhaltsam in unterschiedliche Richtungen bewegen. Ich war nicht auf der Suche nach jemand anderem, das musst du mir glauben.«

»Aber?«, hakte Nora nach.

»Er war der alleinerziehende Vater eines Schülers in meiner Klasse«, sagte Miriam. »Ein Witwer.«

Nora schwieg.

»Es fing mit Gesprächen nach den Elternabenden an. Erst ganz beiläufig, aber dann«, Miriam lächelte verklärt, »dann stellten wir einfach immer mehr Gemeinsamkeiten fest. Er liebte dieselben Autoren wie ich, war ganz begeistert von Shakespeare, Grass und Goethe.«

»Und das genügte, um den Zusammenhalt deiner Familie aufs Spiel zu setzen?«

»Du verstehst das nicht, Nora. Dein Vater und ich, wir sind in einer himmelschreienden Verliebtheit zusammengekommen, als wir noch halbe Kinder waren. Anfangs haben wir noch geglaubt, dass sich Gegensätze anziehen und dass dies unser Leben lang so bleiben würde. Aber irgendwann wird aus Verliebtheit so etwas wie tiefe Verbundenheit, nenn es meinetwegen auch Liebe, die entweder ausreicht, um miteinander alt zu werden, oder aber diese Verliebtheit löst sich in Unverständnis, schlimmstenfalls sogar in Gleichgültigkeit gegenüber dem anderen auf.«

»Was soll das, Mama?« Nora sprang auf und wanderte durchs Zimmer. »Warum sagst du mir nicht endlich, was passiert ist?«

»Aber du wolltest es doch verstehen. Du wolltest doch wissen, wie es dazu kommen konnte.«

»Ich dachte, du liebst Papa. All die Nächte, die du dich in den Schlaf geweint hast. Wem galten diese Tränen, wenn nicht ihm?«

»Ich habe ihn immer geliebt.« Miriam saß noch immer auf dem Bett, während ihr Blick ins Leere ging. »Aber manchmal reicht Liebe eben nicht aus. Und wenn man sich ständig alleingelassen fühlt und immer wieder die Spielverderberin ist, nur weil man das Leben als das akzeptiert, was es ist, und es nicht als übergroßen Spielplatz betrachtet, macht man eben Fehler. Weißt du, ab einem bestimmten Punkt hatte ich es einfach satt, ständig den Schwarzen Peter zugeschoben zu bekommen, nur weil ich erkannt habe, dass das Leben eben auch Verpflichtungen beinhaltet.«

»Meinst du damit Papas Wunsch, mit Tieren zu arbeiten?«

»Auch, ja. Aber das war nur die Spitze des Eisbergs. Dein Vater wollte immer alles und immer sofort. Und wenn ich versuchte, ihm ins Gewissen zu reden, wollte er es erst recht.« Miriams Blick wurde wehmütig. »Es war fast wie bei einem bockigen Kind.«

Nora ließ sich auf den Stuhl an Miriams Besuchertisch fallen. »Wie konnte es nur so weit kommen, Mama?«

Miriam hielt kurz inne.

»Mama!«, insistierte Nora, die nach wie vor nicht verstehen konnte, warum ihr ihre Mutter all die Jahre lang nicht die Wahrheit gesagt und sie stattdessen in einem Irrglauben hatte leben lassen.

»Lukas war derjenige, von dem die Initiative ausging«, nahm Miriam den Faden wieder auf.

»Sein Name war Lukas?«

Miriam nickte. »Ich weiß, dass das, war ich dir gerade eben erzählt habe, nicht rechtfertigt, was ich getan habe. Und eigentlich begann auch alles recht harmlos. Ein Kaffee in der Mittagspause, ein ausgeliehenes Buch nach den Elternabenden. Hier ein Gespräch, dort ein nettes Lächeln. Wir waren Freunde.«

»Freunde«, wiederholte Nora monoton.

»Aber irgendwann wurde aus Freundschaft mehr. Ich war oft allein, fühlte mich unverstanden, ungeliebt. Einfach nur, weil ich die Vernünftige war. Verstehst du?«

Nora stützte ihr Kinn auf die ineinander gefalteten Hände, während die Gedanken ziellos in ihrem Kopf kreisten und ihr keine Ruhe ließen.

»Es gab keine täglichen Treffen zwischen uns, falls du das meinst«, fuhr Miriam fort. »Manchmal haben wir uns sogar wochenlang nicht gesehen.«

»Und du glaubst, das macht es besser?«, erwiderte Nora gereizt.

»Was willst du eigentlich?« Miriams Stimme wurde fester. »Dass ich mich für einen Fehler entschuldige, der so viele Jahre her ist, obwohl dein Vater mit seinem Fehler dafür gesorgt hat, dass unsere Familie auseinanderbricht?«

»Nein, Mama. Ich will nicht, dass du dich entschuldigst. Weil es, verdammt noch mal, nichts an der Tatsache ändern würde, dass du mich belogen hast. Und du hast mich belogen, Mama, indem du mir mein halbes Leben lang nicht die Wahrheit gesagt hast.«

»Ich weiß.« Miriam erhob sich und ging auf Nora zu. »Und genau das bringt mich seit Jahren um den Verstand.

Wer weiß, vielleicht hat diese Lüge auch mit dazu beigetragen, dass sich meine Krankheit so in mir festbeißen konnte. Aber glaub mir, Nora, ich habe selbst darunter gelitten. Es ist mir nicht leichtgefallen, damit zu leben. Das musst du mir glauben.«

»Aber ist dir in all den Jahren«, Nora drehte sich zu ihr um, »in denen ich Papa die Schuld gegeben und mich all seinen Annäherungsversuchen entzogen habe, kein einziges Mal der Gedanke gekommen, mir endlich die Wahrheit zu sagen? Meinst du nicht, dass das einiges geändert hätte?«

»Natürlich habe ich daran gedacht. Immer und immer wieder. Aber ich wusste nicht, wie ich es dir beibringen sollte. Als er mir damals von Alexa erzählte, lag das letzte Treffen zwischen Lukas und mir bereits Monate zurück. Oskar hatte mir verziehen. Er hatte uns eine zweite Chance gegeben, und ich habe meinen Fehler eingesehen. Wir wollten an uns arbeiten, uns beide aufeinander zubewegen. Und dann? Dann nimmt er uns diese Chance, obwohl er mir etwas anderes versprochen hatte.« Miriam schluckte die Tränen, die in ihr aufstiegen, hinunter. »Ich fühlte mich betrogen, nicht nur wegen Alexa, sondern wegen des Versprechens, das er nicht gehalten hat. Die zweite Chance, von der er sprach, hat es in Wirklichkeit niemals gegeben, verstehst du? Er hat uns aufgegeben, noch bevor wir um unsere Ehe zu kämpfen begonnen haben.«

»Vielleicht hatte er zu diesem Zeitpunkt bereits das Vertrauen in dich verloren, Mama. Hast du daran schon mal gedacht?«

»Ich habe einfach nicht verstanden, warum er mir verziehen hat, wenn dann doch alles umsonst war.«

»Aber du warst doch diejenige, die den ersten Schritt in die falsche Richtung gemacht hat.« Nora schob den Stuhl zurück, stand auf und trat zu Miriam. Sie schauten einander eine Weile wortlos an.

Dann wandte sich Miriam schließlich mit einem tiefen Seufzer von ihrer Tochter ab und schaute aus dem Fenster.

»Wie hat es Papa erfahren?«, wollte Nora wissen.

»Ich habe es ihm gesagt«, antwortete Miriam. »Es war nach einem Treffen mit Lukas, bei dem ich zum ersten Mal neben ihm eingeschlafen bin. Vorher war alles so unwirklich gewesen, mehr wie ein Spiel. Aber an diesem Morgen, an dem ich neben einem Mann aufwachte, der nicht mein eigener war, bin ich furchtbar erschrocken. Ich erinnere mich nur daran, dass ich geweint habe. Dass ich unaufhörlich geweint habe, unter Tränen ins Auto gestiegen und direkt nach Hause gefahren bin, um Oskar alles zu beichten. An diesem Abend wusste ich, dass ich Lukas nie mehr wiedersehen würde.«

»Was hat er gesagt?«

»Lukas?«

»Papa natürlich. Dieser Lukas interessiert mich nicht.«

Erst jetzt wurde ihr bewusst, dass sie wieder angefangen hatte, Oskar Papa zu nennen.

»Nun, er war gekränkt«, sagte Miriam. »Und er war wütend. Aber das Verrückte war«, sie holte tief Luft, »dass er es verstanden hat.«

»Er hat es verstanden?« Nora betrachtete sie ungläubig.

»Wir haben damals lange geredet. Lange und laut. Aber kein einziges Mal hat er mir dabei meinen Betrug vorgeworfen. Das Einzige, was ihn wütend machte, war meine Unaufrichtigkeit.«

»Das Gleiche, was auch ich dir vorwerfe, Mama.«

Miriam nickte. »Ich weiß. Aber wenn ich heute an diese Unterhaltung zurückdenke, frage ich mich, ob er vielleicht nicht schon damals geahnt hat, dass er mir keinen Fehler vorwerfen kann, von dem er nicht sicher war, ob er ihn nicht selbst eines Tages begehen würde.«

»Das heißt, er hat dir verziehen?«, fragte Nora.

Sie standen sich noch immer gegenüber.

»Danach sah es zumindest aus«, antwortete Miriam. »Aber in Wahrheit haben wir uns vermutlich beide nur etwas vorgemacht. Oskar konnte sich genauso wenig ändern, wie ich mich ändern konnte. Aber es hat viele Jahre gedauert, bis ich das endlich eingesehen habe.«

Nora wandte sich von ihr ab und schaute aus dem Fenster. Sie sah einzelne Patienten durch den Klinikgarten spazieren, hier und da ein Pärchen. Eine Ärztin lief mit fliegendem weißem Kittel zurück ins Gebäude.

»Wenn es denn so eindeutig und unabänderlich war«, sagte Nora leise, »warum hatte ich dann nicht das Recht, es auch zu erfahren? Teil dieser Wahrheit zu sein? Du konntest es doch wohl schlecht als eine Sache ansehen, die nur dich und Papa etwas angeht?«

»Ich wollte dich beschützen.« Miriam trat einen Schritt an sie heran. »Du warst noch so jung, Nora. Ich hatte einfach Angst, dass du mit dem Wissen, dass auch ich jemand anderen kennengelernt hatte, nicht umgehen könntest. Ich befürchtete, du würdest dann glauben, dass damit auch noch die letzte Chance vertan wäre, dass Oskar zu uns zurückkommt. Dass die Hoffnung auf eine Wiedervereinigung unserer Familie Richtung null geht.«

»Das ist deine ganze Erklärung? Dass du falsche Hoffnungen in mir am Leben erhalten wolltest?«

»Aber ich wusste damals doch nicht, dass es falsche Hoffnungen waren. Ich habe es doch selbst gehofft. So lange, Nora. Mehrere Jahre lang. Und ich habe mir unendlich viele Vorwürfe gemacht.«

Plötzlich fiel es Nora wie Schuppen von den Augen. War es vielleicht gar nie ums Verzeihen gegangen? Sondern immer nur darum, was sie füreinander empfanden oder nicht mehr füreinander empfanden? War das, was geschehen war, sowieso nicht aufzuhalten gewesen?

Nora hörte Miriam hinter sich atmen und verspürte plötzlich Reue.

»Ich weiß doch selbst nicht, was ich denken soll«, sagte sie schließlich, ohne sich umzudrehen. »Es ist einfach zu viel auf einmal. Erst deine Einweisung in die Klinik, dann das Wiedersehen mit Papa und Alexa. Meine Schreibkrise. Diese unsägliche Live-Show. Die Sache mit Frank. Und mit Yannik.«

»Yannik?«

Nora erschrak. Da hatte sie nur kurz nicht aufgepasst, und schon war ihr sein Name entschlüpft?

»Wer ist Yannik?«, wollte Miriam wissen.

»Das ist nicht weiter wichtig«, antwortete Nora, »und eigentlich nicht der Rede wert.«

»Eigentlich?«

Endlich drehte sich Nora um. »Ja. Eigentlich.«

Miriam griff vorsichtig nach Noras Hand, und dieses Mal entzog Nora sie ihr nicht.

Wortlos schaute sie auf die Finger ihrer Mutter hinab, die ihre eigenen umklammerten.

»Es tut mir leid«, sagte Miriam leise. »Das musst du mir glauben. Und ich habe einen hohen Preis für dieses Geheimnis bezahlt, das weiß ich jetzt. Einen viel zu hohen.«

Nora schaute an ihrer Mutter vorbei in das schlichte Zimmer. Hatten tatsächlich all die unausgesprochenen Wahrheiten ihre Mutter letztendlich an diesen Ort geführt? In die Klinik? Das war in der Tat ein zu hoher Preis.

»Aber unabhängig davon, was ich getan oder nicht getan habe«, fuhr Miriam behutsam fort, »und welche Fehler ich gemacht habe, meinst du wirklich, dass diese Wahrheit etwas daran geändert hätte, wie hart du all die Jahre mit deinem Vater ins Gericht gegangen bist? Glaubst du wirklich, dass du weniger enttäuscht und deshalb eher in der Lage gewesen wärst, über deinen eigenen Schatten zu springen? Glaub mir, Nora, diese Frage habe ich mir sehr oft gestellt.«

Miriams Fragen hingen wie ein Echo in der Luft, und Noras Blick ruhte noch immer auf ihrer Hand, die von Miriams Fingern umschlungen wurde.

»Ich weiß es nicht«, antwortete Nora so leise, dass sie selbst es kaum hören konnte.

Kapitel 14

Der Weizen streifte ihre Arme, einzelne Halme blieben in ihrem langen Strickrock hängen. Doch Alexa ging weiter. Entschlossen legte sie energisch einen Schritt nach dem anderen im Weizenfeld zurück.

Fiona, die nur wenige Meter hinter ihr durch die Traktorschneise lief, tat es ihr gleich.

Sie waren bereits seit dem frühen Morgen unterwegs. Oskar und Yannik konzentrierten sich auf den Wald, Alexa und Fiona hatten sich für die Felder entschieden.

»Langsam werde ich wirklich nervös«, hörte Alexa Fiona hinter sich rufen.

»Wir müssen die Ruhe bewahren«, antwortete Alexa, obwohl sie Fionas Sorge nur allzu gut nachempfinden konnte.

»Aber sie war die ganze Nacht irgendwo hier draußen«, jammerte Fiona. »Das ist sie nicht gewohnt. Sie war noch nie woanders als zu Hause.«

»Wir werden sie finden. Ganz sicher.«

»Das habe ich gestern auch noch gedacht und gesagt, aber langsam mache ich mir ernsthafte Sorgen.«

Alexa antwortete nicht. Zielstrebig lief sie weiter die Schneise entlang, während die Zweifel in ihr größer und größer wurden.

Mary war seit fast vierundzwanzig Stunden verschwunden. Was, wenn ihr tatsächlich etwas zugestoßen wäre? Es war nicht auszudenken!

»Maaaary!«, rief Alexa.

»Maaaary!«, wiederholte nun auch Fiona.

Die Sonne brannte selbst so früh am Morgen bereits mit einer Intensität, die es ihnen erschwerte, sich auf die Suche zu konzentrieren.

Und zwischen Alexas Sorgen um Mary drängte sich immer wieder die Frage, warum Nora einfach so verschwunden war.

Was hatte sie sich nur dabei gedacht, wortlos abzureisen? Glaubte sie wirklich, dass ein Brief den persönlichen Abschied ersetzen konnte? Oder hatte sie ihn ganz bewusst geschrieben, weil es ihr genau darum gegangen war: sich nicht verabschieden zu müssen?

Und was hatte es mit diesem Frank auf sich? Die beiden hatten sich doch getrennt, oder hatte Alexa das etwa falsch verstanden?

»Maaaary!«, rief Fiona.

»Maaaary!« Alexa stieg erneut in die Rufe ein.

Die Angst um Mary zerrte immer mehr an Alexas Nerven.

Doch damit nicht genug. Warum hatte sich Nora ausgerechnet diesen Zeitpunkt ausgesucht, um zu verschwinden? Sie hätten doch gerade jetzt jede Hilfe gebrauchen können.

Gestern Abend hatte ihr Oskar noch von seinem Streit mit Nora erzählt. Einerseits war Alexa froh, dass das Geheimnis um Miriams Affäre nun endlich keines mehr war, andererseits machte es sie traurig, dass Nora ihm nicht hatte glauben wollen.

Oskar war deshalb auch noch immer wütend. Eine Wut, die ihm zustand und die sie sehr gut nachvollziehen konnte. Hatte er doch viel zu lange geschwiegen und eine bittere Pille nach der anderen hinunterschlucken müssen.

Aber er würde sich schon wieder beruhigen. Doch was wäre dann? Würden sich die beiden dann endlich aufeinander zubewegen? Alexa senkte den Blick auf ihre staubigen Schuhe. Fionas Rufe hallten weiter über das Feld, während ihr die versöhnlichen Zeilen, die Nora in ihrem Brief an sie gerichtet hatte, wieder in den Sinn kamen.

Zeilen, die mehr versprachen, als Alexa je zu hoffen gewagt hatte. Ja, sie war auch nur ein Mensch wie jeder andere. Ein Mensch mit Schwächen und Stärken. Und sie war zufrieden, wenn Nora sie nun endlich als einen solchen betrachtete und sie nicht länger als ihre Feindin ansah. Und ja, sie selbst nahm Nora schon lange als den Menschen wahr, der sie war: als die Tochter von Miriam und Oskar Fendt.

Die Tochter von Miriam und Oskar Fendt!

Hatte Nora denn vielleicht geglaubt, sie hätte ihr jemals die Mutter ersetzen wollen? Glaubte sie etwa, dass dies noch immer ihr Anliegen wäre?

»Mary!«, fiel Alexa wieder in Fionas Rufe mit ein.

Doch noch immer fehlte jede Spur von der Hündin.

An einer Gabelung, die zur Dorfstraße führte, blieben sie stehen, weil Alexas Handy klingelte.

Als sie es aus der Tasche ihres Rocks zog, sah sie eine ihr unbekannte Nummer. Sie zögerte und wollte ihr Handy schon wieder einstecken, da fiel ihr ein, dass sie vor ihrem Aufbruch eine Rufumleitung von ihrer Festnetznummer auf ihr Handy eingerichtet hatte.

»Hallo?«, meldete sie sich irritiert.

»Guten Tag«, antwortete eine Männerstimme am anderen Ende. »Bin ich da richtig bei Alexa und Oskar Fendt?«

»Ja, Alexa Fendt am Apparat.«

»Mein Name ist Victor Kammermann«, antwortete der Anrufer. »Ich bin Tierarzt aus Schwerin.«

»Schwerin?«

Sie war irritiert. Schwerin lag mindestens eine Autostunde von ihnen entfernt.

»Ja«, antwortete er. »Ich habe hier eine Hündin in meinem Behandlungszimmer.«

Alexa schluckte.

»Sie haben sie ja Gott sei Dank chippen lassen«, fuhr der Mann fort.

»Wie geht es Mary?« Ihre Stimme zitterte.

Auch Fiona war nun alarmiert. Mit offenem Mund stand sie neben Alexa und lauschte.

»Ist das Oskar?«, fragte Fiona aufgeregt.

Alexa gab ihr mit der freien Hand ein Zeichen, damit sie ihr nicht weiter dazwischenredete.

»Ihre Pfote ist verstaucht«, erklärte der Arzt. »Es ist halb so schlimm, wie es bei ihrer Ankunft aussah.«

»Wie … wie ist sie denn zu Ihnen gekommen?«, fragte Alexa.

»Eine junge Frau hat sie beim Joggen gefunden. Anscheinend macht sie in Ihrer Gegend gerade Kurzurlaub, und da sie ihre Katze regelmäßig bei mir untersuchen lässt, kam sie auch mit Ihrer Hündin zu mir.«

»Ich«, Alexa fehlten die Worte, »ich weiß gar nicht, was ich sagen soll.«

»Wer ist das?«, flüsterte Fiona. »Ist alles okay?«

»Können Sie Mary noch heute abholen?«, fragte Kammermann. »Sie finden meine Praxis in der Kastanienallee siebenundvierzig.«

»Natürlich. Wir fahren sofort los.«

»Sehr schön. Ich bin bis zwölf in der Praxis, danach finden Sie mich in meiner angrenzenden Wohnung. Die Türklingeln sind direkt nebeneinander angebracht.«

»Danke, Herr Kammermann. Vielen lieben Dank.«

Alexa klappte das Handy mit zitternden Händen zu.

»Mary wurde also gefunden?«, brach es regelrecht aus Fiona heraus.

»Ja.« Erst jetzt realisierte Alexa, dass ihre schlimmsten Ängste und Sorgen damit ein Ende hatten, Erleichterung setzte ein. »Eine Joggerin hat sie gefunden. Sie hat eine verstauchte Pfote.«

»Ich kann es nicht glauben.« Fiona fing vor lauter Freude zu weinen an. »Dann wird sie wieder gesund und kommt nach Hause?«

»Ja.« Alexa nickte. »Sie kommt wieder nach Hause. Ich gebe jetzt nur noch schnell den anderen Bescheid, dann fahren wir los, um Mary abzuholen.«

Das Wasser im Haff umspielte meine von der Mittagssonne erhitzten Füße. Bis auf ein älteres Paar, das am Ufer im Schilf saß, und einen Mann, der mit seinem kleinen Sohn Steine über das Wasser hüpfen ließ, war niemand in Sichtweite.

Bis auf ein paar unliebsame Disteln, hier und da Reste einer Serviette oder eines Stück Papiers, in dem die Fischbrötchen am nahe gelegenen Campingplatz ausgegeben wurden, störte jedoch nichts meinen idyllischen Strandspaziergang. Das Bild, das sich jedem Haff-Besucher bot, war in erster Linie eines der Ruhe und nahezu vollkommener Unberührtheit. Mit dem Ziel, einen klaren Kopf zu bekommen, ließ ich die wenigen Menschen am Strand hinter mir zurück und folgte mit energischen Schritten dem milden Wind, der mir mit seinen unsichtbaren Fingern durchs offene Haar und unter den dünnen Stoff meines Hemdkleides fuhr.

Doch in meinem Kopf wurde nichts klarer. Vielmehr hatte ich das Gefühl, dass meine Unsicherheit mit jedem Schritt zunahm. Was hatte es mit dem Namen Mella und diesen seltsamen Botschaften auf sich? Und warum schlichen sich diese fremden Worte immer wieder in meinen Text? Hatten mich das jahrelange Reimen und die geradezu akribische Suche nach geeigneten Wortverbindungen etwa den Verstand gekostet?

Ich atmete mehrmals tief ein und wieder aus.

Da ertönte eine Stimme.

»Hey, nicht so schnell!«

Ich wusste, dass es Celine war, noch bevor ich mich zu ihr umdrehte.

Die Hände auf die Knie gestützt, blieb sie neben mir stehen, um zu verschnaufen. »Mann, hast du ein Tempo drauf!«

»Kann schon sein«, antwortete ich unverhohlen und ohne dabei zu lächeln, um meiner Antwort nicht die Schärfe zu nehmen. »Vielleicht habe ich ja geahnt, dass mich jemand verfolgt.« Hatte diese Frau denn nichts anderes zu tun, als mich rund um die Uhr zu belästigen?

»Und? War dein Termin erfolgreich?«

»Wie man's nimmt«, antwortete ich knapp, während ich meinen Weg fortsetzte. »Und du? Bist du nur zufällig hier?«

»Nein, ich jogge, wie du siehst.«

Ich blickte kurz auf ihre pinkfarbene Caprihose und das silberne Paillettentop und gab mir alle Mühe, es als Joggingoutfit zu identifizieren. Das platinblonde Haar hatte sie zu einem kunstvollen Dutt zusammengesteckt, wie ich ihn – wenn überhaupt – allenfalls zu einer Party getragen hätte.

»Ich find's toll, dass wir uns so schnell wiedersehen«, sagte sie mit leichter Schnappatmung, die ihren Trippelschritten angepasst war.

»Ja, damit habe ich nun wirklich nicht gerechnet«, antwortete ich diplomatisch.

»Das Leben steckt eben voller Überraschungen.«

Nora lehnte sich in ihrem Stuhl zurück und las die Passage, die sie soeben in ihren Laptop getippt hatte, noch einmal durch.

So stolz sie auch auf die neue Szene war, die sie geschrieben hatte, und den damit verbundenen Fortschritt ihres Manuskripts, wanderten ihre Gedanken doch immer wieder in andere Richtungen ab.

Ihre Rückkehr in die Stadt lag bereits einen Tag zurück. Sie war wieder zu Hause, dennoch fühlte sie sich noch immer wie ein Flüchtling auf der Reise.

Gestern hatte sie noch mehrmals mit dem Gedanken gespielt, zurück ins »Sonnenblumenhaus« zu fahren, um bei der Suche nach Mary zu helfen. Doch der Streit mit Oskar und seine Behauptung, sie würde ihnen bei der Suche nach der Hündin ohnehin keine große Hilfe sein, hatten sie davon absehen lassen.

Sie wollte niemandem bei der Suche im Weg stehen, keinen neuen Groll bei den anderen wecken. Obwohl sie gleichzeitig nur gar zu gern mit ihrem Vater über die Entwicklungen der letzten Stunden gesprochen hätte. Über ihr Gespräch mit Miriam.

Und überhaupt, was war mit Mary? War sie noch immer verschwunden? Und warum hatte sie noch niemanden telefonisch erreichen können?

Nora starrte auf den letzten Satz ihres Manuskripts.

Das Leben steckt eben voller Überraschungen.

Die letzten zwei Wochen waren tatsächlich voller Überraschungen gewesen und hatten so viele, unerwartete Wendungen bereitgehalten, dass sie noch eine Weile brauchen würde, um diese zu verdauen.

Die Mittagssonne brannte auf ihren kleinen Balkon, dessen Bepflanzung den eher kläglich ausgefallenen Versuch darstellte, ein Stück Natur in ihre Wohnung zu holen.

Das Hupen ausparkender Autos, der Mülltransporter, der die Straße blockierte, die hysterischen Rufe einer wütenden Nachbarin. Vertraute Vorgänge, vertraute Geräusche.

An diesem Tag jedoch erschien ihr nichts vertraut, sondern alles so fremd, als wäre sie in Wirklichkeit gar nicht hier, sondern ganz woanders heimisch.

Sie schaute durch die Balkontür ins Wohnzimmer zu ihrem Koffer, den sie noch nicht verstaut hatte.

Waren es wirklich Zeitgründe, die sie bisher daran gehindert hatten, ihn wegzuräumen? Sie erinnerte sich an ihren Streit mit Frank und ihren Drang, zurück ins »Sonnenblumenhaus« zu fahren.

Doch dann hatte sie sich dazu entschieden, doch lieber erst bei Miriam in der Klinik vorbeizuschauen und längst überfällige Antworten von ihr einzufordern.

Und jetzt? Jetzt war sie doch wieder zu Hause. Alles war gut. Warum nur fühlte sie sich dann auf einmal so fremd in ihrer eigenen Wohnung?

Gerade als sie sich zusammenreißen und weiterschreiben wollte, klingelte es mehrmals an ihrer Tür. Fast schon penetrant.

Frank. Nein. Nicht schon wieder.

Dass der Zug endgültig abgefahren war, musste doch selbst er endlich einsehen.

Seufzend klappte sie den Laptop zu, ging durch das Wohnzimmer zur Eingangstür und öffnete sie.

»Du?«

Sie traute ihren Augen nicht.

»Ja, ich.« Oskar lächelte.

»Was tust du hier?«

»Ich war auf der Suche nach dir, ist das nicht offensichtlich?«

Ihre Hand lag noch immer auf dem Türknauf, ihre Augen musterten ihn ungläubig.

»Nora? Alles in Ordnung?«

Sie nickte. »Entschuldige, aber dich hier zu sehen, das ist so, so unwirklich.«

Er neigte den Kopf. Das Lächeln ruhte noch immer auf seinen Lippen.

Wie ruhig er wirkte, wie ausgeglichen.

»Mary ist wieder da«, sagte er.

»Tatsächlich?« Ihr Herz machte einen Sprung. »Wann? Wo? Ich meine, was ist passiert?«

»Eine Joggerin hat sie gefunden, sie wurde angefahren, die Frau hat sie sofort zum Tierarzt gebracht.«

»Angefahren?« Erschrocken legte sie die Hand auf den Mund. »Oh, mein Gott.«

»Beruhige dich. Sie wurde dabei nicht ernsthaft verletzt, nur ihre Pfote war verstaucht. Danach hat sie sich wohl noch eine Weile durch den Wald geschleppt, bis die Joggerin sie schließlich am Wegesrand gefunden hat.«

Mit zitternder Hand ließ Nora sich auf die Kante des Sessels fallen.

»Und es ist meine Schuld«, stammelte sie. »Es ist meine Schuld.«

Oskar schloss die Tür hinter sich und ging vor ihr in die Hocke.

»Es geht ihr gut, Nora. Wirklich. Ihr ist sofort geholfen worden. Und sie ist auch wieder bei uns zu Hause, in ihrer vertrauten Umgebung«, versuchte er sie mit eindringlichem Tonfall zu beruhigen.

Dass er sie trösten wollte, obwohl sie es gar nicht verdient hatte, rührte sie umso mehr.

Sie spürte, wie ihre Augen feucht wurden. Aber nicht nur wegen der Sache mit Mary. Die ganzen Ereignisse der letzten Wochen stürmten nun wieder auf sie ein.

»Es tut mir leid«, sagte sie. »Ich hätte niemals …«

»Schon gut.« Er legte seine Hände auf ihre Knie. »Hör bitte auf, dir Vorwürfe zu machen.«

»Aber die Vorwürfe sind berechtigt.« Sie hob den Blick. »Du selbst hast sie mir gemacht.«

»Ich weiß.« Er erhob sich wieder. »Und es tut mir leid. Ich habe überreagiert.«

»Nein. Das hast du nicht, du hattest vollkommen recht. Ich habe nicht nachgedacht und bin leichtfertig mit einem Mitglied eurer Familie umgegangen. Obwohl ich wusste, wie wichtig euch die Tiere sind.«

Er trat näher. »Sind die Tiere denn wirklich nur uns wichtig und nicht auch dir?«

Seine Frage traf sie mitten ins Herz.

War sie wirklich so leicht zu durchschauen?

»Bist du nur wegen Mary gekommen?«, fragte sie.

»Nein.«

»Warum sonst noch?«

Es war seltsam, ihn in ihrem eigenen Wohnzimmer stehen zu sehen. Zum ersten Mal überhaupt.

Sein intensiver Blick, die kaffeebraunen Augen, die eine Zeit in ihr wachriefen, an die sie sich in den letzten Wochen viel zu oft erinnert und die sie sich immer wieder ins Gedächtnis gerufen hatte.

So viel war geschehen. Und so viel davon zu Unrecht.

»Ich wollte mit dir reden«, sagte er.

»Das trifft sich gut, denn auch ich wollte mit dir reden. Ich wusste nur nicht, wie ich es am besten anstellen soll.« Sie stand auf und begann im Zimmer umherzugehen. »Schon auf halber Strecke in die Stadt wollte ich wieder umdrehen. Und nach dem Streit mit Frank noch einmal.«

»Frank? Dein Freund, der plötzlich im Hotel aufgetaucht ist? Dass er da war, habe ich eh nicht verstanden. Ich dachte, ihr hättet euch getrennt.«

»Das hatten wir auch«, antwortete sie. »Und jetzt stimmt es erst recht.«

»Muss ich das verstehen?«

Sie machte eine wegwerfende Handbewegung. »Lass uns nicht über ihn reden.«

»Ich bin auch nicht wegen ihm hier.«

»Warum auch immer du gekommen bist«, Nora schob die Hände in die Taschen ihrer Strickjacke, »ich bin froh, dass du da bist.«

Nora war von ihren letzten Worten selbst überrascht. War sie etwa gerade eben über ihren eigenen Schatten gesprungen und hatte einen ersten Schritt auf ihren Vater zugemacht? Ohne dass sie es geplant hatte?

Die Erleichterung in seinem Gesicht sagte ihr jedenfalls, dass ihre Worte in diesem Sinn bei ihm angekommen waren.

»Ich bin auch froh«, antwortete er. »Ich habe dir so viel zu sagen. Weißt du, das, was ich dir bei unserer letzten Begegnung an den Kopf geworfen habe, war schon sehr hart formuliert und deshalb auch ungerecht. Aber die Anspannung der letzten Jahre hat vermutlich einfach zu sehr an meinen Nerven gezerrt.«

»Du bist nicht derjenige von uns beiden, der sich entschuldigen muss«, sagte sie.

Sie sah die Frage in seinem Blick.

»Zumindest nicht mehr«, fuhr sie fort.

Oskar schwieg. Er schien ihre Andeutung nicht in vollem Umfang zu verstehen.

»Ich bin diejenige, die sich dir gegenüber ungerecht und einfach schrecklich benommen hat. Nicht nur in den letzten Jahren, sondern auch und gerade in den zwei Wochen, die ich bei euch verbracht habe. Leider habe ich das erst bemerkt, als es schon zu spät war.«

»Zu spät? Zu spät wofür?«

»Na ja, ich bin abgereist, oder?«

»Du hattest deine Gründe«, sagte Oskar sanft.

Nora fand, dass sie sein Verständnis nicht verdient hatte.

»Ich glaubte, meine Gründe zu haben.« Sie strich sich mit den Fingern durchs Haar. »Aber diese Gründe entbehrten jeder Grundlage.«

»Ich verstehe nicht ganz.«

Nora lehnte sich gegen die große Kommode, die fast die gesamte Wand einnahm.

»Ich war bei Mama«, sagte sie.

»Nichts Ungewöhnliches, oder?«

»Ich habe sie darauf angesprochen.«

»Nora, ich …«

»Nein.« Sie hob die Hand. »Lass mich ausreden, Papa.«

Er verstummte, wirkte aber wie das personifizierte schlechte Gewissen.

»Es war nicht fair, dass ich deine Behauptungen so eiskalt abgeblockt habe, ohne auch nur in Betracht zu ziehen, dass du recht haben könntest, und dich dann auch noch der Lüge zu bezichtigen.«

»Du wolltest deine Mutter schützen. Ihr steht euch so nahe, da ist das nur natürlich.« Er atmete tief ein, als brauchte er für die nächsten Worte Kraft. »Ich hätte mich niemals zwischen euch stellen dürfen. Ich hätte dir das in meiner Wut niemals auf so unsensible Weise an den Kopf werfen dürfen.«

»Nein. Wirklich nicht, Papa! Entschuldige dich nicht länger für die Wahrheit. Es war gut und richtig, dass wenigstens du den Mut hattest, mir die Wahrheit zu sagen. Es war das letzte, aber entscheidende Puzzleteilchen, das noch gefehlt hat, um mich endlich das Gesamtbild sehen zu lassen.«

»Puzzleteilchen?«, wiederholte er fragend.

»Ich wollte damit nur zum Ausdruck bringen«, sie schloss die Augen und holte tief Luft, »dass ich all die Jahre vielleicht gar nicht wissen wollte, dass nicht nur du, sondern auch Mama ihren Teil zum Scheitern eurer Ehe beigetragen hat. Vielleicht weil es einfacher und leichter für mich war, einen Sündenbock zu haben, an dem ich meine Wut über das Auseinanderbrechen unserer Familie auslassen konnte. Verstehst du?«

Oskar sah sie eindringlich an. »Ich bin nicht gekommen, um dir ein schlechtes Gewissen zu machen. Im Gegenteil,

Nora, ich wollte mich dafür entschuldigen, dass ich in meiner Wut wegen Marys Verschwinden so weit übers Ziel hinausgeschossen bin. Und dann habe ich dich auch noch ohne ein Wort gehen lassen. Das war einfach nicht in Ordnung. So sollte kein Treffen zwischen Vater und Tochter enden.«

»Mag sein, dass du gekommen bist, um dich zu entschuldigen. Aber ich finde, dass wir endlich mit den Entschuldigungen aufhören und uns stattdessen lieber darauf konzentrieren sollten, nichts mehr zu tun, wofür wir einander um Vergebung bitten müssen. Es ist an der Zeit, endlich erwachsen zu werden.«

Oskar lächelte verlegen. »Genau das hat mir deine Mutter immer vorgeworfen. Dass ich einfach nicht erwachsen werden will. Egal wie alt ich war, irgendwie gewann der Junge in mir immer die Oberhand.«

»Nicht der Junge«, korrigierte ihn Nora, »sondern der Träumer.«

Die Mittagssonne schien durch das Wohnzimmerfenster und bildete Vierecke auf dem Parkett. In genau einem dieser Vierecke stand Oskar und schaute sie wortlos an. Ein Bild, das für Nora schon fast symbolische Bedeutung hatte.

»Ihr wart einfach zu verschieden«, sagte Nora. »Wenn es etwas gibt, das ich inzwischen erkannt habe, dann das. Auch wenn es fünfzehn Jahre gedauert hat.«

»Du hast doch selbst gerade gesagt, dass du es bisher gar nicht erkennen wolltest. Du warst einfach noch nicht so weit«, antwortete er ohne jeden Vorwurf.

»Wenn es nur so einfach wäre.« Sie schaute zu Boden. »Wenn nur nicht so viel Zeit ins Land gezogen wäre. Wenn ich nur gewusst hätte, dass …«

Oskar schien ihre Bestürzung zu bemerken.

»Was hätte es geändert?«, fragte er in behutsamem Tonfall, während er langsam näher kam.

»Ich bin nicht sicher«, antwortete sie. »Vielleicht unser Verhältnis in den letzten fünfzehn Jahren?«

»Du warst verletzt, weil deine Mutter und ich uns getrennt haben. Und da ich nun mal derjenige war, der ausgezogen ist, warst du eben vor allem auf mich sauer. Was wäre denn gewesen, wenn du auch noch deine Mutter dafür gehasst hättest? Wer weiß, was aus dir geworden wäre, wenn du dich auch noch von ihr hintergangen gefühlt hättest?«

Sie lachte bitter. »So siehst du das?«

»Ja, genauso sehe ich das.« Er räusperte sich. »Vielleicht wäre unter diesen Umständen nie die Frau aus dir geworden, die du heute bist.«

Sie hob den Blick.

Stand da Stolz in seinen Augen? Die Liebe, die er ihr immer und immer wieder beteuert hatte?

Er legte seine Hände um ihre. Schweigend ließ sie es zu.

»Glaub mir, Nora«, sagte er. »Ich könnte nicht stolzer auf dich sein. Miriams und meine Gene, die Erziehung, die wir dir zuteilwerden ließen, haben dir sicher die nötigen Voraussetzungen mit auf den Weg gegeben, aber dass du dich letztendlich zu der Frau entwickelt hast, die du heute bist, das verdankst du einzig und allein deiner Mutter«, er schluckte, »und das werde ich ihr niemals vergessen.«

»Ich bin eure Tochter«, sagte sie leise.

»Das bist du, ja.« Seine Finger umschlossen noch immer die ihren. »Deshalb solltest du ihr auch nicht böse, sondern ganz im Gegenteil dankbar sein. Sie hat dich stets liebevoll begleitet. Und auch wenn ich neulich im Zorn viele unüberlegte Dinge über sie gesagt habe, eines steht unerschütterlich fest: Deine Mutter ist und bleibt eine starke Frau, auch wenn oder gerade weil sie sich in die Klinik begeben hat. Sie gesteht sich ihre Fehler und Schwächen ein und arbeitet daran. Das ist etwas, wozu die meisten Menschen nicht in der Lage sind.«

Erst jetzt bemerkte Nora, dass sie angefangen hatte zu weinen.

Oskars Worte hatten sie mitten ins Herz getroffen und den Damm endgültig brechen lassen. Was hatte die Verbitterung der vergangenen Jahre nur aus ihr gemacht? Und wie viel Zeit hatte vergehen müssen, um ihr die Augen zu öffnen?

»Ich möchte nicht mehr kämpfen«, sagte Nora schließlich. »Nicht mit der Vergangenheit, nicht mit meiner eigenen Wut oder mit mir selbst.«

Oskar lächelte sanft. »Dann hör auf damit.«

»So wie du das sagst, klingt es, als wäre es leicht.«

»Es ist leicht. Wenn du es wirklich willst, dann ist es leicht.«

»Das ist ja das Problem. Dass ich nicht wirklich weiß, was ich eigentlich will«, antwortete sie. »Es ist so viel geschehen. Die letzten Tage haben mir, glaube ich, den Rest gegeben. Ich hatte noch überhaupt keine Gelegenheit, meine Gedanken zu sortieren.«

»Wer sagt denn, dass du sie selbst sortieren musst? Ich überlasse so etwas in der Regel der Zeit.«

»Der Zeit?«, fragte sie. »Die war noch nie mein Verbündeter.«

Oskar schaute sie eindringlich an. »Glaub mir, manchmal kann die Zeit auch dein Freund sein.«

Nora blickte auf ihre Hand hinab, die noch immer in seiner lag. Spontan zog sie sie zurück und legte beide Arme um ihn. Eine Geste, die etwas ungeschickt wirkte, doch in diesem Moment wichtiger war, als sie ahnte.

Sie spürte seinen Atem an ihrem Haar, während er seine Arme ebenfalls um sie legte.

Leise, ganz leise, hörte sie ihn weinen.

Doch zum ersten Mal seit langem, vielleicht sogar zum ersten Mal in ihrem Leben, waren es schöne Tränen.

Kapitel 15

Meine liebe Nora,
vielleicht wunderst Du Dich über die Art und Weise, in der ich Kontakt zu Dir aufnehme. Aber seit unserem Gespräch haben sich so viele Gedanken ihren Weg in meinen müden Kopf gesucht, die ich Dir mitteilen möchte. Und das Schreiben hilft, sie zu sortieren und all das, was mich quält und hoffen lässt, in Worte zu fassen. All das, was mich dankbar stimmt.
Und ich bin dankbar, Nora.
Dankbar dafür, dass Du endlich die Wahrheit erfahren hast. Nach all den Jahren.
Ich weiß, dass ich sie Dir viel früher hätte mitteilen müssen. Leider war meine Angst davor zu groß. Oder sagen wir besser, ich habe es der Zeit erlaubt, meine Angst zu groß werden zu lassen.
Die Zeit. Ja. Sie spielt eine wichtige Rolle in unser aller Leben.
Ich sagte Dir schon, dass ich damals zu große Angst hatte, Dich auch noch zu verlieren. Vielleicht habe ich meinen Teil der Schuld damals aber auch nicht in dem Ausmaß gesehen, wie ich es heute tue.
Oskar war gegangen, Alexa war an seiner Seite. Das war alles, was ich dachte und was mir auf der Seele brannte.

Mein Therapeut erklärte mir, dass die meisten seiner Patienten während ihrer Depressionserkrankung etwas Entscheidendes in ihrem Leben verändern. Sie verlassen ihren Partner, schmeißen ihren Job hin, ziehen um. Vielleicht ist die entscheidende Veränderung in meinem Leben die, endlich keine Geheimnisse mehr zu haben.
Aber bei allem, was ich tue oder beichte, liegst allein Du mir im Sinn, Nora.
Erst vorhin habe ich mir die Sendung mit dieser schrecklichen Mariella Paulus noch einmal angesehen. Ja, ich weiß, Du kriegst die Krise, wann immer ich Dich auf dieses Interview anspreche. Aber weißt Du was? Je öfter ich mir das Video ansehe, desto mehr wächst mein Stolz auf Dich.
Ja, Nora, ich bin stolz auf Dich. Sehr sogar. Denn wie sehr diese Frau auch versucht hat, Dich vorzuführen, Du bist die ganze Zeit über gelassen geblieben und hast Haltung bewahrt.
Wann immer ich Dich in einer Sendung wie dieser sehe oder ein Buch von Dir lese, wann immer ich mit irgendwem über Dich spreche, merke ich, dass Dein Vater und ich, wenn auch nicht bewusst, alles richtig gemacht haben. Zumindest, was Dich betrifft.
Du hast gelitten, Du hast Dich gequält, Du hast so vieles in Dich hineingefressen. Aber Du hast diese Gefühle auch in etwas Kostbares verwandelt: in Geschichten, mit denen Du vielen Menschen eine Freude machst.
Du hast so viel aus Deiner Leidenschaft zum geschriebenen Wort, aus Deinen Träumen gemacht. Nichts und niemand konnte Dich dabei aufhalten. Und selbst Deine Schreibkrise hast Du gemeistert.

Ganz einfach, weil Du die Kraft, die Du dafür benötigst, immer wieder in Dir selbst findest.
Ich weiß nicht, wessen Gene es sind, die Dich zu so einem besonderen Menschen gemacht haben. Jedenfalls können Oskar und ich uns anmaßen zu behaupten, dass wir beide unseren Teil dazu beigetragen haben.
Aber noch bist Du nicht am Ziel angekommen, liebe Nora. Du hast gerade erst die ersten, wichtigsten Schritte gemacht. Doch es gibt noch viel für Dich zu lernen.
Vor allem musst Du aufpassen, nicht wieder in alte Handlungsmuster zu verfallen. Ich habe gemerkt, wie sehr Dir die Zeit im »Sonnenblumenhaus« dabei geholfen hat, wieder zu Dir selbst zu finden.
Das war auch die Hoffnung, die ich mit meinem Plan verbunden hatte. Zusätzlich zu dem Wunsch, Dich wieder mit Deinem Vater zu versöhnen.
Aber der Aufenthalt dort war offensichtlich noch weit wichtiger für Dich, als ich anfänglich dachte.
Du scheinst Dir dort nicht nur eine Auszeit genommen, sondern auch gemerkt zu haben, dass Du ein anderes Leben führen könntest, als Du es jetzt führst. Eines, das Dir weit mehr entspricht.
Du warst immer ein Naturkind, Liebes.
Und Du weißt, dass Du Deine Bücher überall schreiben kannst. Hast Du deshalb schon einmal darüber nachgedacht, Dir ab und an längere Auszeiten im Hotel Deines Vaters zu nehmen?
Ich weiß, wie wichtig Du ihm bist. Und ich weiß, wie gern er Dich in seiner Nähe hat.
Und auch Alexa ist Deine Anwesenheit wichtiger, als Du denkst, nicht zuletzt deshalb, weil ihr Oskars Glück nun einmal sehr am Herzen liegt.

Ich schreibe Dir das, weil ich möchte, dass Du immer nur das tust, was Du tun willst. Und zwar vollkommen unabhängig davon, was Du als das Beste für mich erachtest.
Jetzt bist Du dran, Nora.
Vielleicht war Deine Wut auf mich wegen meiner Affäre mit Lukas in dieser Hinsicht schon einmal ein guter Anfang, der Dir klargemacht hat, dass Du nach vorn schauen und aufhören musst, Dich zu sehr um mich zu sorgen.
Wo auch immer Du bist, Du wirst immer Zeit finden, mich zu besuchen. Und auch ich werde, sobald ich entlassen bin, wieder lernen, mobiler zu werden.
Alle Türen stehen Dir, stehen uns offen. Mach also nur, was Dein Herz Dir sagt. Bitte erfülle Deiner verrückten Mutter diesen Wunsch.
Und wo Du gerade dabei bist, meine Wünsche zu erfüllen. Denk auch darüber nach, nicht mehr allzu böse auf mich zu sein.
Ich habe Fehler gemacht, aber ich habe aus ihnen gelernt. Und vielleicht kannst auch Du aus meinen Fehlern etwas lernen. Dann hätten sie wenigstens etwas Gutes.
Bitte sei glücklich. Und was noch viel wichtiger ist: Bleibe es auch.
Wie Du das erreichen kannst, hast Du längst herausgefunden. Jetzt liegt es an Dir, ehrlich zu Dir selbst zu sein und den richtigen Weg einzuschlagen.
Oskars und meine Ehe ist schon seit vielen Jahren beendet, aber die Geschichte unserer Familie ist es nicht. Im Gegenteil, sie ist noch immer dabei, erzählt zu werden. Und wer weiß, Nora, vielleicht wirst ja Du diejenige sein, die sie einmal zu Ende erzählen wird?

Wie auch immer, ich glaube daran, dass letztendlich alles gut werden wird. Nicht nur für einige von uns, sondern für uns alle. Allein dass ich Oskar und Alexa miteinbeziehe, wenn ich »uns« schreibe, zeigt mir, wie viel auch ich selbst schon dazugelernt habe.
Vielleicht ist das, was ich gelernt habe, auch mit ein Grund, warum ich Dir schreibe.
So oder so, es ist mir einfach ein Verlangen, Dir diese Zeilen zu schreiben. Und so konfus sie auch sind, ich hoffe trotzdem, dass die Grundbotschaft meines Briefs bei Dir ankommen wird.
Und die ist: Hör auf das, was Dein Herz Dir sagt, Nora.
Zudem: Wir alle lernen. Unser ganzes Leben lang.
Und nun wird es auch für Dich Zeit zu lernen.
Klingt einfach, oder?
Und wer weiß, vielleicht ist es das sogar.
Ich hoffe, wir sehen uns bald wieder. Und dann vielleicht zum ersten Mal seit Wochen außerhalb stickiger Klinikwände.
In Liebe,
Deine Mutter

Miriam setzte den Stift ab und sah auf die letzten Zeilen ihres Briefs hinab.

Tränen verschleierten ihren Blick. Aber es stimmte, was sie geschrieben hatte: Sie war tatsächlich dankbar.

Dankbar für den Mut, Nora all das zu sagen, was ihr auf der Seele lag. Dankbar für die Möglichkeit, einen Schritt nach vorn zu wagen, den ersten nach so vielen Jahren.

Sie wollte Nora nicht anrufen, ihr keine Mail schreiben oder sie um ein Treffen bitten.

Nein. Dieser Brief sollte ihre Tochter auf altmodischem Wege erreichen. Er sollte ein Denkmal sein. Für die Grundpfeiler ihrer Familie, sowohl was die Vergangenheit als auch die Gegenwart betraf, und ganz besonders die Zukunft.

Miriam faltete die Briefbögen zusammen und schob sie in den blassgrauen Umschlag.

»Noch eine Woche, Frau Fendt.«

Die Worte ihrer Ärztin klangen ihr noch immer im Ohr.

»Dann können wir mit der wöchentlichen Therapie beginnen. Aber diese Termine können Sie dann wieder von zu Hause aus wahrnehmen.«

Miriams blickte über den Schreibtisch hinweg durchs Fenster nach draußen.

Sie sah ihre Mitpatientin Jana im lebhaften Gespräch mit ihrem Mann auf einer Bank sitzen und fühlte sich für einen Moment an ihre Meinungsverschiedenheiten mit Oskar zurückerinnert.

Dann wanderten ihre Gedanken zu Lukas. Ob er inzwischen wieder liiert war?

Bestimmt. Ein Mann wie er hatte es verdient, glücklich zu sein.

Aber was sprach dagegen, sich dennoch völlig unverbindlich bei ihm zu melden? Vielleicht freute er sich ja, von ihr zu hören, jetzt, da zumindest von ihrer Seite aus nichts mehr zwischen ihnen stand.

Ob er noch immer in derselben Stadt wohnte?

Sie senkte den Blick auf den Umschlag in ihren Händen.

So vieles war möglich.

Solange man nur an dem festhielt, woran man glaubte, und bereit war, aus der Vergangenheit zu lernen.

Kapitel 16

Als Nora die Wagentür hinter sich schloss und den Weg zum »Sonnenblumenhaus« entlangging, fühlte sie sich wie neugeboren. Der weiße Felsstein mit der eingemeißelten Hausnummer, die rundgewachsenen Koniferen und die Sonnenblumen vor dem Haus, die man bereits aus der Ferne sehen konnte.

Anderthalb Wochen waren seit ihrer Abreise und Oskars Besuch bei ihr vergangen. Anderthalb Wochen, die ihr vorkamen wie ein ganzes Jahr.

Mit bedächtigen Schritten näherte sie sich der Einfahrt.

Sie durchquerte das Holztor und sah Yannik mit einem Rasentrimmer in der Hand, den er gerade mit einem alten Tuch säuberte.

Wie immer war seine Erscheinung vollkommen unspektakulär. Er trug ein verwaschenes Hemd mit hochgekrempelten Ärmeln und eine alte Jeans mit einem Loch am Knie, das sicher keiner modischen Absicht geschuldet war.

Das Bellen eines Hundes lenkte Noras Aufmerksamkeit von ihm ab.

Mary hatte sie entdeckt. Nicht weit von ihr lagen auch die anderen drei Hunde im Gras.

Nora ging in Richtung der vier Tiere, blieb in angemessener Entfernung vor ihnen stehen und beugte sich ein kleines Stück zu ihnen nach vorn.

»Mary!«, rief sie, so wie sie es schon viele Male zuvor getan hatte. Gerade die Tatsache, dass die Hündin ihren eigenen Kopf hatte und nur auf Yannik und die anderen hörte, hatte sie ihr so sehr ans Herz wachsen lassen.

Umso überraschter war sie, als Mary nun den Kopf zur Seite legte, um Noras Worten zu lauschen.

»Mary!«, rief sie erneut.

Und da geschah es. Erst mit bedächtigen, dann mit schnellen, leichtfüßigen Bewegungen kam Mary auf sie zugelaufen.

Direkt vor Nora blieb sie schließlich stehen und leckte ihr die Hand, als wollte sie sie begrüßen.

Nora schluckte. Brauchte es wirklich eine so simple Geste, noch dazu von einem Hund, um ihr zum ersten Mal seit langem das Gefühl zu geben, angekommen zu sein? Nora ging neben Mary in die Hocke, die sich auf den Rücken gelegt hatte, und streichelte ihr den Bauch.

Zufrieden verlor sich Mary in einer Art Grunzen.

»Du bist also wieder da«, hörte sie eine Stimme neben sich sagen.

Erst jetzt bemerkte sie, dass Yannik neben ihr stand.

Auf seinen Lippen lag kein Lächeln. Doch sein Blick war offen und ohne Groll.

»Ja.« Nora stand auf. »Ich bin wieder da.«

»Ich hätte nicht gedacht, dich so schnell wiederzusehen. Um ehrlich zu sein, glaubte ich, dich überhaupt nie wiederzusehen.« Er steckte das Tuch in seine Hosentasche. Eine Geste, die typisch für ihn war.

»Ich musste einige Dinge klären«, antwortete Nora mit verlegenem Lächeln. Sie dachte an Frank, an Oskars Besuch, an den Brief ihrer Mutter.

»Einige Dinge«, wiederholte er ihre Worte, als hätte sie in einer fremden Sprache mit ihm gesprochen.

Nora senkte den Blick auf Mary, die sich inzwischen auf den Bauch gedreht hatte und an ihrer Pfote leckte.

»Hat sie noch Schmerzen?«, fragte Nora.

»Sie ist schon fast wieder die Alte.«

»Ich habe mir solche Vorwürfe gemacht.«

»Wegen Mary?«

»Ja, wegen Mary.« Nora schaute zu Boden. »Aber nicht nur.«

Sie spürte seinen Blick und sah zu ihm auf – in ihm lag keinerlei Vorwurf.

»Weiß dein Vater, dass du da bist?«, fragte er.

»Nein, ich ... ich hatte keinen Plan, als ich ins Auto gestiegen bin, habe mit niemandem vorher gesprochen. Denn weißt du, während ich in meiner stickigen Stadtwohnung saß und darüber nachdachte, was ich heute zu Mittag esse, fiel mir auf einmal ein, dass ich frei bin.«

»Frei?« Jetzt lächelte er. Vermutlich dachte er dabei an Frank.

Und es stimmte, auch was Frank betraf, war sie frei.

»Ja«, antwortete sie. »Frei von Zwängen, Regeln, Zeitplänen.«

»Wie das?«

»Ich habe heute früh mit meiner Lektorin gesprochen und ein halbes Jahr Aufschub für mein Buch gefordert.«

»Aber bekommst du da nicht Probleme?«

»Es zieht schon einiges nach sich. Aber damit kann ich leben, weil im Moment nur eines für mich zählt: dass ich keinen Druck mehr habe und mich endlich wieder ganz bewusst und zwanglos auf das einlassen kann, was ich liebe.«

»Das Schreiben?«

Sie nickte mit geheimnisvollem Lächeln.

»Ich dachte, das sei keine reine Liebe, sondern eine Art Hassliebe«, sagte er.

»Streich den Hass.« Sie zwinkerte ihm zu und fühlte sich dabei herrlich übermütig.

Yannik schaute auf seine Hände hinab und versuchte, etwas Dreck von einem seiner Finger zu kratzen.

Seine Verlegenheit rührte sie. Wo war all der Zorn zwischen ihnen geblieben, all die Missverständnisse?

»Hör mal, Yannik«, begann sie, ohne lange nachzudenken. »Ich hasse das.«

»Ich denke, ich soll den Hass streichen?«, entgegnete er irritiert.

»Nein, ich meine das Unausgesprochene zwischen uns, das uns immer wieder in Schwierigkeiten bringt.«

»Inwiefern bringt es uns in Schwierigkeiten?«

»Ach komm schon.« Sie verschränkte die Arme ineinander. »Du weißt genau, was ich meine. Wir beide haben unbestritten das Talent, ständig aneinander vorbeizureden und uns misszuverstehen.«

Sie sah den leicht rosigen Hauch, den seine Wangen annahmen.

»Du bist doch abgereist, oder?«, erwiderte er.

»Das bin ich, ja. Aber du warst einer der Gründe dafür, mein Lieber.«

Er schien ehrlich überrascht. »Aber dieser Kerl.«

»Vergiss diesen Kerl.« Sie musterte ihn eindringlich. »Er ist Vergangenheit. Endgültig.«

»Vergangenheit«, wiederholte Yannik eintönig.

»Und bitte, Yannik«, fuhr sie fort, »sei so gut und hör endlich auf, entweder zu schweigen oder meine Worte zu wiederholen.« Sie trat einen Schritt näher. »Rede einfach ganz normal mit mir, okay? Du kannst mir alles sagen. Wirklich alles.«

Yannik runzelte die Stirn. Doch sein Blick war noch immer sanft und ohne jeden Missmut.

Verstand er, was sie meinte? Verstand er, wie wichtig ihr war, dass er sie verstand?

Doch als sich seine Stirn langsam glättete und sich ein Lächeln auf seinem Gesicht ausbreitete, wusste sie, dass er sehr wohl verstanden hatte.

Vielleicht hatte er ja sogar von Anfang an sehr viel mehr als sie verstanden und das einzig Richtige getan, indem er sich nicht in überflüssigen Worten ergangen hatte?

Sie wollte gerade nach seiner Hand greifen, als sie eine weitere Stimme vernahm.

»Nooora! Ich glaub es nicht.«

Fiona kam in großen Schritten auf sie zugeeilt und fiel ihr lachend um den Hals. »Ich wusste gar nicht, dass du kommst. Mann, warum hat Oskar nichts gesagt?«

»Weil er es nicht weiß«, antwortete Nora, obwohl ihr Fiona beinahe die Luft abschnürte.

»Mensch, das ist echt der Wahnsinn.« Fiona löste sich aus der Umarmung und musterte Nora wie einen Filmstar. »Gut siehst du aus. Und so gesund.«

»Gesund?« Nora musste lachen.

»Und das, obwohl du gerade aus der miefigen Stadt kommst.« Fiona grinste übermütig.

»Ich fühle mich auch gut. Vor allem jetzt, wo ich wieder bei euch bin.«

»Und wie lange bleibst du diesmal?« Fiona schaute sie erwartungsvoll an. »Du bist doch hoffentlich nicht nur auf Stippvisite hier.«

»Ich habe keine Ahnung«, sagte Nora. »Das hängt auch ein bisschen davon ab, wie lange Alexa und Oskar mich hierbehalten wollen.«

»Ach, das klärt sich ganz von allein.« Fiona machte eine theatralische Handbewegung. »Sie werden dich gar nicht wieder gehen lassen.«

Einmal mehr staunte Nora darüber, wie unkompliziert Fiona die Dinge betrachtete und von welch beeindruckender Unkompliziertheit die Menschen im »Sonnenblumenhaus« und auch im Dorf waren. Hatte vielleicht nur sie selbst das Unkomplizierte zu etwas Kompliziertem gemacht?

»Die beiden sind drinnen«, sagte Fiona. »Am besten, du gehst gleich zu ihnen und klärst das. Und dieses Mal richtig.«

Nora schaute sie fragend an.

»Na ja, es kann ja nicht angehen, dass hier wieder einer herumzickt und ein anderer daraufhin plötzlich verschwindet.« Fiona rümpfte die Nase. »Weder irgendein Hund noch irgendein Mensch, kapiert?«

Nora legte lachend die Hand an den Kopf und salutierte. »Kapiert, Chefin!«

»Gut.« Fiona zuckte mit den Achseln und lief zurück zum Haus. Auf halbem Weg drehte sie sich um. »Wo bleibst du denn?«, rief sie Nora zu.

»Meinst du mich?«, erwiderte Nora.

»Na klar meine ich dich. Oskar und Alexa sind drinnen, hab ich dir doch gesagt. Außerdem können wir gerade jede Hilfe beim Entsteinen der Kirschen gebrauchen.«

Fiona lief weiter.

Noras Blick wanderte zu Yannik, der immer noch neben ihr stand und sie etwas unbeholfen anlächelte.

Fiona, Alexa, Oskar. Alle schienen auf sie zu warten. Und Yannik.

»Nun geh schon.« Yannik nickte ihr mit zuversichtlichem Grinsen zu.

Sie schaute zum Haus hinüber, sah Fionas schlanke Beine gerade in der Tür verschwinden. Irgendwo bellte ein Hund.

»Ich bin gleich wieder da«, sagte Nora zu ihm.

Und da sah sie die Antwort, nach der sie so lange gesucht hatte, in seinen Augen: Er würde auf sie warten, ob für eine Berührung, ein Gespräch oder für eine Handvoll Kirschen. Sie hatten alle Zeit der Welt.